KB023373

부서져도 살아갈 우리는

부서져도 살아갈 우리는

응급실 의사가
삶과 죽음의 경계에서
깨달은 치유의 힘

The
Beauty
in Breaking

미셸 하퍼
안기순 옮김

디플롯

신은 우리 마음의 문이
활짝 열릴 때까지
끊임없이 반복해서 부서뜨린다.

영혼의 어두운 밤을 통과하지 않고서는,
당신이 믿었던 모든 것들과
과거에 했던 모든 생각들을 완전히 소멸하지 않고서는
다시 태어날 수 없다.

하즈라트 이나야트 칸 Hazrat Inayat Khan

진실을 말하는 이들에게
진실을 추구하는 이들에게
오늘을 정직하게 살아가는 이들과
언젠가는 정직하게 살아갈 이들에게

오직 자유를 창조하는 방식으로만
사랑을 베푸는 용기 있는 이들에게

이 책을 바칩니다.

차례

상처가 만들어낸 아름다움

환자의 머리를 양손으로 감싸 쥐었을 때 그의 눈에서 눈물샘을 보았다. 그 순간에는 환자의 두피에서 쏟아져내린 피가 내 장갑을 타고 주르륵 흘러내리고 있다는 것을 알아차리지 못했다. 회색과 흰색의 뇌 물질이 시트로 뚝뚝 떨어지는 것도 알아채지 못했다. 주위에서 모니터가 삐삐 울리고, 간호사들이 정맥주사를 놓기 위해 카테터 뚜껑을 딸깍 따는 소리가 난다. 장비를 운반하는 바퀴가 바닥을 끽끽 긁으며 구르고, 간호사들과 의료기사들이 서로 소리를 지르며 바삐 오간다. 응급실 실습이 첫날인 두 의대생은 눈앞에서 펼쳐지는 광경을 보고 애써 태연한 척하지만 너무 놀라 숨조차 제대로 쉬지 못한다. 하지만 이 젊은 환자가 느끼는 격렬한 공포를 진정시키기 위해 애쓰는 동안에는 이 모든 소리와 소동은 깊이 가라앉아 나에게 들리지도 보이지도 않는다.

이것이 바로 의사가 되었을 때 겪게 될 현실이다. 의과대학에서는 실제 응급 상황이 어떤지를 배울 수 없다. 이러한 상황 앞에서는 속수무책이다. 그 순간을 직접 맞닥뜨리기 전에는 결코 알 수 없는 부분이기 때문이다. 의사란 내리쬐는 형광등 조명 아래에서 마음속으로 간절히 기도하며 자신의 손가락 사이로 서서히 빠져나가는 환자의 생명을 살릴 책임이 있는 사람이다.

나는 의사다. 뇌에 총상을 입은 스무 살 청년의 머리를 두 손으로 받친다. 엄마의 자궁에서 세상으로 나온 아기가 첫 숨을 쉴 수 있도록 돕는다. 진행성 간 질환으로 죽어가는 남편에게서 제발 고통을 거둬달라고 신에게 애원하는 아내를 두 팔로 끌어안는다.

내게는 특별한 능력이 없다. 죽음을 다루는 방법도 다른 사람들만큼이나 모른다. 그저 아수라장인 병원 응급실에서 하루하루를 버티며 노예가 됐다가 구원자가 됐다가 이따금 저승사자가 된다. 나는 대개 죽음을 막기 위해 일한다. 성공한다면 환자를 다시 세상으로 내보내지만, 실패하면 환자가 세상을 뜰 때 그 옆을 지킨다.

나만 이런 종류의 일을 할 수 있노라고, 그래서 상황을 반전시킬 수 있노라고 생각할 만큼 망상에 사로잡혀 있지 않다. 환자의 생사를 가르는 결정이 내 손안에서만 이루어지지 않는다는 것쯤은 잘 알고 있다. 환자와 그의 가족, 친구, 의사까지 포함해 누가 어떤 계획을 세우든 죽음을 직면하는 순간은 찾아오기 마련이다. 이때 내 역할은 목격자다. 그래서 마지막 숨이 빠져나가는 환자의 육신을 저세상으로 인도하고, 마치 밤의 파수꾼처럼 사망 시각을 소리 내어 알림으로써 모든 상황이 종료되었음을 선고한다.

누구나 그렇듯 나도 이 세상에 잠시 머물 뿐이다. 많은 사람들이 그런 것처럼 나의 삶 또한 축복으로 가득하고, 그 축복들은 투쟁 속에서 얻어낼 수 있다. 나의 투쟁에도 축복이 깃들어 있다. 나는 개인적으로 평정심 기르는 법을 수십 년 동안 익혀왔다. 어렸을 때 우연히 해리dissociation[*]를 깨치면서 평정심을 단련했고, 그 덕에 아빠가 휘두르는 폭력과 가족의 유산이나 다름없는 희생자 의식으로 점철된 삶을 더욱 잘 견뎌낼 수 있었다. 흑인 여성으로서 나는 인종차별 시대가 끝났다고 주장하지만 여전히 정반대의 면모를 드러내는 미국 사회를 살아간다. 그리고 그 사회는 여성들에게 유리 천장이 부서질 때까지 끈질기게 두드리기를 장려한다. 하지만 그 천장이 두드리면 부서지는 유리가 아니라 깨지지 않고 휘어지기만 하는 팔라듐으로 만들어진 것은 공공연한 사실이다.

이 책을 쓰기 시작할 무렵 나는 삶의 새로운 출발선에 서 있

* 고통스러운 경험에서 벗어나기 위해 자신의 정신을 육체나 주어진 환경으로부터 분리하는 현상.

었다. 대학 시절부터 연애해 결혼까지 한 남편과 이혼했다. 직장을 새로 구해 낯선 도시로 이사했다. 이러한 변화를 통과하기란 쉽지 않았다. 어느 결엔가 의구심에 휩싸여 삶을 다시 돌아봤다. 믿고 의지했던 대상들이 갑자기 와르르 무너져 내렸지만, 돌이켜 생각하니 그렇게 위기의 순간들을 맞았던 것이 오히려 행운이었다. 그 위기가 나에게 의구심을 품게 했고 그렇게 품은 의구심은 기회로 자라났다.

나는 어린 시절부터 현재까지 몇 번이고 산산이 조각났다. 대부분의 사람들 또한 나와 크게 다르지 않을 것이다. 일본에는 부서진 도자기의 갈라진 틈을 금이나 은, 백금으로 메우는 긴쓰쿠로이金繼い라는 예술 기법이 있다. 귀금속을 사용해 오히려 틈을 부각하는 것이다. 이것은 틈을 인정하는 동시에 삶의 변덕스러운 속성 때문에 조각난 도자기에 찬사를 보내는 방법이기도 하다. 한차례 부서졌던 사물이 그 불완전함으로 더 아름답다는 평가를 받을 수 있는 것이다. 마찬가지로 우리의 삶 또한 수선된 뒤에 더 빛나는 반짝임을 찾을 수 있다.

나는 응급의학과 의사이므로 다른 사람을 돕기 위해 평정심을 유지하는 법을 알고 있다. 평정심이 가장 필요한 순간에 처했을 때 나는 영원한 휴식과 침묵의 신에게 기도하고 능력을 구한다. 평정심은 내가 잠시 멈춰 서거나 행동할 때, 호흡하거나 성장할 때 찾아온다.

앞으로 이 책에서 펼쳐질 이야기가 당신을 응급 의료의 혼돈 한가운데로 데려가 그곳의 풍경을 적나라하게 보여줄 수 있기를 바란다. 그 중심에는 뿌리가 견고해서 휘몰아치는 폭풍우에도 뽑히지 않는 통찰력이 있다. 그래서 스스로 마음을 열기만 한다면, 계속 삶을 성장시킬 자양분을 얻을 수 있다. 나는 의사로서 나 자신을 위해 이 혼돈의 중심을 찾아야 했고, 매우 고통스러운 경험을 겪었지만, 궁극적으로 다시 태어났다. 새로 얻은 이 삶은 생존할 가치가 있고, 치유할 가치가 있고, 회복할 가치가 있다.

기
도

신의 가호만
기다리던 아이

The Beauty in Breaking

나는 일곱 살 반이다. 이따금씩 들리는 홍관조의 휘파람 같은 울음소리만이 정적을 꿰뚫는 고요 속에, 나는 잠겨 있다. 이렇게 조용한 적은 거의 없었지만 지금 침실 세 개짜리 콜로니얼 하우스*에는 이따금씩 냉장고 돌아가는 소리만이 윙윙 들려온다. 아무도 비명을 지르거나 고함을 치지 않는다. 주먹을 휘두르거나 구타를 당하는 사람도 없고, 바닥에 나뒹구는 가구도 없다. 오늘 치의 새로운 멍이나 흉터도 없다. 토요일 오후, 집 안은 몹시 고요하다. 오빠와 여동생, 아빠는 밖에 나가고 없다. 엄마는 복도 끝 자기 방에 있다.

내가 좋아하는 〈마이 리틀 포니My Little Pony〉**의 주인공인 작은 인형 세 개를 집어 들어 한 개는 왼쪽 겨드랑이에 끼고 나

---

* 우아한 격식과 대칭 구조가 특징인 18세기 식민지 시기 미국의 건축 스타일.
** 유니콘 여섯 마리가 마법의 땅을 모험하며 우정에 대해 배운다는 내용의 애니메이션.

머지 두 개는 양손에 쥔 다음 내 방을 나와 아래층으로 내려간다. 주위가 정적에 묻혀 있어서 귀에 들리는 것이라고는 양말 신은 두 발로 나무 계단을 밟을 때마다 나는 자그마한 소리뿐이다.

내가 네 살 때 워싱턴 DC로 이사 온 후로 우리 가족은 6킬로미터 반경 안에서 세 번이나 이사했다. 심지어 두 번째와 세 번째 집 사이의 거리는 약 2킬로미터도 되지 않았다. 매번 조금 더 고급스러운 동네에 있는 조금 더 멋진 집에서 살고 싶다는 부모의 욕망이 우리를 떠돌게 했다. 그 이사들은 안락함이 아닌 위신을 상품으로 건 게임이었는데, 부모는 모든 것을 잃을 때까지 집을 사고팔았다. 지금 이곳은 두 번째 집으로 근처 경계 너머에 메릴랜드주 실버스프링이 있는 워싱턴 DC 북서쪽 16번가에 있다.

나는 복도 끝 층계를 내려가 거실을 통과해 물고기방에 왔다. 한가운데 커다란 수족관이 있기 때문에 여동생과 내가 그렇게 이름 붙였다.

외가 쪽 친척들은 미신을 맹신했다. 사다리 밑을 걷지 마라. 무슨 일이 있어도 거울을 깨지 마라. 초승달은 언제나 오른쪽 어깨 너머로만 봐라. 일행과 함께 길을 걷다가 기둥을 만나면 절대 갈라져서 통과하지 마라.˙ 수족관은 미신을 믿는 사고방식에 딱 들어맞는다. 부모의 설명에 따르면 수족관은 환경 내

긍정적인 기를 살리고 부정적인 에너지를 막는다. 수족관에는 몇 마리 되지 않는 열대어가 떼를 지어 살았다. 지느러미의 무지갯빛 색이 타오르듯 짙은 보라색에서 붉은색으로 그러데이션되는 샴투어Siamese Fighting Fish는 수족관의 감초였다. 샴투어는 번번이 몇 주 살지 못하고 죽는 것 같았는데, 그때마다 부모는 새로운 샴투어를 사와 어항에 집어넣었고, 그 물고기들은 모두 똑같은 운명을 맞이했다. 나로서는 수족관에 대량 참변의 원인을 철저하게 조사하지 않고 그저 물고기를 대체해버리고 마는 부모님의 선택이 정말 이상했다.

오늘 물고기방에 들어서자 수족관(형태가 단순하고 커다란 검은색 금속 받침대 위에 놓인 115리터들이 정사각형 유리 수족관)에 새로 들어온 물고기가 눈에 띈다. 햇빛이 창유리를 뚫고 쏟아지면서 황갈색 나무 마룻바닥에 그림자를 드리운다. 나는 바닥에 책상다리를 하고 앉아 그림자와 움직이는 빛줄기를 쫓아가며 조랑말 인형들을 능숙하게 조종한다. 조랑말 인형들은 날렵하고 우아하게 뛰어오르는 데 선수다. 평화로운 낙원에서 살던

• 모두 어길 시 재수가 없다는 미신이다. 벽에 사다리를 기대놓으면 사다리 아래에 삼각형의 공간이 생기는데, 그 아래를 지나가면 신성한 삼위일체를 깨트리게 된다고 믿었다. 또한 거울이 깨지면 7년 동안 재수가 없다는 속설이 있는데, 이는 거울에 비친 자신의 모습이 영혼을 상징하고, 거울이 깨지면 그 안에 비친 자신의 영혼 또한 손상을 입는다는 생각에서 비롯되었다. 초승달은 오른쪽 어깨 너머로 보면 행운을 가져다준다고 하고, 길 중간에서 만난 방해물을 사이에 두고 일행과 갈라져 통과하면 나쁜 일이 생긴다고 믿었다.

조랑말들에게 기대할 수 있는 최고의 묘기가 아닐까!

나는 조랑말 놀이에 완전히 몰입하면서 긴장이 풀리고 편안함에 푹 젖어든다. 찰나의 소중한 순간, 영혼을 감쌌던 갑옷이 느슨해지며 잠시나마 온전히 자유로워진다. 마치 페가수스의 날개에 올라탄 듯 나는 유리창을 마주 보고 있는 수족관 앞에서 빨간 벨벳 소파 위로 둥실 떠오른다. 그때 내 옆에서 함께 둥둥 떠다니는 존재를 느낀다. 눈으로 확인하려고 두리번거려 보지만 조명이 은은히 비추는 방에는 나뿐이다. 부드러운 실체를 느끼고 그 목소리를 듣지만 내 눈에는 아무것도 보이지 않는다. 그 존재의 목소리가 너무나 친숙해 마치 내가 말하는 것 같다.

미셸, 너는 괜찮아. 괜찮을 거야. 너는 안전할 거야. 엄마도 안전하실 거야. 오빠도 여동생도 안전할 거야.

내가 평생토록 유일하게 원하는 것이었던 안전은 그때까지도 오랫동안 이루어지지 않은 소원에 불과했다.

축복의 목소리가 계속 울린다.

넌 살아남을 거야. 반드시 그럴 거야. 네 엄마도 살아남을 거야. 네 오빠도, 여동생도 살아남을 거야. 너는 자라서 많은 사람을 도울 거야. 다른 사람들에게 도움을 주는 어른이 될 거야. 그래야만 해.

바닥에 앉아 있던 나는 어느 결에 조랑말들을 내려놓고 목소리에 온정신이 팔린다. 한 단어, 한 단어 들릴 때마다 두 눈이 점점 커진다. 기도의 대답을 받자 깜짝 놀라 정신이 멍해졌다가 감사함에 가슴이 벅차오른다. 이 순간만큼은 그 무엇도 두렵지 않다. 잠시 후 미지의 존재는 떠나간다. 메시지 하나만 남기고 사라졌다.

나는 텔레비전 쇼를 보고 수호천사에 대해 알았다. 수호천사는 하얀 가운을 입고 거대한 두 날개를 퍼덕이며 켜켜이 쌓인 구름층 사이를 날아다닌다. 하지만 내게 나타난 수호천사는 형태가 없고 그저 방에 가득 울려 퍼지는 분명하고 확실한 목소리였다. 나는 흥분을 주체하지 못한다. 이것이 천사가 내게 들려준 메시지라고 철석같이 믿는다. 태어나서 처음으로 내게 기쁨이 넘쳐흐른다. 나는 엄마에게 우리가 살아남을 거라는 사실을 알려주기 위해 단박에 계단을 뛰어 올라간다.

그 이후 20년 동안 나를 지탱해준 건 다름 아닌 이 메시지였다. 잘사는 것은 고사하고 생존조차 불확실한 수많은 날을 버텨오면서, 나는 천사의 속삭임을 기억했고 구원받았다고 느꼈다.

얼마나 오랫동안 아빠의 집에서 구조되기를 간절히 바랐는지는 차마 헤아릴 수 없다. 나무가 울창하게 자라고, 잘 정돈된 부지에 위치한 이 아름다운 집에는 미친 듯이 날뛰는 혼돈이 감춰져 있었다.

하지만 길에서는 그 소리가 들리지 않았다. 수호천사를 만나기 하루 전이었다. 나는 방에서 동생과 헝겊 동물 인형들을 갖고 놀았고, 오빠인 존은 자기 방에서 1980년대 최신 R&B 히트 곡을 크게 틀어놓은 채 듣고 있었다. 그때 오빠의 방문이 벌컥 소리를 내면서 열렸고, 오빠가 쏜살같이 아래층으로 뛰어 내려가면서 바닥이 흔들렸다. 그 순간 여동생과 나는 옴짝달싹 하지 못한 채로 눈을 질끈 감았다. 너무 무서워서 온몸의 피가 얼어붙은 것만 같았다. 나무로 만들어진 물건이 떨어지는 소리와 아래층 바닥에 무언가 질질 끌리는 소리에 이어 몸뚱이가 벽에 던져지는 소리가 연달아 들렸다. 그때 엄마가 "그만해!"라고 비명을 질렀지만, 이내 터져 나오던 목소리가 끊겼다.

나는 아래층으로 내려가야 했다. 중단시켜야 했다. 싸움에 말려든 오빠를 도와야 했다. 아빠가 엄마를 죽이지 않도록 막아야 했다.

솔직히 말해 무엇이 더 나쁜지 모르겠다. 현실이 아닌 그저 상상만으로 마음의 눈에 참혹한 이미지를 새겨 넣는 것과 실제로 그 참혹한 광경을 목격하는 것 중에 무엇이 더 끔찍할까? 일곱 살 아이에게는 둘 중에 하나를 선택할 힘이 없었다. 일곱 살인 아이는 자신이 알고 있는 방식으로만 애착을 갖는다. 심지어 폭력을 행사하는 사람도 사랑하고, 자신과 가족을 해치는 사람도 사랑한다고 생각한다. 동시에 아이는 스스로를 책망한다. 공포로 온몸이 얼어붙은 그 짧은 순간에 유일하게 이해했던 것은 언제든지 내가 원하고 아끼는 것들을 모조리 빼앗길 수 있다는 사실이었다. 내게는 행복해질 자격이 없다고 느꼈다. 내가 무엇을 어떻게 왜 잘못했는지는 몰라도 무언가 끔찍한 실수를 저질렀기에 이런 무서운 일을 당하는 게 틀림없다고 생각했기 때문이다. 나는 가족의 생명을 구하기 위해 아래층으로 달려 내려가야 한다는 것을 알았지만, 내가 크게 무언가를 잘못한 탓에 벌어진 끔찍한 혼란과 마주할 용기가 나지 않았다.

잠시 후 나는 계단에 섰다. 여동생은 내 뒤에 바싹 붙었다. 계단을 거의 다 내려왔을 때 여동생이 까딱 균형을 잃으면서 엉겁결에 나를 아래로 훅 밀었다. 나는 떨어지지 않으려고 난간에 매달렸다. 우리 둘은 현장에 발을 디디기가 무서워 그 자리에 그대로 얼어붙었다.

나는 가까스로 용기를 내서 부엌으로 들어갔다. 벽에 기대어 간신히 서 있는 엄마가 보였다. 오빠는 정중앙에 서 있었다. 의자 두 개와 빗자루가 바닥에 나뒹굴었고, 산산조각 난 유리 파편들이 사방에 흩뿌려져 있었다. 아빠는 현관문을 활짝 열어둔 채로 떠난 뒤였다.

"얘들아 조심해. 깨진 유리를 밟으면 안 돼! 가서 신발을 신고 오렴!"

엄마가 숨을 몰아쉬며 소리쳤다.

오빠가 바닥에 널브러진 의자들을 집어서 세우기 시작했다.

"세상에. 젠장dern, 귀걸이 한 짝을 잃어버렸어."

엄마가 큰 소리로 말했다. '젠장'은 외조부모가 쓰면서 외가 가족들도 암암리에 쓰고 있는 비속어였다. 게다가 남부 출신인 외조부의 발음이 남아서 그 말엔 남부 억양이 배어 있었다.

"대체 귀걸이가 어디 떨어진 거야?"

엄마는 마치 가족이 처한 현재 상황에서 귀걸이가 가장 중요한 것이라는 양 계속 사라진 귀걸이 타령을 했다. 사실 엄마에게는 정말 그렇기도 했다.

여동생은 이미 위층에서 신발을 신고 돌아와 부엌 구석구석을 열심히 들여다보았다.

엄마는 빗자루를 들고 유리 조각을 쓸어 모으기 시작했다.

"조심해, 얘들아. 발밑을 잘 봐. 망할, 이러다가 귀걸이를 쓸어버리지 말아야 할 텐데."

나도 힘을 보태기 위해 신발을 신고 돌아왔다. 제일 먼저 활짝 열린 현관문으로 가 밖을 살펴봤다. 아무도 없었다. 나는 그동안 세뇌당한 대로 집안의 비밀이 새어나가지 않도록 문을 굳게 잠갔다.

잠시 후 여동생이 거실에 깔아놓은 동양풍 양탄자 모서리에서 뒹굴고 있던 단추형 사파이어 귀걸이를 찾아냈다.

"세상에 어쩌다 이게 거기까지 굴러간 거지?"

엄마가 말했다.

"엄마는 우리 '매의 눈'이 또 실력 발휘할 줄 알고 있었지! 고마워, 우리 아기."

엄마는 작은딸의 자그마한 손바닥에서 귀걸이를 집어 들고는 딸을 껴안았다.

"귀걸이 마개는 엄마가 찾으마. 마개보다야 귀걸이가 훨씬 더 중요하지. 위층에 가면 틀림없이 여분이 있을 거야."

엄마는 귀걸이를 선반에 올려놓고 다시 유리 조각을 쓸어 모으기 시작했다. 그때 나는 똑똑히 보았다. 엄마가 쓰레받기 쪽으로 몸을 구부리면서 쏟아진 머리카락을 쓸어넘기는 찰나에, 엄마의 목에 난 붉은 자국들을. 엄마의 검지 손톱은 깨져 있었고, 너덜너덜한 손톱 가장자리에는 피가 엉겨 붙었다. 쓰레받기를 쥘 때 멍든 손가락이 눌리자 엄마는 몸을 움찔움찔했다.

오빠는 주먹을 불끈 쥐고 말없이 계단을 올라갔다. 잠시 후 오빠 방에서 최신 앨범인 프린스의 〈퍼플 레인Purple Rain〉이 다시 들리기 시작했다. 여동생이 부엌에서 엄마와 나란히 앉아

벌벌 떠는 동안, 나는 복도로 나가 계단 맨 아래 칸에 웅크려 앉았다. 아빠가 돌아오면 가족들에게 알리기 위해 나는 그 자리에서 기다렸다. 여동생이 울음을 터뜨리면 달려가려고 그 자리에서 기다렸다. 벌벌 떨리는 심장이 진정되기를 그 자리에서 기다렸다. 심지어 엄마가 빗자루를 치우고, 선반에서 사파이어 귀걸이를 집어 들고, 내 옆을 지나 위층 방으로 올라간 후에도 나는 그저 그 자리에서 기다렸다. 나는 우리 가족이 절대로 하지 않을 의논이 시작되기를 그 자리에서 기다렸다.

그렇다면 우리는 대체 어떤 의논을 했어야 할까? 거실에 모두 모여 세 아이는 소파에 앉고 엄마는 골동품 의자 끄트머리에 앉아서 이야기를 나눴어야 할까?

만약 우리가 그날 우리 가족에 대해 논의할 시간을 가졌다면, 아빠는 이렇게 말했을 것이다.

나는 수치심과 자기혐오가 깊이 밴 가정에서 자랐다. 나를 버린 부모를 어떻게 용서해야 할지 배우지 못했고, 따라서 사랑하는 법도 배우지 못했다. 과거의 트라우마를 치유하는 시간을 갖지 못했고, 어떤 종류든 관계를 맺기에 적합한 사람이 되기 전에 결혼부터 해서 문제를 외면하기로 선택했다. 매일 더 나은 선택, 올바른 선택을 하지 않음으로써 계속 이 절망의 늪에 파묻혀 있기로 결정한 셈이야. 즉 나는 고통과 괴로움의 순환 고리를 끊지 않기로 선택한 것이지. 이러한 이유로 스스로 건강과 진정한 관계를 박탈하기로 선택했다. 같은 이유로 나는 너희를 공포에 몰아넣고 너희에게서 안정감과 어린 시절을 송두리째 빼앗기로 선택했지. 마침내 내가 너희의 삶에서 걸어 나갈 때까지 앞으로 수십 년 동안 이 선택을 거두지 않을 거다. 그래, 나도 내가 잘못하고 있다는 걸 알아. 폭력을 행사하지 말았어야 한다는 말도 맞지. 너희들은 각자 원하는 대로 자신만의 보호벽을 찾거나 찾지 않겠지. 각자 원하는 대로 자신만의 치유 방법을 찾거나 찾지 않을지도 몰라. 나는 어떻게 할 거냐고? 이곳에서 도망칠 거야. 기독교를 방패 삼아 그 뒤에 숨을 작정이지. 그래서 이번 생에는 부정과 상처로 가득한 침묵의 공간에 나를 가둘 거란다. 그 지옥이 내가 머물 신전이니까.

엄마는 이렇게 말했을 것이다.

나는 성장기에 동반 의존성codependency*을 몸에 익힌 이후, 내 목소리를 내본 적이 없단다. 나는 망가진 한 남자를 돕는 중이라고 스스로를 타이르고 있어. 하지만 내가 진짜 하고 있는 일은 내 낮은 자존감을 증명해 보일 누군가를 찾고, 그 기능 장애를 다음 세대에게 각인시키고 있는 중이지. 나는 이 공허함을 화려하고 매

---

* 자신의 것을 희생시키면서 타인의 필요, 욕구, 생각, 감정에 지나치게 몰입하는 성향.

력적인 소유물을 사들여 채운단다. 나는 가족에게 온갖 것들을 줄 수 있는 남자를 찾았어. 누구나 좋은 물건을 원하잖아? 너희가 마침내 이 집을 탈출할 수 있기 전까지, 너희는 두려움 없이 밤새도록 깨지 않고 자는 게 어떤 것인지 결코 모를 거야. 절대적으로 평온한 곳에서 사람을 사랑하는 것이 무엇인지도 모르겠지. 훗날 이러한 기술들을 배울지 말지, 배운다면 어떻게 배울지 결정하는 것은 순전히 너희의 의지에 달렸단다. 나는 어떻게 할 거냐고? 모든 상황을 받아들이고 나 자신이나 너희들을 위해 원했던 것들을 수없이 포기한 채 살아갈 거야. 내 고통과 마주할 수 없거든. 더 나은 선택과 올바른 선택을 내리지 못하는 내 무기력함이 나 자신은 물론이고 너희들까지 해치고 있다는 사실을 인정할 수 없어. 맞아. 이 관계를 끊어냈어야 했어. (…) 하지만 이 모든 상황을 무릅쓰고 이 관계에 머물기로 선택할래. 얘들아, 너희들이라도 잘 지내렴. 잘 지내야 한다.

나는 두 사람 모두에게 이렇게 말했을 것이다.

지금 털어놓은 진실을 크게 입 밖으로 말하세요. 공포는 침묵 속에서만 자라날 수 있거든요. 진실에 직시하는 용기를 낸다면 우리 영혼이 힘을 얻어 그에 대처할 수 있어요. 이러한 방법이 자신의 욕구를 채울 수 있다면 충만한 마음으로 받아들이겠죠. 그러나 자신이 걸어가는 경로에 파괴적인 영향을 미치면 시간에 따라 천천히 해체될 거예요.

하지만 우리 가족은 끔찍한 진실을 마주하지 못하고 해를 거듭할수록 더욱 침묵했으며, 일상은 폭력의 폭발로 얼룩졌다. 누가 차 열쇠를 아무 데나 놓았느냐, 누가 방과 후에 딸들을 데리고 올 것이냐 등 사소한 일을 놓고 말다툼을 벌이면서 아빠는 엄마에게 주먹을 날렸다. 시간이 흐르면서 오빠 존은 키가 178센티미터까지 자라 내 반 친구들에게 잡지 표지 모델이나 프로 운동선수 같다는 말을 들었고, 아빠가 폭력을 행사할 때 끼어들 만한 물리적 힘을 지닌 근육질 남자로 성장했다. 아빠는 평균 미국 남성보다 키가 작고 뚱뚱했다. 가족들을 위협한 것은 아빠의 체구가 아니라 정서적 불안정이었다. 오빠는 엄마에게서 아빠를 떼어내고 몸싸움을 벌이곤 했다.

내가 10대 초반이었을 때, 한번은 오빠를 보호하려고 아빠와 오빠가 벌이는 싸움에 몸을 던진 적이 있다. 그때 나는 키가 152센티미터였고 체중도 45킬로그램이 채 되지 않았는데, 스스로의 힘을 몹시 잘못 파악했던 것이다. 그러다 보니 아빠가 휘두르는 주먹에 팔을 빗맞았는데도 바닥에 그대로 나동그라졌다. 엄마가 내게 당장 나가라고 외치고, 아빠에게는 당장 그만두라고 소리를 질렀다. 오빠가 몸싸움 끝에 아빠를 깔고 앉아 항복을 받아냈다. 젊은 육체에서 불끈 솟은 성난 근육이 미친 사람을 바닥에 쓰러뜨렸던 것이다. 나는 뒤로 물러나서 방으로 뛰어 들어가 무기로 쓸 만한 것을 찾았다. 아빠에게 책을 던질까? 아니면 책보다 큰 도깨비 인형들을 던질까? 그러다가 아빠를 맞히지 못하고 오빠를 맞히면 어떡하지? 자칫 괴물을 성나게 만들어 나머지 가족들을 위험에 빠뜨리면 어떡하지? 물론 경찰을 부를까도 생각했지만, 그 동네에서는 가정사로 경찰을 부르지 않았다.

워싱턴 DC에서 살던 시절의 마지막 세 번째 집으로 이사 오면서 우리 가족은 드디어 골드코스트에 도착했다. 이 지역은 옛날부터 줄곧 흑인 엘리트 계층의 본거지였기 때문에 흔히 '워싱턴 DC에 있는 황금과 플래티넘의 해안'으로 불렸다. 나는 엘리트 계층이라는 새로운 신분을 얻고 사립 여학교인 국립대성당학교National Cathedral School 4학년으로 전학했다. 모든 엘리트들이 그렇듯 우리 가족은 상위 중산층의 수치스러운 사적 비밀을 밖으로 드러내지 않았다. 왜 그랬냐고? 결국 그 지위에 도달하기 위해 너무나 열심히 뛰어왔기에 우리 가족의 정통성을 대변하는 취약한 외관에 균열을 낼 수 없었던 것이다. 엘리트라면 누구나 아는 규칙이 있다. 알약은 칵테일을 마시며 삼키고, 흠집과 멍은 화장품으로 가려라. 흔적은 신속하게 청소해야 하고, 어떤 대가를 치르더라도 옷차림과 머리 손질에 완벽을 기한 다음, 미소 띤 모습을 세상에 보여줘야 한다.

나는 이 특권 규칙을 딱 한 번 어겼다. 10대 초반이었을 때다. 어느 토요일 오후, 10대인 오빠가 엄마를 보호하기 위해 아빠와 싸우고, 엄마는 아들을 보호하기 위해 남편을 말리는 2층 안방의 난장판으로부터 도망쳐 나왔다. 여동생은 폭력이 일어나는 현장을 피해 눈에 띄지 않는 어딘가에 숨어 있었다. 나는 아래층에 있는 부엌 쪽 벽에 달린 전화기로 한달음에 달려갔다. 아무도 나를 볼 수 없는 어두컴컴한 구석에 몸을 숨긴 후 필사적으로 전화 다이얼을 돌렸다.

전화선을 타고 목소리가 들렸다.

"911입니다. 무슨 일이시죠?"

"저희 집에 있는데, 가족이 위험해요. 아빠가 엄마를 때려요. 오빠하고도 싸우고요. 우리 가족이 위험해요!"

나는 수화기에 대고 낮은 소리로 다급히 말했다.

"주소가 어디죠?"

교환원이 물었다.

나는 손으로 입을 가린 채 주위를 돌아보면서 소리를 죽여 주소를 불러주고, 집에서 무슨 일이 일어나고 있는지 설명했다.

"그곳으로 경찰을 보낼게요."

교환원이 말했다.

"제발 빨리 와주세요."

나는 이렇게 애원하고 전화를 끊었다.

위층에 있는 안방으로 달려 올라갔다. 아빠와 오빠가 몸싸움을 벌이고 엄마는 신발을 벗어 남편에게 휘두르고 있었다. 나는 소리를 질렀다.

"내가 경찰에 신고했어요. 경찰이 지금 오는 중이라고요!"

나로서는 다른 방법이 없었다. 구타는 멈췄지만 위협은 이어졌다. 아빠는 경찰이 오빠를 체포하게 만들겠다고 협박했다. 엄마는 그렇게 되도록 놔두지 않겠다고, 결국 수갑을 차는 사람은 당신이 될 거라고 반박했다.

세 사람이 여전히 말다툼을 벌이고 있을 때 초인종이 울렸다. 나는 현관문을 열어주려고 아래층으로 뛰어 내려갔다. 남자 경찰 두 명이 현관문 앞에 서 있었다. 그들은 현관문의 작은 구멍을 통해 안을 보던 시선을 내려 출입구에 서 있는 작은 여자아이를 보았다. 한 경찰은 권총집에 한 손을 얹은 채였고, 다른 경찰은 팔짱을 끼고 있었다. 스테레오 스피커를 틀어놓은 것처럼 두 사람은 동시다발적으로 나에게 질문을 퍼부었다.

"여기서 911에 전화했니?"

"무슨 일이지?"

"무슨 문제가 있니?"

"가정 폭력 신고를 받고 왔단다."

나는 대답을 하려 했지만 현관에 서서 조용하고 평온한 동네를 내다보고 있자니, 도저히 입이 떨어지지 않았다. 우리 집 앞에 경찰차가 서 있었다. 이웃인 프레이저 가족이 집에 있으면 어쩌나 불현듯 걱정이 됐다. 길모퉁이에 사는 내 짝사랑 새미가 자전거를 타고 지나가다가 경찰차를 보거나, 평소 즐겨 입는 줄무늬 원피스 차림에 머리를 옆으로 묶어 늘어뜨린 내 모습을 목격할 수도 있겠다는 생각이 들었다. 예상하지 못한 방문객과 혹시 있을지 모르는 구경꾼까지 고려했을 때, 옷을 잘 갖춰 입고 있는 것이 그나마 다행이었다.

"꼬마 아가씨."

왼쪽에 서 있는 경찰이 내 주의를 끌며 말했다.

"네가 경찰에 신고했니?"

그 경찰은 사건을 자세히 설명하라고 요구하는 것 같았다. 나는 사건이 어떻게 시작됐는지는 대충 말할 수 있지만 어떤 방향으로 전개되었는지, 어떤 식으로 끝날지 등에 대해서는 전혀 아는 게 없었다. 무슨 말을 할지 생각하는 동안 심장이 쿵쾅거리고 숨이 가빠졌다. 그때 어른들이 현관문으로 달려와 나를 옆으로 밀어냈다.

나를 현관 한구석에 세워둔 채 엄마와 오빠와 아빠가 경찰과 대화를 나눴다. 가만히 들어보니 각자 자기 관점에서 앞다퉈 사건을 설명했다. 경찰들이 있어서 마음이 든든했던 여동생과 나도 가족들의 틈새에 끼어들어 말을 보탰다.

경찰들은 가족들의 이야기를 잠자코 들었지만 끝까지 들을 만큼 인내심을 발휘하지는 못했다. 결국 아빠와 오빠를 가리키며 말했다.

"글쎄요. 각자 자기 말만 하시니 저희는 두 사람 다 체포할 수밖에 없습니다."

나도 여동생도 가슴이 철렁 내려앉았다. 어떻게 경찰이면서 우리 이야기를 듣고도 이런 식으로 정의를 무너뜨릴 수 있지? 어떻게 아빠의 설명을 나머지 네 사람의 설명과 같은 무게로 받아들일 수 있지? 어떻게 내 전화를 받고 출동한 경찰이 도움을 주기는커녕 무관심한 태도나 보이면서 우리를 또 다른 아픔으로 몰아넣을 수 있는 거지?

엄마는 두려움에 떨며 즉시 큰 목소리로 대꾸했다.

"아니에요, 안 돼요. 아들이 체포되길 원하는 게 아니에요."

그러면서 아들을 감옥에 보낼 수 없기 때문에 남편을 고발하지 않겠다고 말했다.

경찰이 개입한 정도는 거기까지였다. 두 경찰은 내 부모를 쳐다보더니 더는 아무 말도 하지 않고 경찰차로 돌아갔다.

경찰이 떠난 후에 나는 우리 가족이 도와달라고 요청할 수 있는 곳이 하나도 없다는 사실을 깨달았다. 여기에는 법도 존재하지 않았다. 어디에서도 도움을 받을 길이 없었다. 경찰은 위험을 평가할 때 아빠와 오빠를 구분하지 않았다. 나나 여동생에게 안전한지 묻지 않았다. 말로라도 아빠를 꾸짖지 않았고, 명백한 위험이 도사리고 있는 집에 한 여자와 세 아이를 그대로 방치했다.

나는 '좋은' 가족의 모습을 유지해야 한다는 규칙을 깨고 경찰에 도움을 요청했다. 하지만 결국 사회가 나를 보호해주지도 도와주지도 않으리라는 사실만을 깨달은 것이 무엇보다 슬펐다.

내가 911에 전화한 것에 대해 가족 모두 입을 다물었고, 나는 그 후로 두 번 다시 911에 전화하지 않았다. 부모는 싸움을 그치지 않았고 그때마다 나는 언젠가 싸움이 모두 끝나게 해달라고 수호천사에게 기도할 뿐이었다. 싸움은 세월이 흐른 뒤 어느 멋진 가을날 마침내 끝이 났다. 어쨌거나 끝났다. 아니, 차라리 그 화창한 가을날 드디어 내가 출구를 발견할 수 있었다고 말하는 편이 더 정확할 것이다.

내가 911에 전화한 지 몇 년이 흘렀을 때였다. 평소처럼 격렬한 싸움이 벌어졌고, 나는 방에 웅크리고 앉아 곰곰이 고민했다. 자신과 가족을 보호하기 위해 아빠에게 맞서려면 무엇을 무기로 쓸 수 있을까? 그때 누군가 집을 나가며 문이 쾅 닫히는 소리가 들렸다. 아빠가 위층으로 뛰어 올라와 가방에 옷을 마구 구겨 넣은 다음, 차 열쇠를 손에 쥔 채 한마디 말도 없이 차를 몰고 집을 나갔던 것이다. 나머지 가족들은 아빠가 그 길로 영원히 돌아오지 않기를 바라면서도 며칠만 지나면 다시 돌아오리라는 것을 알고 있었다.

나는 쭈뼛거리며 복도로 나갔다. 엄마가 오빠의 손을 잡고 서 있었다. 오빠의 왼손 엄지에서 피가 흘러내렸다. 자신을 바닥에 쓰러뜨리고 몸으로 누르는 자기 자식의 엄지를 아빠가 힘껏 깨물었던 것이다.

엄마가 응급조치로 오빠의 낡은 셔츠 자락을 찢어 지혈하는 광경을 지켜보면서 나는 생각했다. '대체 어떤 종류의 인간이 자기 아들을 이렇게 물어뜯을 수 있을까?'

혼란의 소용돌이에 휩싸여 있는 동안에도 우리 가족은 각자 할 일을 했다. 엄마는 여동생을 친구 생일 파티에 태워다줘야 했다. 집에서 가장 가까운 응급실은 차로 10분 거리에 있는 실버스프링스에 있었다. 얼마 전에 실습용 자동차 면허증을 발급받은 내가 오빠를 응급실에 데려가겠다고 나섰다. 엄마도 그러라 했으므로 우리 넷은 차 두 대에 나눠 타고 흩어졌다.

반짝거리는 황갈색 코롤라를 몰고 가는 동안 오빠의 무릎 위에 놓인 붕대 감은 손으로 자꾸 시선이 갔다. 병원에 도착하자 빨간 화살표를 따라 원형 진입로로 들어가 응급실 하차 구역까지 차를 몰았다. 오빠는 다치지 않은 오른손으로 안전벨트를 풀고 차에서 내렸다.

나는 형광등 불빛이 새어 나오는 응급실을 향해 걸어가는 오빠의 뒷모습을 지켜보다가 진입로를 돌아 병원 주차장으로 들어갔다. 차를 세운 뒤 스웨터 속으로 몸을 잔뜩 웅크린 다음 차에서 내렸다. 웅장한 회색 고층 건물로 향하는 길의 양옆에는 영원히 푸르를 것만 같은 소나무와 위풍당당한 단풍나무, 느릅나무 들이 길목을 지키고 서 있었다. 나는 스웨터를 여미고 병원으로 들어갔다. 응급실을 비추는 환하면서 차가운 흰색 조명과 대조적으로 병원 입구는 따뜻하고 어두웠다.

실내는 조용했고 반짝이는 리놀륨 바닥을 걷는 사람도 없었다. 오빠는 대기실에서 등록 양식을 작성하는 중이었다. 나는 오빠 옆에 앉았다. 대기실의 반대편 끝에 앉아 있는 한 나이 든 남자는 머리가 헝클어지고 피부에는 주름이 깊게 패어 있어 어린아이인 내 눈에도 평생 고달프게 살아온 사람처럼 보였다. 그 남자는 딱딱한 대기실 의자에 눕더니 두꺼운 갈색 트렌치코트를 위로 당겨서 얼굴을 덮고 잠을 청했다. 숨을 쉴 때마다 배가 오르락내리락 들썩이고 고개는 까딱까딱 움직였다. 이따금 한 번씩 꽤 한참 동안 숨을 쉬지 않아서 그때마다 나도 모르게 마음을 졸이며 남자가 다시 숨을 뱉을 때까지 불안하게 지켜보았다. 다시 숨을 쉬지 않더라도 그나마 응급실에 있으니 안심이라는 생각이 들었다.

한 젊은이가 퇴원 서류, 흡입기, 약병을 들고 대기실 중앙 쪽을 바라보는 의자에 앉았다. 주차장 쪽을 계속 내다보는 것으로 짐작건대 자신을 데리러 올 차를 기다리고 있는 듯했다. 응급실 문이 스르륵 열리면서 한 아빠가 어린 딸을 안고 급히 들어왔다. 소녀의 보라색 원피스 자락 아래로 심한 상처를 입은 다리가 보였다.

그때 나는 깨달았다. 우리 모두는 어떤 식으로든 상처를 입었기 때문에 그곳에 있었다. 다쳤기 때문에, 또는 부서졌기 때문에.

몇 분 후 오빠가 응급실 안쪽으로 불려갔다. 나는 오빠가 선별 구역으로 들어가 시야에서 사라질 때까지 지켜보았다. 오빠가 치료를 받고 나올 때까지 대기실에 앉아 기다리기로 했다.

번쩍이는 불빛과 고음의 삐삐거리는 소리가 조용한 공기를 꿰뚫었다. 구급차가 응급실 문으로 후진하며 곧 도착한다는 신호였다. 의료진이 신속하게 달려가 들것에 실린 뚱뚱한 노인을 구급차에서 내렸다. 한 구급대원이 노인 팔에 연결된 수액 봉지를 치켜들어 금속 거치대에 걸고, 노인의 입으로 연결된 튜브에 계속 공기를 주입했다. 다른 대원이 가슴을 압박했지만, 노인은 가슴이 눌릴 때 몸을 덜컥 움직일 뿐 미동도 하지 않았다. 의료진이 환자를 급히 응급실로 옮기는 동안 핏기 없는 팔이 들것 밖으로 튀어나와 대롱대롱 흔들렸다.

잠시 후 가족으로 보이는 사람들이 대기실로 밀려들어 왔다. 여자들과 남자들이 울면서 들어와 각기 아빠, 남편, 아들의 안부를 물었다. 접수대 직원이 그들에게 기다리라고 차분한 목소리로 말했다. 다친 사람들이 대기실에 들어서고, 간호사들이 이름을 부르면 환자들이 응급실로 걸어 들어가거나 휠체어를 타고 들어간 후에 침대 주위로 커튼이 쳐졌다. 나는 잡지를 집어 들고 이러한 광경을 애써 외면했다. 상처 입은 어린 여자아이, 노인, 가족을 포함해 온갖 연령대의 다양한 사람들이 응급실로 모여든 듯했다.

대기실에 있는 사람들 모두 초조한 심정으로 서로 시선을 피하며 기다렸다. 이때 버건디색 차가 밖에 멈춰 서자 흡입기와 퇴원 서류를 손에 들고 기다리던 젊은이가 "드디어 왔군! 이제 살았다!"라고 말하며 소지품을 주섬주섬 챙겨 문으로 달려 나갔다. 내가 틀림없이 노숙자라고 생각했던 나이 든 남자는 여전히 외투를 뒤집어쓴 채 잠을 자고 있었다. 그때까지 울음을 그치지 않고 있는 가족이 응급실 안쪽으로 급히 불려 들어갔다. 다리의 상처를 치료받으러 들어갔던 꼬마 아가씨는 아빠 손을 잡고 응급실에서 깡충깡충 뛰어 나왔다. 상처 부위에 분홍색 밴드를 붙이고 막대 사탕을 손에 꼭 쥔 채였다. 마치 막 서커스 공연을 보고 나왔다는 듯 아이는 활짝 웃고 있었다.

나는 시계를 흘끗 들여다보았다. 한 시간이 조금 넘었는데 오빠에게서는 아무 소식도 없었다. 나중에 구급차에 실려 도착한 노인의 가족은 고개를 가로젓고 손을 비틀며 한 명씩 응급실에서 나왔다. 그들은 어두운 응급실 밖으로 나가며 앞으로 무엇을 할지, 누가 고모한테 연락할지 이야기했다.

이제 대기실에는 외투를 뒤집어쓴 채 잠든 남자와 나뿐이었다. 오빠가 나오기를 계속 기다리는 동안 밖에서는 어느새 땅거미가 내려앉았다. 마침내 두꺼운 하얀 거즈로 손을 칭칭 동여 감은 오빠가 나왔다. 이제 가도 좋다고 했다.

"어떻대?"

내가 물었다.

"괜찮대. 그냥 엑스레이 찍고 치료받았어. 이틀 후에 다시 와서 상처가 잘 아물고 있는지 검사를 받으래. 심하게 물어뜯긴 상처라서 몇 바늘 꿰매는 것밖에는 할 수 있는 게 없대. 항생제도 받아왔어."

나는 오빠와 함께 바깥으로 나오면서 응급실을 뒤돌아봤다. 밝은 불빛 아래 어두운 복도가 나 있는 그곳은 고요하지만 삶의 여러 모습이 요동치는 장소였다. 응급실에서 목격한 광경은 그저 놀라웠다. 다리를 다쳐 울면서 아빠 품에 안겨 들어온 어린 여자아이가 깡충깡충 뛰며 응급실을 나섰다. 피를 흘렸던 오빠가 상처를 꿰매는 치료를 받고 다시 내 앞에 나타났다. 아마도 아침에는 멀쩡했을 노인의 가족들은 이제 노인 없이 응급실을 나서서 새로운 삶의 단계에 발을 내딛고 살아가야 했다. 집 없이 거리에서 생활하는 나이 든 남자는 밖으로 돌아가 남은 하루, 남은 인생을 헤쳐 나가야 할 때까지 어떻게든 잠시 쉴 곳을 찾았다. 어떻게 이 모든 사람들이 우연히 이 신성한 장소에 모여 자신의 상처를 드러내고 자신의 아픔과 고통을 바친 뒤 평온을 얻을 수 있는 것일까. 오빠의 몸에 난 상처가 치유될 수 있는 것이라면, 분명히 언젠가는 오빠의 마음에 난 상처 또한 틀림없이 나을 수 있을 거라고 나는 생각했다. 우리가 문제를 들여다보고, 문제에 이름을 붙이고, 문제의 원인을 밝혀내 조사한다면, 그 문제를 고치고 해결할 기회도 있다는 믿음이 생겼다. 우리에게는 상처를 치료받고 당당하게 우뚝 솟은 소나무 아래로 걸어 나오거나 치료를 받기 위해 발걸음을 옮길 기회가 있는 것이었다.

차를 타고 집으로 돌아오는 길에 오빠와 나는 평소처럼 침묵을 지켰다. 해 질 녘 도시는 그림자 속으로 몸을 숨기고, 보름달이 구름 사이사이로 짓궂게 숨바꼭질을 했다. 나는 진입로로 들어서서 엄마의 차 뒤, 오빠의 스포츠카 옆에 나란히 차를 세웠다. 집으로 들어가자 오빠는 곧장 자기 방으로 올라가 음악을 틀었다. 이번에는 어 트라이브 콜드 퀘스트A Tribe Called Quest*의 노래였다. 나는 부엌으로 들어가 오렌지주스를 따른 후에 식탁에 앉아 내가 얼마나 이 유령 같은 집을 떠나 사람들을 치

---

* 1990년대 활동한 힙합 그룹.

료하며 살아가고 싶은지에 대해 생각했다. 이 혼돈이 지배하는 한복판에서 평정심을 품을 수 있다면, 이러한 폭력의 너머에서 사랑을 발견할 수 있다면, 겹겹이 쌓인 상처를 치료할 수 있다면, 나는 응급실의 의사가 될 수 있을 거였다. 그 미래는 세상과 나 자신에게 보내는 선물인 셈이었다. 응급실이라는 공간에 설 수 있다면, 나는 전쟁통 같던 유년기와는 달리 내 삶의 주인으로서 도와달라고 아우성치는 사람들을 치유해주거나 적어도 일시적으로나마 고통을 덜어줄 수 있을 거였다. 나는 내 힘으로 책임지고 지키는 피난소를 생각해보았다. 여러 해 전 나를 찾았던 수호천사가 나 자신의 목소리만큼이나 분명한 음성으로 삶의 비밀을 알려준 적이 있다. 믿는 대로 이루어지리라.

공백

부서지던 내가
부서진 이를 고치는
의사가 되기까지

The Beauty in Breaking

사우스 브롱크스에 있는 머시라이트병원에서 응급의학 레지
던트 과정을 마치는 졸업식 광경은 내가 상상했던 것과는 정
반대였지만, 지독한 과정에 마침표를 찍었다는 것만은 확실
했다. 나는 복도 옆자리에 앉았고, 내 옆에는 엄마가, 그 옆에
는 새아빠가 앉아 있었다. 오빠와 여동생에게는 졸업식에 굳
이 오지 않아도 된다고 말했다. 육군 중위인 여동생은 군복무
로 바쁠 테고, 오빠는 자기 가족과 시간을 보내거나 새로 장만
한 집을 가꾸는 데만 신경이 팔려 있을 테니까. 하지만 사실 여
기까지는 모두 내 지레짐작에 불과했고, 두 사람을 부르지 않
은 진짜 이유는 오빠와 여동생에게 지금 내 모습을 보여주고
싶지 않기 때문이었다. 지난 4년간 의과 대학을 다니고, 다시
4년간 레지던트 과정을 밟는 내내 손꼽아 기다려온 이 축하 행
사가 장례식에 더 가깝게 느껴진다는 사실을 오빠와 여동생이
못 알아차리기를 바랐다. 상상 속에 늘 남편이 있던 내 곁은 휑

하니 비어 있었다.

남편. 마음이 칼에 베이듯 아픈 단어다.

전남편이 더 정확한 표현일 것이다. 마지막으로 댄과 함께 시간을 보낸 것은 5월이었다. 그때까지 우리는 뉴욕의 사우스 브롱크스에서 같이 살았다. 제2차 세계대전이 일어나기도 전에 지어진 방 두 개짜리 낡은 아파트가 우리 집이었다. 결혼 생활이 끝난 뒤에도 우리는 당분간 함께 지냈다. 내가 졸업한 뒤 펜실베이니아로 이사 갈 때까지는 시간이 한 달 이상 남아 있었고, 우선 낡은 아파트가 팔려야 둘 다 살 곳을 마련할 수 있었기 때문이다.

이혼하기 전까지는 필라델피아에 정착하는 것이 우리의 계획이었다. 양가 가족이 모두 북동부에 살았기에, 우리 부부는 언제나 마음만은 북동부 사람이었다. 내가 레지던트 과정을 졸업한 뒤 우리 부부가 새출발할 곳을 찾아야 했을 때, 뉴욕시는 생활비가 지나치게 비쌌고, 뉴욕보다 북쪽인 곳은 어디든 너무 추웠으며, 워싱턴 DC의 아래로는 더는 북쪽이라 부를 수 없었다. 뉴저지의 대부분은 도심에서 상당히 멀리 떨어진 교외 지역이었고, 대도시의 안락함을 제공하는 물건들은 뉴욕시만큼 비쌌다. 그래서 뉴욕, 워싱턴 DC, 뉴저지, 메릴랜드에 쉽게 갈 수 있고 경쟁 도시와 비교해 생활비가 합리적인 지역을 고르다 보니 필라델피아가 유일한 선택지로 떠올랐다. 댄도 나도 필라델피아에 살아본 적이 없었지만 외부적인 여건으로 판단할 때 가장 타당한 대안이라는 생각이 들었다. 나에게는 필라델피아에 사는 지인이나 가족이 없어도, 댄의 부모가 필라델피아 주택가에 이사와 있었고, 댄의 친구 몇 명도 근처에서 살았다.

우리 부부는 내가 레지던트 과정을 마칠 때까지 다른 결정들을 모두 미뤘다. 부부 중 한 사람이 레지던트 과정을 밟고 있다면, 그 배우자도 레지던트 과정을 수료 중인 것과 마찬가지다. 하지만 곧 모든 게 바뀔 차례였다. 나는 새로 이사한 도시에서 우리 두 사람이 손을 잡고 길을 걷는 모습을 상상했다. 상상에서는 우리가 지나간 길 뒤로 살랑살랑 떨어져 내린 은행잎이 인도 위에 쌓여갔다. 마침내 즐길 여유가 생겼으므로 새로 개업한 레스토랑들을 하나도 빠짐없이 가볼 작정이었다. 맨 처음 살림을 시작하면서 구입한 이케아 가구를 중고 시장인 크레이그리스트에 올려놓고, 훗날 이사를 가더라도 반드시 가져가고 싶은 종류의 가구를 들여놓고 싶어 안달이 났다.

우리 집은 우아하면서도 친환경적으로 꾸밀 거야. 집 안에는 늘 양초를 켜놓아야지. 우선 바닐라 향이 나는 호박색 양초부터 시작하자. 플레이스 매트, 냅킨, 반짝이는 식기류도 새로 장만해야겠네. 수요일마다 박물관을 찾아다니고, 금요일마다 집에서 파티를 열어야지. 늘어난 수입으로 생활에 여유를 좀 누리다가, 2년쯤 지났을 때 아이를 낳을지에 대해 의논할 수 있을 거야.

하지만 우리는 끔찍한 독립 영화의 시놉시스처럼 이별했다. 뉴욕에 살면서 완벽하고, 젊고, 진보적인 정치 성향을 가진 이 영화의 주인공 커플은 백인 남편이 독립 영화 제작자이고, 흑인 아내는 직업이 의사다. 두 사람은 하버드대학교 재학 시절 아이스크림 가게에서 처음 만나 연인이 되고, 결혼까지 했다가 종국에는 충격적이고 고통스러운 이별을 맞이한다. 부부는 여태껏 많은 난관을 극복했지만, 레지던트 과정을 졸업하기까지 불과 몇 달 남지 않은 상황에서 아내는 일방적으로 남편에게 이별을 통보받는다. 졸업 후에는 남편의 친구와 가족이 가까이 사는 필라델피아로 이사할 계획까지 세운 마당에 말이다.

"당신은 경력을 차곡차곡 잘 쌓아가고 있지만 나는 그렇지 못해."

그날 밤 남편이 내게 말했다.

"당신과 함께 있으면 나는 당신이 성공할 수 있도록 전력을 다해 내조하겠지. 하지만 이제는 나 자신을 찾아야겠어. 유일한 방법은 당신과 헤어지는 거야. 당신은 필라델피아에서도 잘 지낼 수 있을 거야. 나는 가지 않아."

마치 영화의 주인공들만 모를 뿐 관객들은 모두 무슨 일이 일어날지 뻔히 보이는 진부한 각본 같았다.

이게 정말 영화였다면 그다음부터는 이런 장면이 펼쳐졌을 것이다. 휘트니 휴스턴이 부른 〈나는 언제나 당신을 사랑할 거예요I Will Always Love You〉가 배경 음악으로 깔리면서 창밖에 비가 내리기 시작한다. 처음에는 부슬부슬 내리다가 이내 폭우로 바뀐다. 음악 소리가 점점 커지고 나는 남편의 어깨에 머리를 기댄다. 그러다가 음악이 절정에 다다르면 내 마음은 갈기갈기 찢어질 것이다.

하지만 현실에서 나는 남편이 결별을 선언한 지 48시간 만에 변호사를 구해 이혼 소송을 제기했다.

우리는 새벽 3시까지 대화를 나눴다. 서로 신랄하게 비난하다가 속을 쥐어짜듯 고통스럽게 애원하기를 반복했다. 너무 지쳐 나가떨어질 때까지 계속 방을 서성이며 이야기하다가 결국 침대에 쓰러졌다. 나는 우리 이야기, 아니 내가 기억하는 우리 이야기를 마음에서 도저히 지우지 못하고 사진첩을 넘기듯 곱씹으면서 몸을 뒤척이다 뜬눈으로 밤을 새웠다. 시간이 지나면 이 형상들도 결국 희미한 기시감으로 바뀌리라.

나는 우리가 지난 세월 쌓아온 추억을 기억하게 해달라고 우주에 빌었다. 9년 전 온화한 4월 어느 날 오후에 우리 둘이서 비를 맞으며 어설프지만 낭만적으로 춤을 춘 기억은 물론이고, 푸드 네트워크Food Network[*]에서 배운 몇 가지 요리법을 응용하고 우연히 그 주에 함께 좋아했던 맛을 가미해 만든 우리

* 음식을 주제로 한 미국 케이블 방송.

만의 특별한 후무스 레시피, 뉴저지 바닷가로 떠난 여행, 몸보다는 머리를 쓰는 일을 하는 댄의 부드럽고 매끄러운 손길, 탄탄한 근육질 몸에 여리고 섬세한 기질이 숨겨져 있다고 나에게 속삭이던 댄의 갈색 눈동자, 그리고 이런 댄과 함께 보낸 13년을, 매분 매초의 순간을 하나도 빠짐없이 잊지 않게 해달라고 기도했다. 그럴 수 없다면 우리가 헤어지는 게 지당하다고, 옳다고 느끼게 함으로써 내가 앞으로 살아갈 수 있게끔 만들어달라고 온 우주에 소원했다.

댄에게 다가가 그 품에 안겨 위안을 얻으려고도 해봤다. 댄의 팔을 베고 누워서 그가 잠자며 내보내는 묵직한 숨결, 그의 존재 자체가 규칙적으로 선사하는 평온함을 느끼며 숨을 쉬어봤다. 댄에게는 언제든 어디서든 숙면을 취하는 재능이 있었다. 댄의 조각 같은 몸은 잠에 빠지면 근육이 이완되어 유연해졌으므로 체구가 작은 나에게는 완벽한 쿠션이었다. 사람의 몸이 이완되면 그토록 부드러워질 수 있다니 지금 생각해도 경이롭다. 진정한 〈아이언 셰프Iron Chef〉* 프로그램 출연진처럼 집에 있는 재료만으로 신선한 이탈리아 요리를 뚝딱 자주 만들어서일까? 아니면 영화를 촬영하느라 오랜 시간 뉴욕 거리를 종횡무진 뛰어다녀서일까? 어쨌거나 그날 밤 댄의 몸에서는 따

---

* 대가들이 펼치는 요리 배틀 프로그램.

뜻한 빵과 잔디 냄새가 뒤섞여 났다. 나는 어느 때보다 소중하다는 듯이 숨을 깊이 들이마셨다. 그러자 마치 몸이 하늘 위로 붕 떠올라 열기구를 타고 높이높이 올라가는 듯했다. 열기구에서 내려와 댄의 품에 더 바싹 파고들고 싶은 마음이 간절했지만 우리 둘 사이에는 호흡과 공기가 장벽처럼 가로막혀 있었다.

나는 열기구에 매달린 왕골 바구니에 몸을 싣고 가장자리 너머로 손을 흔들어 우리가 살았던 아파트와 작별했다. 헤어지자는 말이 나오기 전에는 필라델피아로 이사 갈 때 이 집을 팔지 않고 임대를 놓기로 계획했었다. 이 집을 일종의 투자 자산으로 삼아서 부동산 시장이 뜨거워져 집값이 오를 때까지 기다리기로 했던 것이다. 그것이 부자가 될 수 있는 확실한 방법이라고 생각했다.

열기구가 계속 올라가는 동안 나는 시부모를 얼핏이라도 보기 위해 주변을 두리번거린 다음 그들과도 말없이 작별했다. 당신들이 낳은 아들이 자라서 흑인 여자와 연애하는 모습을 지켜보고, 결국 흑인 며느리를 맞이하는 현실을 편안하게 받아들이기까지 거의 10년이 걸렸다. 하지만 그럴 만한 가치가 있는 시간이었다. 비바람을 겪는 사이, 나와 시부모의 유대가 끈끈해졌기 때문이다. 댄 없이 그의 부모가 사는 지역으로 이사를 간다고 생각하니 이사에 따르는 고통이 훨씬 날카롭게 내 마음을 찔렀다.

또 나는 우리 사이에서 태어날 수도 있었던 두 아이와 작별했다. 사랑스러운 얼굴, 올리브색 피부, 곱슬곱슬한 머리카락을 지녔을 아이들이었다. 나를 닮아 보조개가 쏙 들어가는 통통하고 귀여운 뺨, 이 뺨을 감싸는 곱슬머리의 촉감이 생생하게 느껴졌다. 아이들은 이탈리아계 미국인 아빠와 아프리카계 미국인 엄마에게 유전자를 물려받아 날씬한 근육질 몸과 둥글고 탄탄한 엉덩이를 타고났을 것이다. 딸을 낳으면 넬라 비타로, 아들을 낳으면 어거스트라고 이름 붙였을 것이다. 아이들이 깔깔 웃는 소리와 안녕하며 작별하는 소리가 내 입에서 나오는 비명과 울부짖음에 묻혀 차츰 사라졌다. 아이들의 형상을 붙잡으려 무던히 애를 썼지만 열기구가 너무 높이 오르며 둥둥 떠내려갔다. 아이들, 시부모, 지금껏 살아온 아파트, 지난 13년 동안 익숙했던 모든 것에서 점점 멀어졌다.

이제 열기구가 너무 높이 올라가 뛰어내릴 수 없었다. 이 높이에서는 공기가 희박했고 유일한 산소 거품은 전남편의 가슴과 목에 남아 있었다. 나는 아래턱뼈, 빗장뼈, 엉덩뼈 능선 순으로 댄의 몸 굴곡을 눈으로 더듬었다. 지금이 결국 마지막이겠지. 어느 순간 댄이 깨어날 테고 그러면 나는 몸을 옮겨야 했다. 어둠 속에서 휴대전화를 더듬어 손에 들고 침대에 잠든 댄의 사진을 마지막으로 찍었다. 사진은 형편없었다. 피사체가 흐릿하고 빛이 부족해 낡은 흑백 사진 같았다. 댄이 잠에서 깨고 나

54

서 사진을 봤을 때 어떤 반응을 보일지 예상하자 피식 웃음이 나왔다. 물론 사진을 그냥 지워버리지 않는다면 말이다.

뉴욕 습기를 머금은 봄날 아침이 밝아왔다. 블라인드 사이로 햇빛이 들어와 댄의 왼쪽 뺨에 무늬를 남겼다. 나는 습기와 무기력하게 싸우다가 더는 버티지 못하고 약한 선풍기 바람을 쐬기 위해 이불을 젖혔다. 그러면서 이별의 다음에는 어떤 단계가 나를 기다리고 있을지 짐작해보았다.

일단 나는 무너져 내릴 것이다.

부분적으로는 외로움 때문일 것이고, 더욱 크게는 지금껏 남자들과 맺은 관계 중에서 유일하게 비교적 안정적이었던 것을 잃을 예정이기 때문이다.

결혼 생활이 끝났다고 해서 화가 난 것은 아니었다. 적의를 품지도 않았다. 나는 우리 관계가 갈 데까지 갔다는 것을 알았다. 우리가 헤어진 원인은 사실상 이사와 전혀 관계가 없었다. 우리 두 사람이 갈림길에 섰기 때문이었다. 댄은 기술을 익히고 공부를 하기 위해 해외에 나가 살고 싶어 했지만 내가 레지던트 과정을 마치더라도 그럴 수 없다는 사실을 잘 알고 있었다. 나는 일을 시작해야 했고 의사 면허 시험을 통과해야 했다. 게다가 댄은 내가 남자를 위해 경력을 포기할 여자가 아니라는 사실을 일찌감치 알고 있었다. 나 또한 다른 사람의 앞길을 가로막을 생각이 없었다. 댄의 입장에서는 떠나야 하기 때문에 떠나는 것이다. 그리고 나는 댄을 보내줄 거였다. 그래야만 하니까.

그 이후 내게 닥쳐온 슬픔의 뿌리는 외로움이나 '남자를 잃는 것'보다 깊었다. 결혼 생활이 파탄 나면서 내 안에 깊이 숨어 있던 버려진 존재라는 인식, 갈망했지만 결코 누리지 못했던 가정생활을 잃었다는 인식이 고개를 들었기 때문이었다. 이것이 내 슬픔의 진정한 뿌리라는 사실을 나는 어느 정도 알고 있었다.

어떻게 또는 언제일지는 자세히 알지 못해도 머지않아 뉴욕에 봄이 찾아올 무렵쯤, 나는 나 자신이 색도 없고 빛도 없는 허탈의 우물에 빠지리라는 것을 알았다. 그리고 내가 싸워야 할 것도 없다는 사실 또한 알고 있었다.

레지던트 과정을 매듭짓는 졸업식이 진행 중이었다. 나는 좌석에서 몸을 꿈틀거리며 엄마를 흘끗 쳐다보았다. 엄마는 마음 뿌듯한 표정을 지으며 내 이름이 불릴 순서를 기다리고 있었다. 나는 구두 뒤축으로 바닥을 두드리면서 나는 규칙적인 소리에 집중했다. 이 강당에 몇 분만 더 있으면 삶의 다음 단계를 밟는다. 나는 옆에 앉은 낯선 사람을 발로 차지 않으려 조심하면서, 구두 뒤축으로 내는 소리가 다른 사람을 방해하진 않지만 내 정신을 다른 곳으로 분산시킬 수 있을 만큼 정교하면서도 빠르게 발을 굴렀다. 그러면서 약지를 내려다보았다. 결혼

반지가 끼워져 있던 왼손 네 번째 손가락에는 옅은 황갈색 자국이 남아 있고, 주변 피부는 햇빛에 그을려 짙었다. 재빨리 반대편 손 검지로 자국을 문질렀다. 고통을 없애기 위해 애꿎은 눈물 한 방울이 오른쪽 뺨에 떨어질 때까지 계속 문질렀다. 하지만 소용이 없었다.

어떤 졸업식이든 졸업식은 저마다 엇 같았다. 고등학교 졸업식이 개중 낫기는 했다. 의식 자체는 떠들썩한 잔치 분위기였다. 가족이 한 사람도 빠지지 않고 참석했다. 물론 가족이라고 해봐야 몇 명 되지 않아서 대단히 시끌벅적하지는 않았다. 외할머니는 교회에 갈 때 쓰는 레이스 달린 모자에 짙은 붉은색 립스틱으로 멋지게 단장했다. 말수가 적은 외할아버지는 양복을 말끔하게 차려입고 늘 그렇듯 카메라를 어깨에 멘 채 미소를 지으며 자리를 지켰다. 사진은 완벽한 관찰자인 외할아버지 담당이었다. 외할머니는 여자 대장부여서 외할아버지 몫까지 말했다. 엄마가 좋아하는 동생인 이모 에일린도 왔고, 내 부모에 오빠, 여동생까지 참석해 국립대성당학교 졸업식장에 모인 각양각색의 사람들과 함께 환호했다. 나는 예순여섯 명의 동기 사이에 끼여 있으면서, 이 가운데 많은 여성이 중요한 방식으로 역사의 흐름을 바꾸리라 생각하고 무엇에도 비길 데 없는 자부심을 느꼈다.

고등학교 졸업식 자체는 나쁘지 않았다. 물론 대학에 가기 위해 집을 떠나야 했으므로 마음이 기쁘면서도 약간 착잡했다. 집은 내가 어린 시절을 보낸 유일한 장소이지만, 모든 것이 잘못된 뒤틀린 곳이기도 했다. CD 플레이어로 디-라이트Deee-Lite의 노래를 들으며 짐을 쌀 때, 여전히 내 안에 살고 있는 어린아이도 빠트리지 않고 챙겨 넣었다. 나는 어린 시절에 밖에 나가 탐험을 하거나, 공상에 잠기거나, 자유롭게 행동해도 좋다는 허락을 받아본 적이 없었다. 여전히 내 안에 살고 있는 어린아이를 작은 상자에 구겨 넣고 매사추세츠주 케임브리지를 향해 먼 길을 떠났다. 오키드 거리를 벗어나면 그 아이가 마침내 놀이터를 발견할 수도 있지 않을까 바라면서.

이 자리에서 내 대학 생활을 자세히 적지는 않으려 한다. 하버드대학교와 같은 엘리트주의와 특권의 중심지를 다룬 글들은 많다. 일부는 사실이다. 대학교에 입학하고 처음 참석한 사교 행사에서 한 백인 남자 동기가 나에게 '너는 흑인일 리 없다'고 말했던 것도 사실이다. 내 말투가 자신의 이웃에 사는 두 흑인과 다르기 때문이라고 했다. 그는 '까만 피부'를 둘러싸고 갈등이 생길 때 스스로 중재자 역할을 맡았으므로 마치 자신에게 그럴 권리가 있는 것처럼 아무렇지도 않게 말했다. 내가 속했던 여학생 성폭력 예방 단체가 성폭행 피해자들을 위한 자원을 한데 모으기 위해 학장 중 한 사람과 논의하려 했을 때, 그가 "하버드는 당신들의 손을 잡지 않을 겁니다"라고 말한 것도 사실이다. 학장의 말은 진심이었다. 그가 문을 닫고 나가는 순간 토론은 끝났다. 부자들이 거액을 지불한 대가로 이 대학에 자녀를 입학시킬 기회를 산다는 추문을 들었을 때도 나는 놀라지 않았다. 이곳에 다니는 학생들은 이처럼 만연한 불평등에 대한 의혹을 익히 알고 있었다. 다만 대중이 전혀 알지 못하는 듯 행동하는 것이 이상했다. 전통적으로 이러한 상아탑들은 노력하지 않고 특권을 이미 쥐고 있는 사람들의 지위를 높이는 데만 신경 쓰면서 피부색, 가족 계급, 성적 지향, 성별, 신체적 능력 등 개인이 바꿀 수 없는 요건들로 특권을 소유하지 못한 사람들의 앞길을 가로막기도 한다. 이러한 교육 기관들이 스스로 본보기를 보이고 있다고 공언하는 행동 기준을 과연 지키고 있는지 정밀하게 조사해야 한다.

졸업식에 관해서는 다양한 사람들이 연설을 했고 나는 대부분의 행사에 참여하지 않았다는 정도만 언급하면 충분할 것이다.

의대 졸업식에서 맞닥뜨린 세상은 완전히 달랐다. 외조부모의 상태는 더는 여행을 할 수 없는 정도가 아니었다. 외할머니의 알츠하이머 증세가 더욱 심해졌고, 외할아버지는 평생 곁을 지켜주었던 아내를 돌보느라 집에서 벗어날 수 없었다. 하지만 친아빠인 모리스는 참석했다. 이전에 있었던 졸업식에도 꼬박꼬박 왔는데 나는 그때마다 아빠가 어색했다. 아빠는 그때까지 내 학비를 지원해주었으므로, 나에게는 반드시 아빠를 초대해야 한다는 일종의 의무감이 있었다. 당시에는 내게 선택권이 있다는 사실을 몰랐다. 부모는 내가 의대에 입학하기 몇 년 전에 이미 이혼했던 터라 나는 어쩔 수 없는 경우에만 이따금씩 아빠와 대화했다. 졸업식장에서 아빠가 나를 가르친 교수들과 악수하고, 자신이 여태껏 한 적 없는 아빠 역할에 대해 이런저런 말을 쏟아내도 나는 무시했다. 그러다가 가족사진을 찍으려 포즈를 취했을 때, 나를 팽팽하게 쥐어틀고 있던 긴장의 끈이 뚝 끊어졌다. 카메라 플래시가 터질 때마다, 내 가족이 여태껏 취해온 가식이 내 삶의 다음 단계에도 공공연하게 침투하고 있다는 사실이 명백해졌다. 하지만 이제 이러한 가식은 더는 환영받을 수도, 용인받을 수도 없었다.

나는 의대를 졸업한 직후에 댄과 결혼했다. 의학 학위를 받기 전까지는 결혼하지 않겠다고 엄마에게 약속했었다. 엄마는 내가 혼자만의 힘으로 학위를 따기를 바랐고, 그러라고 귀에 못이 박히도록 강조했었다. 어쨌거나 결혼하기로 결정하면서 나는 아빠를 결혼식에 초대하지 않았고, 실제로 아빠는 내가 결혼한다는 사실조차 알지 못했다. 얼마 지나지 않아 아빠가 더는 내 삶의 파편으로 남고 싶지 않다고 내게 통보했다. 심지어 그 말도 가족과 관계를 유지하는 것이 유전적 의무라는 강요에 내가 마지못해 걸었던 수많은 전화 통화 중에 나온 말이다. 친아빠는 강요가 먹히지 않자 이번에는 재정 지원을 끊겠다고 위협하면서 나를 좌지우지하려 했다. 나는 아빠의 돈을 받음으로써 치러야 하는 대가가 지나치게 크다고 판단했고, 결국 이 시도가 실패한 뒤에야 아빠는 강요하기를 멈췄다. 나는 '아빠'라는 자격은 노력으로 얻어야 한다는 생각을 확고히 굳혔다. 그러면서 '가족'이라는 집단에 속하는 권리도 언제든 빼앗길 수 있다는 사실을 깨달으며 가족의 개념을 새로 정의하기 시작했다.

나는 나 자신을 지키기 위해 아빠와 가족으로 이어진 끈을 끊었다. 그러고 나서야 비로소 스스로 판단을 내릴 수 있다는 사실을 깨달았다. 마침내 아빠의 학대 행위를 지적하며 그에게 맞설 수 있었다. 나는 아빠에게 당신은 가족을 산산조각 낸 테러리스트라고 일침을 가했다. 그뿐 아니라 가족 구성원 중 한 사람이 약물 중독에 허덕이게 된 것은 아빠가 그 삶을 너무나 심하게 망가뜨렸기 때문이며, 엄마가 지금도 큰 소리를 들으면 몸을 움찔하는 것은 아빠 때문이라고 말했다. 또 혹시라도 나와 다시 대화하기를 원한다면 먼저 자신의 진짜 모습을 마주하고 인정해야 한다고 맞섰다.

아빠는 내 말을 전혀 인정하지 않고 그저 종적을 감춰버렸다. 그렇게 하기로 선택한 것이다.

내 삶에서 아빠가 사라진 결과는 만족스러웠다. 살아 있는 괴물보다 죽은 유령과 사는 것이 더 나았으니까.

인턴 과정은 졸업이 없었고 벗어나는 유일한 길은 오직 탈출뿐이었다. 내가 들어간 4년 과정의 응급의학 프로그램에서는 다른 분야 인턴(의과대학 졸업 후 레지던트 1년)을 마치고 나서 응급실로 돌아와 2~4년을 완수해야 했다. 이것은 당시 의료계의 방침으로, 의과대학을 졸업하자마자 곧장 응급실에서 수련을 시작하면 지나치게 힘드니 먼저 다른 의학 분야에서 1년 동안 훈련을 쌓는 편이 더 낫다는 논지였다. 나는 응급의학에 필요한 기초를 포괄적으로 쌓을 수 있으리라 판단하고 내과에서 인턴을 하기로 결정했다. 나에게는 첫 1년을 어느 분야에서 보낼지가 크게 중요치 않았다. 그저 목적을 달성하기 위해 365일을 투자하는 수단일 뿐이었으니까. 그래도 병원에 돈이 많아서 비교적 더 높은 급여와 생활의 편의를 제공하는 프로그램을 선택하면 일할 때 따르는 괴로움을 얼마간 상쇄할 수 있을 것 같았다. 그래서 롱아일랜드에 있는 부유한 지역의 병원을 골랐고 1년 동안 성실히 근무했다. 그 병원에서는 그랜드 피아노 앞에 앉은 연주자나 서정적인 선율을 선보이는 하프 연주자가 빚어내는 클래식 음악을 들으며 출근할 수 있었다. (전혀 예상하지 못했지만, 이러한 호사를 누리는데도 제2의 고향인 브롱크스에서 보냈던 날들을 그리워하는 마음은 수그러들지 않았다.)

레지던트 과정을 통과하기 위해 거쳐야 하는 인턴 기간을 좋아하는 사람은 아무도 없었다. 나처럼 주요 프로그램에 들어갈 때까지 하루하루를 손가락으로 세어가며 일하는 사람들은 물론이고, 아직 레지던트 과정에 합격하지 못해 다시 지원할 때까지 시간을 벌까 싶어 인턴 과정을 시작한 슬픈 영혼들도 마찬가지였다. 심지어 내과에서 일하고 싶어 1년이라는 쓰디쓴 약을 삼키고, 그 고된 업무를 어쩔 도리 없이 치러야 하는 통과의례로 받아들인 사람들도 똑같이 고통스러워했다. 결국 우리는 모두 병원에서 일하는 애송이 노예에 불과했으니까! 무슨 일이 생기든 가장 먼저 호출받고, 전해액 수치를 추적하느라 이리저리 뛰어다니고, 반복적으로 타이레놀을 처방하고, 아침 회진에서 발표할 내용을 준비하는 것은 우리가 쓰러지지 않을 만큼까지 수면 시간을 줄여가며 해내는 수많은 의무들 중 극히 일부에 지나지 않았다.

나를 감독했던 내과 프로그램 과장인 의사 자이스왈은 만만치 않은 성격의 소유자였다. 그는 지적이고 임상 분야에서 숙련된 기량을 나타냈지만 그다지 너그러운 성격은 아니었다. 매일 아침이면 우리 인턴들은 모여서 회진을 돌았다. 환자를 찾아가 경과를 확인하는 것이 목적이었는데, 과장이 다가오는 것은 종종걸음을 치는 구두 발자국 소리로 일찌감치 알 수 있었다. 과장은 사파이어나 루비, 에메랄드 같은 보석들을 떠올리게 하는 색색의 정장을 언제나 자신의 작은 체구보다 족히 한 치수는 커 보이는 사이즈로 입고, 여기에 감각적이면서도 최신 유행하는 굽 낮은 구두를 신고 다녔다.

어느 여름날 아침이었다. 나는 전날 당직을 섰으므로 밤사이 입원시킨 모든 환자들의 증상을 설명하고, 이에 따른 진단과 치료 계획을 발표해야 했다. 그러고 난 뒤에야 다른 팀원들이 계속 회진을 도는 동안 집에 가서 쉴 수 있었다. 전날 과장은 인턴 중에서 폐렴에 대해 발표한 헬렌과 혈소판 감소증 환자의 사례를 소심한 태도로 발표한 크레이그를 혼냈다. 심지어 회진을 도는 구역의 의사 스테이션 근처에 있는 모든 사람들이 지켜보는 앞에서 벌어진 일이었다. 누구나 예외 없이 거의 증오에 가까운 분노를 품으며 자이스왈을 무서워했다. 인턴들과 레지던트들은 휴게실에서 자이스왈을 신랄하게 내려 깎으면서, 그가 긍정적인 피드백을 주는 데 몹시 인색하고 지나치게 비판적이라며 끊임없이 투덜댔다.

부주의해서 실수한 인턴에게 몹시 냉혹한 태도를 보였지만, 자이스왈이 헬렌과 크레이그를 야단친 데는 내가 생각하기에도 납득할 만한 구석이 있었다. 두 사람의 발표 내용이 허술했던 것은 사실이니까. 굳이 자이스왈 편을 들자면 그는 자기 환자에 대해 속속들이 파악하고 있었다. 예를 들어 다발성 장기 부전으로 병원에 실려 온 존스 씨가 5년 전 무릎 관절 수술을 잘못 받아 부작용으로 힘겨워한다는 사실을 알고 있었다. 그래서 존스 씨는 과거와 같은 일을 겪을까 봐 겁이 나 무릎 통증과 부기가 점점 심해지는데도 3주 동안 병원을 찾지 않았고, 증상이 관절 감염으로 악화되는 지경에 이르렀다. 보다 못한 가족이 응급 구조대EMS에 전화해 응급실로 이송된 케이스였다. 또 자이스왈은 환자를 진단하는 능력 또한 뛰어났는데, 한 번은 환자의 증상을 보고 급성 간헐적 포르피린증*임을 밝혀냈다. 해당 질병은 디스커버리건강채널에서 방영하는 〈미스터리진단Mystery Diagnosis〉이나 영화 〈조지왕의 광기The Madness of King George〉에나 나올 정도로 상당히 희귀하다. 자이스왈이 매몰차긴 해도 그의 가르침을 흡수할 수 있다면 뛰어난 임상의로 성장할 여지가 있었다. 물론 본받을 만한 부드러운 태도를 갖춘 사람은 따로 찾아야겠지만.

인턴 과정을 시작한 지 한 달이 채 되기 전이었다. 늘 긴장을 달고 살았던 그 여름날 아침, 드디어 내가 발표할 차례였다. 회진 팀 무리에 섞여 담당 환자의 병실로 발길을 옮길 때, 나는 수면 부족 증상과 두려움이 뒤섞여 현기증을 느꼈다. 5층에서 걷기 시작했는데 마치 전력 질주를 하는 것 같았다. 시간 여행이라도 한 듯 정신을 차려보니 어느덧 7층이었다. 엘리베이터를 탔던가? 나는 전날 밤 환자에 대해 조사한 사항들이 낱낱이 기억나기를 바라면서 차트를 뒤적였다. (발표하는 동안 차트를

---

* 혈액 색소 성분인 포르피린이 혈액과 조직에 쌓이는 선천성 대사 이상증.

힐끗 보기라도 하는 날에는 여지없이 자이스왈의 불호령이 떨어졌다. 한 번에 환자 두 명의 정보를 기억할 수 없으면 의사가 되지 말아야 한다는 것이 그의 지론이었다.) 초조한 마음을 진정시키려 애쓰면서 나는 머릿속에 넣어둔 사항들을 되짚었다. 환자는 평소 고혈압이 있고, 콜레스테롤 수치가 높다. 콜레스테롤 수치를 낮추기 위해 크레스토만 복용할 뿐 달리 복용하는 약은 없다.

"그래서, 미셸 하퍼 씨."

자이스왈은 병실로 가면서 내게 말을 걸었다.

"하퍼 씨의 밤 근무가 여유로웠다는 소식을 들었어. 정말 운이 좋네! 오늘 아침 우리에게 발표할 사례가 한 건뿐인 거지? 그럼 그 사례를 최대한 활용해보자고!"

무광 진홍색 립스틱을 바른 자이스왈은 가지런하고 하얀 치아를 드러내며 씩 웃었다. (자이스왈은 항상 빨간 립스틱을 발랐는데 그 색이 그의 말에 실린 힘을 더 증폭시키는 것 같았다.)

여유로웠다고? 방금 과장이 여유로웠다고 말한 거야? 어젯밤 병원에 들어섰을 때 나는 마치 판자 위를 걷는 것만 같았다. 나와 인턴 세 명이 응급실 전체를 책임져야 했는데 아직 능력이 모자란 내 두 손에 다른 사람들의 생명이 달려 있다는 두려움이 밀려왔다. 두 환자는 체온이 치솟았고, 한 명은 혈중 산소량이 감소하고, 다른 한 명은 가슴 통증을 호소했다. 또 심장 박동이 빨라지는 환자를 진료하다가 내 심장 박동이 훨씬 빨라

지면서 부정맥 증상까지 겪었다. 여유롭다고 느낄 만한 상황이
전혀 아니었을 뿐더러 모든 처치가 끝난 뒤에도 '운이 좋았다'
라는 생각은 눈곱만큼도 들지 않았다.

의료진이 병실 문 앞에 도착해서 과장을 빙 둘러섰다. 나는
목소리를 가다듬고 발표를 시작했다.

"프레임 환자는 ⋯."

"아니, 아니. 잠깐."

자이스왈이 말을 끊었다.

"그냥 들어가서 환자를 보도록 합시다. 실제로 침대 옆에 서
서 자신이 맡은 환자를 눈으로 보는 과정이 매우 중요하거든.
처음에 환자를 전체적으로 훑어보는 게 평가의 시작이야."

자이스왈은 더할 나위 없이 진지했다. 응급실에서 밤새 일한
뒤에 과장 앞에서, 그것도 환자가 빤히 쳐다보는 앞에서 발표
를 해야 한다고? 과장이 회진 팀을 향해 병실로 들어가라는 신
호를 보냈으므로 나는 발표가 끔찍하게 잘못될 무수한 방식들
을 예측해볼 시간이 전혀 없었다. 과장은 순한 양들을 다루듯
손가락으로 가리키며 침대 옆에 각자 설 자리를 알려주었다.

"잘 주무셨어요, 프레임 환자분?"

과장은 환자에게 아침 인사를 했다.

"저는 프레임 환자분을 치료하는 의료 팀을 이끄는 자이스
왈 과장입니다. 환자분을 치료할 방법에 대해 이 자리에서 논

의하려 하는데, 마음이 불편하지 않으셨으면 해요."

"조금도 불편하지 않습니다. 잘 부탁드립니다."

프레임 씨가 대답했다. 그는 머리카락 색이 짙고 체격이 보통인 평범한 중년 백인 남성이었다. 침대 옆에 서서 자이스왈 과장에게 환자의 증상을 설명해야 한다고 생각하자, 그의 모습이 새롭게 눈에 들어왔다.

"안녕하세요."

나는 환자에게 고개를 끄덕여 보이고 발표를 시작했다.

"프레임 환자분은 고혈압과 고콜레스테롤 병력이 있는 쉰아홉 살 남성입니다. 간농양*으로 입원했고, 주요 증상인 열, 오한, 기침, 구역질이 점점 심해진다고 호소하고 있습니다. 이러한 증상을 완화시키기 위해 두 가지 종류의 항생제로 치료를 받다가 우리 병원을 찾았습니다. 환자는 아목시실린을 열흘간 복용했고, 그 후 1차 의료 기관에서 항생제를 클린다마이신으로 바꿨습니다. 환자가 어젯밤 응급실에 왔을 때는 클린다마이신을 복용한 지 총 열흘 중 7일째였습니다."

"하퍼 선생, 치료법이 얼핏 들어도 납득이 되질 않는군요. 환자를 치료한 의사는 누구였나요?"

자이스왈이 물었다.

* 간에 화농성 병변을 일으키는 질환.

68

"1차 의료 기관 주치의였습니다."

"주치의뿐이었다? 참 내. 환자는 어떤 병명으로 치료를 받았죠?"

"간농양으로 알고 있습니다. 어젯밤 주치의가 환자를 우리 병원에 보낼 때까지는 그랬습니다."

나는 머릿속으로 기록을 훑었지만 소용이 없을 것 같았다. 나는 답을 알지 못했다. 프레임 씨 사례에 대해 충분히 고민하지 않았던 것이다.

"음, 예. 어젯밤 우리 병원에 오기 전에 환자를 치료한 사람은 1차 의료 기관 주치의뿐인 것으로 기억하고 있습니다."

"이상하다는 생각이 들지 않나요? 어째서 주치의가 그것도 유일하게 치료를 담당한 의사가 간농양 환자에게 경구 항생제만 투약했을까요? 병력에 빠진 사항이 있습니다. 그렇지 않고서야 이것은 말이 되지 않아요."

자이스왈은 마치 결코 빠져나올 수 없는 상황에서 내게 숨 쉴 틈을 주려는 듯 말을 멈췄다.

병실 안에서는 인턴들이 마른침을 삼키며 들릴락 말락 조용히 숨 쉬는 소리와 침대 위의 프레임 씨가 몸을 뒤척일 때마다 빳빳한 하얀 시트에서 나는 바스락거리는 소리만이 울려 퍼졌다. 병실 공기는 습했고, 프레임 씨와 같은 병실을 쓰는 환자의 발치에 놓인 아침 식사 쟁반에서 반쯤 먹고 남긴 토스트가 퀴퀴한 냄새를 풍겼다. 복도에서 간호사들이 아침 투약을 하려고 캐비닛 서랍을 여닫는 소리가 들렸다. 청소부가 병실마다 문을 두드리며 쓰레기통을 비워도 되겠냐고 묻는 소리도 들렸다. 이러한 소음을 배경으로 나는 환자를 둘러싸고 빽빽하게 서 있는 인턴들과 레지던트들 앞에서 알지 못하는 질문에 대한 대답을 쥐어짜내기 위해 진땀을 흘렸다.

마침내 나는 입을 뗐다.

"글쎄요. 환자가 감염으로 열이 났고, 아목시실린을 복용했는데도 열이 가라앉지 않자 의사가 항생제를 클린다마이신으로 바꿨습니다."

"그래? 그렇다면 처방을 바꾸기 전에 어떤 검사를 했지?"

과장이 물었다.

"환자가 가져온 환자의 병력, 일반 검사 결과, 방사선 검사 결과를 종합해보면 환자의 주치의는 기본 혈액 검사, 기초 대사 검사, 혈액 배양 검사, 흉부 엑스레이를 시행했습니다. 기록상으로 백혈구 수치가 지속적으로 상승했고, 흉부 엑스레이에 소량의 흉막 삼출이 보였습니다."

자이스왈은 얼굴을 찡그리며 혀를 끌끌 찼다.

"허허, 하퍼 선생. 자네는 지금 기본적인 의학 지식은 물론 중요한 정보를 빠뜨린 것이 분명해. 그러니까 발표와 평가의 질이 떨어질 수밖에 없지. 일단 계속 말해봐. 문제점은 발표가 끝난 후에 다시 이야기하자고."

나는 두려움을 떨치며 말을 이어갔다.

"어젯밤 응급실에서 흉부 CT를 촬영한 결과 흉막 삼출과 간 혈관종을 발견했습니다. 이것은 간농양의 징후여서 심층적으로 평가를 하기 위해 복부와 골반의 CT를 촬영했습니다."

"그렇지. 이제야 말이 좀 되는군."

자이스왈이 말했다.

"원인이 미상이거나 적어도 불분명한 발열, 엑스레이로 발견한 작은 비특이성 흉막 삼출을 제외하고는 주치의가 진단을 내리지 못한 것 같네. 항생제를 투여했는데도 프레임 환자의 의학적 상태가 악화되고 있으므로 주치의는 외래 환자 치료 기관에서 시행할 수 있는 치료와 검사로는 한계가 있다고 적절하게 판단해 환자를 응급실에 보낸 거지. 환자가 응급실에 도착하자마자 받은 일련의 컴퓨터단층촬영(CAT 스캔) 결과를 해독해보면 프레임 환자의 최종 진단명은 간농양으로 판단할 수 있어. 이러한 유형의 간농양을 관리하는 지침에 따르면 적절한 치료법은 항생제를 투여하는 동시에 고름을 빼내는 거야."

과장은 이렇게 말하면서 무뚝뚝한 표정으로 내게 고개를 끄덕여 보였다. 내게는 의학적으로 적절한 연역적 추론 능력이 부족하니 자신이 환자에게 직접 설명하겠다는 신호였다. 그러더니 환자에게로 몸을 돌려 이렇게 말했다.

"프레임 환자분, 고름을 배출하기 위해 인터벤셔널 영상의학* 팀과 오늘 회의를 하겠습니다. 물론 치료를 계속 병행하면서 몇 가지 검사를 더 받으셔야 합니다. 앞으로 일반 내과는 물론 영상의학과, 전염병과, 소화기내과 등 여러 과에서 의료진이 병실을 찾아올 거예요."

자이스왈은 환자를 보면서 모든 과정을 통제하고 있는 사람이 보일 만한 미소를 지었다. 마치 인자한 선장이 배를 지휘하고 있으므로 잘못될 일이 전혀 없다고 말하는 것 같았다.

과장은 내게 돌아서며 말했다.

"수고했어요, 하퍼 선생. 오늘은 집에 가서 푹 쉬도록 해. 차후에 병력을 수집하고 원인 불명의 발열을 치료하는 방법에 관한 자료를 반드시 읽어보도록. 간농양에 관한 발표, 평가, 치료 방법도 물론 익혀야 하고. 원래는 회진을 돌기 전에 해야 하는 일들이야. 다시 한번 수고 많았어. 하퍼 선생의 발표에서 우리 모두 많이 배웠어."

"예, 명심하겠습니다, 자이스왈 과장님."

말을 마치자 자이스왈은 몸을 휙 돌려 병실을 나갔다. 하얀 가운을 입은 인턴 행렬이 부지런히 발길을 옮기며 자이스왈의 뒤를 바싹 쫓아갔다. 급히 발걸음을 옮기다가 인턴 하나가 그

---

* 엑스선 투시나 CT, 초음파 등 화상으로 몸속을 실시간으로 확인하면서 카테터나 바늘을 사용해 치료하는 기술.

만 앞사람의 발에 걸려 넘어졌다.

나는 차라리 수증기가 되어 증발해버렸으면 좋겠다는 처절한 심정으로 도망치듯 병실을 빠져나왔다. 그리고 집에 가서 온종일 잠을 잤다.

그날을 결코 잊을 수 없었다. 인턴으로 일하는 1년 내내 나는 환자들에게 지나치다 싶을 만큼 많은 질문을 쏟아부었다. 결국 병력을 수집하는 것은 임상의가 할 일이었다. 물론 병력을 효과적으로 수집하려면 환자들이 질문에 정직하게 대답해야 하지만, 의사는 탐정이기도 해서 어떤 정보를 어디서 찾을지 파악하고 있어야만 했다. 나는 의사로서 제대로 성장하기 위해 내가 이해하지 못한 주제에 관한 글을 읽었을 뿐 아니라 그 주변에 관한 글도 읽었다. 추론이 반드시 논리적 결론을 도출해낼 수 있도록 머릿속으로 병력을 검토하고, 평가하고, 치료 계획을 세우는 훈련을 반복했다. 환자에게서 정보를 모두 수집하지 못했다고 느끼는 경우에는 확신할 때까지 필요한 만큼 여러 번 환자에게 다시 질문했다. 각 사례는 하나의 이야기였고, 이 이야기는 앞뒤가 맞아떨어져야만 했다.

그 후로 발표 준비를 제대로 하지 않은 채 자이스왈이 이끄는 회진에 참석하는 일은 없었다. 기나긴 1년 동안 자이스왈에게 가르침을 받으면서 나는 더욱 나은 의사가 될 수 있었다. 자이스왈에게서 본받을 점을 보았고, 꼼꼼한 준비성과 비판적 사고에 가치를 두는 태도를 마음에 새겼기 때문이다. 인턴들을 냉혹하게 대하거나 자존심을 짓밟는 태도는 어땠냐고? 그 점은 무시하기로 마음먹었다. 그의 부드러운 점도 거친 점도 내가 의사로 발전하는 밑거름이 되었다. 나중에 깨달은 사실이지만 나는 고통스러운 도전이었던 인턴 과정을 통과함으로써 과거의 삶으로부터 벗어나 레지던트 과정과 이혼 이후의 삶으로 옮겨갈 수 있는 기반을 쌓은 셈이었다.

"의사 미셸 하퍼."

레지던트 프로그램 책임자가 내 이름을 부르는 소리를 듣고 나는 과거의 회상으로부터 깨어났다. 이제 마지막 졸업식이었다.

이 마지막 졸업식에서 내가 무슨 옷을 입었는지, 누가 축사를 했는지는 기억하지 못한다. 그러나 호명에 맞춰 자리에서 일어나 연단으로 걸어 올라가는 7초 동안 평정심을 유지할 수 있어서 얼마나 감사했는지는 생생하게 기억한다. 학위증을 받고 의무적으로 찍어야 하는 사진을 찍었다. 이내 눈물이 흐르며 다리에서 힘이 빠졌다. 문제가 많던 가족을 겪고, 의대에서 공부하며 많은 훈련을 쌓은 덕택에 나는 결국 가족과 나를 분리할 줄 알게 되었다. 결혼 생활에 마침표가 찍혔고, 전남편과 내가 미래를 함께하지 않는다고 해서 슬퍼할 겨를이 없었다.

나는 혼자 이삿짐을 싸고, 이혼 소송을 진행하면서 살던 아파트를 판 다음, 새 도시로 이사해 이삿짐을 풀고, 새 직장을 다니기 시작해야 했다. 새 삶을 어떻게 맞이할지조차 생각하지 않았었다. 지금에 와서는 이렇듯 별생각 없이 버텨낸 것이 얼마나 감사한지 모른다. 그때 한순간이라도 멈춰서 생각을 했더라면 댄과 함께 사용했던 포드 익스플로러 차를 몰고 필라델피아까지 갈 수 없었을 것이다. (이 차는 댄의 가족에게 받은 선물이었으므로 나중에 댄에게 돌려주었다.)

내 머릿속에는 레지던트 과정의 졸업식에 대한 기억이 거의 남아 있지 않다. 댄과 함께하지 못하는 미래를 내려놓으려고 무진장 애를 썼고, 다른 미래가 이미 시작되었다는 사실을 받아들이려 허우적댔기 때문이다. 나는 센터시티에 있는 고급 아파트를 임대했다. 앞으로 일할 병원까지 걸어갈 수 있을 만큼 가까웠다. 경비원이 내 이름을 부르며 안부 인사를 했다. 엘리베이터는 소음 없이 초고속으로 올라갔다. 나의 집은 35층에 있었고, 쥐 죽은 듯 조용했으며, 바닥에서 천장까지 트인 창문으로 빛이 폭포처럼 쏟아져 들어왔다. 나는 현재 고통으로 찌들어 있는 내 안의 공허함을 이 화려함이 채워줄 것이라 희망했다.

새 아파트에서 첫날을 보냈다. 살림이라고는 에어 매트리스하나와 옷 여섯 상자, 주방 용품 두 상자에 컴퓨터뿐이었다. 사우스 브롱크스 아파트에서는 커다란 거울만 가져왔다. 예전에 선물로 받은 물건 두 개를 보내달라고 댄에게 부탁했었다. 케냐 산 수제 바구니와 액자였는데, 액자 안에는 버스 정류장에 한 여성이 서 있는 모습이 사진으로 들어 있었다. 사진 속 여성이 서 있는 버스 정류장에는 그래픽 디자이너 셰퍼드 페어리Shepard Fairey가 그린 버락 오바마의 얼굴 아래 '희망'이라는 글씨가 적힌 포스터가 붙어 있었다. 댄은 보내주겠다고 말했지만 나는 결국 받지 못하리라는 것을 알았고, 보내달라고 재차 요구할 기운도 없었다. 두 물건은 그저 내가 잃어버린 과거에 속한 여러 조각들의 일부에 지나지 않을 터였다.

새 아파트에서 막 지내기 시작한 무렵의 어느 날이었다. 거실 카펫 위에 앉아서 몇 시간이고 창문 밖을 뚫어져라 내다보고 있었다. 이웃한 회사들의 간판과 건물 전면이 눈에 들어왔는데 그중 많은 회사가 내 고용주의 소유였다. 공교롭게도 '앤드류존슨병원'을 알리는 네온사인이 낮이든 밤이든 가장 밝게 빛났다. 당시에는 확신할 수 없었지만 훗날 시간이 흘렀을 때도 이 점은 바뀌지 않았다. 그나마 도시 풍경과 대조적으로 평온하게 수평선을 따라 굽이굽이 흐르는 스카일킬강의 한 모퉁이가 보였다.

무겁고 걸러지지 않은 기억의 조그만 파편들이 방 안을 가득 떠돌았다. 숨을 들이마시자 파편들이 내 목구멍을 스치고 눈을 찔렀다. 6월의 따가운 햇빛을 향해 고개를 들었다. 두 눈을 감고 눈꺼풀 뒤로 황금색, 주황색, 빨간색 빛을 받아들였다. 마치 식물처럼 햇빛에 끌렸다. 피부가 타들어가는 듯했다. 뜨거워서 피부가 갈라지는 것 같았지만 미동도 하지 않았다. 마침내 뭔가 가 느껴졌다. 창문 너머에, 내 아파트 현관 너머에 무엇이 있는 지 몰랐다. 여기 앉아 있는 나 자신이 어떤 사람인지 미궁에 빠 졌다. 앞으로 어떤 사람이 될지도 알 수 없었다. 그러나 어떤 일 이든 저마다 이유가 있어 일어나는 법이다. 내가 낯선 도시에서 내리쬐는 햇빛을 온몸으로 받으며, 마음속까지 철저하게 발가 벗겨진 채 따뜻한 카펫 위에 앉아 있는 데는 틀림없이 그럴 만 한 이유가 있을 거였다. 이틀이 지나면 상자들을 뜯어 이삿짐 을 풀고 새로운 일터로 출근해 빳빳한 녹색 수술복을 입을 것 이다. 언젠가 곧 기운을 되찾을 수 있는 방법을 생각해내겠지만 지금은 그냥 부서져야 했다. 다른 일들을 해낼 기력이 남아 있 지 않았다.

구름이 바람에 실려 움직이면서 더위를 식혀주어 잠시 휴식 할 짬을 주었다. 이 창문들이 정말 고맙고, 햇빛이 내리쬐어주 어 고맙고, 침묵이 흘러주어 고마웠다. 35층에서 내려다보는 전망이 고마웠다. 그 높이에서 내려다보면 아무것도 식별할 수 없었지만, 중요한 거리감을, 생명을 살리는 데 필요한 관점을 어디에 둘 것인지를 깨우칠 수 있었다.

무
고

이름도 묻지 못한
아기의 죽음

The Beauty in Breaking

야간 근무는 언제나 불편하고, 숙취와 매우 비슷한 구석이 있
다. 나이가 들수록 회복하기 힘들다. 어떤 사람에게는 명예의
배지이기도 하다. 이런 유형의 사람들은 장거리 달리기 선수처
럼 체력을 뽐내며 매해 열리는 마라톤 시합에 참가하듯 전력으
로 질주한다. 야간 근무 전담 의사들은 의사들 중에서도 특히
강인하고 용감하다. 그들 덕택에 다른 의사들이 대부분 날이
환할 때 일할 수 있으므로, 야간 근무 전담의들은 영원히 신의
축복을 받아야 하리라.

　나는 낮에 생활하고 밤에는 잠자는 생활 방식이 더 좋다. 따
라서 야간 근무는 내 주행성 본성을 잔인하게 거스르지만 고
백하자면 이따금씩 피난처가 되어주기도 한다. 가끔은 낮 시간
병원의 산만한 분위기를 떠나 밤으로 빨려 들어가는 것을 좋아
한다. 밤에 응급실에서 근무하는 동안에는 이메일에 답장하거
나 전화할 필요가 없다. 회의 일정을 잡지 않아도 되고, 다른 일

도 그다지 많지 않다. 행정 업무를 처리하느라 부대끼지 않고 느긋하게 짬을 즐길 수 있다.

그렇다고 내가 행정 업무를 싫어하는 것은 아니므로 오해하지 않았으면 좋겠다. 실제로 나는 행정직에 기꺼이 지원했으니까. 나는 성미와 기질상 리더가 되지 않으면 마음이 편하지 않았다. 앞장서는 것은 오랫동안 몸에 밴 습관이다. 1990년대 초로 거슬러가보자. 고등학생 시절의 나는 훗날 어른이 되었을 때 건축가나 변호사는 되지 않으리라 확신한 것은 아니지만, 어쨌거나 '미국의 미래 의사들Future Doctors of America'이라는 동아리를 만들었다. 고등학교 3학년 때는 학생 회장으로 활동했고, 의대에 다닐 때는 공동 회장 자격으로 미국의학부여성협회American Medical Women's Association의 지역 지부를 이끌었으며, 레지던트 과정의 마지막 해에는 수석 레지던트였다. 따라서 병원에서 응급실 전담 의사로 일할 때도 자연스럽게 리더의 역할을 맡고 싶었다.

필라델피아의 대형 교육 기관인 앤드류존슨병원에서 내 능력을 입증해 보이고 싶었다. 우선 응급 부서에서 업무 개선 책임자를 맡아 소박하게 출발했다. 발생할 가능성이 있는 임상 오류, 예를 들어 의사나 전담 간호사*가 부정확한 진단을 내리

---

* 병을 진단하고 치료하는 방법에 대해 추가로 교육과 훈련을 받은 간호사.

거나 최적의 치료를 하지 못한 사례를 조사하는 일은 흥미로웠다. 일반적으로 응급실에서 실시한 치료에 대해 다른 병원 의사, 병원 법무 부서, 환자 등이 제기한 불만 사항을 배정받았다. 처음에는 탐정처럼 미묘한 시스템 오류를 찾아내는 업무가 재밌었다. 하지만 이내 이러한 문제에 대해 아무리 정중하게 말을 꺼내더라도 동료 의사들이 불쾌해한다는 사실을 깨달았다. 오진이나 절차상 오류 등의 실수를 범한 의사들은 사례 검토 담당자에게 추궁당하고 싶어 하지 않는다. 나는 다른 사람에게 호감을 사거나 정당성을 인정받아야 한다는 욕구는 일찌감치 내려놨지만, 가고 싶지도 않던 추수감사절 저녁 식사에 억지로 참석해서 대화에 끼어들어야 하는 사돈 같은 대우를 받는 것은 여전히 불쾌했다.

하지만 응급실에서 야간 근무를 할 때는 이 모든 불편한 감정이 녹아내렸다. 나는 야간 근무를 시작하기 전에 먼저 관리자라는 계급장을 떼고, 노트북을 닫고, 휴대전화 알림을 무음으로 바꾼다. 야간 근무를 하는 동안에는 다시 출근하기 전까지 수면을 포함해 아침 시간을 활용할 수 있다. 나는 이처럼 소중한 아침에 무엇을 할지 신중하게 선택한다. 햇빛이 눈부신 늦여름이라면 농산물 시장에 가서 즙 많은 블루베리와 푸른 케일을 살 수도 있지만 대개는 곧장 헬스장으로 향한다. 그 시간 즈음이면 직장인 대부분은 일터로 출근하고, 일하지 않는 사람들은 아직 집에서 아침 커피를 마시고 있을 시간이다. 따라서 늘 여든 살 노인만 덩그러니 나와 있는 헬스장에서 여유롭게 운동을 할 수 있다.

운동을 마치면 집으로 돌아가 슬리피타임 브랜드의 차를 마시고, 폭신한 옅은 분홍색 이불 속으로 파고들어 깊은 잠에 빠진다. 성인이 낮 내내 잠을 자고도 책임감 있다는 소리를 이때 아니면 언제 들을 수 있을까?

다음 야간 근무를 위해 알람을 맞춰놓고 오후 4시 반에 일어난다. 오후 7시 직전에 응급실로 들어서면 낮 근무를 마친 의사가 환하게 웃으며 나를 맞이한다. 업무를 시작하는 절차는 한결같다. 먼저 교대 시각까지 해결하지 못한 사례들을 검토하고, 내 나름대로 해결 방법을 고민하기 시작한다. 미해결 사례가 몇 개인지는 중요하지 않다. 이미 환자들이 진료를 받기 위해 대기하고 있고, 앞으로 열두 시간 동안 꾸준히 도착한다는 점을 감안하면 몇 개의 사례이든 지나치게 많다고 느껴지기 때문이다.

어느 날 저녁 야간 근무 시간이었다. 응급실에서 의사는 나뿐이었고, 야간 전담 간호사인 크리스털과 뎁이 나와 함께 자리를 지키고 있었다. 강하고 재밌는 사람들과 한 팀으로 야간 근무를 하는 것은 언제나 축복이다. 아무리 힘든 상황이 닥쳐도 지원군이 든든하게 뒤를 봐주고 있으면 겁날 것이 없기 때문이다. 하지만 간호사 팸도 눈에 띄었다. 나는 팀원이 모두 훌륭하기를 바라면 욕심이라며 애써 마음을 다잡는다. 팸은 꽤나 지적이지만 기이한 정서적 불안 증상을 자주 드러내서 적절치 못하게 행동할 때가 있다. 나는 팸이 어쩌다가 응급의학과에서 근무하게 되었는지는 몰라도, 지금껏 해고당하지 않은 이유만큼은 짐작할 수 있었다. 야간 근무를 전담하기 때문이다. 병원에서는 아무도 야간 근무 전담 직원을 건드리지 않는다. 병원으로서는 다른 간호사들이 원하지 않는 근무 형태를 안정적으로 소화하기 위해 그들이 필요하기 때문이다.

새벽 1시경까지는 응급실에 별다른 사건이 일어나지 않았다. 이때 구급차가 다가오는 소리가 들렸다. 구급대원들이 휴대용 인공호흡기로 산소를 주입하면서 심부전 환자를 이송해 오는 중이었다. 이내 실내복을 입은 통통한 노년 여성이 들것에 실려 들어왔다. 호흡기 담당 기사가 환자의 호흡을 돕기 위해 인공호흡기를 병원에 비치되어 있는 양압기 안면 마스크로 교체했다. 간호사들은 정맥 주사선을 잡는 동시에 폐로 들어가는 체액을 소변으로 배출시키기 위해서 정맥으로 라식스를 투여한다고 환자에게 고지했다. 나는 환자 쪽으로 몸을 기울인 후에 양압기가 작동하는 소리보다 조금 크게, 그렇다고 소리를 지르지는 않으면서 물었다.

"양 환자분, 지금 괜찮으세요?"

강제로 산소가 주입되면서 환자의 뺨이 부풀었다. 마스크를 쓴 환자는 미소를 지어 보이며 상태가 나아졌다고 알리기 위해 엄지손가락을 들어 보였다. 심전도 검사와 신체검사를 실시한 결과 심장이 안정됐으므로 상태를 지켜보기로 했다. 그런데 응급실을 나갔던 구급대원들 중 한 사람이 다시 들어와 소아 환자가 들어올지 모른다고 귀띔했다. 무선 통신을 듣고 있는데 아기가 숨을 쉬지 않는다는 전화가 걸려왔다면서 우리 병원으로 이송될 수 있으니 대비하라고 말했다.

"맙소사, 다른 병원으로 가면 좋겠어요! 한밤중에 가장 반갑지 않은 소식이네요."

팸이 응급실에 있는 열두 병상에 모두 들릴 만큼 큰 소리로 말했다.

내 보조 의사가 방금 퇴근한 데다가, 응급실에 있는 환자 여섯 명 중 한 명은 방금 실려왔고, 대기실에 세 명이 더 있었으므로, 아기가 이송되어 올 수 있다는 소식은 내게도 별로 반갑지 않았다. 솔직히 말해 숨이 멎은 소아 환자는 언제 들어오더라도 부담스럽다. 성인의 경우에는 어디가 왜 아픈지 추론이 가능하다. 노인 남성이 돌아가신 데는 당연히 원인이 있다. 혹은 지난 40년 동안 매주 폭음한 성인 남성이라면 간 기능이 망가졌더라도 의료진은 충격을 받지 않는다. 당뇨병 환자이면서 흡연을 좋아하는 성인 여성이 심장 마비를 일으켰다면 의료진은 응당 그 원인을 추측할 수 있다. 서른여섯 남성이 유방암처럼 원인을 알 수 없는 질병을 앓는다면, 원인을 파악하는 과정이 어렵고 고통스러울지언정 의료진은 어떻게든 사실의 파편들을 모아 유추해낼 것이다. 하지만 아이가 암이나 장기 부전 같은 중대한 질병을 앓아서 응급실에 실려 오면 의료진은 다른 종류의 고통을 겪는다. 아이들은 순진무구할 뿐 아니라 외부 공격에 무력하기 때문이다. 질병에 걸릴 만하다기에는 너무나 어리고, 질병에 무릎을 꿇기에는 너무나 무결한 존재다. 그래서 의료진에게는 아이들의 질병에 맞서 싸우기가 어른의 경우보다 훨씬 힘들다.

나는 양 환자의 검사 결과를 기다리는 동안 3호실에 있는 누네즈 씨에게 갔다. 검사 결과에 따라 심장 상태를 지켜볼 수 있게끔 양 환자를 일반 병동에 입원시키거나, 심부전증이 악화했다면 심장 집중 치료실로 보낼 것이다. 손목 골절로 응급실을 찾은 누네즈 씨에게 의료 기사와 함께 부목을 대고 있을 때 경보가 울렸다.

소아과 코드 블루*. 예상 도착시간 5분. 소아과 코드 블루. 예상 도착 시간 5분.

---

* 심폐 소생술이 필요한 환자가 발생했을 때를 가리키는 용어.

물론 모든 사람의 생명을 살릴 수 있기를 바라는 것은 분명히 무리다.

나는 누네즈 씨의 골절 부위를 삼각건으로 고정해달라고 크리스털에게 부탁한 뒤 신속히 퇴원 서류를 출력했다. 뎁 앞에 놓인 전화가 울렸다. 현재 상황을 알려주려는 구급대원의 연락이었다. 이것은 교대 근무자의 친구가 지역 구급대원일 때 누릴 수 있는 이점이었다.

"선생님, 신생아가 숨을 쉬지 않는답니다."

뎁이 수화기를 내려놓으며 말했다.

"현장에서 10분 동안 심폐 소생술을 실시했고, 삽관은 못 했지만 정맥 주사선은 잡았다네요. 곧 도착합니다."

심부전 환자인 양 환자의 상태는 양호했다. 컴퓨터 화면을 훑어보니 검사 결과는 정상으로 돌아오는 중이었다. 심장 마비는 아니었고 울혈성 심부전 증상이 갑자기 발생했을 가능성이 높았다. 나는 입원 전담 의사에게 연락해서 양 환자의 이름으로 병실을 확보해달라고 사무 직원인 웬디에게 요청했다. 응급실 병상을 비우려면 환자를 일반 병동에 즉시 입원시켜야 했다. 신생아의 심폐 소생술이 얼마나 걸릴지 알 수 없었으므로 만반의 준비를 해야 했다.

나는 응급실에 남아 있는 환자들의 상태를 신속히 조사했다. 누네즈 씨는 퇴원 수속을 밟고 집에 갈 준비를 하고 있었다.

대기실에서 기다리는 세 환자는 활력 징후가 정상이었고 생명을 위협하는 증상을 보이지 않았으므로 기다릴 수 있었다. 환자 두 명은 이미 입원하기로 결정되어서 빈 병실이 나오기를 기다리는 중이었다. 다른 두 환자는 CT를 찍기 위해 방사선과에서 대기하고 있었다.

"자, 소생실을 준비해둡시다."

나는 간호사들과 함께 소생실로 향하며 필요한 사항을 지시했다.

"크리스털, 석션기가 있는지 확인해주세요. 심폐 소생술 카트도 침대 옆에 놔주시고요. 신생아 쟁반도 꺼냅시다. 브로스로우 테이프*를 펼쳐놓으세요."

그러면서 이렇게 덧붙였다.

"기록은 누가 할까요?"

"제가 하겠습니다."

팸이 심폐 소생술 과정을 시간 순서로 기록하는 서류가 놓인 테이블을 끌어오며 대답했다.

"좋습니다. 약은 있나요? 소아용 패드도 준비됐나요?"

내가 물었다.

"예."

● 소아 응급 처치시 각종 기구의 크기와 약물의 용량을 보여주는 도구.

의료 기사 마크가 소아용 제세동기에 부착할 패드를 소아과 심폐 소생술 카트에서 찾아 들어 올리며 대답했다.

"제가 사용할 마스크와 장갑을 집겠습니다. 밀러 튜브와 기도 삽관 튜브도 준비됐습니다."

그때 나는 문제를 감지했다.

"잠깐만요. 응급실에 밀러 튜브 0 사이즈가 없나요? 여기에는 1 사이즈뿐이네요. 아이가 작으면 0 사이즈가 좋은데요."

나는 기도를 열어서 눈으로 확인하기 위해 사용하는 밀러 후두 내시경과 호흡을 위해 기관으로 삽입하는 튜브를 내 오른손 쪽 침대 머리맡에 내려놓으며 말했다.

마크가 다른 사이즈의 튜브를 찾으려고 심폐 소생술 카트를 뒤졌지만 허사였다. 응급실 어디에도 0 사이즈는 없었다.

"그렇다면 이걸로 성공하는 수밖에는 없네요!"

나는 다양한 구강 의료 시술에 사용하는 기다란 플라스틱 석션 팁인 양카우어를 잡고, 장갑을 낀 손 반대편에 대고 시험했다. 이어 "석션 잘됩니다"라고 말한 뒤 양카우어를 매트리스 머리맡 밑에 집어넣었다.

"준비 완료!"

이제 우리는 각자 자리에 서서 서로를 응시했다.

응급실 의료진에게 가장 견디기 힘든 순간은 심폐 소생술 환자가 도착하기 직전이다. 일어날 수 있는 모든 끔찍한 상황을 예상하느라 공기가 탁해지고, 무시무시한 각본들이 하나씩 머릿속에 떠오른다. 다른 사람에게 털어놓은 적은 없지만, 오히려 아무 예고 없이 구급대원들이 환자를 밀고 들어오는 편이 차라리 낫다. 환자를 치료하는 동시에 준비하느라 서둘러 움직여 힘은 들지만 그래도 치료에만 온정신을 쏟을 수 있는 어찌보면 호사스러운 기회이기 때문이다. 하지만 구급대원들은 대부분 미리 연락을 취하는 예의를 갖춘다. 그래서 우리는 들것 주변에 빙 둘러 서서 마음을 가라앉히고 숨을 쉬라며 마음속으로 되뇐다.

"수요일 밤을 이렇게 엿같이 보내다니"라고 팸이 말했다.

삑삑 소리가 사방으로 울려 퍼지며 침묵을 깼다. 소생실은 넓다는 장점 외에도 구급차가 들어오는 응급실 입구가 훤히 보여서 편리했다. 우리는 구급차가 후진해 응급실 앞에 멈추는 광경을 차려 자세로 지켜보았다. 경보등이 아찔한 속도로 회전하며 번쩍이는 불빛이 응급실로 이어지는 복도와 바닥에 쏟아졌다. 이내 쿵 소리가 나면서 구급대원 두 명이 작은 들것을 밀며 응급실로 뛰어 들어왔다. 흰색 옷을 입은 자그마한 환자가 실려 있었다.

"생후 12일 신생아입니다."

첫 구급대원이 보고했다.

"숨을 쉬지 않는다는 전화를 받았습니다. 현장에 도착했을 때 호흡도 맥박도 없어서 곧장 심폐 소생술을 실시했습니다. 가족은 오는 중입니다. 아기 이름은 묻지 못했습니다. 급박해서요. 자세한 사항은 가족들이 도착한 후에 물어보세요."

"알겠습니다. 환자 이름은 관례대로 무명으로 적어놓을게요."

팸이 불쑥 끼어들었다.

구급대원들은 구급차 들것을 세우고 아기를 응급실 들것으로 옮겼다. 그동안 한 구급대원이 앰부백*을 아기 얼굴에 고정시키고, 작은 공기 주머니를 계속 짜서 아기의 폐에 산소를 주입했다.

"이 상태에 빠진 지 얼마나 됐어요?"

내가 물었다.

"모릅니다. 부모들이 아기가 잘 있는지 확인하려고 방에 들어갔다가 발견했답니다."

구급대원이 대답했다.

"현장에서 심폐 소생술은 얼마 동안 실시했나요?"

"현장에서 10분, 오는 길에 약 6분입니다. 호흡이 돌아오지 않았습니다."

"알겠습니다. 무엇을 투여했나요?"

"에피네프린 주사 세 번, 혈당은 82. 그래서 포도당은 투여하

●　자동 팽창하는 주머니가 달린 환기 마스크.

지 않았습니다. 왼쪽 무릎 아래에 골내 주사[**]를 시도했습니다. 현장에서는 튜브를 삽입하지 못했고요."

구급대원과 내가 대화하는 동안 뎁이 신속하게 아기의 몸에 모니터를 연결했다. 나는 아기의 위팔 안쪽에 손가락을 댔지만 상완 동맥에 맥박이 잡히지 않았다. 이번에는 같은 쪽 위 허벅지의 접힌 부분에 손가락을 댔지만 대퇴 동맥에도 맥박이 잡히지 않았다. 모니터 화면을 얼른 확인해보니 미동이 없었다. 피부는 따뜻하고 부드러웠다. 아기의 피부가 대개 그렇듯 매끈했다. 나는 움직임을 관찰하기 위해 아기 가슴에 귀를 댔다. 심장 박동 소리도 숨소리도 들리지 않았다.

"마크, 흉부 압박을 시작해주세요."

나는 마음을 가다듬으며 침착하게 말하려고 애썼다. 마크는 거인처럼 보이는 손가락을 아기의 작은 흉골에 대고 규칙적으로 압박하기 시작했다.

"좋아요. 에피네프린을 한 번 더 투여해주세요."

내가 지시했다.

"팸, 에피네프린을 다시 주사할 때가 되면 알려주세요. 5분 간격으로 미리 신호를 주세요."

"혈당 수치를 확인할 수 있을까요? 확인되면 삽관을 시작하

●● 골주사 바늘을 사용해 정맥로를 확보하는 방법.

겠습니다."

나는 처음으로 어린 남자 아기의 얼굴을 내려다보았다. 눈동자가 검은 두 눈을 뜬 채였다. 아름다운 갈색 피부에는 푸르스름한 빛이 감돌았다. 이 아기가 아직 살아 있었다면 내 여동생의 막 태어난 아들인 일라이와 많이 닮았을 것이다. 이 아기는 내가 갖지 못한 아기의 망령이었고, 내가 낳을 수 있었던 아기의 유령이었다. 아기의 어여쁜 모습을 보고 있자니 눈물이 핑 돌아서, 현실로 돌아오기 위해 눈을 질끈 감았다가 떠야 했다. 이 아기는 이름 없는 작은 천사였다. 얼핏 보아서는 아기의 눈동자가 검은지 아니면 움직이지 않고 확대돼서 검게 보일 뿐인지 분간할 수 없었다. 오래전에 마지막 숨을 쉬었던 작고 뾰로통한 입술은 자주색을 띠며 반쯤 벌어져 있었다. 얼굴은 머리까지 감쌌던 하얀 아기 담요에 파묻혀 있었다. 이곳에는 아기 대신 죽은 천사의 몸을 감싼 담요만 남아 있을 뿐이었다.

나는 뎁을 올려다봤다. 뎁도 알고 있었다. 들것을 빙 둘러싸고 있는 사람들 모두 알고 있었다. 응급실 문을 들어서는 몸을 보는 순간 우리는 그 몸에서 이미 생명이 빠져나갔음을 알지만, 이미 뻣뻣하고 파랗게 되었더라도 텔레비전에서 보듯 환자를 소생시키기 위해 부단히 노력한다. 생명력이 빠져나간 팔이 침대 난간 밖으로 툭 떨어질 때조차 가족들은 아직 마음의 준비가 되어 있지 않다. 그러니 우리는 환자의 가족을 위해서, 동료겸

토위원회와 법원에 제출할 서류에 기록하기 위해서, 환자의 몸에 주사약을 몇 번 더 투입한다.

나는 아기의 작은 머리를 고정시키고 심호흡을 한 후, 아기의 입술 사이에 밀러 블레이드를 조심스레 밀어 넣었다. 블레이드가 아기의 입에 비해 지나치게 큰 것 같았다. 호흡관을 삽입하기 위해 후두경을 밀어 넣은 다음, 위로 들어 올려 육안으로 성대를 확인하려 했다. 이때 블레이드가 큰 탓에 아기의 입술 끝에 긴장감이 느껴졌다. 나는 블레이드를 뒤로 물렸다가 아기의 턱을 벌리고 다시 밀어 넣었다. 역시나 아기 입 크기에 비해 블레이드가 지나치게 컸다. 아기 입에 블레이드를 무리해서 넣고 싶지 않았다.

지금 벌어지고 있는 상황이 믿기지 않았다. 나는 이 병원 응급실에서 일하기 시작한 직후에 리치 레비탄 박사가 가르치는 고난도 기도 확보 과정을 마쳤다. 이 병원의 응급 부서 책임자가 해당 분야에 관심 있는 의료진을 파견해, 레비탄 박사가 이끄는 볼티모어 소재 연구소에서 교육을 받게 해주었던 것이다. 나는 이 과정에 참여해서 응급의학 분야의 저명한 권위자인 레비탄 박사에게 기도 삽관에 관한 주옥같은 지혜를 전수받았다. 심지어 앞서 레지던트 과정을 밟을 때도 소아 삽관은 한 번도 실패한 적이 없었다. 해부학적으로 비정상적인 기도일 경우를 제외하고 아이들은 삽관하기 가장 쉬운 대상이었다. 소아의 기도는 어른보다 짧고 앞쪽에 있으므로, 기도 삽관을 하려고 성대의 위치를 확인할 때 주요 기준이 되는 후두개는 아이들이 깔깔 웃을 때 보일 정도로 쉽게 눈에 띈다. 대개는 굳이 블레이드를 쓰지 않더라도 소아의 후두개를 볼 수 있으므로 엄밀히 말해서 대부분의 소아 기도 삽관은 어려울 리 만무했다. 그런데 내가 지금 기도 삽관을 못 하고 있는 것이다.

아기에게 상처가 나지 않게 하려 분투할 때, 심장의 두근거림이 손가락 끝까지 전해졌고, 내게 쏟아지는 주위의 시선이 느껴졌다. 아기가 이미 세상을 떠났다는 사실을 알았지만 이 완전무결한 작은 존재에게 칼자국이나 긁힌 상처를 남길지 모른다는 생각에 견디기 힘들었다. 그 완전함을 손상시킬 수 없었다.

소생술은 잔인할 수 있다. 가슴을 압박하면서 갈비뼈가 골절되고, 피부가 멍들고, 입이 피범벅되고, 심지어 치아까지 부러질 수 있다. 상당히 드문 경우이기는 하지만 의료진은 심폐 소생술을 하다가 정신적 충격을 받거나 감전을 당하기도 한다.

나는 그때까지 오랫동안 환자를 위한다는 명목으로 의료진이 환자에게 가하는 가혹한 의료 행위에 익숙해져 있었다. 그러나 이 죽은 신생아의 몸에 작디작은 흠집을 낼지 모른다는 생각을 하면 아직까지 나도 모르게 주먹이 불끈 쥐어진다.

"더 작은 블레이드가 없나요? 밀러 0 사이즈 없어요?"

나는 불안을 애써 누르며 다시 물었다. 대답을 이미 알고 있으므로 사실 하나 마나 한 질문이었다.

간호사들은 카트를 다시 뒤졌지만 역시나 찾지 못했다. 우리는 심폐 소생술을 계속 실시했다. 나는 튜브로 기도를 확보할 때까지 아기의 옆에 산소마스크를 대고 주머니를 짜서 산소를 공급했다.

"선생님, 구급차에 가보겠습니다. 틀림없이 더 작은 블레이드가 있을 거예요."

뒤에 물러서서 환자를 지켜보면서 필요할 때 여차하면 뛰어들 만반의 준비를 하고 있던 구급대원 한 명이 이렇게 말했다.

그가 몇 초 만에 밀러 0 사이즈를 구해 돌아왔다. 나는 삽관을 다시 시도하면서 이번에는 성공해야 한다고 마음속으로 되뇌었다. 드디어 아기의 작은 턱에 상처를 입히지 않고 조심스럽게 블레이드를 밀어 넣을 수 있었다. 하지만 블레이드는 여전히 지나치게 큰 것 같았다. 혀에서 저항이 느껴졌다. 아기 입을 벌릴 수 없었다. 잇몸을 멍들게 할 수는 없었다. 블레이드를 힘껏 밀어 올릴 수 없었다. 다시 한번 시도했지만 이번에도 실패했다.

"선생님, 제가 한번 해봐도 될까요?"

작은 블레이드를 구해왔던 구급대원이 물었다. 나는 그를 올려다보지 않은 채 옆으로 비켜섰다.

"펨, 시간이 얼마나 지났죠?"

내가 물었다.

"에피네프린을 다시 주사할 시간이에요. 10분 되었어요."

"그럼 한 번 더 투여해주세요."

내가 지시를 내렸다. 튜브를 삽입할 준비가 되었느냐고 내가 묻자 구급대원은 그렇다고 대답했다.

"삽관해야 하니 잠시 압박을 멈추세요."

내가 의료 팀에게 말했다.

구급대원은 블레이드를 턱 사이로 밀어 넣고 앞쪽으로 기울였다. 입꼬리 부위가 팽팽하게 늘어나고 양끝 피부가 찢기면서 블레이드가 들어갔다. 같은 동작으로 목을 앞으로 빼면서 작은 호흡관이 들어갈 수 있는 통로를 확보했다. 구급대원은 첫 시도 만에 튜브를 삽입했다.

다시 10분 동안 소생술을 실시했지만 소용이 없었다.

결국 사망을 선고해야 할 때가 왔다. 신생아가 응급실에 도착한 직후에 선고할 수 있었던 사망 선고였다. 사실상 아기는 응급실로 오기 오래전에 호흡을 멈췄다. 이미 집에서 죽었던 것이다. 내가 응급실에서 행할 사망 선고는 형식에 불과했다.

나는 의료진을 둘러보며 말했다.

"여러분, 이 아기 환자가 세상을 떠난 것은 분명합니다. 제가 사망 시각을 선고하기 전에 시도해볼 방법이 있을까요?"

"아뇨, 선생님. 없습니다."

간호사 중 한 명이 말했다. 팀원들이 한 명씩 고개를 저었다.

"제가 지금 사망 시각을 선고하려는 데 반대하는 사람 있 나요?"

내 물음에 모두 이구동성으로 "없습니다"라고 대답했다.

우리는 아기에게서, 침대에서, 모니터에서, 손을 뗐다. 나는 움직이지 않는 아기의 가슴과 외부 자극에 반응하지 않는 눈동 자를 확인했다. 숨소리도 들리지 않고, 심장 박동도 느껴지지 않았다. 생명의 흔적은 찾아볼 수 없었다.

"사망 시각 오전 1시 41분입니다. 여러분 모두 수고하셨어 요. 열심히 애써주셔서 감사합니다. 가족이 와 있나요?"

"대기실에 있습니다."

팸이 대답했다. 나는 짧은 한숨과 함께 고개를 저었다.

"예, 그럼 누가 저와 같이 가시겠습니까?"

나는 방을 나서며 장갑과 마스크를 벗었다.

뎁이 앞으로 나서더니 내 노력을 지지한다는 신호로 내 팔을 토닥이고서는 자신이 함께 가겠다고 말했다. 일반적으로 의사 가 가족에게 환자의 사망을 말할 때는 혼자 가지 않는다. 사랑 하는 사람을 잃은 가족들에게는 응급실 의사들이 다른 환자들 에게 줄 수 있는 것보다 많은 시간과 지원이 필요하므로, 대개 간호사나 병원 직원과 함께한다. 낮이라면 목사나 사회 복지사를 대동하기도 한다.

이제 우리는 심폐 소생 과정에서 가장 힘든 절차를 밟으러 가고 있었다. 알고리즘도 없고, 각본도 없고, 결코 즐거울 수 없는 절차였다.

"그런데…."

나는 가던 길을 멈추고 뒤를 돌아보며 물었다.

"아기 이름은 알아냈나요?"

소생실과 응급실 앞문 입구 사이에 놓인 책상에서 웬디가 일어나며 대답했다.

"크리스토퍼 탤리입니다. 부모에게 물어봤어요. 모두 대기실에 있습니다. 제가 불러올까요? 그러면 뒤에 있는 사무실에 가서 이야기하실 수 있잖아요."

"웬디, 고마워요. 괜찮아요. 제가 나갈게요."

나는 뎁과 함께 대기실로 향했다.

한 무리의 사람들이 방을 가득 메우고 있었다. 내가 아기의 엄마라고 추측한 사람은 꼭 쥔 두 손을 비틀고 있었다. 그의 뺨 위로 눈물이 주르륵 흘러내렸다. 그는 아기 아빠로 보이는 남자와 서로 부둥켜안고 문 근처에 서 있었다. 아빠의 눈은 부어올랐고, 눈동자는 충혈되었다.

부모는 안다. 들것이 구급차에서 내려져 응급실로 들어갈 때 아이의 생명이 사라졌다는 사실을 이미 알고 있었다. 천사가 된 아이들이 부모의 귓가에 마지막 말을 속삭이고 눈을 깜빡이며 작별 인사를 하기 때문이다. 대기실에 있는 다른 가족들은 불안에 떨며 겁을 내면서도 일말의 희망을 품은 채 앉아 있거나 서성였다.

"안녕하세요, 저는 의사 하퍼입니다."

내가 말했다.

"텔리 환자의 가족이신가요?"

두 사람 모두 딱딱하게 얼어붙는다. 아기 엄마의 눈동자는 슬픔에 젖어 초점을 잃고 뿌옇다. "네." 아기의 엄마가 힘없이 대답했다.

"저와 함께 가시죠."

내가 말했다.

무리 중에서 나이 지긋한 여성이 일어나 부모를 제외한 모든 사람에게 대기실에 있으라고 말했다. 명령하는 듯한 말투였고, 몸은 꼿꼿하며 강인해 보였다. 아마도 아기의 외할머니일 것이다. 아기의 엄마는 양쪽에서 남편과 자기 어머니의 부축을 받으며 대기실 문을 통과해 응급실 앞까지 걸어왔다. 몇 발자국 앞에 위치한 소생실은 커튼으로 가려져 있어 아직 내부를 볼 수 없었다.

"저와 함께 방에 들어가 앉으시겠어요?"

내가 물었다.

"아뇨."

아기 엄마가 훌쩍거리며 애원했다.

"제발, 부탁이에요. 그냥 지금 말해주세요."

양쪽에서 부축을 받지 않았다면 아기 엄마는 바닥에 쓰러졌을 것이다. 그는 몸을 앞뒤로 흔들며 울부짖기 시작했다.

"제시카, 제발 진정해라. 의사 선생님 이야기를 듣자꾸나."

아기의 외할머니가 자기 딸의 머리카락을 쓰다듬으며 말했다. 텝이 다시 물었다.

"앉지 않으셔도 괜찮으시겠어요?"

"괜찮아요. 말해주세요!"

아기 엄마는 가슴을 움켜쥐며 비명을 질렀다. 아기의 외할머니는 자기 딸을 껴안은 채 나를 바라봤다.

"미안합니다. 괜찮아요. 말씀해주세요."

"안타깝게도⋯."

나는 입을 열었다. 하지만 그 말을 꺼내기가 무섭게 아기 엄마가 바닥에 풀썩 쓰러졌다.

아기 엄마는 아기가 죽었다는 사실을 이미 알고 있었지만, 내 말은 그 뼈아픈 진실을 절대 돌이킬 수 없는 사실로 못 박는 것이었다. 아기의 아빠도 자기 아내를 끌어안은 채 바닥에 쓰러졌다. 아기의 외할머니는 숨을 몰아쉬며 왼손으로 입을 틀어막고, 오른손으로는 가슴을 움켜쥔 채 제자리에 우뚝 서서 두 눈을 질끈 감았다. 그칠 줄 모르고 계속되는 아기 엄마의 울부짖음 사이에는 내가 끼어들 수 있는 공간은 물론이거니와 할 수 있는 말조차 없었다.

내 마음속에 맴도는 생각을 입 밖으로 꺼낼 수 없었다. 이 가족이 겪는 슬픔에는 내가 끼어들 틈이 전혀 없었다. 그래서 이렇게 말할 수 없었다.

천사 같은 아기를 잃어버리시다니 정말 마음 아프게 생각합니다. 가족이 잠자는 사이에 하늘나라에 간 아기에게 작별 인사도 하지 못했으니 얼마나 기가 막히시겠어요. 구급대원들이 도착했을 때 아기는 이미 사망했고, 의료진이 응급실에서 35분 동안 아기의 작은 심장을 다시 뛰게 하기 위해 심장을 쥐어짜며 다량의 약물을 투여했지만 결국 아기를 되살릴 수 없었습니다. 이 말씀을 드리게 되어 정말 안타깝습니다. 제가 아기에게 기도 삽관을 할 수 없었던 것도 애석합니다. 미안합니다. 그 작은 머리를 받치고 후두경 블레이드를 삽입하려 했을 때 아기에게 고통을 준다고 느꼈습니다. 아기의 작은 시신에 마지막으로 안긴 경험이 압박하고, 찌르고, 누르고, 찢는 것이어서 미안합니다. 당신의 어여쁜 아들이 하늘나라로 가버려 정말 마음이 아파요. 아기에게서 고통을 덜어주지 못해 미안합니다.

"미안합니다, 정말 미안합니다."

나는 허공을 향해 말했다. 응급실의 앞쪽에 있는 다른 사람들은 입을 굳게 다물었다. 부모의 울부짖는 소리와 멀리 응급실 뒤쪽에서 조심스레 걸어 다니는 소리만 들렸다. 그때 아기의 엄마가 커튼을 열어젖히고 아기에게 달려가다가 다시 발밑 타일 위에 쓰러졌다. 아기 아빠는 그 뒤편의 그리 멀지 않은 곳에 서서 몸을 거의 주체하지 못한 채 온몸을 들썩이며 흐느꼈다.

"어떻게 이런 일이 일어날 수 있단 말이야? 대체 어떻게 된 거야? 아기는 정말 말짱했는데! 여태껏 문제가 전혀 없었어! 아무 문제도 없었다고."

아기 엄마는 병원 천장 너머 보이지 않는 하늘을 향해 절규했다. 외할머니가 다가가 자기 딸을 바닥에서 일으켜 세웠다.

이때 웬디의 책상에서 전화벨이 울렸다. 아기 엄마의 산부인과 의사가 걸어온 전화였다. 웬디는 그에게 걸어와 말했다.

"보호자 분, 토머스 선생님이 전화했어요. 받으시겠어요?"

"네."

아기 엄마는 가까스로 대답하고 웬디를 따라 전화가 있는 곳까지 갔다. 그리고 웬디 앞에 있는 간호사 카운터에 쓰러지다시피 몸을 기대고, 왼손으로는 머리를 감싸 쥔 채 오른손으로 수화기를 들었다.

"의사 선생님! 어떻게 이런 일이 일어났는지 모르겠어요. 도저히 이해할 수가 없어요!"

그러다가 잠시 상대방의 말을 듣고 나서 대답했다.

"알아요, 알아요. …그럼요."

아기 엄마는 다시 몸을 들썩이며 흐느끼기 시작했다.

"아홉 달 내내 문제가 전혀 없었어요. …그렇죠. 알아요."

외할머니가 나머지 가족들에게 소식을 알리기 위해 대기실로 갔다가 막 돌아왔다. 나는 외할머니에게 다가갔다.

"죄송합니다."

나는 외할머니에게 말했다.

"묻고 싶은 것이 있으세요? 저희가 해드릴 수 있는 일이 있을까요?"

"무슨 일이 일어났었는지 아시나요?"

외할머니가 물었다.

"구급대원들이 911 통화에 응답했을 때 텔리 환자는 숨도 쉬지 않았고 심장도 뛰지 않았습니다. 당시 이미 숨을 거둔 상태였죠. 구급대원들은 환자를 소생시키려고 무던히 애를 썼습니다. 심장을 다시 뛰게 하고 호흡을 돌아오게 하려고 약을 투여했지만 되돌릴 수 없었어요. 환자가 응급실에 도착했을 때 심장은 뛰지 않았고, 숨도 쉬지 않았습니다. 이미 사망한 것이죠. 응급실에서도 가능한 방법을 모두 동원했지만 역시 불가항력이었습니다."

외할머니는 슬픔이 복받쳐 아무 말도 하지 못하고 나를 쳐다보기만 했다.

"혹시 아기가 아프지는 않았나요? 임신이나 출산하는 동안에나 아니면 그 후라도 문제가 있지는 않았나요?"

나는 외할머니에게 물었다.

"아뇨. 임신하기까지 힘들었지만 그 후로는 모두 순조로웠어요. 딸은 한 번도 아픈 적이 없었어요. 출산 과정도 순조로웠습니다. 출산하고 이틀 후에 퇴원했죠. 아기의 정기 검진 결과도 아주 좋았어요. 아무 문제가 없었습니다."

외할머니는 나를 응시하다가 믿기지 않는다는 듯 고개를 저으며 물었다.

"어떻게 이런 일이 일어났을까요?"

나는 심호흡을 했다.

"원인을 말씀드리기가 매우 어렵습니다. 때때로 아기가 의학적인 문제를 잠재적으로 안고 태어나기도 합니다. 누구의 잘못도 아니죠. 그저 어쩔 수 없이 일어나는 일 중 하나입니다. 그렇지 않고서는 진단 가능한 사망 원인이 전혀 없어요. 다시 한번 정말 죄송합니다."

"아닙니다. 애써주셔서 감사해요."

외할머니는 이렇게 말하면서 고개를 숙여 인사하고 자기 딸에게 걸어갔다.

토머스 의사가 나와 통화하고 싶어 한다고 했다. 나는 가족들의 요청을 듣고 수화기를 건네받은 후에 자초지종을 알렸다. 그는 아기 엄마가 어렵게 임신했고, 임신을 하자 부모가 정말 행복해했다고 전했다. 아주 성품이 좋고 근면한 부부라고도 덧붙였다. 자신은 아기의 엄마가 열여섯 살일 때부터 알고 지냈고, 16년 후에 첫 아기를 자신이 받았다고도 말했다. 출산과 그 뒤 과정이 모두 순조로웠다고 했다. 통화를 마칠 무렵 그는 갈라진 목소리로 정말 견디기 힘든 밤이라며 한숨지었다.

나는 사망 보고서와 병원 진료 기록 카드에 있는 관련 항목에 표시를 하려니 심란했지만 어쨌거나 마음을 추스르고 일을 계속해야 했다. 앞으로 소아과 코드 블루가 발생할 경우에 대비해서 최소 사이즈의 소아용 블레이드를 구비해달라고 요청하는 이메일을 의료 책임자에게 보냈다. 다음 직원 회의 시간에도 이 문제를 제기할 생각이다. 도구에는 문제가 없었고, 내가 기도 삽관에 성공했어야 한다고 팸이 중얼대는 소리가 들렸다. 문제는 나였다는 것이다. 의료 기사는 이미 죽은 신생아의 생명을 되돌리기는 불가능했으므로 삽관했어도 결과는 마찬가지라고 대꾸했다. 뎁은 다른 의료진에게 적절한 소아용 장비를 갖추어야 하는 것은 병원의 의무이고, 의사를 그토록 심하게 비난하는 팸의 행동은 옳지 않다고 말했다.

나는 검시관과 통화했다. 여느 신생아 사망과 마찬가지로 이번 사례도 검시 대상이므로 장기 기증 후보에 들지 않는다고 장기 기증 센터에 통보했다. 결국 가족은 떠났고, 아기는 하얀 담요에 아늑하게 싸여 영안실로 보내졌다.

이렇게 시간은 째깍째깍 흘렀다.

마침내 야간 근무 시간이 끝나고 해가 뜨자 마음이 놓였다. 적포도주 한 잔을 마시고, 캐모마일 차로 입가심을 하고, 알레르기 약인 베나드릴 한 알을 삼키고는 얕은 잠에 빠졌다. 몇 시간 후에 묵직한 몸을 느끼며 잠에서 깼다. 머릿속에 한 가지 생각이 떠나지 않았다. 아기의 생명을 구하지 못했다. 이번 주 두 번째 야간 근무를 시작하기까지 두 시간이 남았다.

지금쯤이면 엄마가 퇴근했을 것이다. 나는 저녁 식사를 준비하는 동안 엄마에게 오늘 환자를 살리지 못했다는 말을 하려고 수화기를 들었다. 주방 용품점인 윌리엄스소노마에서 새로 산 노란색 수프 냄비가 눈에 띄었다. 고급 요리 도구를 사는 것은 요리하고 싶은 마음을 일깨워 정상적으로 살기 위해 내가 선택한 전략의 일부였다. 요가 스튜디오의 월 회원권을 자동으로 갱신하는 것처럼 나를 밀어붙이기 위해 돈을 투자하는 전략은 언제나 효과적이었다. 값비싼 냄비, 프라이팬, 고속 믹서기를 방치하는 모습에서 큰 죄책감을 느끼기 때문이었다.

수프가 뭉글하게 끓을 즈음 눈물이 쏟아지면서 목이 메었다.

그제야 내가 의사 훈련을 받는 몇 년 동안 단 한 번도 울지 않았다는 사실을 깨달았다. 레지던트로 일할 당시 사람들이 구타당하고 칼에 찔려서 응급실에 들어왔다가 내 품에서 죽었을 때조차 나는 울지 않았다. 환자의 아내를 만나 남편이 다시 자발적으로 호흡을 할 수 있을지 알 수 없다고, 인공호흡기를 달아야 한다고 알려야 했을 때도 눈물은 나오지 않았다.

절망에 빠져서 어린 시절을 통째로 빼앗긴 아이였을 때도 나는 울지 않았다. 한밤중에 하늘에 떠 있는 초승달을 올려다보며 가족들이 살아남을 수 있게 해달라고, 내가 살아남을 수 있게 해달라고 비는 동안에도 마찬가지였다. 고통에 목이 타들어가고 눈앞이 뿌예졌을 수는 있지만, 단 한 번도 격하게 슬퍼하거나 눈물샘을 터트리는 일은 없었다. 불과 몇 달 전에 이혼하면서 한 번도 상상해보지 못한 방식으로 마음이 산산조각 부서졌을 때 역시 나 자신에게 한 줄기 눈물조차 허락지 않았다. 그럴 시간이 없었다. 시련을 견뎌내야 했고, 살아남아서 탁월한 능력을 발휘하기 위해 난관을 뚫고 스스로를 그저 다음 단계로 밀어붙여야 했다. 그런데 졸업한 후에, 이혼한 후에, 야간 근무를 마치고 다음 야간 근무를 시작하기 전에, 마음을 허무는 고통스러운 사연들의 틈바구니에서 나 자신을 돌아볼 틈이 생겼다.

사실 나는 '결혼'에 큰 비중을 두지 않았다. 나는 '아내'라는 호칭에 어떤 특별한 지위가 있다고 생각하지도 않았다. 나는 결혼 제도를 국가가 손상시켰다고 믿었다. 여성을 재산으로 여겼던 결혼의 역사적 뿌리와 국가의 근간인 가부장제와 이성애 규범주의를 강화할 목적으로 사랑을 합법과 불법으로 나누어 규정했기 때문이다. 그래서 나는 관계를 형성하는 두 영혼만 누릴 수 있는 영적인 결합에 가치를 두었다. 물론 전통적인 결혼은 거래라는 관점으로 보면 말이 된다. 결혼이라는 계약을 맺음으로써 거래 조건을 가장 잘 충족할 수 있다면 말이다.

어린 시절에 나는 엄마가 되리라고 꿈꾸어본 적이 없다. 내가 알고 있는 사람들은 대부분 결혼할 때가 되었다고 생각해 배우자를 선택하고, 낳아야 한다고 하니 별 고민 없이 아이를 낳았다. 따라서 나는 짝을 선택하고 번식하는 단순한 행위가 인간에게는 물론 단세포 유기체에게도 특별히 중요하지 않을 뿐더러 성취감을 안기지도 않는다고 보았다. 그럼에도 나 또한 언젠가 엄마가 되리라 믿었다. 자녀를 낳는 것이 필수는 아니지만 낳을 수도 있다고 여겼다. 삶을 함께할 배우자를 언젠가 당연히 만나리라 추측했듯이 말이다. 결혼을 하고 아이를 낳는 삶이 선택 사항이라 생각하지 않았다.

나는 퀴노아와 병아리콩을 비롯해 몇 가지 채소를 넣어 간단하게 만든 치킨 스튜를 계속 저었다. 소금기를 머금은 눈물이 뺨을 타고 흘러 내렸지만 흐르도록 내버려뒀다. 치킨 스튜를 저을 때마다 내가 삶에서 무엇을 놓치고 있는지 기억해냈다. 바로 다른 사람과 마음을 다해 건강한 관계를 맺는 것이었다. 이제 가족을 꾸릴 수 있는 선택권이 사라져버린 것 같았으므로 영혼의 단짝과 영원을 약속하는 결혼과 화목한 가족과의 어린 시절을 제대로 경험할 기회를 잃어버렸다고 생각하니 슬펐다. 그날 엄마와 통화하면서 아기 환자에 대해 말했다. 내가 이혼하지 않았다면 낳았을지 모르는 아기와 여동생의 아기인 일라이와 얼마나 닮았는지 설명했다. 또 새로 이사 온 도시에서의 생활이 상상보다 훨씬 더 외롭다고 털어놓았다. 무엇보다 가장 견디기 힘든 지점은 아이를 키우고, 내 아이에게 마땅한 사랑과 안식처를 줄 기회가 내게는 없을지도 모른다는 현실이었다.

대개 평범한 엄마들이 그렇듯이 우리 엄마도 즉각 반응했다. 아기가 죽은 것은 내 잘못이 아니라고 위로했다. 또 언젠가는 내가 바라는 가족을 분명히 꾸릴 수 있으리라고 단언했다. 마치 시간은 문제가 아니라는 듯, 미래에 무한한 가능성이 열리면서 결국 원하는 무엇이든 손에 넣을 수 있다는 양 말했다.

하지만 나는 잘 알고 있었다. 몇 년이 흐르든 몇십 년이 지나든, 시간은 그 어떤 결과도 보장해주지 않는다는 사실을. 게다가 아무리 '완벽한' 영혼이라도 언제든 우리 곁을 떠날 수 있다는 사실을.

실제로 인간의 본성은 사람이든, 사건이든, 물건이든, 꿈이든 자신에게 소중한 것이 늘 함께하기를 바란다. 그 소중한 일부가 자신의 곁에서 영원하고 안전하게 머물러 있기를 원하는 것이다. 하지만 영원을 바라는 마음이 얼마나 허황된지 깨달을 수밖에 없을 때, 우리의 마음은 닳아 너덜너덜해지고 부서지기 마련이다. 지금 여기, 지금 이 순간이야말로 우리가 껴안고, 어루만지고, 배우고, 느껴야 하는 대상이자, 우리를 성장시키는 원동력이다. 운이 따른다면 우리가 이런 '현재'를 살아가는 순간, 그 경험은 우리의 삶을 빛내고 살아 숨 쉬도록 넓게 확장시킨다. 우리의 이야기는 순식간에 바뀔 수 있다. 여기서 배우지 못하면 우리는 '왜'인지 아는 선물조차 영영 받지 못할지 모른다.

나는 고통의 이유를 몰랐다. 탤리 환자의 가족도 몰랐다. 우리는 그 순간 모두 부서졌다. 충격과 슬픔, 분노, 두려움에 휘둘려 산산이 조각났다. 어떻게 극복해야 하는지 극복할 수는 있을지 모르지만 이 부서짐은 치유로 이어질 수 있다. 결국 그릇이 비어야 은혜로 채울 수 있는 법이다. 하지만 그러려면 우리는 함께 눈물을 흘리면서 서로 일어설 수 있도록 도와야 했다. 일어나서 다시 시작해야 했다.

책
임

가해자도
치료해주어야 할까

The Beauty in Breaking

새벽 4시에는 종종 마법이 일어난다. 이 무렵 응급실은 환자의 발길이 끊기면서 일시적으로 잠잠해지기도 한다. 야간 근무조는 교대하기 두어 시간 전부터 환자들이 쉴 수 있도록 응급실 조명의 조도를 낮춘다. 당직 의사는 이 시간을 활용해서 미처 마치지 못한 서류 작업을 하거나 밀린 업무를 따라잡는다. 잠깐 짬을 낼 수도 있어서 책상에 앉아 창문을 뚫고 들어오는 빛을 받으며 일출 광경을 바라볼 수도 있다. 햇빛에 적응하느라 눈을 가늘게 뜨고, 조금 지나면 병원에서 걸어 나가 새로 밝아온 날의 햇빛을 온몸으로 받을 순간을 갈망한다. 그리고 그 두어 시간 동안 자신도 주행성 인간이라는 사실을 기억해낸다.

이윽고 오전 7시가 되면 나는 야간 근무를 마치고 집으로 가는 차에 오르기 전에 간호사 여섯 명, 다른 의사 두 명과 커다란 원목 테이블에 둘러앉을 것이다. 병원에서 심폐 소생술을 실시하면서 발생한 여러 문제를 검토하기 위한 회의가 열리기 때문이다. 오늘은 심폐 소생술 사례 보고서를 자세히 검토하면서, 지난주 심장 및 뇌혈관 병동에서 시행된 심폐 소생술 과정을 기술한 글에 아트로핀atropine* 이라는 단어가 등장한 대목을 살펴볼 것이다. 실제로 환자의 생명을 구하는 사람들 중에 어느 누구도 "이 단어를 적재적소에 기입해야 중요한 순간에 생명을 구할 수 있습니다"라고 말하지 않았다. 그럼에도 나는 단어의 위치를 놓고 20분 동안 토론한 후에, 심폐 소생술 사례 보고서에서 "손가락 끝에서 채혈한 혈당 측정"이라는 단어의 위치를 옮길지 말지 가리는 비슷하게 중요하지 않은 토론도 참아낼 것이다. 새벽 4시 야간 근무량이 줄어들 무렵이면 나는 이러한 문제들에 대한 내 의견을 정리한다. 그러다 보면 결국 '도대체 무엇 때문에 이 토론을 하는 것일까?'라는 의문이 든다.

내 예상에 따르면 승진 여부를 알리는 통지서나 전화, 이메일이 내일쯤 도착할 것이다. 만일 승진한다면 단순히 이러한 회의에 참석하는 데 그치지 않고 주관해야 한다. 2년 조금 안 되는 기간 동안 맡았던 응급실 실적 개선 책임자와 응급실 부책임자라는 높지 않은 행정직 업무가 지루했다. 병원은 전반적으로 진료의 질을 감독하는 새로운 직책을 만들었다. 내가 하고 싶고 또 잘할 수 있으리라 생각한 업무였다. 기존 책임자들

---

* 분당 맥박이 60회 이하일 때 주로 사용하는 단어다.

이 조만간 병원을 떠나거나 세상을 떠나진 않을 테니 내가 부서 안에서 더 높은 직책으로 승진할 가능성은 희박했다. 따라서 응급 부서장은 내게 새로 생긴 직책에 지원하는 게 어떻겠느냐며 권유하고 지지해주기도 했다.

나는 해당 직책으로 승진한다면 더욱 의미 있고 영향력 있는 일을 할 수 있으리라 판단했다. 내가 발목을 삔 환자에게 휴식하기, 냉찜질하기, 압박 붕대 감기, 발 올리기를 처방할 때나 치통을 호소하는 환자에게 염증이나 응급 상황은 아니지만 치과 의사에게 정밀 검사를 받아야 한다고 설명할 때는 환자들이 내 말에 귀를 기울이리라는 것을 알고 있으므로 유의미한 효과를 거둘 수 있다. 한 환자가 폐렴을 앓느라 일반 병동에 입원했다고 치자. 나는 의사가 되기 위한 훈련을 받는 동안 환자가 입원한 지 네 시간 이내에 혈액 배양 검사를 받을 최선의 방법을 찾느라 몇 시간 동안 고민하리라고는 생각해본 적이 없었다. 솔직히 말하면 의사들이 환자의 건강에 실질적인 도움이 되지 않는 사소한 사항에 대해 곰곰이 생각하느라 많은 시간을 쏟는 것은 옳지 않다고 믿었다. 따라서 보다 유의미한 일을 할 수 있도록 관리직에 오르는 방법을 찾아야 했다.

2년 전 레지던트 과정을 졸업하고 나서 나는 점점 더 지치고 불안해졌다. 병원에서 행정 업무를 맡고 싶은지조차 더는 확신하지 못했다. 그래도 요가 덕택에 불안에 맞서면서 생각을 정리할 수 있었다. 일터 밖 낯선 이들을 만날 기회를 주는 헬스장에서 운동하는 것도 유용했다. 결과적으로 아무 소용이 없었지만 "이제 다른 사람을 만날 때가 됐다"면서 온라인 데이팅 앱을 권유하는 동료들의 압박에 굴복하기도 했다. 하지만 온라인 데이팅 앱의 세계로 들어가는 것은 여전히 망설여졌다. 두려움과는 아무 상관이 없었다. 오히려 나는 난생처음으로 내 피부색에서 위안을 느끼는 긍정적인 변화를 경험하는 중이었다.

나는 30대에 예상하지 못했던 아름다운 선물을 받았다. 얼굴에 여드름이 났더라도, 요란하게 웃다가 코로 숨을 들이마시며 컥 소리를 내더라도, 직접 만든 맛있는 렌틸콩 수프를 먹고 냄새나는 방귀를 뀌더라도(아무리 맛있는 수프라 해도 자제해서 조금씩 먹어야 한다는 것을 배웠다) 나 자신을 좋아하게 된 것이다. 내가 온라인 데이팅 앱을 꺼리는 이유는 낯선 사람 수천 명에게 나를 노출시키는 위험을 무릅쓰고 싶지 않아서가 아니었다. 오히려 전혀 모르는 사람과 대화하는 것 자체는 언제나 흥미진진했다. 나는 아무리 짧은 대화라도 그 안에서 의미를 발견할 수 있다고 굳게 믿는다. 온라인에서 만난 이와의 데이트를 겁내는 것도 아니었다. 그저 효과가 있을 리 만무하다고 생각했다. 그렇다. 나는 온라인에서 남편을 만나 결혼한 두 친구의 설득력 있는 주장을 들었으므로 잘 알고 있다. (나중에 나와 따로 만난 자리에서 두 친구는 혼자 살 기운만 있다면 이혼하고 싶다고 털어놓았다. 하지만 둘 다 고령 임신을 가르는 나이인 서른다섯이 되기 전에 아이를 갖기 위해 불행한 결혼을 유지하는 쪽을 선호했다.) 내 경험을 비추어보더라도 데이트하는 데는 '연습'이 필요 없었다. 따라서 온라인 프로필 수백 개를 훑어보는 방식은 단순히 조건에 따라 적당히 타협해 어쨌거나 데이트를 한번 성사시켜보자는 의도로 보였다.

나는 나와 영혼이 맞닿는다고 느껴지는 상대하고만 관계를 형성하고 싶었다. 실리콘밸리가 아무리 창의적인 방법을 내놓은들 영혼끼리 통한다고 느껴지는 관계는 어떤 가상 알고리즘으로도 형성할 수 없다.

친구들의 등쌀에 마음이 약해져서 앱에 가입은 했지만 통상 두 달 만에 이루어지는 실제 데이트에서는 응급실 근무 일정이 불규칙해서 약속을 지키지 못할 수 있다는 단서를 미리 달아놓았다. 언제든 빠져나올 수 있도록 한 발을 빼놓은 것이다. 온라인 프로필에 자신을 릭이라고 소개하는 남자를 만났다. 20년 전쯤 찍은 것이 분명해 보이는 사진을 올려놓고 주로 맥주와 골프에 대한 이야기만 했다. (나는 릭이 더 싫기는 했지만 어쨌거나 맥주도 골프도 싫어했다.) 더글러스라는 남자도 있었다. 그는 대화 주제가 무엇이든 종국에는 자신이 변호사라는 점을 내게 거듭 상기시켰다. 하지만 내가 그 말을 덥석 잡아 어디에서 일하느냐고 묻자, 대답 대신에 자신의 사업이 얼마나 흥미로운지 이야기하면서 자기가 실제로는 변호사이지만 법률 업무를 하지는 않는다며 여러 사례를 장황하게 늘어놓았다. 자기 신원마저 속이다니. 그의 거짓말에 내 눈동자는 초점을 잃고 멍해졌다.

다른 사람의 사진을 올려놓은 것이 분명한 프랭크도 빼놓을 수 없다. 그는 7년 전에 했다는 이혼에 대해 횡설수설했다. 자신은 취미도 없고, 친구도 거의 없고, 여가 시간은 10대 아이를 공동 육아하는 데 몽땅 할애하는 중인데 정작 아이는 자신과 거리를 둔다며 투덜댔다. 그는 이러한 이유들 때문에 온라인 데이트로 상대를 찾아야겠다고 생각한 듯했다. 나는 깍듯하게 술잔을 비우고 말했다.

"이런, 정말 미안해요. 서둘러 집에 가야 해서요. 내일 응급실로 출근해야 하거든요. 이제 겨우 6시 15분이지만 오전 근무가 엄청 일찍 시작해서요. 아뇨, 일어서지 마세요. 그대로 앉아서 즐기세요. 집까지 안전하게 걸어갈 수 있고, 걸음도 무척 빨라요. 폐를 끼치고 싶지 않네요."

나는 의자를 뒤로 밀며 자리에서 빠져 나왔다.

"즐거운 저녁 되세요."

나는 이미 출입구를 향해 반쯤 걸어가며 이렇게 인사했다.

프랭크를 끝으로 온라인 데이팅 앱은 중단했다. 프랭크와 데이트 이후 이제 이 짓도 그만해야겠다고 다짐했다. 후회는 조금도 남지 않았다. 게다가 고맙게도 내가 데이트한 남자들 역시 모두 줄행랑을 쳤다.

나는 새벽 4시의 응급실에 일시적으로 찾아오는 평온한 시간을 최근 들어온 두 남자의 데이트 요청에 답변하는 데 쓰지 않고, 심폐 소생술 회의를 준비하기로 했다. 물론 응급실에서는 어느 때라도 한가하리라 보장할 수 없다. 불과 두 주 전에는 밤새 쉬지 않고 일만 했다. 나는 열 시간 전에 응급실에 들어왔다가 가까스로 술이 깬 취객을 서둘러 귀가시켰다. 9호실에 있는 환자의 CT 결과가 나왔다. 맹장염이다. 야간 근무의 마지막 수술 환자를 인계하기 위해 수술 팀을 호출했다. 한 노년 여성의 얼굴 열상을 꿰매야 했고, 발작을 일으켰다가 계단에서 구르는 바람에 복합 늑골 골절을 입은 중년 여성을 입원시켰다. 상태가 안정적이기는 하지만 저혈압 증상을 보이는 환자를 진찰해야 하는 교대 의사는 14분이나 지났는데도 아직 출근하지 않았다. 하지만 누가 시간을 재고 있겠는가?

쌀쌀한 11월의 어느 수요일 밤 응급실에는 마법 같은 시간이 찾아왔다. 새벽 3시 반, 내 마지막 환자인 쉰 살의 남성은 "석 달 전부터 계속 발이 간지럽다"고 호소하며 응급실을 찾았다가 치료를 받고 회복 중이었다. 발진도 감염도 없었으므로 연고만 바르면 됐다. 환자가 집에서 스스로 관리할 수 있도록 당직 약사가 고맙게도 보습 연고를 보내줬다. 마침내 컴퓨터 앞에 앉을 시간이 생겼다. 전자 진료 기록표를 훑어보면서 진료 기록과 지시 사항에 빠짐없이 서명했는지 확인할 참이었다. 하지만 열 일 제쳐놓고 커피부터 마셔야 했다. 너무 피곤해서 뼛속까지 쑤셨다. 새벽 4시에 밀려오는 피곤은 요가 수업을 하거나 격렬하게 달리고 난 후의 피로에 비할 바가 아니다. 정신 깊은 곳까지 지근거리며 아프다.

새벽 4시에 찾아오는 소강상태에는 축복과 저주가 있다. 새벽 4시가 되기 전에는 의료 기사들이 왔다 갔다 분주하게 움직이고, 환자들이 진통제를 달라 얼음을 달라 터키 샌드위치를 주문해달라고 요구하고, 간호사들은 의사에게 밤에 구두로 지시했던 사항을 낱낱이 컴퓨터에 입력해달라고 요청한다. 당직 전문의들은 응급실 의사가 의뢰한 협진이 정말 응급 상황인지, 다음 날까지 기다릴 수 있었던 상황인지, 아니면 환자가 병원에 직접 전화를 걸어 진료 예약해도 됐는지 묻는다. 마침내 이런 갖가지 소동이 잠잠해지기 시작하면 내면의 목소리가 커지면서 실존 문제가 고개를 든다. 나는 왜 여기 있을까? 내가 진짜 하고 있는 일은 무엇일까? 내 목표는 무엇일까?

하지만 누가 새벽 4시에 이런 생각을 계속할 기력이 남아 있겠는가?

그렇다. 커피를 마시기에 딱 좋은 시간이었다.

커피를 뽑으려 의자를 밀고 일어섰을 때였다. 컴퓨터 화면이 파랗게 번쩍였다. 환자가 도착했다고 알리는 색깔 신호였다. 환자가 호소하는 증상인 '치질'이라는 단어가 화면에 뜨는 것과 동시에 새벽 4시 무렵이면 통상적으로 찾아오는 마법의 시간이 순식간에 사라졌다.

간호사들은 에릭 새무얼스 씨의 '응급 중증도 지수'를 4로 분류했다. 응급 중증도 지수의 범위는 응급 정도가 가장 낮은 5에서 가장 높은 1까지다. 그러므로 서두를 필요가 없었다. 나는 차트를 훑어보면서 빠진 사항이 없는지 확인했다. (5년이 지났는데도 자이스왈 과장과 회진을 돌 때의 경험이 생생하게 기억났다.) 환자는 열이 없고, 혈압 145/86, 심박수 76, 호흡수 16, 산소포화도 100퍼센트로 활력 징후에도 특이점은 없었다. 이번에는 전자 진료 기록을 검토했다. 치질 병력이 있었지만 매번 스테로이드 연고로 단기간 적절하게 치료를 받은 것으로 보였다. 또 서혜부 탈장 병력이 있었다. 환자는 5년 전 외래 수술 클리닉에 내원한 적이 있지만 수술을 거부했고 그 후로는 발길을 끊었다. 이 병력은 심각해 보이지 않았다.

그때 환자의 3년 전 진료 기록에서 '폭력 행동 경고'를 뜻하는 황색경보가 화면에 나타났다.

우리 의료진은 응급실에서 발생할 수 있는 온갖 종류의 위협적인 행동에 대처해야 한다. 응급실에 도착한 환자들 중에는 감염이나 화학적 불균형 때문에 정신이 혼미한 사람들도 있다. 아니면 술에 취해 시비를 걸거나, 의사가 공손하게 질문해도 제멋대로 행동하면서 어떻게든 꼬투리 잡아 불같이 화를 내기도 한다. 어떤 경우이든 응급실에서는 극도로 조심하는 것이 상책이다.

전문적인 조사가 전무한 탓에 응급실에서 발생하는 폭력 사건에 대한 실질적 통계는 찾아보기 힘들다. 더욱 시급한 문제는 이러한 사건들이 대부분 상부에 보고되지 않고 묻힌다는 점이다. 그 이유는 다양하다. 많은 의료 서비스 종사자들은 보고하더라도 아무것도 바뀌지 않는다고 느끼기 때문에 폭력을 밝히지 않는다. 또한 폭력 사태를 막지 못했다며 조사나 비난을 받을까 두려워하다가 어느덧 폭력에 익숙해져, 일하다 보면 으레 있는 일이라 여기며 넘어간다.

2003~2007년 미국 노동통계국이 실시한 직장 안전 조사에 따르면 건강 관리와 사회 서비스 종사자들이 비치명적 공격을 받을 확률은 다른 모든 산업 분야에 종사하는 노동자보다 다섯 배 높았다. 2009년 응급간호사협회가 실시한 조사에 따르면 응답자의 20퍼센트가 과거 3년 동안 직장에서 20회 이상의 신체적인 폭행을 당했다.

많은 텔레비전 방송은 병원에서 벌어지는 상황을 정확하게 묘사하지 않는다. 그렇다, 응급실 직원은 할리우드 스타가 아니다. 《보그》나 《GQ》 화보에 실리지도 않고, 모든 직원이 서로 돌아가며 잠자리를 함께하지도 않는다. (내가 일했던 병원에서는 딱 한 군데만 그랬다.) 그리고 미국인의 평균 체격을 고려할 때 스테이크 나이프나 빨대, 약간의 끈을 사용해 응급으로 기도를 확보하기는 불가능에 가깝다. 하지만 텔레비전 프로그램이 응급실의 한 가지 모습만큼은 제대로 묘사한다. 의료진이 환자를 도와주려고 애쓰다가 오히려 환자들에게 공격받는 일이 자주 발생하는 것이다. 매우 끔찍한 사례를 들어보자면, 생명을 살리는 의료진을 살해하겠다면서 병원이나 클리닉으로 쳐들어오는 사람들도 있다. 이때는 무슨 일이든 일어날 수 있으며 또 실제로 일어난다.

일단 새뮤얼스 씨의 파일에서 황색경보를 확인한 나는 심호흡을 하고 경고 메모를 클릭했다.

환자가 목에 난 종기를 절개하고 고름을 빼내고 있는 여의사의 왼쪽 가슴을 움켜쥐었다. 그러자 여의사는 도구를 내려놓고 병실을 나갔다. 이후 절차는 남자 의사가 수행했다.

차트의 나머지 내용을 읽어보니 새뮤얼스 씨는 다른 환자들처럼 종기 치료를 받았고, 상처를 검사하기 위해 이틀 후 내원하라는 권고를 받았다.

뜨거운 화 덩어리가 목구멍으로 치밀어 오르면서 얼굴이 붉게 상기됐다. 나를 가장 화나게 만든 요인이 무엇인지 가늠하기 힘들었다. 성추행을 저지른 환자일까? 폭력을 무덤덤하게 묘사한 진료 기록일까? 아니면 환자가 의료진에게 범죄를 저질렀는데도 통상적인 치료 과정을 밟으라며 응급실로 내원하라는 권고를 받은 사실일까?

요인이 무엇이든 이 환자는 내게 진료를 받으려면 기다려야 할 것이다. 내가 의자를 뒤로 밀고 일어나서 휴게실로 걸어가 커피를 컵에 따르고 화장실에 들렀다가 나머지 진료 기록을 모두 작성할 때까지 기다려야 할 것이다. 내가 할 일을 모두 마칠 때까지 기다려야 할 것이다. 나는 환자 이름 옆 비고란에 "의료진을 공격한 이력 있음"이라고 기록한 후에 선별 담당 간호사를 불러서 새뮤얼스 씨를 남자 간호사에게 배정하라고 요청했다.

"물론이죠. 증상도 엉덩이가 약간 부었을 뿐인걸요."

그 간호사가 대답했다.

나는 커피 주전자가 비어 있기를 은근히 바라면서 자리에서 일어섰다. 그래야 누군가에게 커피 내리는 법을 알려달라고 부탁하며 시간을 끌 수 있을 테니까. 그런 다음에는 커피가 한 방울씩 똑똑 떨어져서 컵에 모일 때까지 기다릴 작정이었다.

직원 휴게실로 가려고 모퉁이를 돌았을 때, 새뮤얼스 씨가 배정된 7호실로 들어가는 발소리가 들렸다. 발을 끄는 소리와 아파서 신음하는 소리가 들렸다. 나는 스테인리스 컵을 손에 들고 소리가 들리는 곳을 지나 주방으로 향했다.

식당 종업원, 비행기 승무원, 신발 판매원, 미용사를 비롯해서 불특정 다수를 상대하는 서비스업 종사자들은 많다. 응급실 의사도 마찬가지다. 하지만 나는 의사가 되기 전까지 병원에서만큼은 사람들이 폭력을 자제하고 예의를 갖추어 행동하리라 추측했다. 의사들은 7년 이상 훈련을 받고, 심장을 다시 뛰게 하고, 뼈를 다시 맞추면서 잠 못 이루는 밤을 수없이 보낸다. 하지만 실제로 진료를 해보니 응급실에서 일하는 의료진은 서비스 산업에 종사하는 사람들과 전혀 다르지 않다는 사실을 깨달았다. 우리는 무례하거나 적의를 품은 환자들로부터 보호받지 못한다. 주먹으로 맞고, 발로 차이고, 욕설을 듣고, 심지어 총에 맞는다. 이러한 일은 직업과 상관없이 누구에게도 일어나지 말아야 하지만 실제로 일어난다. 의사는 법률에 치료하라고 명시된 사람들에게 이러한 폭력을 당할 위험에 노출된다.

나는 사우스 브롱크스에서 살면서 레지던트 과정을 마쳤다. 전국에서 가장 환자가 많기로 유명한 머시병원이 유치장을 완비한 사내 경찰서까지 운영하는 데는 그만한 이유가 있다. 사람들은 뉴욕시의 해당 지역이 폭력 범죄로 시끄러운 곳인 데다가, 머시병원이 미국 내 최대 규모의 외상 치료 전문 센터 중 하나라는 점에서 우리 의료진이 위협받으리라 추측했지만, 내 경험은 달랐다. 나와 레지던트 훈련을 함께 받은 동기들은 지역 사회의 구성원으로 사우스 브롱크스 주민과 나란히 참호에 있었다. 우리는 경찰관과 소방관, 구급대원을 성이 아닌 이름으로 불렀다. 우리가 그날 칼에 찔린 첫 소아 환자, 심장 마비로 쓰러진 두 번째 환자, 총상을 입은 네 번째 환자를 이송받아 짐을 덜어주면 그들은 자주 응급실에 도넛을 보내주었다. 머시 병원에서 우리는 최신 장비로 환자를 진료하지 않았고, 멋지게 이름이 수놓아진 수술복을 입지도 않았지만, 매일매일 인간으로서 할 수 있는 최선을 다해 많은 환자를 치료했다. (우리 중 다수는 길 건너 식품점에서 판매하는 강하고 맛있는 쿠바산 커피를 마시며 일할 힘을 얻었다.) 우리가 빨리 일할수록 더 많은 환자들이 응급실에 도착했다. 환자가 많아질수록 환자의 증상도 심해지는 것 같았다. 우리가 오전 7시까지 출근하면, 전날 밤 10시부터 대기실에 진을 치고 있는 환자 스물다섯 명을 진료하는 일부터 시작했다. 이것이 머시병원 응급실에서 화요일마다 펼쳐지는 전형적인 광경이었다.

한번은 다리에 경미한 총상을 입은 환자를 치료한 적이 있다. 그는 근처에서 활동하는 마약상이었는데 주머니에 돈이 상당한 것으로 미루어 해당 업계에서 성공한 것 같았다. 내 교대 근무가 끝났을 때 그 환자가 손짓으로 나를 불렀다.

"의사 양반, 이 지역에선 걱정일랑 붙들어 매쇼. 내가 보호해드릴 테니까."

그 말은 진심이었다. 이렇게 우리는 한편을 먹었다. 그 후로 내가 사우스 브롱크스에서 몸이 다치는 일은 단 한 번도 없었다. 의료진에게 폭력을 휘두르는 환자를 처음 마주한 것은 그 후 필라델피아 남부에 있는 앤드루존슨병원 산하의 작은 지역 병원에서 일할 때였다. 그날 한 어머니가 만취한 아들을 응급실에 데려왔다. (스물아홉 살이면 엄연히 성인인데도 이 지역 문화에서는 어머니가 성인 아들을 데리고 응급실에 오는 것이 흔한 일이었다.)

그날 저녁 그 환자가 구토를 하면서 응급실에 실려 오기 전까지 응급실은 평화로웠다. 야간 근무 간호사 두 명은 딸들을 위해 걸스카우트 행사를 계획하고 있었다. 접수 직원은 새로 환자가 도착하자 하던 일을 멈추고 환자를 접수시킨 다음 응급 정도에 따라 분류했다. 환자는 의사 사무실에서 대각선상에 있는 병실로 보내졌다. 어머니는 응급실 직원의 손에 아들을 안전하게 인계한 다음 떠났고, 환자 선별 담당 간호사는 취기가 사라질 때까지 환자를 재우기 위해 병실 조명을 낮췄다. 이 환자의 사례는 단순했다. 나는 환자를 진찰하고, 수액을 투여하고, 구역질을 완화시키는 약을 처방한 다음, 아침에 퇴원시켜서 집으로 돌려보낼 계획이었다. 사실 환자에게는 이러한 치료를 받을 필요가 없어 보이긴 했다. 일상적인 만취 상태는 변기

앞에 무릎을 꿇기만 해도 충분히 '치료'되기 때문이다. 하지만 우리 의료진에게는 병원에 실려 온 이 젊은 환자의 가족이 기대하는 의료 쇼를 보여줄 의무가 있었다.

"환자분, 제가 진찰을 해도 되겠습니까?"

내가 물었다.

"으으응."

환자는 혀가 꼬인 소리를 내고 끙끙거리면서 배를 움켜쥐었다. 그는 몸이 멀쩡해 보였고 태도도 협조적이었다.

나는 그를 신속하게 진찰하고 난 뒤, 간호사가 구토를 완화시키는 약을 줄 것이라고 말했다. 환자가 몸을 앞으로 기울였다. 폐 소리는 깨끗했다. 환자가 어깨를 구부리며 숨을 크게 들이마셨다. 심장 소리도 정상이었다.

"좋습니다. 이제 눈을 떠보세요."

나는 검안경檢眼鏡으로 환자의 동공을 검사했다. 검안경에 헤드가 없기는 했지만, 어떤 형태로든 광원이 있으면 검사하는 데는 지장이 없었다. 이때 갑자기 내 얼굴로 주먹이 날아왔다. 환자는 아무 맥락 없이 순간적으로 폭력을 행사했다. 그럴 만한 이유도 없고, 정당화할 수 있는 근거도 없었다. 술에 취했다고 해서 다른 사람이 되는 것은 아니지만, 고삐가 풀리면서 그 사람의 그림자 자아가 앞으로 튀어나오기도 한다.

내 안경이 바닥에 떨어져 뒹구는 소리가 들렸다. 조명이 어습푸레한 병실에서 내 눈에 보이는 것이라고는 환자의 금발과 벌건 피부의 일부뿐이었다. 나는 고개가 휙 돌아갔을 때 외부에서 들어오는 움직임을 감지했다. 하지만 그것이 환자가 움직인 것인지, 아니면 내가 다음번 타격에 대비한 것인지 구분할 수 없었다. 그와 동시에 나는 반사적으로 오른팔을 있는 힘껏 앞으로 쑥 내밀었다. 여전히 손아귀에는 검안경이 쥐어져 있었다. 이내 오른팔에 무언가 닿았다 싶더니 환자 몸이 병상으로 쿵 나가떨어지는 소리가 들렸다.

안경을 쓰지 않으면 나는 시각 장애인이나 다름없었다. 돋보기가 없어서 조간신문을 읽지 못하는 정도가 아니라, 지팡이나 안내견이 없다면 인도를 걸을 수 없는 정도였다. 나는 안경을 찾으려고 무릎을 꿇고 바닥을 조심스럽게 더듬었다. 다행히 캐비닛 바로 옆에서 안경이 손에 잡혔다. 멀쩡했다. 나는 안경을 집어 쓰고 일어섰다. 환자는 눈을 감은 채로 병상에 누워 있었다. 호흡은 정상이었고 어디에도 피는 보이지 않았다. 하지만 환자의 이마 한복판에 작고 동그란 자국이 붉게 나 있었다. 검안경에 부딪친 자국이었다.

그때 내가 괜찮은지 확인하려고 간호사들과 전문의가 병실로 뛰어 들어왔다.

그날 야간 근무 전문의는 크리스트였는데, 키가 193센티미터이고 목소리가 키만큼이나 큰 퇴역 군인이었다. 크리스트가 현장을 둘러보았다.

"자, 우선 환자의 머리 CT도 추가해야겠어요."

그가 말했다. 크리스트는 자신이 그 환자를 진료하겠다고 말하며 명쾌하면서도 절제된 태도로 단호하게 덧붙였다.

"이런 개망나니를 위해 일해야 한다면 엿이나 먹으라고 해요. 이따위 바보들은 자기가 뭐든지 할 수 있다고 생각하며 여길 온다니까요. 제기랄! 술 취한 인간한테 누가 신경이나 쓰겠어요? 이 인간은 그저 밑바닥 인생일 뿐이에요. 대체 염병할 가족들은 개떡 같은 인간의 뒤치다꺼리를 누구더러 하라고 여기다 내던져놓는 거죠?"

나는 제자리에 그대로 서 있었다. 얼굴이 욱신거렸다. 크리스트가 던지는 질문에는 대답할 수 없었다. 어쨌거나 대답을 들으려고 던진 질문도 아니었다. 나는 크리스트가 격렬하게 분노하며 환자를 욕해주어 고마웠다. 분노가 치밀어 올라 가슴이 미어지듯 답답했고 수치심 때문에 얼굴이 후끈 달아오른 참이었다. 당시에는 정확한 원인을 몰랐지만 어쨌거나 수치심을 느끼고 있다는 것만은 분명했다. 한 남자에게 얼굴을 맞은 것이 수치스러웠다. 날아온 주먹에 맞아서 코와 뺨에 멍이 들고 안경을 다시 썼을 때 그 부위가 욱신거리는 것이 수치스러웠다. 그 환자에게 소리를 지를 수 없던 것이 수치스러웠고, 여자를 해치는 사람은 비 오는 날 먼지가 나도록 맞아도 싸다는 평소의 소신에 따라 그 환자에게 본때를 보여주지 못해 수치스러웠다. 무엇보다 명색이 힘을 지녔다는 지위에 있으면서도 나 자신이 그토록 약한 존재로 느껴졌다는 것이 수치스러웠다. 이제 더는 집에서 아빠의 폭력을 목격하는 어린 소녀가 아니라 어엿한 성인이고 의사인데 말이다.

그리스 신화의 거인 헥토르Hector라는 별명이 제격인 간호사가 내게 괜찮으냐고 물었다. 다른 의료 기사들과 간호사들도 나를 걱정했다. 그들은 보안 팀에도 연락했다. 필라델피아 경찰이 와서 간단하게 질문하고 조서를 작성했다. 한 경찰관이 내 진술을 받았고, 우리는 그 환자가 우리 병원에서 치료받지 못하도록 금지시키는 데 필요한 서류를 작성했다. 나는 시간 관계상 환자를 고발하지는 않기로 했다. 또 환자의 폭력이 만취와 아무 관계가 없었다고 확신했지만(폭력은 절대적으로 음주와 무관하다), 고발한다고 해서 중독 기록이 있는 사람에게 과연 적용될지 의심스러웠다.

폭력 사건은 교대 근무가 끝날 무렵에 발생했으므로 나는 곧장 집에 갈 수 있었다. 사실 집에 가고 싶은 마음이 굴뚝같았다. 아파트에 도착하자마자 소염 진통제를 먹고 잠자리에 들었다. 방금 발생한 사건에 대해서는 꿈에서라도 되새기고 싶지 않았다.

그런데 거의 2년이 지난 지금 다시 황색경보에 맞닥뜨린 것이다. 실제로 의사들이 얼마나 무력한지를 떠올리게 하는 신호였다. 생각하지 않으려고 노력했지만 내가 앞으로 진료해야 하는 이 환자에게 추행을 당한 여의사가 계속 생각났다. 한 번도 만난 적이 없는 그 여의사가 엄청나게 존경스러웠다. 추행을 당했는데도 침착하게 메스를 내려놓고 진료실에서 걸어 나가기까지 자제심을 발휘했다니 놀라울 뿐이었다. 나도 그와 똑같이 행동했으리라 믿고 싶다. 나 또한 술 취한 환자에게 폭행을 당한 후에 내 안전을 확보하는 방향으로 행동하고 병실을 나왔을 것이다. 어쨌거나 이것은 보복하고 말고의 문제가 아니라 살아남느냐 마느냐의 문제였다. 그 여의사가 가슴을 잡혔을 때 가해자를 우발적으로 죽이지 않아 다행이었다. 하지만 당시에 공격을 받고 반사적으로 대응했더라도 죄가 전가되지는 않았을 것이다. 나는 의학계에서 여성 의료진이 무방비하게 공격당했는데도 가해자는 그 어떤 처벌도 받지 않고 끝날 수 있다는 현실을 접하자 분노가 치밀어 올랐다. 이것은 마치 환자들에게 여성 의료진을 폭행해도 좋다고 허용하는 꼴이지 않은가! 가해자는 치료를 받으리라 기대하면서 언제라도 응급실을 다시 찾아올 수 있는데, 피해자는 어째서 입을 다물고 현장을 벗어나야 하는 것일까?

나는 직원 휴게실에 서서 인간답게 행동하기가 더욱 수월해지기를 바랐다. 또 한시라도 빨리 우리 사회가 인류에 결코 유익한 적이 없었던 성별과 힘에 대한 이분법적 사고를 버릴 수 있기를 바랐다. 우리 사회가 더욱 조화로워질 수 있기를 갈망했다. 그러면 황색경보는 세상에서 사라지고 환자의 병력을 클릭했을 때 그저 회색 컴퓨터 화면만 볼 수 있을 것이다.

휴게실에는 하필 커피가 남아 있었다. 주전자 옆면을 만져보니 여전히 뜨거웠다. 끓여놓은 지 족히 다섯 시간은 지난 묽은 커피를 컵에 따르고 크림과 설탕을 넣었다. 이렇게 조제한 커피는 다른 상황에서는 맛있을 턱이 없지만 야간 근무가 끝나갈 무렵에는 향기롭기까지 했다. 나는 카페인과 희미한 자동차 엔진 오일 냄새를 맡으면서 신성한 첫 한 모금을 마셨다.

마음의 준비가 끝났다. 이제 선택의 여지없이 진료해야 할 환자를 만나러 갈 차례였다.

나는 사실 새뮤얼스 씨에 대해 아무것도 알지 못했다. 그 환자를 놓고 이러쿵저러쿵 판단하는 것이 과연 공정한 태도였을지에 대한 고민에 빠졌다. 그에게는 자기 나름대로의 사정과 배경이 있었을지도 몰랐다. 내가 알고 있는 것은 결국 환자의 진료 기록에 적힌 사항뿐이었다. 어쩌면 그는 어렸을 때 학대를 당했을지도 몰랐다. 학대를 받고 자란 아이들이 커서 가해자가 되는 것은 드문 일이 아니다. 그렇다고 폭력 행사가 정당하다고 말할 수는 없지만 결국 연민의 대상이 될 여지는 남아 있다. (나중에 듣기로 이 가해자는 여의사를 추행한 후에 심리 치료를 받았고, 지금은 강간, 학대, 근친상간 전국 네트워크를 위한 기금 모금자로 활동하고 있다. 이처럼 가해자가 새로운 삶을 보내는 것은 사실 매우 드물기는 하지만 가능했다.) 그 환자를 기다리게 하는 것이 적절하다는 내 생각은 여전했지만, 다른 환자들도 진료해야 하므로 무작정 진료를 미루는 것은 옳지 않을 터였다.

내가 이렇게 6분가량을 지체했는데도 응급실에 있는 환자는 여전히 한 명뿐이었다. 나는 그 환자를 배정받은 남자 간호사 마이크와 함께 병실로 향했다.

가는 길에 마이크는 소리를 죽여 투덜댔다.

"이 사람을 병원에 다시 받아주다니 어이가 없네요."

나는 그 말에 동의한다는 뜻으로 씩 웃어 보였다.

병실 커튼이 젖혀 있었다. 들것에 불편하게 누워 있는 몸이 마르고 탄탄한 백인 남자가 시야에 들어왔다. 차트에는 쉰하나라고 적혀 있지만 머리카락 전체가 짙은 색이어서인지 실제 나이보다 훨씬 젊어 보였다. 침대 위에는 시트도 없고 담요도 없었다. 그는 키가 컸고, 알몸 위에 얇은 흰색 병원복을 걸치고 있었다. 짙은 파란색으로 기하학적 무늬가 인쇄되어 있는 옷이었다. 침대에 누운 채로 몸을 이리저리 비트느라 환자복이 펼쳐져 엉덩이가 훤히 드러나 있었지만, 환자는 이를 알아채지 못하거나 아니면 개의치 않는 것 같았다. 마이크는 병실 한쪽에 서 있고, 나는 환자 옆에 있는 의료품 카트에 기대어 섰다. 그와

거리를 유지하는 동시에 만약을 대비해 방어 도구가 필요했기 때문이다. 마이크와 나는 낚싯바늘에 걸린 물고기처럼 퍼덕대는 환자를 바라보았다.

나는 일단 한숨을 쉬었다. 그러고는 짐짓 권위 있는 냉철한 인물이라는 인상을 풍기며 말했다.

"새뮤얼스 환자분, 저는 의사 하퍼입니다. 어디가 불편해서 오셨나요?"

나는 사무용 클럽을 빌려줄 수 있겠느냐고 물어볼 때보다 조금 더 덤덤한 말투를 사용했다.

"통증 때문에요. 정말 아파요."

환자가 끙끙댔다.

"또 시작됐어요!"

"뭐가 시작됐다는 건가요?"

"탈장이요."

환자는 고통스러운 듯 다 죽어가는 목소리로 말했다. 나는 차트에 적혀 있던 선별 단계를 기억했다.

"탈장이라고요? 치질 때문에 오신 것 아니었나요?"

"뭐가 뭔지 몰라요. 사타구니에 부풀어 오른 덩어리가 잡혀요. 오늘부터 그랬어요. 아파서 참을 수가 없어요."

환자는 무릎을 가슴까지 끌어올려서 태아처럼 몸을 웅크렸다. 그러고는 두 손을 얼굴에 파묻은 채 말했다.

"알겠어요."

내가 말했다.

"탈장인지 한번 봐야겠네요. 등을 대고 반듯이 누우세요."

환자는 다리에 힘을 빼더니 다리 사이를 벌리려고 애를 썼다. 마이크와 나는 그런 광경을 냉정하게 지켜봤다. 우리는 환자가 몸을 움직여 반듯이 눕고 자리를 잡을 때까지 꼼짝도 하지 않고 기다렸다. 나는 움직임이 좀 더 잠잠해지기를 기다리고 나서 환자에게 다가섰다. 환자는 통증을 견디느라 주먹을 움켜쥐고 발가락을 바들바들 떨며 배배 꼬았다. 나는 환자복을 들어 올리면서 그에게 다리를 펴보라고 말했다. 환자의 팔이 허공으로 뻗어 오르며 버둥대다가 내 쪽으로 움직이기 시작했다. 나는 환자복 끝자락을 얼른 내려놓고 상체를 뒤로 젖혔다.

"팔을 내려놔요."

나는 단호한 목소리로 말했다.

"팔을 옆으로 내려놓고 차렷 자세를 취하세요. 가만히 계세요. 그리고 다리를 펴시고요."

오른쪽 다리의 옆면을 두드려보니 허벅지 근육이 팽팽했다.

"자, 이제 다리를 벌리세요."

하지만 환자의 다리는 꼼짝도 하지 않았고, 나는 짜증을 숨기지 않으며 말했다.

"환자분, 검사를 받으실래요, 안 받으실래요?"

나는 환자의 대답을 기다리지 않고 계속 말했다.

"아픈 부위를 보여주셔야 검사를 받으실 수 있어요."

마이크는 대놓고 짜증과 황당함을 드러냈지만, 나는 환자에게서 지근거리에 서 있었으므로 얼굴을 찡그리는 정도로 그쳤다.

새뮤얼스 씨는 환자복을 들어올린 다음 다리를 가까스로 조금 벌렸다. 커다랗고 단단한 종기가 오른쪽 사타구니부터 왼쪽 음낭까지 가지만큼 부어 있었다. 피부가 너무 팽팽하다 못해 갈라져서 번들거렸다. 나는 여전히 환자를 경계하면서 조심스럽게 손을 뻗어 환자의 음낭을 촉진했다. 하지만 어떤 해부학적 특징도 식별할 수 없었다. 아래 서혜관까지 부어 있는 두꺼운 끈 모양 종기를 상상하고 손으로 따라가봤지만, 풍선처럼 부푼 부드러운 살만 잡힐 뿐이었다. 대체 무엇을 어디로 밀어 넣어야 할까? 무엇이 장이고 무엇이 고환일까? 천공이 생겼거나 장 조직이 괴사했을까? 감염이 일어났을까?

나는 마이크 쪽으로 몸을 돌렸다. 마이크는 이미 의료품을 챙기기 시작했다. 둘의 표정이 풀어졌다. 외과 수술을 해야 하는 응급 상황이었다. 그렇다. 환자는 아마도 끔찍한 인간이겠지만 통증은 진짜였다.

"환자분, 정맥 주사선을 잡고 혈액 검사를 해야 합니다. 또 장에 정확하게 무슨 일이 벌어지고 있는지 파악하기 위해 CT를 찍어야 하고요. 환자분이 말씀하신 대로 이 부분에 심각한 문제가 발생했습니다. 장이 감염되었는지 어쩌다 빠져나왔는지 알아내야 합니다. 환자분은 반드시 수술을 받으셔야 하므로 외과의를 호출할 거예요. 모든 절차가 진행되는 동안 환자분께서 편안히 계실 수 있도록 조치하겠습니다. 우선 진통제를 주사해 드릴게요."

환자는 나를 올려다보며 고개를 끄덕였다.

"고맙습니다. 정말 고마워요. 의사 선생님."

겁을 먹어서인지 눈동자가 흔들리고 색도 흐릿했다. 환자가 공격했던 여의사의 이름이 무엇인지 정확히는 기억나지 않지만 아메리카 원주민 출신 같았다. 그 여의사도 나처럼 피부가 검었을까? 새뮤얼스 씨가 나를 보며 그 여의사를 떠올렸을지 궁금했다.

나는 장갑을 벗고 컴퓨터에 지시 사항을 입력하기 시작했다. 정보를 미리 전달할 요량으로 접수계 직원에게 수술 팀을 호출해달라고 요청했다. 나는 전화가 오기를 기다리는 사이 커피를 뚫어져라 응시하면서, 그가 통증 때문에 다리를 뒤트는 동안 커피에 크림을 넣고 얼마나 천천히 저었는지를 떠올렸다. 환자의 창자가 고환을 밀어내고 음낭을 풍선처럼 부풀리는 동안 나는 커피에 설탕 알갱이를 세어가며 넣은 다음 느릿느릿 휘젓고 있었다. 내가 꾸물댔던 6분이 환자에게는 틀림없이 영원처럼 느껴졌을 것이다. 환자는 과거에 저지른 폭력적인 행동에 대해 대가를 치러야 마땅하지만, 처벌을 가하는 시기와 방법은 내가 결정할 사항이 아니었다. 지금은 때가 아니었다.

한 병실을 막 나온 외과의인 카스텔라노가 새뮤얼스 씨에게 잠시 들러 상태를 보겠다고 말했다. 그는 검사 결과가 나올 즈음이면 교대 시간이 되어 담당 의사가 바뀔 수 있다고 알려준 다음 새뮤얼스 씨의 병실에 5분 정도 머물렀다.

"하퍼 선생, 보기 드문 증상이네요. 검사와 CT의 결과가 나오면 연락 주세요. 근무 시간이 끝나기 전에 연락을 받지 못하면 주간 담당 의사인 리터 선생에게 당신이 전화할 거라고 전해놓겠습니다."

그날 운명은 얄궂게도 이 환자를 여의사 세 명의 손에 맡겼고, 여의사들은 저마다 고통스러울 정도로 부어오른 환자의 생식기를 찬찬히 들여다봤다. 여의사들은 각자 새뮤얼스 씨를 진찰하고 증상 부위를 촉진한 뒤 궁극적으로는 살을 절개해 환자의 생명을 살렸다. 그는 이러한 아이러니를 깨달았을까? 이번 경험으로 무기력 상태가 어떤 느낌인지 배웠을까? 그가 이번 일을 계기로 성별에 대한 정의를 확장했을지 궁금했고, 여성이나 남성이라는 것의 의미를 깨달았을지 궁금했다. 나는 그가 여성의 몸에 두 번 다시 손을 대지 않으리라 믿고 싶었다. 잠시 자리에 멈춰 서서 그가 분명히 달라졌으리라고 나 자신을 납득시키려 했다. 아마도 그대로일 테지만 그래도 달라질 수도 있지 않을까?

나는 환자의 꼬인 탈장을 여실히 보여주는 상세한 CT 결과를 외과의에게 전달할 예정이었다. 그래야 외과의들이 괴사한 장을 제거하고 탈장 구멍을 막는 수술을 좀 더 꼼꼼하게 계획할 수 있을 테니까. 지금 환자의 몸은 자신의 인격처럼 망가져 있었다.

혹시라도 새뮤얼스 씨가 더 나은 사람이 된다면 이번 경험 덕분이리라. 따지고 보면 그를 치료해줄 필요가 없는 사람들이 그의 과거 행동을 따지지 않고 치료해주기로 선택한 덕분이었다. 그렇다. 새뮤얼스 씨처럼 폭력을 행사한 사람들은 합당한 방식에 따라 자기 행동에 대해 책임을 지고 대가를 치러야 한다. 하지만 삶의 교훈을 배우든 무시하든 선택하는 것은 그들의 몫이다.

나 역시 더 나은 사람으로 발전하기 위해서는 새뮤얼스 씨의 부서짐과 나의 부서짐에 대해 진지하게 생각하고, 최선의 결정을 내려야 한다. 나는 새뮤얼스 씨의 과거 행동과 그 원인인 도덕적 타락을 지극히 혐오했는데도 그날 응급실에서 환자의 건강을 지켜주기로 선택했다. 그가 어떤 사람이든 무슨 짓을 했든 상관없이 다른 인간 존재를 향해 최선의 의도를 마음에 품겠다고 결정한 것이다. 이것은 사회적 행동이었다.

목이 아픈 증상과 눈에 분비물이 끼는 증상을 각각 호소하는 환자 두 명이 응급실에 들어왔다. 나는 두 환자를 잠시 기다리게 하고 새뮤얼스 씨를 치료했다.

윤리

몸을 강압할 권리가
의사에게 있는가

"그냥 강제로 검사하세요!"

금속끼리 부딪치는 소리가 나더니 누군가 쩌렁쩌렁한 목소리로 소리쳤다.

나는 컴퓨터 너머로 목을 죽 뽑아서 선별 구역을 보았다. 수갑을 찬 젊은 남자가 빨개진 손목에 돌출된 부위를 긁고 있었다. 남자의 왼쪽 팔뚝에 새겨진 그림 문신은 선이 희미한 데다 피부까지 검어서 거의 알아볼 수 없었다.

"난 아무 짓도 하지 않았다니까!"

죄수가 소리를 질렀다.

"이제 그만 좀 해!"

경찰관이 윽박질렀다.

"이봐요, 환자분의 활력 징후를 측정해야 해요. 그러니까 이 환자복을 입으시라고요."

교대하는 간호팀을 이끄는 수간호사 칼의 목소리였다.

"난 안 할 거야. 여기 있고 싶지 않아. 그 환자복도 싫다니까. 아무것도 안 해."

젊은 남자는 자신을 똑바로 쳐다보는 수간호사의 시선을 피했다. 그는 수간호사만 뚫어져라 보고 있는 경찰관에게서 시선을 돌리고, 구경거리라도 난 듯 열심히 쳐다보는 사람들의 시선도 피하며 먼 곳을 응시했다.

남자가 얕은 숨을 쉴 때마다 초콜릿색 피부 때문에 더욱 하얗게 보이는 흰색 셔츠가 같이 떨렸다. 짙은 색 청바지는 방금 디젤 브랜드의 패션쇼에서 선보인 듯 깨끗하면서도 몸에 딱 맞았다. 흰색 운동화는 새것이 아니긴 해도 손질을 잘한 것이 확실해서 깨끗하고 윤이 났다. 키는 커봤자 175센티미터 정도였고, 몸은 날씬하고 허약해 보였으며, 옷은 유행을 따라 세련되게 입었다.

남자를 데려온 네 명의 경찰관이 과잉 대응을 한 것 같았다. 작은 마을에서 벌어지는 시위를 진압한답시고 군용 탱크를 몰고 쳐들어간 셈이랄까. 게다가 나는 경찰관이 무력을 행사하지 않았으리라고 전적으로 확신할 수 없었다.

예전에 체중이 57킬로그램인 남자가 환각제의 일종인 PCP의 영향으로 헤라클레스 같은 초인적인 힘을 발휘하는 바람에 응급실에 있는 사람들이 일제히 달라붙어 신경 안정제를 주사하고 몸을 묶어야 했던 일이 있다. 비록 환자와 의료진을 보호하기 위해 달리 방법이 없지만, 나는 환자가 바닥에 눕혀 제압당하는 광경을 볼 때마다 늘 마음이 불편했다. 그러다 환자가 다칠 수도 있고 자칫하면 생명까지 위험하기 때문이었다. 모든 사람이 최선을 다해 행동하더라도 상황은 끔찍한 방향으로 잘못 흘러갈 수 있다. 그렇다. 그 젊은 남자가 PCP를 사용했다는 신고를 받은 경찰은 법에 따라 그를 응급실로 데려왔다. 그 젊은 남자 개인이 내린 결정 때문에 결국 우리 의료진은 위험에 노출되었다. 응급실 의료진은 환자의 선택이 불러오는 대가를 정말 많은 방식으로 치르지만, 골칫거리가 생길 때마다 마음이 좋지 않다. 우리가 직접 나서야 한다고 결정하는 순간에 이르면 매우 위험해지기 때문에, 행동하기 전에 늘 '이것이 정말 필요한 과정일까?'라고 자문한다.

"강제로라도 검사시키셔야 해요."

한 경찰관이 수간호사인 칼에게 강조했다.

"이 사람은 검사를 받아야 합니다. 그러니 강제로라도 지시에 따르게 하세요."

나는 의자를 옮겨서 손으로 컴퓨터 화면을 클릭하는 동시에 왼쪽 귀를 열어놓고 왼쪽 눈으로 흘끗 곁눈질을 했다. 응급실에서 내가 앉은 구간은 의사들이 앉는 책상을 가운데 끼고 원형 형태여서 대부분의 병실을 한눈에 살필 수 있었다. 상황이 진정될 기미가 보이지 않았으므로 나는 업무를 마무리하고 선별 구역으로 향했다.

"환자의 이름이 무엇이죠?"

칼이 물었다.

"도미닉입니다."

앞서 칼을 압박했던 경찰관이 대답했다.

"도미닉 환자분, 이 환자복을 입고 검사를 받아야 해요."

칼이 단호하게 말했다.

"난 아무것도 안 할 거야. 이 경찰들이 거짓부렁을 하고 있다니까. 아무 짓도 안 했다는데 대체 왜들 이래? 검사받기 싫어. 여기 있고 싶지 않아."

남자는 침까지 튀겨가며 소리를 질렀다. 그러다가 체념이라도 한 듯 얼굴 표정이 아까와 다르게 갑자기 덤덤해졌다.

"누가 의사 좀 불러줘요."

신경이 곤두선 수간호사가 부탁했다.

이 말을 듣자 그날 내게 훈련을 받고 있던 2년차 레지던트 로렌이 어수선한 현장에 서둘러 다가갔다. 로렌의 발걸음은 언제나 급했고 지나치게 자신만만했다. 로렌의 피부는 백지장처럼 희고 코는 폭이 좁았다. 보통 키였고, 목덜미 아래에 힘없이 하나로 묶여 축 늘어진 가는 금발만큼이나 몸이 가녀렸다. 로렌은 상대방을 은근히 깎아내리는 습관을 빼면 아주 평범했다. 로렌도 나와 마찬가지로 상황이 어떻게 돌아가는지를 들었다.

하지만 나는 응급의학과에서 유일한 전문의였고, 이 진창에 발을 들여놓기 전에 마지막 다섯 환자의 진료를 마무리하는 데 얼마 남지 않은 3분이라는 귀중한 시간을 쓰고 싶었다.

로렌은 내 귀에도 들릴 만큼 두 손을 탁 소리가 나게 엉덩이에 얹으며 말했다.

"무슨 일이죠? 저는 의사 로렌 모건입니다. 무엇이 문제인가요, 경관님? 칼?"

나는 심호흡을 했다. 로렌에게는 이러한 상황을 해결할 만한 능력이 없었다. 170초만 지나면 내가 이곳 진료를 마무리하고 선별 업무를 원활하게 처리할 수 있을 터였다. 하지만 효과적으로 중재해볼 기회 정도는 로렌에게 주어야 했다. 어쨌거나 앞으로 아홉 시간 47분 32초 동안 로렌을 훈련시키는 것이 내 의무기도 했다.

내가 심호흡을 한 데는 한 가지 이유가 더 있었다. 내가 선별 구역에 들어갔을 때 흑인 경찰관과 백인 죄수를 보고 싶은 마음이 간절했기 때문이다. 그것이 아니라면 최소한 흑인 경찰관과 비흑인 죄수라도 보고 싶었다. 백인 경찰관과 흑인 죄수라는 틀에 박힌 유형에서 벗어난 광경을 바랐던 것이다. 하지만 나는 선별 구역에서 벌어지고 있는 광경을 이미 목격한 뒤였다. 가장 보고 싶지 않은 인물 구성이었다.

미국 사회는 아직 '범죄자' 중에 황인, 흑인, 성소수자, 이슬

람교도가 드물다고 생각하는 시점에 도달하지 못했다. 오히려 이러한 범죄자들이 인구 통계상 같은 범주에 속하는 사람들을 대표한다고 간주하고, 기소도 하기 전에 이미 유죄라는 꼬리표를 붙인다. 미국 역사에서 가장 악명 높은 총기 난사 사건을 일으키는 사람들은 압도적으로 백인 남성이다. 그런데도 백인 남성 가해자들이 저지른 범죄는 슬픔과 고통에 시달린 남성의 정신 상태에서 비롯한 개별적인 행동일 뿐, 그들의 성별과 무관하며 인종과는 더더욱 무관하다고 거듭 여긴다. 이러한 무차별 대량 살인이 발생하고 있지만, 가장 절박하게 조사해야 하는 '남성성maleness'이나 '백인성whiteness'이 미국에서 대대적으로 검토되고 있지 않는 것은 이상할지언정 우연은 아니었다.

더는 시간을 지체할 수 없었다. 나는 자리에서 일어나 회색 플리스 재킷을 벗고 기다란 흰색 의사 가운을 걸쳤다. 당시에는 의사 가운을 언제라도 입을 수 있도록 항상 곁에 두었었다. 실제로 의사 가운은 내가 의사라는 사실을 다른 사람들에게 알리려는 목적보다는, 옆에 동공 치수가 적혀 있는 펜라이트와 진료에 필요한 질문이나 참고 자료들을 넣고 다닐 목적으로 더 많이 사용했을 뿐 평소에는 거의 입지 않았다. 주머니가 불룩하고 길이가 긴 가운을 걸친 채 응급실을 여기저기 뛰어다니기가 번거로웠기 때문이다. 따지고 보면 의사 가운은 내가 응급실에서 지켜야 하는 대상이었다. 혈액, 구토, 빈대의 공격을 받지 않도록 보호해야 하는 물건에 지나지 않았다. 하지만 주머니에 물건을 넣어두는 용도일 때를 제외하고서도 유용하게 사용될 때도 있다. 유족들에게 씩씩한 어머니가 조금 전 세상을 떠났다고 고지해야 하거나, 아버지의 임종 소원에 심폐 소생술이 포함되어 있는지 확인해야 하는 경우에 말이다. 의사 가운은 이러한 대화를 해야 할 때 내가 집어 드는 복장이었다. 전문성과 권위, 자신감을 나타내는 제복이었다. 그런데 지금 응급실에서 펼쳐지는 각본에서는 의사 가운이 다른 의미로 편리했다.

내가 다가갔을 때 로렌은 환자를 똑바로 쳐다보며 말하고 있었다.

"환자분, 저희의 지시에 따라주셔야 합니다. 환자분은 위험하고 생명을 위협하는 일을 하셨어요. 지금은 체포된 상태이고요. 이 환자복을 입으셔야 해요. 그러고 나면 검사를 시작하겠습니다."

로렌은 회유하지 않았고 질문도 하지 않았다. 그저 자기 방식으로 사건을 해석하고, 환자에게 지시 사항만 제시했다.

모두들 묵묵히 서 있었다.

나는 의사 가운을 차려입고, 모두들 어찌할 바를 모르고 서 있는 곳으로 다가갔다. 먼저 환자의 얼굴을 보았다. 환자는 초점을 잃은 눈으로 저 멀리 병실 구석 쪽으로 고개를 들리고 있었다. 위로 살짝 치켜든 턱은 팽팽하게 긴장했고, 이마에는 땀

방울이 맺혀 번들거렸다. 호흡은 빠르고 얕았다.

나는 앞쪽으로 손을 모아 깍지를 꼈다.

"안녕하세요, 환자분."

나직한 목소리로 말했다. 환자는 고개를 낮추어 나를 보았다. 내 키는 근처에 서 있는 사람들보다 10~30센티미터가량 작았다. 환자와 나의 피부색은 선별 구역에 있는 모든 사람들보다 최소 열 배는 진했다.

"환자분, 이름이 어떻게 되시죠?"

환자는 얼어붙었던 턱을 조금 이완시키며 이름을 말했다.

"도미닉이요."

"네. 성은 어떻게 되시나요?"

내가 물었다.

"토머스예요. 도미닉 토머스."

"안녕하세요, 토머스 환자분. 저는 의사 하퍼입니다. 저는 이곳을 책임지고 있는 의사이고 토머스 씨에게 몇 가지 질문을 해야 합니다. 다른 사람에게도 틀림없이 똑같은 질문을 받으셨을 거예요. 조금만 참고 제 질문에 대답해주세요. 우선 오늘 왜 응급실에 오셨는지 말씀해주시겠어요?"

"몰라요. 난 아무 짓도 안 했어요."

환자가 목청껏 대답했다. 목과 어깨가 긴장해서 뻣뻣해지기 시작했다. 그는 거의 소리 지르다시피 하며 계속 말했다.

154

"저들이 나를 체포해서 여기로 데려왔어요. 아무 잘못도 안 했는데."

환자를 포위하고 있던 큰 체구의 백인 경찰관 네 명 중에서 퀴글리 경관이 말했다.

"토머스 씨는 마약을 사용한 혐의로 체포되었습니다. 우리 가 집을 급습했을 때 토머스 씨가 현장에서 도망치면서 마약 봉지를 삼키는 광경을 목격했어요. 그래서 그를 체포해 이곳에 데려온 겁니다. 그러니 이 사람을 검사해서 마약 봉지를 꺼내 주시죠."

나는 토머스 씨에게 몸을 돌리고 물었다.

"토머스 환자분, 마약 봉지를 삼켰나요?"

환자는 잇새로 공기를 빨아들이는 듯한 소리를 내며 대답 했다.

"아뇨! 무슨 말들을 하는지 도통 모르겠네!"

나는 조금 전에 말한 경찰관을 뒤돌아봤다. 그는 눈동자를 굴리며 시선을 피했다.

"토머스 환자분, 반드시 아셔야 할 점이 있어요. 환자분은 물론이고 누구라도 마약 봉지를 삼키는 행위는 정말 위험합니다. 몸속에 들어간 봉지가 장을 막을 수 있거든요. 훨씬 나쁜 상황은 봉지에서 내용물이 새서 심장 마비, 호흡 불능, 통증을 유발할 수 있고 심지어 사망할 우려도 있어요."

"그런데, 선생님, 나는 삼키지 않았다니까. 그러니까 그럴 일이 없어요."

"알겠습니다. 그럼 질문을 두 개만 더 해도 될까요? 금방 끝낼게요."

"그럽시다."

"의학적 문제가 있나요?"

"아뇨."

"약을 복용 중인가요?"

"아뇨."

"무엇에든 알레르기가 있나요?"

"아뇨."

"수술을 받은 적이 있나요?"

"아뇨."

"오늘 술을 마시거나 마약을 사용했나요?"

"아뇨."

"이제 마지막 질문입니다. 토머스 환자분, 오늘 저희에게 검사를 받으시겠어요?"

"아뇨. 여기서 나가고 싶어요."

"그래요? 그렇다면 나가게 해드리죠."

이 말을 듣자 경찰관들의 신경이 곤두섰다. 퀴글리 경관이 거세게 항의했다.

"검사를 받게 하려고 이 사람을 데려온 겁니다. 병원 측에서 검사를 해주셔야 해요. 그것이 절차예요."

"무슨 절차를 말씀하시는 걸까요?"

내가 물었다. 나는 경찰이 하는 말을 받아들이지 않았고, 어째서 내게 이래라저래라 편안하게 지시하는지도 이해할 수 없었다.

"선생님, 우리는 이 같은 일을 매일 밥 먹듯 합니다."

경찰이 한숨을 쉬며 설명했다. 어떤 의미일까? 나보다 나이도 많고, 키도 크고, 체중도 많이 나가는 이 백인 경찰은 내가 중요한 사항을 놓치고 있으며 자신들의 시간을 낭비하는 중이라 생각하고 있었다.

"그렇다면 이 환자분의 의지와 상관없이 검사를 강제로 시행하라는 법원 명령서를 갖고 계세요?"

나는 필요한 정보가 확실히 빠져 있다는 점을 은근히 드러내며 물었다.

"없습니다. 하지만 그는 범죄를 저질러 체포됐어요."

"무슨 말씀인지 알겠습니다. 하지만 정당한 권리가 있는 성인에게 강제로 의료 검사를 하는 것은 법에 저촉됩니다. 법원 명령서가 없다면 제가 이분의 의지에 거슬러 의학적 평가를 내리는 것은 범법 행위거든요. 그러므로 토머스 환자분이 의료 검사를 거부한다면 그만인 거죠. 이것은 토머스 환자분의 권리인 동시에 미합중국의 법이니까요."

퀴글리 경관과 수간호사, 레지던트가 일제히 나를 쳐다봤다. 그러더니 다른 의사들은 환자에게 이러한 검사를 강제로 시행했다고 내게 설명하기 시작했다.

"정말 안타깝네요."

나는 그들에게 대꾸했다.

"이러한 이유로 법을 어기는 의사들이 있다니 유감입니다. 저는 그런 의사가 아니에요."

로렌은 자기 책상으로 돌아가 앉았다. 칼은 전혀 납득할 수 없다는 표정을 지으며 물었다.

"그렇다면 환자를 그냥 보내주자는 건가요? 선별 단계도 거치지 않고 아무 조치도 취하지 않았는데요? 환자는 선별 절차도 밟지 않겠다고 버티고 있거든요."

나는 환자에게로 돌아섰다.

"토머스 환자분, 신속하게 활력 징후만 측정해도 될까요? 혈압과 심박수 같은 간단한 검사만 하겠습니다. 약속드리죠. 2분도 채 걸리지 않아요. 활력 징후만 괜찮다면 여기서 당장 나가게 해드리겠습니다."

"난 환자복은 절대 안 입어요."

환자가 얼굴을 찡그리며 말했다.

"환자복으로 갈아입지 않아도 됩니다."

"좋아요, 그렇다면 하죠."

"고맙습니다."

나는 등을 돌려 칼에게 말했다.

"잘됐어요. 이미 병력을 확보했으니까 선별 과정은 마친 거네요. 환자는 자신의 권리를 행사해서 검사를 거부했으니까 저는 이제 퇴원 서류를 작성하겠습니다. 활력 징후를 측정하면 제게 수치만 알려주세요."

나는 어리둥절해하는 경찰관들과 곤혹스러워하는 수간호사를 뒤로하고 선별 구역을 벗어났다. 내가 죄수를 풀어준 것을 놓고 응급실 양 옆에서 간호사들이 윤리 운운하며 옥신각신하는 소리가 들렸다. 간호사들은 얼마 전 사례를 들면서 중재하는 것은 병원의 일반적인 관행이라며 수군댔다. 응급실 의사인 브리즈번 선생이 환자의 체내에서 마약으로 추정되는 물질을 제거하기 위해 비위관*을 환자의 콧구멍으로 넣어 식도를 통과해 위장까지 삽입했다고 했다. 대장 내시경 검사를 준비할 때 대변이 투명한 액체가 될 때까지 장을 비우는 용도로 사용하는 관장액인 골리텔리를 다량으로 주입하기 위해서였다. 솔직히 말해서 이처럼 끔찍한 부정 의료 행위는 처음 들어봤다. 응급실 전문의들은 자신이 담당한 각 환자들을 신속하게 치료

---

* 흔히 콧줄로 줄여 부른다.

하는 것에만 집중하면서 서로 독립적으로 일하는 경향이 있다. 나만 하더라도 동료들이 환자를 어떻게 진료하는지 알 수 있는 경우는 퇴근할 때나 소문으로 접하는 순간뿐이다.

의사로 일하기가 더욱 어려워졌다. 개인 차원에서 의료 행위는 점점 더 중요해지고 있다 느껴지지만, 시야의 폭이 좁은 동료들(이들도 결국 인간일 뿐이다)과 병원 관료주의 사이에서 부대끼다 보면 의사로서 앞으로 계속 경력을 유지할 수 있을지가 불투명했다.

검사를 받지 않겠다고 버티는 죄수들을 검사하느라 애먹은 다른 의사들의 영웅담을 듣고 있을 때였다. 브롱크스 출신의 활달한 라틴계 여성인 마리아가 대화에 끼어들었다.

"하퍼 선생님 말씀이 맞아요. 경찰이나 가족, 제3자가 요구한다는 이유만으로 누구에게든 검사를 강요할 수 없어요. 우리는 환자들을 인간답게 대우해야 해요. 특정 사람들을 동물처럼 대하는 태도를 이제 그만 보고 싶어요."

나는 자리에서 벌떡 일어나 마리아가 방금 한 말에 동의한다고 말하고 싶었다. 하지만 업무를 처리하는 과정에서 이미 내 의견을 말했으므로 그만두기로 했다. 게다가 토머스 씨의 문제를 처리하고 금세 다시 일어나야 했으므로 당장은 앉아서 쉬어야 했다. 그 짧은 몇 분 동안 진료 기록을 컴퓨터에 입력했다. 최대한 사람들의 입방아에 오르내리지 않도록 노력해야지.

나는 바로 맞은편 컴퓨터에 앉아 있는 로렌 쪽으로 몸을 기울였다.

"이번 사례에 대해서는 신경 쓰지 마세요. 진료 기록은 내가 작성할게요. 로렌은 다음 환자 진료에 집중해주세요. 이쪽 일은 내가 이미 처리했으니까 로렌이 할 일은 없어요."

로렌은 특유의 적개심을 품은 표정으로 나를 보았다.

"그래요? 진료 기록은 제가 작성할 수 있는데요. 사실 병원 윤리위원회의 전화를 기다리는 중이에요. 제가 사건의 전말을 모두 보고했거든요. 저는 그 환자가 검사와 의료 중재를 거부할 수 있다고 생각하지 않아요. 선생님이 그 환자를 그냥 내보내려 한다면 윤리위원회의 소견을 먼저 들으셔야 해요. 저는 린든 선생님과 제이콥슨 선생님 밑에서 일할 때 비슷한 사례를 경험했어요. 그때 우리는 죄수들에게 우리가 할 일을 그냥 통보했죠. 죄수들에게는 선택권이 없습니다. 저는 선생님이 그렇게 행동하신 이유를 이해할 수 없어요."

로렌의 말투는 비난에 가까웠다. 자신이 나보다 더 많이 알고 있지만 이런저런 이유로 그 말을 감히 하지 못할 때의 말투였다.

그렇게 생각하지 않고서는 그토록 대담하게 말하지 못했을 것이다. 백인 남성 의사인 린든과 제이콥슨이 선천적으로 더 지혜롭다고 자연스럽게 추정했기 때문에 자신의 이런 속마음을 들여다보기가 두려웠을 수도 있다. 또 로렌은 같은 이유에서, 즉 백인의 특권을 방패로 삼아 그야말로 법을 어기는 한이 있더라도 백인 남성 의사들의 지시를 따랐을 것이다. 구체적으로 표현하지는 않았지만, 로렌의 말투에는 이 나라에서 유색 인종이 맞닥뜨리는 보편적이고 미묘한 차별이 담겨 있었다. 또 말의 내용에는 이 같은 미묘한 차별이 뒤이은 총체적 공격과 어떤 식으로 복잡하게 얽혔는지가 담겨 있었다.

나는 로렌과 함께 일했던 지난 열여섯 달 동안 몇 가지 갈등을 겪었지만, 이 순간만큼은 로렌이 철저하게 솔직했다는 생각이 들었다. 그렇다. 지금 돌이켜보면 상대방을 은근히 공격하는 까칠한 로렌의 말투는 그가 상황을 제대로 이해하지 못하는 데서 비롯된 것이었다. 나는 직장이라는 테두리 안에서만 로렌을 보았으므로 로렌이 이러한 문제들에 대해 좀 더 깊이 생각해보지 않은 이유를 알지 못했다. 물론 일종의 특권을 누리고 있기 때문이기도 했다. 로렌은 자의든 타의든 백인 남성의 특권이라는 망토를 둘렀었고, 그 망토는 그의 피부색에 편안하고 기분 좋게 맞아들었던 것이다. 억압을 지속시키는 지배층의 유일한 수단은 무엇일까? 바로 피지배층을 일정 비율이나마 능동적으로 포섭하는 것이다. 그래야 피지배자 집단들끼리 서로 반목하고 싸우도록 만들 테니 말이다.

나는 경찰이 이 환자를 그토록 쉽게 병원으로 데려오고 그

권리를 짓밟을 수 있었던 강력한 기본 전제에 대해 생각했다. 물론 환자가 마약에 손을 댔을 수도 있다. 마약과 관련해서 온갖 종류의 환자들이 응급실에 오지만, 일반적으로 수갑을 차고 끌려오지는 않는다. 환자에게 불법적으로 마약을 사용한 혐의가 있기 때문에 그의 신체적 권리는 침해당해도 마땅하다는 논리를 의료진이 그대로 수용해서는 안 된다.

하지만 토머스 씨가 환자로서 행사할 수 있는 권리를 빼앗기는 것은 당연해 보였다. 나는 환자에게 눈길을 던졌다. 지금 그는 자신의 자율성을 행사한다고 했지만 매우 일시적이었다. 그는 지금껏 강요받지 않고 스스로 결정을 내려본 적이 있을까? 자신의 검은 신체에 대한 소유권이 자신에게 있다고 생각한 적이 있을까? 의사나 병원은 그렇게 할 의학적 근거나 법적 근거를 가지고 있지 않았지만 토머스 씨를 포함한 일부 사람들의 의사 결정 능력을 당연히 박탈할 수 있다고 생각하는 듯했다. 이러한 현실에서는 자기 몸의 소유권을 주장하지 못하는 사람들이 많다. 타고난 피부색으로 인해 용의자나 위험 인물로 분류되는 사람들의 신체는 특권을 타고난 사람들에게 유리한 방향으로 조작되거나 더 나아가 폭행까지 당할 위험성이 있었다.

하얀 의사 가운을 입은 입장에 서 있다 보니 산부인과의 아빠로 불리는 제임스 매리언 심스J. Marion Sims 박사가 생각났다. 그는 19세기 여성 노예들에게 실험적인 수술을 시행한 인물이었다. 흑인 여성들은 유능하다고 소문난 의사에게 치료받는다는 희망에 부풀었지만, 마취제도 맞지 못한 상태로 수술대에 누워 골반 부위를 절단당하면서 고통스러운 비명을 질러야 했다. 심스는 자신의 수술 기술이 완벽해져서 백인 여성을 수술해도 괜찮겠다고 느낄 때까지 이러한 야만적인 방법으로 여성 노예들을 지속적으로 고문했다. 게다가 백인 여성을 수술할 때는 마취제를 투여하는 인간애를 발휘했다.

또 1932년부터 40년 동안 실시했던 터스키기 매독Tuskegee Syphilis 실험도 생각났다. 당시 미국 공중보건국은 표면적으로는 '나쁜 피'를 치료해주겠다고 제안하면서 매독에 걸린 사람 399명을 포함해 모두 600명의 흑인 남성을 모았다. 당시 매독에 걸린 사람들은 병원으로부터 의도적으로 치료를 거부당했다. 그래야 미국 정부가 피험자를 평생 추적하면서 병의 진행 상태를 연구하고, 피험자가 사망한 후에는 부검을 실시할 수 있었기 때문이었다. 피험자들에게는 매독에 걸렸다는 사실을 알려주지 않거나 치료해주지 않았고, 다른 곳에서 치료를 받지 못하도록 막기까지 했다. 이를테면 성병 클리닉에 피험자 명단을 배포하고 피험자들이 찾아오더라도 치료를 거부하라고 지시했다. 이 오랜 연구는 1972년 터스키기 매독 실험이 비윤리적이라고 생각한 대중에게 압력을 받아 연방 수사가 시작되고 나서야 비로소 종지부를 찍었다.

1950년대부터 1970년대까지 앨버트 클리그먼Albert Kligman 박사가 필라델피아에서 수감자들에게 실시한 실험도 생각났다. 클리그먼은 수백 종에 이르는 실험 약물의 효과를 연구하기 위해 수감자에게 생체 실험을 행하거나 화상을 입혔고 몸을 변형시켰다. 또 헤르페스와 임질을 비롯해 각종 발암 물질을 접종하는 극악무도한 만행을 저지르기도 했다. 게다가 수감자들을 대상으로 연구를 수행함으로써 유명한 여드름 치료제인 레틴에이를 공동 개발해 백만장자가 되기까지 했다. 하지만 그의 손에 희생된 수많은 사람들은 장기에 돌이킬 수 없는 손상을 입은 채로 일평생 살아가야 했다.

인종 평등 분야에서 의미심장한 발전이 이루어지고 있지만 갈 길은 여전히 멀다. 그날 응급실에 왔던 토머스 씨가 그 증거였다.

"로렌."

내가 물었다.

"이 환자를 '치료할 때' 어떤 과정이 따르는지 알아요? 의료진은 환자가 원하지 않는 검사를 받으라고 강요하겠죠. 그러려면 물리적인 방법을 쓰든 화학적인 방법을 쓰든 환자를 움직이지 못하게 만들어야 할 겁니다. 그런 다음에는 몸에 바늘을 찔러 피를 뽑겠죠. 억지로 엑스레이를 찍을 테고, 엑스레이에 아무것도 보이지 않으면, 아마도 결과는 같겠지만, 어쨌거나 강제로 CT를 찍을 겁니다. 결과적으로 우리는 환자를 방사선에 두 차례나 노출시키는 셈이죠. 환자의 몸을 강제할 법적 권리가 전혀 없는 경찰관들을 만족시키기 위해서요. 검사를 강제할 때 수반되는 신체적 폭행에 대해 누가 법적 책임을 질지는 젖혀두고라도 말입니다. 게다가 경찰이 진실을 말하고 있는지 아닌지도 알 수 없잖아요? 이런 일이 어떻게 허용될 수 있나요? 설령 환자가 마약을 삼켰다 치더라도 환자는 분별력이 있고 정신이 멀쩡할 뿐더러 의학적으로도 법적으로도 스스로 결정을 내리도록 보호받는 성인입니다. 예를 들어 아무리 파괴적인 소아 전염병을 예방하려는 목적이라도, 의료진이 자녀에게 예방접종을 시키라고 부모를 강제할 수 없는 것과 같은 이치입니다. 출혈 중인 여호와의 증인에게 수혈을 받으라고 강요할 수도 없죠. 환자가 심장 마비를 일으켰더라도 본인이 거절한다면 의사는 생명을 살리겠다는 이유로 심장 카테터를 강요할 수 없어요. 이 모든 사항을 당신도 알고 있지 않나요? 우리는 이러한 사례들을 겪어왔고, 의학적 조언에 거슬러 환자들을 퇴원시켜 왔어요. 설령 생명이 위협받을 가능성이 있다 한들 이번 사례가 앞선 것들과 다를 이유가 있을까요?"

로렌은 몸을 꼿꼿이 세우고 말없이 나를 쳐다보다가 아랫입술을 살짝 깨물었다.

이때 접수 직원이 큰 소리로 말했다.

"병원 윤리위원회의 전화를 기다리고 있는 분 있나요?"

로렌이 직원에게 손을 흔들며 전화를 자기 자리로 돌려달라고 말했다.

나는 로렌이 전화를 받는 광경을 보면서 기다렸다. 로렌은 수화기에 귀를 댄 채로 연신 "오"나 "아"처럼 외마디 소리를 냈다. 그러다가 "그렇군요. …정말요? 좋습니다. 도와주셔서 감사합니다"라고 말했다.

나는 치밀어 오르는 분노를 억누르려고 컴퓨터 앞에 잠자코 앉아서 천천히 숨을 들이마셨다가 내뱉기를 반복했다. 내가 가르치는 고학력 특권층 백인 여성 레지던트가 거만하게 행동하면서 이 문제에 대한 내 판단을 귓등으로 흘려듣는 것에 화가 났다. 나보다 권위가 높은 사람들에게 호소할 권리가 있다고 생각하는 그 오만함에 분통이 터졌다. 경찰의 지시를 이의 없이 따른 나보다 좀 더 나이가 많은 백인 의사들이나 지금 통화하고 있는 병원 윤리위원회 관계자를 당당하게 앞세우는 태도에 열이 뻗쳤다.

나는 키보드 위에 내려놓은 내 두 손을 내려다봤다. 환자들을 쉼 없이 치료하느라 끊임없이 씻고, 알코올 성분의 소독제를 뿌려댄 통에 사막처럼 건조해진 가늘고 검은 손이었다. 의사 가운의 새하얀 소맷부리와 눈에 띄게 대조를 이루는 검은 손목을 내려다보면서, 심지어 21세기에도 미국에서는 복장에 따라 사람의 행동이 합법적으로 보이기도 하고 비합법적으로 보이기도 한다는 사실을 새삼 깨달았다.

그날 아침 응급부서 과장과 나눴던 이야기가 떠올랐다. 나는 과장의 맞은편에 놓인 호화스러운 가죽 소파에 불편한 자세로 앉았다. 마음 한편에서는 새로 생긴 병원 직책으로 승진했다는 축하 인사를 들을지 모른다고 내심 기대했다. 다른 한편에서는 소파에 폭 몸을 기대앉은 과장이 나에게 무슨 설교를 늘어놓을지 예상하고 있었다. 나는 이 자리가 어색했고, 뭔가에 짓눌리고 있다는 느낌으로부터 헤어나지 못했다. 과장의 입에서 나올 그 설교는 내가 부임하기 전에 앤드류존스병원을 떠났던 흑인 의사들과 다른 여성들이 들었을 내용과 똑같은 것이리라.

"하퍼 선생."

과장이 운을 뗐다.

"선생도 잘 알다시피 내가 이 병원에서 변화를 시도하려고 노력할 때마다 벽에 부딪히는군요. 그만큼 내게는 아무 권한이 없어요. 선생은 승진하지 못했습니다. 이런 말을 전달하게 되어 정말 유감입니다. 선생은 승진할 자격이 충분한데 말입니다. 나는 이 병원에서 흑인이나 여성을 승진시키지 못하고, 그래서 결국 결국 병원을 떠나게 만들고 있어요! 정말 미안해요, 하퍼 선생. 해당 직책에 선생이 유일하게 지원했고, 자격도 충분히 갖추고 있지만 병원 측이 그 자리를 그냥 비워두기로 결정했답니다. 정말 안타까운 일이에요. 그래도 선생이 이곳에서 나와 함께 버텨냈으면 좋겠어요."

과장의 목소리가 나와 그 사이를 슬프게 맴돌았다. 오랜 진보주의자인 백인 남성은 무거운 마음으로 이렇게 말하면서 내게 손을 내밀어 악수를 청하고 어색하게 미소를 지었다. 그는 나를 문까지 배웅하고 문을 닫은 다음 편안하고 안전한 의자에 등을 기대앉았을 것이다. 그는 할 만큼 했다. 자기 역할을 완수했다. 이제 편협한 사고의 한계를 겪으며 살아가는 것은 내 몫으로 남았다. 분연히 일어나서 토머스 씨와 나 자신을 위해 싸워야 하는 것 또한 오롯이 내 몫이었다.

미국이 앞으로 달성해야 하는 진보는 여전히 매우 많다. 내가 바로 그 산증인이다.

로렌이 내 쪽으로 몸을 돌렸다.

"병원 윤리위원회 관계자가 이번 사례를 검토했고, 법무팀하고도 이야기했대요. 이 환자에게 어떤 검사도 강요할 수 없다고 하네요. 유익한 사실을 배웠습니다. 이제 감기 걸린 꼬마를 진찰하러 가야겠어요."

로렌은 컴퓨터 화면을 끄고 5호실로 향했다.

나는 컴퓨터에 토머스 씨에 대해 매우 간단하게 기록하고, 의자를 빙 돌려 칼에게 퇴원 서류가 준비되었다고 말했다. 그런 다음 토머스 씨에게 손을 흔들어 작별 인사를 했다. 토머스 씨는 인사를 하는 둥 마는 둥 고개를 살짝 끄덕이고 나서 계속 허공을 응시했다. 칼에게 퇴원 서류를 받아든 퀴글리 경관은 터무니없다면서 구시렁댔다. 그러면서 팔을 휘휘 저으며 토머스 씨에게 갔다.

"갑시다."

경관의 말투에는 방금 벌어진 일을 철저하게 경멸한다는 의도가 배어 있었다.

응급실에서 경험한 사건은 미국에 여전히 균열이 존재할 뿐 아니라 만성적이면서 극심한 인종적 상처가 겹겹이 쌓여 있다는 사실을 깨우쳐주었다. 이러한 상처를 극복하기 위해서는 오랜 상처를 다시 헤치고 새 상처를 만들면서, 상처를 있는 그대로 살핀 뒤 진단하고, 치료하고, 딱지를 떼지 않도록 조심해야 한다. 통증이 있고 곪은 살을 지켜보는 일은 정말 힘겹다. 하지만 이 상처를 치유하는 일이 내 역할이므로 고개를 돌려 외면할 수 없다. 잔혹한 환경과 시간 탓에 상처 난 피부는 갈라진 채로 곪아들어 삐져나온 구더기에게 먹히고 있는 데다가, 의료진의 불법적인 개입으로 인해 유독한 가스까지 내뿜고 있다. 우리는 우선 이 상처와 마주해야 한다. 우리가 하는 일을 보고, 느끼고, 냄새 맡고, 맛봐야 한다. 그래야 이 세상을 살아가면서 우리가 어떤 사람이 될 것인지 정확하게 선택할 수 있다.

세상 사람들이 14세 흑인 아이인 에밋 틸Emmett Till의 시신을 목격해야 했을 때처럼 말이다. 틸은 1955년 친척을 만나러 미시시피에 왔다가 백인 여성에게 집적거렸다는 터무니없는 이유로 두 백인 남성의 손에 살해당했다. 그들은 틸을 납치해 구타한 것도 모자라 눈을 도려내고, 머리에 총을 쏘고, 목에 가시철사를 묶어 조면기*용 환풍기에 시신을 매달아 훼손시킨 후에 탈라해치강에 던졌다. 틸의 어머니는 관을 열어놓은 상태로 장례식을 치르겠다고 고집했다. 그래서 국가가 자국 아이들을 어떻게 대했는지, 우리가 서로를 어떻게 대했는지, 세상이 우리를 어떻게 대했는지 모든 사람들이 두 눈으로 확인할 수 있었다.

나는 토머스 사건을 겪으면서 내가 왜 의사가 되겠다고 결심했는지 떠올렸다. 치유하는 사람이 되는 것은 내게는 강력한 선물이다. 내가 어떤 사람으로 살지 신중하게 선택할 수 있고, 그 선택한 모습을 진정을 다해 드러낼 수 있기 때문이다.

나는 고통받는 육체를 두 눈으로 목격하기 위해 의사의 길을 선택했다. 나는 아픈 살을 손으로 받치고 최대한 부드럽게 상처를 씻어낸다. 치유하겠다는 마음을 담아 상처에 연고를 바른다. 그리고 이 순간들을 기록한다. 우리 행동이 미치는 영향력을 항상 기억하고, 피부색은 다를지언정 그 아래로는 모두 동

---

* 면화에서 면섬유를 분리시키는 기계.

등한 존재라는 사실을 기억하기 위해서다. 우리는 이렇듯 동등하므로 누구나 존중받고 사랑받을 자격이 있다.

나는 이메일을 쓴 후에 보내기 버튼을 눌렀다. 그다음 스테인리스 물병과 커피 잔, 포장을 뜯지 않은 그래놀라 바를 가방에 챙겨 넣었다. 오늘 일을 뒤로하고 한시라도 빨리 이 자리에서 벗어나고 싶었다.

집에 도착하자마자 수술복을 벗어 던지고 샤워를 하면서 근무 시간에 있었던 일들을 머리에서 씻어냈다. 가운을 입은 후 소파에 털썩 앉아 발을 올려놓았다. 어깨를 들썩이며 편하게 자리를 잡았다. 아마도 지금쯤이면 상사가 내 사직서에 답장을 썼을 것이다. 이제 이 길의 끝에 도달했다고 생각하니 마음이 편안해졌다. 병원을 떠나기 전에 다른 직장을 구할 시간쯤은 과장이 알아서 챙겨주겠지.

이렇게 나는 다시 시작하기로 했다. 의사로 일하면서 진료를 하는 동시에 관리직에 도전할 수 있는 직장이 틀림없이 존재할 것이다. 결국 나는 보다 높이 올라가기 위해 이 자리까지 도달했다. 힘닿는 대로 많은 사람을 돕기 위해 지금 이 자리에서 어떻게든 버티고 있는 것이다.

신념

삶의 마지막에
받아안는 결과물

The Beauty in Breaking

다음 직장은 필라델피아 북쪽에 있는 몬테피오레병원이었다. 이곳은 경력 유동성이 존재했고, 머시병원과 성격이 비슷했다. 내게는 일종의 귀향이었고, 과거를 기리기 위해 일시적으로 둥지에 돌아온 셈이었다. 새로운 출발을 앞두고 옛 연인들, 친구들과 어울리던 곳으로 돌아왔다.

몬테피오레에서 일한 경험은 내가 사우스 브롱크스의 머시병원에서 레지던트로 일했던 때와 몇 가지 비슷한 점이 있었다. 몬테피오레를 찾는 환자는 연간 9만 5000명 이상이었고, 머시는 14만 5000명 이상이었다. 머시에서 내 직책은 수석 레지던트였고, 몬테피오레에서는 여러 의료 부책임자 중 하나였다. 나는 교외 지역에 있는 몬테피오레병원 분원에 책임자로 채용되었으므로 회의 의제를 정하고, 급성 뇌졸중과 심장 마비처럼 고위험 질병의 치료 규정을 작성하고, 직원이 실시한 의료 서비스의 평가를 지원하고, 혈액 배양 검사와 투약 보고서에 대한 이메일을 발송하는 업무를 수행했다.

　이 직책을 맡기 전에는 의료 부책임자 신분으로 이러한 종류의 이메일을 보내는 일이 의사 업무에 도움이 되지 않는다는 사실을 몰랐다. 새로운 직책을 맡아 표준 운영 절차, 의료 기록의 적절한 문서화, 위험 감소에 관한 행정 업무 목록을 다루고 있자니, 처음 응급의학과를 선택했을 당시에 뜨거웠던 열정이 기억났다. 당시 나는 위기에 처한 사람들과 함께 앉아 그들이 치유의 첫 걸음을 내디딜 수 있도록 도와주고 싶었다. 머시병원은 이런 나의 열정에 불을 지펴주었고, 이 경험은 몬테피오레를 찾아온 환자들의 어려움에 내가 잘 대처할 수 있도록 준비시켜주었다.

　머시병원에서 의료진의 사명은 환자의 치료비 지불 능력과 상관없이 유능하고 문화적으로 민감한 방식으로 지역 사회에 봉사하는 것이었다. 사우스 브롱크스의 주민들이 가난하지만 열심히 일한다는 점을 감안할 때 이것은 특히나 고귀한 사명이었다. 당시에 사우스 브롱크스는 미국에서 가장 가난한 지역구였다. 병원에서 치료를 받은 환자의 3분의 1은 의료 보험이 없었고, 주치의가 없는 주민도 많았다. 그래서 동네에 있는 무료진료소가 너무 붐비거나 문을 닫았을 때, 응급실은 그들이 치료를 받을 수 있는 그야말로 유일한 희망이었다.

　총상부터 영양실조, 뇌졸중까지 온갖 질병을 앓는 환자들이 치료를 받기 위해 머시병원 앞에 줄을 섰다. 이 지역에서는 10월이면 영락없이 낙엽이 떨어지듯 규칙적으로 폭력이 발생했고, 그 뿌리를 더듬어보면 결국 돈과 존중, 자존심과 얽힌 문제였다. 충분히 갖지 못하고, 풍족하다고 느끼지 못하는 결핍으로부터 비롯된 깊은 패배감과 좌절, 상처 같은 것들이 간헐적으로 솟구쳐 올라 폭발한 결과였다.

레지던트 시절이었다. 이러한 폭력과 사회적 관계망에 담긴 가시 돋친 본성을 처음으로 깨달은 순간이 있었다. 당시 머시병원의 응급실은 성인 진료, 성인 외과, 후속 치료(상처 검사, 봉합실 제거 등), 소아 진료로 나뉘었다. 나는 레지던트 2년차였던 어느 날 응급실에서 소아 진료를 담당하고 있었다. 선반 위에 놓인 다음 환자의 차트에는 "열세 살 남아. 두부 외상"이라고 적혀 있었다.

선별 기록을 훑어봤다. 활력 징후 정상, 병력 없음, 두부에 타격이라고 기록되어 있었다. 나는 열려 있는 병실 문을 두드리고 이름이 가브리엘인 아이와 부모로 보이는 어른 두 명에게 나를 소개했다. 가브리엘은 병상에 앉아서 두 손을 무릎에 얹은 채 두 눈으로 깍지 낀 손가락을 뚫어져라 내려다보고 있었다. 가브리엘이 앉은 뒤편의 벽에는 보라색 코끼리 무리와 하늘로 두둥실 떠오른 빨간색 풍선이 그려져 있었다. 아이 어머니는 핸드백에 팔을 얹은 채로 캐비닛 앞에 서 있었다. 어머니의 손은 거칠어 보였다. 병상 옆의 의자에 앉은 아이 아버지의 두 눈은 피로에 찌들어 있었고, 옷에서는 흙냄새가 났다.

먼저 나는 과거 병력, 예방 접종 이력, 약물, 약물에 대한 알레르기 등 기본 정보를 수집했다. 그런 다음 당면한 문제로 넘어갔다. 가브리엘은 같은 반 친구인 '티'가 학교에서 자신의 외모를 트집 잡고 위협하면서 툭 하면 괴롭힌다고 말했다. 티는 가브리엘보다 덩치가 크고, 거친 아이들과 어울린다고 했다. 가브리엘은 티가 깡패인지는 모르지만 티와 함께 어울리는 무리는 학교를 소년원만큼이나 들락날락하는 것 같다고 말했다.

무슨 일이 있었느냐고 내가 묻자 가브리엘은 자신이 겪은 일을 털어놓았다. 가브리엘은 학교에서 좋은 성적을 받았고, 여동생을 제대로 보살폈을 뿐 아니라, 집안일까지 잘 도와주었기에 부모에게 생일 선물로 이전부터 갖고 싶었던 운동화를 받았다. 다음 날 가브리엘은 아이들 사이에서 유행하는 비싼 운동화를 신고 우쭐해하며 등교했다. 그러던 중 등굣길에 티가 나타나 가브리엘을 학교 운동장 옆에 있는 공터로 끌고 간 다음 운동화를 벗으라고 협박했다. 가브리엘은 싫다고 뿌리치고 계속 걸었다. 티가 따라오자 가브리엘은 뛰기 시작했다. 그러자 티가 달려들어 가브리엘을 땅에 쓰러뜨리고 머리와 몸 여기저기를 때렸다. 가브리엘은 자신을 방어하려고 애를 썼지만 여의치 않았다. 칼을 빼든 티가 죽이겠다고 협박하면서 오늘 총을 가져오지 않은 것을 그나마 다행으로 여기라며 가브리엘을 위협했다. 가브리엘은 겁에 질려 운동화를 벗었다. 운동화를 집어 든 티는 가브리엘에게 침을 뱉고 욕을 한 다음 가버렸다. 티에게서 벗어난 가브리엘은 사우스 브롱크스의 뜨겁고 갈라진 포장도로를 맨발로 뛰어서 집에 도착했다.

가브리엘은 정신을 잃지 않았고, 메스꺼움이나 구토 증상을 보이지 않았으며, 피부에 비정상적인 감각이나 상처도 없었다. 무기력도 느끼지 않았고, 목에 통증도 없는 데다가, 호흡도 정상적이었다. 그 대신 얼굴 왼쪽을 비롯해 어깨와 가슴이 상처로 빨갛게 부어올랐고, 발 표면에 찰과상을 입었으며, 칼에 베인 상처가 있었다.

나는 가브리엘이 검사를 받는 동안 병상에 매우 조용히 누워 있다는 데 주목했다. 아이들의 몸은 놀라울 정도로 수용력과 회복력이 뛰어나다. 아이들의 몸은 부러지기보다 구부러지는 경향이 강하다. 설령 주먹으로 복부를 얻어맞아 간이 찢어지는 바람에 출혈이 발생하거나, 몸이 격렬하게 흔들려 눈 뒤에 있는 혈관이 터진다 한들, 겉으로는 이상 현상이 나타나지 않는다. 옷을 들춰도 아름다운 계피 색 피부만 보이고, 손목을 짚어도 규칙적인 맥박이 잡히며, 커다란 갈색 눈동자를 들여다봐도 색은 정상이다. 게다가 아이들은 자신이 느끼는 육체적 통증과 정신적 통증을 어떻게 표현해야 할지 모를 뿐더러 여기에 대처할 자원도 갖고 있지 않다. 어른과 마찬가지로 아이의 내면에도 정신적 고통이 존재한다. 하지만 아이에게는 외상의 영향이 더욱 지독해서, 외상의 정도에 따라 내장의 외형이 바뀌거나 횡경막이 호흡하는 깊이가 달라지기도 하고 심실을 채우는 방식까지 바뀌기도 한다.

"자, 아버님과 어머님, 제가 가브리엘에게 몇 가지 질문을 해야 합니다. 그러니 잠깐 나가 계시겠어요?"

나는 부상을 입고 응급실에 온 아이라면 누구든 받아야 하는 학대 검사를 실시해야 했다. 가브리엘의 이야기는 앞뒤가 맞고 신빙성이 있었다. 하지만 아동 학대 사건에서 가해자가 가족이거나 아이의 지인 어른인 경우도 매우 흔했다.

부모가 병실을 나가고 나서 나는 가브리엘에게 신체검사를 끝냈으니까 일어나 앉아도 된다고 말했다. 그런 다음 가브리엘 옆으로 의자를 끌어당기고 말했다.

"가브리엘, 네게 그런 일이 일어나다니 무척 마음이 아파. 끔찍하고 공정하지 않지. 누구에게도 일어나서는 안 되는 일이야."

가브리엘은 고개를 한 번 끄덕이고는 자신의 엄지손가락을 내려다보았다.

"가브리엘, 나는 네가 안전한지 확인하기 위해 몇 가지 질문을 해야 해. 네가 알고 있듯 지금 우리끼리 하는 이야기는 모두 비밀로 지킬 거야. 하지만 네 몸이 위험하다고 판단하면 그때는 비밀을 깨야 해. 오로지 너를 안전하게 지키기 위해서야. 나는 너 모르게 어떤 일도 하지 않을 거란다. 이제 우리는 이야기를 나눌 거야. 혹시 대화하다가 다른 사람이 끼어들어야 한다면 네게 알려줄게. 무슨 말인지 알겠지?"

"네."

가브리엘이 기어들어가는 목소리로 우물거리며 대답했다.

"사람들은 가족이나 친구, 선생님처럼 사랑하는 사람에게 상처를 입을 때가 있거든. 그래서 병원에 오는 모든 아이들, 심지어 어른들에게도 이 질문을 한단다. 무슨 말인지 알겠니?"

"네."

가브리엘이 대답했다.

"누구와 같이 사니?"

"부모님과 여동생이요."

"여동생은 몇 살이야?"

"일곱 살이요."

"여동생을 좋아하니?"

"네. 그럼요. 이따금씩 신경을 건드리지만 동생이잖아요."

"하여튼 동생들이란!"

내가 재미있다는 듯 웃자 가브리엘도 씩 입가에 미소를 띠었다.

"네가 여동생을 잘 보살펴준다고 말한 거지?"

가브리엘이 고개를 끄덕였다.

"엄마, 아빠하고는 잘 지내니?"

내가 물었다.

"네."

"집에 있으면 마음이 편하니?"

"네."

"집에서 너를 때리는 사람은 없니? 아니면 네게 문제가 생겼을 때 겁을 주는 사람은 없어?"

"아뇨, 제가 해야 할 일을 하지 않아서 가끔 벌받기는 해도 맞지는 않아요."

"그러면 학교생활은 어때?"

"괜찮아요."

"좋아하는 과목이 있니?"

"별로 없어요."

"학교에 가는 것은 좋아?"

"별로요."

"어째서?"

"학교에는 정말 문제가 많거든요. 늘 사건이 터져요. 날마다 싸움판이 벌어지고요."

"학교에서 안전하다는 느낌이 들어?"

"아뇨. 하지만 제가 알아서 처리할 거예요."

"무슨 뜻이야?"

"제가 알아서 처리한다니까요. 다시는 이런 일이 일어나지 않을 거예요."

"무슨 뜻이냐니까?"

"선생님, 정말이에요. 제가 알아서 한다고요."

나는 거의 반사적으로 질문을 했다. 대답을 듣고 싶지 않으므로 질문을 입 밖으로 꺼내고 싶지 않았다. 이러한 상황에서는 문제가 확대될 가능성이 없다고 믿어버리는 편이 훨씬 쉬웠다. 즉 아이가 병원을 나가 안전하게 학교에 다니고 종국에는 졸업까지 할 수 있으리라 믿는 편이 훨씬 쉬운 선택이었다. 아이가 집을 나설 때마다 생명의 위협을 느끼지 않는다고, 아이가 느끼는 두려움은 어쨌든 근거 없다고 믿는 편이 훨씬 편한 길이었다. 나는 그렇게 믿기로 선택할 수 있었고, 단순히 "그래, 그렇다면 네가 괜찮다는 뜻이지? 모두 다 괜찮다는 거고? 내가 제대로 이해한 거지?"라고 물은 다음 대화를 끝낼 수 있었다. 그러면 아이는 넌지시 수긍하면서 고개를 끄덕였을 것이다. 우리는 이렇게 편안하게 거짓말을 주고받을 수 있었다. 양쪽이 적극적으로 가담해야 통할 수 있는 거짓말을 말이다.

하지만 나는 그렇게 하지 않았다. 오히려 그 불편한 질문이 입 밖으로 튀어 나왔다. (통찰력이 있어서 그렇게 물은 것이 아니다. 마치 너무 긴장해서 좌석 끄트머리에 걸터앉아 영화를 보다가 친구가

"조용히 해!"라며 내 입을 막기 직전에, 내가 가장 무서워하는 말을 불쑥 입 밖으로 토해낸 것 같았다.)

"그 아이에게 복수할 생각이니?"

가브리엘이 대답했다.

"그냥 제 문제는 제가 알아서 처리할 거예요. 그 자식이 나를 건드리지 않으면 아무 문제도 없어요."

가브리엘은 묵묵히 자기 손을 내려다보고 엄지손가락끼리 비비면서 발로 바닥을 툭툭 찼다.

나는 다시 의미가 분명하지만 우스꽝스럽게 들릴 수 있는 다음 질문을 충동적으로 던졌다. 주민들이 자신의 볼보 자동차 범퍼에 "폭탄 대신 책을 들라, 공존하라, 지구를 생각하고 지역에서 행동하라"라고 적힌 스티커를 붙이고 다니는 워싱턴 DC 북서부에서 성장한 내게는 이질적인 질문이었다. 내 반 친구들은 BMW 컨버터블을 주차하고 나서 AP 영어 수업을 들으러 갈 때 차가 도난당할까 봐 걱정하는 법이 없었다. 나는 사립 학교에 다닐 때 차까지 걸어가는 동안 내가 몸에 걸친 책가방이나 운동화, 캐시미어 스웨터 때문에 위협받을 수 있다는 생각을 해본 적이 없었다.

내가 배운 물질적인 것의 덧없음은 가브리엘이 배운 것과 약간 달랐다. 고등학교를 졸업할 무렵이 되자 나는 우리 부모가 부를 과시하기 위해서라면 가진 것보다 더 많은 돈을 소비

할 수 있다는 사실을 알았다. 하지만 배관을 제때 수리하지 못해 화장실을 하나씩 차례로 사용할 수 없게 되고, 수영장을 손질하지 않아 이끼가 짙게 끼는 바람에 정원의 일부처럼 보이기 시작하면, 애써 감추었던 모습이 밖으로 들통나기 마련이다. 우리 가족에게 닥친 재정적 파탄이 정확히 언제 정점을 찍었는지는 잘 모르지만, 정점에 이르렀을 때쯤에 나는 이미 겉으로 드러나는 모습과 현실을 능숙하게 구분할 줄 아는 나이가되었다.

청년기에 내 바람은 오직 집을 떠나 그곳의 삶에서 벗어나는 것뿐이었다. 그래서 낯선 사람들이 시도 때도 없이 찾아와 문을 두드리며 아빠가 계신지(아빠는 집에 늘 없었다) 물은 다음 이름도 메모도 남기지 않고 발길을 돌렸을 때도 나는 신경 쓰지 않았다. (솔직히 아빠가 집에 없어서 기뻤을 뿐이다.) 엄마가 수화기에 대고 목소리를 낮추어 변호사 비용 운운하는 말을 들었을 때, 아빠가 자신이 운영하던 병원 문을 닫아야 했을 때, 우리 부모가 워싱턴 DC에 있는 세 번째 집을 둘러싸고 법정 싸움을 벌이다가 패소했을 때 역시 나는 아무것도 묻지 않았다. 어쨌거나 고등학교를 졸업할 때까지 몇 달만 버티면 됐으니까.

대학 1학년을 채 마치지 못했을 때 이제는 결코 집으로 돌아갈 수 없다는 사실을 알았다. 고맙게도 두 분의 이혼은 순조롭게 진행 중이었고, 아빠가 어디에 사는지는 아무도 몰랐다.

엄마는 위자료 청구 소송을 제기하지 않고, 그저 가능한 한 빨리 결혼 생활을 끝내고 싶어 했다. 하지만 집을 유지할 만한 경제적 여력은 없었다. 그동안 집에는 상수도도 난방도 끊어졌다. 다양한 동물들이 다락방을 이리저리 뛰어다니는 소리가 들렸다. 내가 집을 떠난 직후에 오빠가 집을 나갔고, 여동생도 뒤이어 떠났다. 엄마는 이따금씩 집에 들렀다. 다행히 근처에 나의 외조부모가 계셨으므로 아직 일을 하지 않았던 엄마는 자신의 친부모 댁에서 대부분의 시간을 보냈지만, 여전히 집에서 가끔 잠을 자고 식사를 하면서 이혼 소송의 마지막 절차를 진행했다.

이 시기에 엄마는 부모, 즉 내 외조부모의 집에서 사는 편이 나았음에도 그렇게 하지 않은 이유를 몇 년이 지나서야 내게 들려주었다. 이모와 고양이까지 사느라 가뜩이나 좁은 집을 더욱 비좁게 만들어 외할머니, 외할아버지에게 폐를 끼치고 싶지 않았기 때문이라고 했다. 하지만 진짜 이유는 따로 있을 것이다. 좀 더 솔직한 이유는 어째서 하필 학대하는 남자들을 배우자로 골랐느냐(엄마는 내 오빠를 낳은 첫 번째 결혼과 이후 두 번째 결혼에서도 배우자에게 학대를 당했다), 어째서 건강보다 돈을 중요하게 생각했느냐, 대체 돈은 전부 어디서 났고 지금은 다 어디 갔느냐는 추궁을 당하고 싶지 않았기 때문일 것이다. 아니다, 이마저도 핑계일 뿐이다. 진짜 이유는 부모에게 자기 삶의 민낯을 들키기 싫었기 때문이었다. 엄마의 삶은 가짜였다. 자기 삶의 진면모를 결코 드러낼 수 없었으므로 부모로부터 노골적인 질문을 받는 위험을 감수하느니 차라리 황폐한 집에서 생활하는 편을 선택했던 것이다. 외할머니, 외할아버지와 함께 살면서 진상이 속속들이 탄로 나는 것보다 훨씬 견디기 쉽다고 생각했을 것이다. 그래서 엄마는 문제가 어쩔 수 없이 자기 수중을 벗어날 때까지, 어두컴컴한 우리 집에서 지냈던 것이다. 이것은 엄마의 닳아빠진 자존심이기도 했다.

나는 대학교에 입학하고 처음 2년 동안 생활비를 벌기 위해 캠퍼스에서 다양한 아르바이트를 했다. 아빠도 내게 이따금씩 돈을 보냈다. 나는 엄마가 안정적인 직장을 구해 이사를 갈 때까지 아빠가 보내준 돈과 내가 아르바이트로 번 돈 일부를 엄마에게 보냈다.

내가 대학교 2학년 때 엄마는 생활비를 마련하기 위해 마당에 좌판을 벌였다. 나는 집에 가서 내가 아끼던 물건들을 가져오고 싶었지만 엄마는 방학까지 기다릴 시간이 없다고 말했다. 게다가 내가 좋아했던 고등학교 미술 시간에 만든 도자기 물고기는 이미 누군가 사간 것 같다고 덧붙였다. (나는 우리 집 어항에 있던 버들붕어를 본떠 만들었지만 검은색과 청록색을 써서 좀 더 차분하게 장식했다.) 그리고 같은 미술 교사가 가르쳤던 수업 시간에 내가 조각한 목판과 목가적인 풍경을 담은 그림은 어디로 갔는지 아무도 모른다. 내가 초등학교 때 만들었던 도자기 컵 역시 사라졌다.

나는 엄마가 워싱턴 DC를 떠나서 기뻤지만 그때까지 벌어진 상황은 잔혹했다. 실제로 불이 나지 않았을 뿐 마치 불길이 타오르고 나서 텅 빈 공간만 남은 것 같았다. 두 성인 남녀가 정말 오랫동안 무작정 충돌하면서 아이들을 낳고, 수십 년 동안 혼란만 일으키다가, 아이들더러 알아서 주우라며 살림들을 흩뜨려놓은 다음 도망쳤다. 그러니 물건들이 어떻게 사라지고 도난당했는지 안 봐도 뻔했다. 안정적이지 못했던 나는 고통을 '얻었다'. 나는 집에서 사적으로 벌어지는 폭력이 낳은 고통을 겪었다. 그 폭력은 보고되지도 않았고 사람들의 입에 좀처럼 오르내리지도 않았다. 폭력은 내가 머리를 뉘고 잠을 자는 곳에서 일어났으므로 피하거나 도망칠 수도 없었다. 목욕하고, 먹고, 잠자고, 살아갈 안전한 장소를 찾아 마침내 짐을 싸서 집을 나갈 때까지 견뎌야 했다.

하지만 내게 길거리 폭력은 여전히 낯선 개념이었다. 나는 집 밖에서 안전하지 않고, 가게까지 가다가 폭행을 당할까 봐 두려워하고, 학교 가는 길에 총에 맞을지 몰라 무서워하는 환경에서 성장하지 않았다. 이러한 위험은 1990년대 오빠와 함께 자라는 동안 어렴풋이 느꼈을 뿐이다. 나는 오빠가 어두운 밤길을 운전하다가 위험에 빠질까 걱정스러워서 밤을 지새우

곤 했다. 하지만 이 시기에 워싱턴 DC에 사는 부유한 흑인은 가난한 유색 인종이 당하는 폭력에서 면제받았다. 그 후 시대가 바뀌었고 지금 미국은 계급 평등에 좀 더 가까이 다가섰다.

물론 내가 살던 지역 사회에서도 공원에서 아이를 납치하거나 식료품점 주차장에서 강도짓을 하는 길거리 폭력이 이따금씩 발생했지만, 흔하게 일어나는 일은 아니었다. 우리 가족에게는 집 안보다는 집 밖이 안전한 곳이었다.

당연히 뉴스를 읽고 공영 라디오 방송을 들었으므로 공공장소에서 폭행이 일어난다는 사실은 알고 있었다. 그래서 나는 그날 사우스 브롱크스 소재 머시병원에서 조금 당황했지만, 그럼에도 내가 반드시 확인해야 했던 질문을 가브리엘에게 던졌다.

"가브리엘, 혹시 무기를 갖고 있니? 총이나 칼이 있어?"

"총이요."

나는 다시 물었다.

"총을 갖고 있다고 했니?"

가브리엘은 입을 다물었다.

나는 거듭 물었다.

"총을 언제라도 꺼낼 수 있니?"

"선생님, 걱정하지 마세요. 마음 놓으세요."

가브리엘은 이것이 자신의 마지막 대답이라는 듯 간결하게 대답했다.

"가브리엘, 이건 매우 위험한 상황이야. 아까 네게 말했듯 비밀을 깨야 하는 상황에 속한단다. 네가 총을 손에 넣을 수 있다고 말하고, 그 총으로 남을 해를 끼칠 가능성이 있다면, 우리는 너를 안전하게 지키기 위해 사회 복지사와 이야기를 해야 해."

가브리엘은 입을 꾹 다문 채 꼼짝도 하지 않았다. 나는 어떤 답변이나 신호가 나오지 않을까 싶어서 기다렸다. 하지만 가브리엘은 전혀 움직이지 않고 그저 고개를 가로저을 뿐이었다.

"곧 돌아올게."

내가 말했다.

나는 병실 밖으로 나가 나를 지도하는 전문의에게 가브리엘 사례를 보고했다(레지던트는 자신을 지도하는 전문의에게 모든 환자 사례를 보고해야 한다). 그리고 총기를 사용한 폭력이 발생할 가능성이 있으므로 아이의 부모와 사회 복지사와 대화해야 한다는 평가를 덧붙였다. 지도 전문의도 내 의견에 동의했다. 나는 사회 복지사를 호출하고, 검사실 밖에서 기다리던 가브리엘의 보호자들에게 상황을 설명한 뒤 내 우려를 전달했다.

가브리엘의 부모는 나를 덤덤하게 쳐다보았다. 내가 어째서 그렇게까지 놀라는지 설명해달라는 눈치였다.

이제 세 사람 모두 혼란스러워졌다. 가브리엘의 부모는 내가 걱정한다는 사실을 듣자 당황했고, 나는 그들의 침착한 태도를 보고 어리둥절했다.

우리 셋은 가브리엘이 있는 병실로 들어갔다. 아이가 부모를 올려다봤다.

"선생님."

가브리엘의 어머니가 내게 말했다.

"우리 아들은 필요하다면 자신을 방어해야 합니다."

나는 멈칫했다. 가브리엘 어머니의 말투는 깜빡 설득당할 정도로 단호했다. 가브리엘의 어머니가 보복처럼 들리는 행위를 아무렇지 않게 말하자 나는 소름이 오싹 돋았다. 나는 폭력이 더 큰 폭력을 낳는 경우가 많다는 사실을 의사로 일하기 시작하고 얼마 지나지 않아 깨달았다. 각종 외상 경고를 비롯해 병원에서 사망 선고를 받는 젊은이들과 그나마 운이 따른 덕에 장루용 주머니와 기관 절개 튜브를 매단 채 휠체어에 올라 퇴원하는 사람들이 그 증거였다. 또한 나는 자기방어의 정도에 따라 목숨을 잃거나 무사히 살아남아 학교를 졸업하는 경우들을 목격했다. 어떤 아이도 그러한 상황에 놓여서는 안 된다. 그래서 가브리엘의 어머니에게 이렇게 말했다.

"그렇게 생각하시는군요. 하지만 이것은 매우 위험한 상황입니다. 총기 폭력이 발생할 가능성을 감지한 경우, 의료진은 모든 사람의 안전을 확보하기 위해 사회 복지부에 신고할 의무가 있어요."

"선생님, 대체 무슨 말씀을 하시는 겁니까? 저희에게서 아들을 빼앗을 셈이신가요?"

나는 그의 목소리에서 우려하는 말투를 처음으로 느낄 수 있었다. 가브리엘의 아버지는 의자에 털썩 기대앉아서 머리를 벽에 대고 한숨을 쉬며 눈을 감았다. 가브리엘은 병상에 앉아 있었다. 가브리엘은 우리가 이야기를 나누는 동안 처음으로 나를 뚫어져라 쳐다보았다. 아이의 눈에는 불신이 가득했다. 내가 아빠의 폭력을 멈추게 하려고 신고해 우리 집 현관을 찾아온 경관 두 명이 결국 오빠를 체포하겠다고 말했을 때 내가 지었던 눈초리와 똑같았다. 그날 밤 그 경관들은 어쨌거나 가족 모두가 연루되어 있으므로 그에 따른 대가를 치러야 할 것이라고 말하지 않았던가!

나는 제자리에 서서 아이를 내려다보았다. 아이의 마음이 어땠을지 짐작할 수 있었다. 내가 어떤 말과 행동을 하더라도 아이의 마음을 누그러뜨릴 수 없을 터였다. 병실에 있는 사람 모두 혼란에 빠졌고, 어느 누구도 자신이 정당하다거나 깨끗하다고 느끼지 못했다.

"아니야, 그럴 목적이 아니란다. 아무도 너를 가족에게서 떼어놓고 싶어 하지 않아. 그런 일은 없을 거야."

나는 내 의도를 명확하게 전달하려고 필사적으로 노력했다. 사회 복지사가 도착하기를 기다리는 동안 이런 생각이 들었다.

'어째서 내가 어렸을 때 그 어떤 어른도 나를 따로 불러 안전한지 물어보지 않았을까?' 실제로 어떤 교사도 멘토도 다른 가족도 내게 그렇게 묻지 않았다. 만약 사람들이 나를 따로 불러서 안전하냐고 물어봤다면 무슨 일이 일어났을까? 설령 누가 물어보았다 하더라도 말하기가 무섭고 꺼려졌을 것이다. 하지만 그랬다면 나는 평생 마음에 새길 귀중한 교훈을 얻었을지도 몰랐다. 즉 이 세상에는 다른 사람을 보호해줄 어른들이 있다는 사실을 배웠을 터였다. 나는 집을 떠나고 난 뒤에 이 교훈을 스스로 깨우쳐야만 했다.

응급실 사회 복지사인 아이샤가 도착해 보고서를 읽었다. 아이샤는 액세서리로 요란하게 치장한 만큼이나 성실했다. 사회 복지사로서도 의심할 여지없이 훌륭했지만, 유명한 패션 블로거로서의 자질도 충분했다. 그는 머리를 숏컷으로 자르고, 달랑달랑 늘어지는 귀걸이를 매일 옷에 맞춰 바꿔 달았다. 굽이 10센티미터나 되는 구두를 신고도 마치 운동화를 신은 양 민첩하게 병원 복도를 누비는 아이샤는 언제 봐도 신기했다.

아이샤는 가족과 상담을 마친 뒤 나를 한쪽으로 불러내서 자신이 확인한 사항을 간추려 들려주었다. 부모는 최선을 다해 아이를 양육하려는 사람들이라고 했다. 어머니는 식료품 가게에서 풀타임으로 일하고 생활비를 벌충하기 위해 초과 근무를 한다. 아빠는 수위로 일하면서 부업으로 막노동을 하는 등 가족을 부양하기 위해 밤낮으로 일한다. 가족은 폭력과 범죄가 만연한 동네에 산다. 동네 구석에서 마약이 거래되고, 마치 교외에 사는 사람들이 해 질 녘에 귀뚜라미의 요란한 합창을 흘려듣듯 총소리를 무시하며 살고 있다.

아이샤가 내 팔에 손을 얹었다. 말투는 나긋나긋했지만 체념이 담겨 있었다. 나는 그를 바라보았다. 아이샤는 땀에 젖지 않아 보송보송했고, 그 이마는 주름살 하나 없이 매끄러웠다. 아이샤는 나 같은 신입들에게 항상 해 버릇한 말을 시작했다.

"하퍼 선생, 전쟁 현장에서 적용되는 규칙은 달라요. 이 가족들은 어떤 면에서 군인들이에요. 자기 가족을 지키기 위해 싸우는 중이니까요. 전쟁 구역에서 발생하는 잔인한 행동은 삶의 일부죠. 그들은 살아남고, 문제를 처리하고, 안전하게 집에 가기 위해 스스로 해야 할 일을 합니다."

아이샤는 한숨을 쉬었다.

"그들은 정말 좋은 사람들이에요. 그들에게 이런 상황은 부당합니다. 총을 사용해도 괜찮다고 가브리엘이 생각해서는 안 되죠. 물론 개인의 안전을 지킬 수 있는 다른 방법들이 있어요. 분명 학교를 안전하다고 느끼지 못하고 총을 가져가야겠다고 생각한다는 사실은 잘못되었죠. 학교는 안전해야 하죠. 또 학교를 안전하게 유지할 다른 방법들도 있고요."

아이샤는 다시 한숨을 쉬었다. 이번 한숨은 아까보다 훨씬 무거웠다.

"아휴, 세상에 맙소사."

아이샤는 고개를 저으며 말했다.

"어쨌든 이 꼬마가 총을 손에 넣을 수 있다는 증거가 전혀 없어요. 가족 중에 총기 보유자가 없다고 해요. 제가 일단 보고서를 작성하겠습니다. 그 후에 우리가 가족에게 확인해봅시다. 하지만 이 시점에서는 달리 할 수 있는 일이 없어요."

아이샤는 다시 고개를 저으며 씩 웃었다.

"응급실이 이 사람들에게 최저 생활 임금을 받는 일자리와 안전하게 거주할 장소를 제공한다면 또 모를까."

아이샤는 차트를 집어 들고 문을 나서다가 나를 돌아보며 물었다.

"선생님, 우리가 그렇게 할 수 있다면 얼마나 좋겠어요. 좋은 하루 보내세요. 필요한 일이 있으면 연락하시고요!"

아이샤는 내게 손을 흔들어 보이면서 다음 환자를 만나기 위해 복도로 나갔다.

이것은 여러 해 전에 있었던 일이다. 나는 그 뒤 가브리엘과 그 가족들이 어떻게 지냈는지 알지 못한다. 하지만 그들의 이야기는 지금도 내 머릿속을 배회하고 있다.

지금 나는 몬테피오레병원 외상 센터에 서서 곧 도착할 외상 환자를 기다리고 있다. 우리 모두 수술복을 입고, 장갑을 끼고, 환자를 맞이할 만반의 준비를 갖췄다. 앞서 전화가 걸려 왔었다. 두 젊은이가 각각 머리와 발에 총상을 입었다고 했다. 이번처럼 외상 경고가 발동하면, 나는 도착하는 환자가 가브리엘일 수도, 아니면 가브리엘과 같은 입장일 수도 있겠다고 자주 생각했다. 나는 교대 근무를 막 시작했으므로 둘 중에서 좀 더 중상을 입은 사람을 맡을 것이다. 더 늦게 근무를 시작한 의사가 중증 환자를 치료하는 것이 응급실의 일반적인 관행이기 때문이다. 다른 의사가 부상이 좀 더 가벼운 환자를 외상 2호실에서 치료하고, 우리 팀은 외상 1호실을 사용할 것이다. 우리는 이번 사건이 십중팔구 갱과 관련되어 있다고 추측했다.

나는 침대 머리맡에 서서 최종적으로 석션과 후두경 블레이드를 점검했다. 침대 발치에 있는 의료 기사가 외상용 가위를 집어 들었다. 의료진이 상처를 확인할 수 있도록 환자의 옷을 잘라 상처를 완전히 노출시키기 위해서다. 다른 의료 기사는 경추 보호대를 꺼냈다. 목 부상 가능성을 아직 배제할 수 없는 외상 환자의 경추를 고정시킬 때 사용하는 단단한 목 보호대인데, 구급대원들이 현장에서 미처 사용하지 못했을 경우를 대비하기 위해서다. 두 명의 간호사는 침대 양쪽에 서서 각자 정맥 주사용 도구를 준비했다. 내 오른쪽에 있는 간호사는 수액을 매달 준비를 하고, 왼쪽에 있는 간호사는 모니터 선과 심폐 소생술 카트를 준비했다. 외상실에 있는 의대생 두 명은 기대에 부풀어 서로에게 수군거렸다. 그들에게는 응급실에서 보내는 첫 교대 시간이었으므로 흡사 인기 있는 응급실 리얼리티 쇼에라도 출연한 듯이 긴장했을 것이다.

"환자를 이리로 이송해주세요."

내가 부탁했다. 외상실에 서 있으려니 중앙 응급실에 차트가 쌓여가는 것을 눈으로 보지 않아도 짐작할 수 있었다. 나는 짧게 신음을 뱉으며 페이스 마스크(안면보호구)에 생기는 결로를 막기 위해 마스크 윗부분을 콧등에 꼭 끼웠다. 그러면서 앞으로 발생할 수 있는 온갖 상황을 떠올리며 상처를 어떻게 치료할지 생각했다. 입에 총상을 입었는데 기도 삽관을 할 수 없으면 어떡하지? 목에 총상을 입었는데 기관 절개술조차 할 수 없으면 어떡하지? 응급 구조대의 보고가 완전히 잘못되는 경우도 배제할 순 없었다. 가슴에 총상을 입었다는 신고가 들어왔지만 실제로 팔에 얕은 상처를 입은 경우도 있었다. 혹시 모를 일 아닌가? 잠시 후에 도착할 환자는 두피만 살짝 까졌을지.

간호사 라미레스가 금방 들어온 소식을 전하려고 외상실로 들어왔다.

"미리 귀띔해드리려고요. 우리 병원에는 두부에 총상을 입은 환자만 도착한답니다. 다른 남자 환자는 성공회병원으로 이송 중이라고 해요. 두 사람이 서로 반대 갱 소속이라네요. 덜 미친 짓을 벌인 환자가 올 테니까 그나마 우리 병원한테는 잘된 일이죠! 이제 도착할 때가 됐어요."

"알려주셔서 고마워요, 수간호사님."

의료 기사인 브라이언이 대답했다.

구급차가 요란한 소리를 내면서 응급실 입구에 도착했다. 곧
이어 구급대원들이 양 옆에서 들것을 밀며 응급실로 뛰어 들어
왔다. 커다란 검은색 운동화를 신은 두 발이 들것 밖으로 튀어
나와 흔들렸다. 환자는 진홍색 줄무늬 청바지를 입었다. 곧 상
체가 드러났다. 줄무늬 셔츠의 오른쪽 옆구리로 피가 뚝뚝 떨
어지고 가슴 주위에 살점이 군데군데 보였다. 두피를 감싼 압
박붕대에서 피가 새어 나와 바닥을 물들였다.

"죄송하지만, 스쿱앤런scoop-and-run*을 해야 했습니다."

한 구급대원이 이렇게 운을 떼며 보고를 시작했다.

"20대 남자입니다. 두부에 총상을 입었습니다. GCS는 13~
15점입니다. 환자가 불안해해서 한마디로 말하기 어렵습니다.
혈압은 110/70이고, 심박수는 140, 산소 포화도는 실내에서
95퍼센트였습니다. 현장에서 정맥 주사를 놓을 수 없었고, 삽
관도 할 수 없었습니다."

구급대원들은 이송용 들것을 고정시키고 환자를 병원 들것
으로 옮겼다. 한 구급대원이 브라이언을 도와 환자의 옷을 잘

● 　중증 환자의 경우에 현장에서 최소한으로 처치하고 최대한 빨리 이송하는 방법.

198

라내는 동안 다른 구급대원은 계속 보고했다.

"현장은 그야말로 광란 자체였습니다. 지체해서 죄송합니다. 엄청난 인파가 몰렸고 싸움이 계속 진행 중이었어요. 저희가 현장에 들어갈 수 있도록 먼저 경찰이 현장을 확보해야 했죠. 현장을 빠져 나오자마자 정말 미친 듯이 달려왔습니다."

"환자의 이름은요?"

나는 침대에 쓰러져 있는 거인을 내려다보며 물었다. 키가 최소한 193센티미터, 체중은 140킬로그램이 넘어 보였다.

"자기네들은 제이라고 부른답니다. 신분증에는 예레미야로 적혀 있어요."

몸집이 거대한 예레미야 씨의 오른쪽 두피에서 계속 피가 흘러 내렸다.

구급대원과 브라이언은 신속하고 정확하게 환자의 청바지를 잘랐다. 다리에 피가 얼룩져 있었지만 상처는 보이지 않았다. 다음에는 셔츠를 잘랐다. 상체와 팔에 핏자국이 더 많았지만 변형도 부상도 부기도 없었다. 출혈량은 엄청났다. 우리 같은 응급의학과 의료진이 매일 출혈 현장에서 일한다고 해서 몸이 찢어져 동맥과 정맥으로부터 생명의 강이 흘러내리는 광경에 완전히 무감각해지지는 않는다. 부서진 제방에서 쏟아져 나오듯 피가 넘쳐흐르는 것을 보고도 마음이 어지럽지 않을 날이 오리라고는 상상할 수 없다.

목에도 아무런 변형이 보이지 않았다. 예레미야 씨는 숨을 쉬고 있었지만 고통이 심한지 신음을 냈다. 환자의 의식 수준을 1~15점으로 측정하는 GCS, 즉 글래스고 혼수 척도glasgow coma scale는 예레미야의 경우 15점에 가까워 걱정할 수준은 아니었다.

예레미야 씨의 몸이 완전히 노출되자 간호사들은 환자의 몸에 모니터를 연결하고 정맥 주사를 놓을 준비를 했다. 일반적인 상황이라면 혈압은 '정상'이었다. 하지만 환자가 스트레스를 받고 있다는 점을 감안할 때 정상 혈압은 매우 나쁜 징조였다. 빠른 심박수와 상대적인 저혈압은 치명적인 뇌 손상 가능성은 물론 생명을 위협하는 출혈이 있을지도 모른다는 신호였기 때문이다. 환자가 몸부림을 치자 구급대원과 브라이언이 환자의 다리를 붙잡았다. 간호사들은 의대생들을 불러서 양 팔을 잡게 하고 전주와前肘窩, 즉 팔이 접히는 안쪽 부위에 큰 바늘을 꽂아 정맥 주사선을 잡았다. 환자를 안정시키려면 정맥 주사를 놓아야 했기 때문이다. 마치 불안에 떨며 허둥대기까지 하는 골리앗과 씨름하는 것 같았다.

"예레미야 환자분, 내 말 들려요?"

나는 환자의 머리를 검사하면서 그의 왼쪽 뺨에 손바닥을 대고 부드러운 목소리로 환자의 이름을 불렀다. 총상은 머리뿐이었지만 상처가 깊었고 두개골 일부가 깨지면서 조각이 뇌에 박혀 있었다. 오른쪽 두개골에 입은 상처에서 피가 흘러나오면서 엉겨 있는 조직 덩어리 주변을 적셨다.

"지금 여기가 어디죠? 크리스티안! 엄마!"

예레미야 씨가 머리를 좌우로 흔들며 소리를 질렀다. 피가 침대 머리맡에 튀었다. 환자는 눈을 꼭 감은 채로 신음하며 울었다. 눈물과 피가 범벅이 되어 뺨을 타고 흘러내렸다. 그의 피부는 짙은 적갈색이었는데 부드러우면서 윤이 났다.

나는 환자를 진정시키기 위해 그의 머리 양 옆에 내 손을 얹었다. 그러면서 환자를 곧바로 내려다보며 말했다.

"환자분, 나를 봐요. 볼 수 있겠어요?"

환자가 눈을 뜨더니 마스크와 안경 너머의 내 눈을 들여다보았다.

"나를 도와주실 거죠? 제발 부탁이에요. 살려주세요!"

환자가 외쳤다.

"환자분, 도와줄게요. 진정해요. 가만히 있어야 우리가 도울 수 있어요."

나는 자장가를 부르듯 부드럽게 그를 달랬다.

"제발 나 좀 살려주세요! 엄마! 부탁이에요. 제발요."

환자는 내 눈을 뚫어지게 쳐다보며 애원했다.

"예레미야 환자분, 우리가 도와줄게요."

나는 이 말이 우리 둘에게 위로가 되기를 바라면서 나를 믿으라고 간절한 심정으로 말했다.

예레미야 씨가 울음을 터뜨렸다. 물결에 휩쓸려 출렁이듯 흐느꼈다. 그는 골수를 뒤흔드는 신음과 함께 울었다. 머리에 입은 총상보다 훨씬 깊은 곳에서, 총탄에 두개골이 조각나 보도에 쓰러졌을 때보다 더 큰 고통을 느끼며 흐느꼈다.

"예레미야 환자분, 나는 당신을 도우려고 여기 있는 거예요."

내가 반대편 손을 그의 어깨에 얹자 그의 눈에서 눈물이 주르르 흘러내렸다.

"저는 주주죽는 거죠? 정말 주주주주죽고 말겠군요."

예레미야는 꺽꺽 흐느꼈다.

"당신을 도우려고 우리가 여기 있잖아요."

나는 환자의 격한 감정을 누그러뜨리는 데 근육을 마비시키기 위해 정맥에 밀어 넣을 약물보다 내 말이 더 중요하다는 것을 알았다. 내 말은 호흡을 통제하기 위해 환자의 목으로 삽입할 호흡관보다 중요했다. 환자를 살리기 위해 가동했던 수술팀 전체보다 중요했다.

환자의 직감은 옳았다. 나는 그의 눈을 깊숙이 들여다보면서 손을 환자의 오른쪽 뺨으로 가져가 얼굴을 감쌌다. 환자는 그의 말마따나 생사의 기로에 서 있고 지금 그가 기댈 것이라고는 오직 신의 가호뿐이었다. 응급실에 실려 오기 전에 무슨 짓을 했든 지금은 위안을 받아 마땅했다.

"하퍼 선생님, 주사선을 잡았어요!"

간호사인 트리시가 보고했다.

"애썼어요."

나는 엄지손가락을 치켜세우며 말했다.

"우선 리도카인 150밀리그램, 에토미데이트 30밀리그램, 숙시닐콜린 150밀리그램을 투여하세요."

나는 기도 삽관을 시행하기 위해 환자의 긴장을 풀어줄 약물을 투여하라고 지시했다.

나는 블레이드를 잡고 마지막으로 환자의 눈을 들여다보았다.

"자, 환자분, 이제 잠이 들 거예요."

예레미야 씨가 마취 상태에 들어간 것을 확인하고 나는 호흡관을 기관에 삽입했다. 이내 호흡 팀이 이산화탄소 검지기를 부착했다. 우리는 색깔이 순조롭게 바뀌는 것을 확인한 후에 산소 호흡기를 달았다. 나는 피 묻은 장갑을 벗고 청진기를 꺼내서 가슴에 대고 귀를 기울였다. 양쪽으로 공기가 잘 들어갔다. 기관내 튜브가 제자리에 들어갔다는 신호였다. 수술 팀이 환자를 외상실에서 수술실로 옮겼다. 의료 기사들과 간호사들은 다음 환자에게 갔다. 응급 구조대는 구급차에 짐을 챙겨 신고 다음 임무를 수행하기 위해 떠났다. 텅 빈 외상실에는 조금 전까지 벌어졌던 소동의 잔재만 남았다. 모니터 전선이 화면에서 떼어져 건덩댔고, 핏자국으로 모자이크처럼 얼룩진 바닥에는 벗어 던진 장갑과 플라스틱 바늘 뚜껑이 나뒹굴었다. 나는 현장을 보면서 이러한 외상실들이 가장 비극적인 고해성사실이라는 생각이 들었다.

경찰 수사관이 침묵을 깨며 외상실로 들어왔다. 내 진술을 받고 싶다고 했다. "환자는 어떻게 응급실에 들어왔나요? 도착 당시 환자의 상태는 어땠나요? 응급실에서는 어떤 치료를 했나요? 응급실을 떠날 때 환자의 상태는 어땠나요?"

나는 경찰 수사관의 질문에 대답했다. 우리는 조사를 마치고 서로의 노고에 감사한 후에 소동이 휩쓸고 지나간 잔해를 밟으며 각자 할 일을 찾아 발길을 돌렸다.

이때 문 앞에서 우리를 기다리고 있던 간호사 에스테반이 말했다.

"선생님, 수술실에서 연락이 왔습니다. 아까 그 환자는 수술대에서 심정지가 왔고 이내 사망했답니다."

형사가 그 말을 듣고 "이제, 이 건은 살인 사건이 되었네요. 모두들 수고하셨습니다"라고 말하며 응급실을 빠져나갔다.

나는 에스테반을 올려다보며 고개를 끄덕이고 탄식했다. 뜻밖이었다거나 혼란스러워서가 아니었다. 머리에 총상을 입은 사람이 사망한 것은 뜻밖의 일이 아니었다. 순간적으로 완벽한 통찰에 이르면서 자신이 죽으리라고 울부짖는 것도 혼란스러운 일이 아니었다. 나는 예레미야 씨가 외상실의 밝은 조명을 온몸으로 받으며 죄를 용서받을 때, 피와 눈물을 흘리며 자신과 자기 삶을 돌아보았던 순간을 기억하며 탄식했다. 이처럼 우리는 어떻게 살고 어떤 일을 겪든지 간에 마지막 순간에는 자신의 행동과 오롯이 마주한다. 예레미야는 엄마와 크리스티안을 울부짖으며 찾았지만, 생명이 숨을 거두는 마지막 순간에는 존경했던 사람도 등에 칼을 꽂던 배신자도 없이 우리 모두 혼자가 된다. 살과 뼈가 홀로 외로이 누워 있다가 곧 영혼이 될 뿐이다.

어쩌면 예레미야 씨가 총을 손에 든 가브리엘일 수 있다는 생각이 들었다. 물론 가브리엘이 아니었다. 아마도 가브리엘은 그날 응급실을 나가 다시는 총을 잡지 않았을 수 있다. 그 아이는 그날 이후 무사히 살아남아 고등학교를 졸업하고, 삶이 던진 도전을 헤쳐 나가며 강인한 사람으로 자랐을 것이다. 어쩌면 대학교를 졸업하고 지금은 10대인 여동생을 이끌어주고 있을지도 몰랐다. 혹은 자기 삶은 물론 가족과 주변 사람들의 삶을 개선하기 위해 개인 사업을 준비하는 중일 수도 있었다.

이 생에서 태어나 어떤 출발선에 설지 선택하는 것은 신념의 문제라고 생각한다. 평평하고 풀이 무성한 목초지에서 삶의 여정을 시작하는 사람도 있고, 매우 가파른 산 아래에서 시작하는 사람도 있다. 목초지에서 시작한 길은 겉보기에 매끄러워서 군데군데 파인 도랑과 하수구를 보지 못하고 빠질 수 있다. 반면에 산 아래에서 시작한 길은 그 여정이 괴롭고 험난할지언정 정상으로 이어져 있다. 그 길로 계속 나아갈 수만 있다면, 에베레스트도 정복할 기술을 체득하는 셈이다. 흔히들 삶은 공평하지 않다고 말하지만 실제로는 공평하다. 두 지형 모두 불확실하기 때문이다.

우리는 지형과 상관없이 한 발씩 번갈아 내디디면서 선택한다. 예레미야 씨처럼 문턱에 도달했을 때 우리는 자신이 걸어온 발자국을 돌아보고 선택의 결과를 마주해야 한다. 그것도 홀로. 이 사실을 인정할 때 죄를 용서받는다. 자기 생각을 말하고, 다른 사람에게 이해받고, 다른 사람의 손길을 받을 자격은 누구에게나 있다. 우리에게 운이 따른다면 삶의 여정을 걸으며 들르는 정거장마다, 그렇지 않았다면 마지막 정거장에서 다른 사람의 손길을 받는다.

용서

가해자를
용서해야 하는
유일한 이유

The Beauty in Breaking

서두른다면 지금이라도 오전 요가 수업에 참석할 수 있었다. 내가 사는 아파트에서 네 블록을 걸어가 요가원 문턱을 넘는 순간 나는 바깥쪽 세상에서 안쪽 세상으로 들어간다. 도시 중심부에 있는 요가원은 세 면에 창문이 나 있어서 실내로 햇빛을 빨아들인다. 나는 요가원에 도착해 딱딱한 나무 바닥에 매트를 깔고 햇빛을 온몸으로 받는다. 살짝 말렸던 매트 가장자리가 바닥에 툭 내려앉는다. 기도할 시간이라고 알려주는 신호다.

매트에 앉기 전에 사마디 향 가루를 양 손바닥에 묻히고 팔뚝과 발등을 톡톡 두드린다. 필요할 때 쓰기 위해 블록, 스트랩, 담요를 한곳에 모은다. 단단하게 뭉친 어깨 근육을 풀어주거나 특히 까다로운 자세에서 허벅지 뒤쪽 근육을 늘려줄 때 유용하기 때문이다. 매트 위에 가부좌를 틀고 앉자 백단향과 정향에서 풍기는 달콤하고 풍부한 냄새가 온몸에 퍼진다. 몸을 움직이는 명상을 시작하기 전에 나는 마침내 완전한 고요에 들어간다.

나는 바로 이 매트 위에서 몸의 긴장을 완전히 이완시키는 법을 배운다. 정신을 온전히 집중하며 태양 경배 자세 5번을 취하고 7번을 신경 쓰지 않고 6번으로 넘어간다. 회전삼각 자세를 취하자 엉덩이가 튀어나오려 몸부림치고, 장경인대腸脛靭帶*가 반항하는 몸의 한계를 보고 느낀다. 엉덩이를 서서히 부드럽게 바른 위치에 정렬하고, 장경인대의 반항을 이겨내고 나면 요가 자세가 꽃을 피운다. 부드럽게 호흡하고 다리를 뻗으면서 불길이 증기에 굴복해 고개를 숙이듯 마음을 정화하면, 몸은 예전에 가능하지 않았던 비트는 자세로 깊이 들어간다. 회전삼각 자세를 풀면서 런지 자세로 들어간다. 그다음에는 발을 뒤로 뻗어 발끝이 바깥을 향하도록 방향을 튼다. 발가락 끝으로 바닥을 견고하게 누르면서 상체를 측면으로 회전해 기울이고 팔을 위로 쭉 뻗어 상체 측면 기울이기 동작, 측면 확장 자세로 들어간다. 이때는 앞다리의 둔근이 풀어지지 않도록 주의하면서 흉곽을 정렬한 후에 회전시켜 몸통을 해방시키고 하늘을 향해 심장을 연다.

이제 바인드bind**를 할지 선택한다. 바인드를 하면 더욱 깊고 멀리 비틀 수 있을까? 극락조 자세에서 오른쪽 허벅지를 같

* 골반에서 각 다리의 측면을 따라 정강이뼈까지 붙어 있는 넓은 섬유 띠.
** 몸의 한 부위로 다른 부위를 잡거나, 두 부위를 서로 꼬는 동작을 가리킨다. 예를 들어 양손을 잡거나 한 손으로 반대편 팔목을 잡은 후에 어깨와 몸통을 돌린다.

은 쪽 상완 뒷부분에 얹고 반대편 팔을 돌려 양손에 깍지를 껴서 바인드를 완성한 다음 손을 몸 쪽으로 끌어당기면 자세를 강화하고 코어 근육을 활성화할 수 있을까? 반대쪽 팔다리를 비틀어 잡고 있는 동안 이러한 바인드 안으로, 그 너머로 근육을 확장할 수 있을까? 그리고 가장 중요하게는 수련하는 내내 호흡하기를 기억할 수 있을까? 이것은 질문이고 선택 사항이다. 목표는 항상 깊고 지속적으로 심호흡하면서 어떤 시점에 가장 풍부한 경험을 하는지 파악하는 것이다.

가슴을 내밀고 위 갈비뼈와 팔을 뒤로 젖힌 다음 아래팔을 앞 허벅지 아래로 뻗는다. 앞 팔의 위치를 잡는 동안 몸의 측면을 길게 뻗은 상태를 유지하기가 매우 힘들지만 그래도 매번 노력한다. 두 손을 뒤에서 잡은 다음 어깨는 뒤로, 가슴은 위와 뒤로 젖히면서 끌어당긴다. 허리를 뒤와 아래로 젖히면서 엉덩이 뒤쪽까지 뻗고, 어깨와 가슴을 젖히며 길게 늘인다. 근육을 강하고 길게 잡은 상태에서 나머지 부위는 긴장을 푼다. 둘 사이를 구별하는 지혜가 중요하다. 이때 계속 심호흡해야 한다. 호흡이라는 선물을 늘 인식해야 한다.

수련하기가 쉬운 날이 있는 반면에 전날 달리기를 하고 난 후라 대퇴사두근이 무리해서 덜덜 떨리는 날도 있다. 그럴 때면 숨이 옆구리에서 탁탁 막히고, 가슴에서 쥐어짜듯 나온다. 하지만 힘을 쓴다고 될 일이 아니다.

이때 나는 경건한 마음으로 계속 수련하기 위해 그 순간 존재하는 것을 받아들이는 법을 배운다. 몸에 휴식이 필요하면, 숨을 고르기 위해 자세를 건너뛴 후 휴식한다. 수축된 근육에 무리하게 힘을 주면 몸이 뒤로 밀리거나 근육이 찢어지고 만다. 이러한 상황을 적절히 설명하는 격언이 있다. "우리는 묶인 채로 태어나서 자신을 자유롭게 풀어주는 법을 배운다." 내가 좋아하는 요가 스승은 이 말을 다른 방식으로 표현한다. "우리는 자유롭게 태어나서 자신을 절묘하게 속박하기로 선택한다."

내가 필라델피아로 이사한 직후에 시작한 요가 수련을 그만두지 않고 계속하는 것도 이 때문이었다. 처음 요가를 접하는 사람이라면 누구나 매트 위에서 다친 상처를 치유받는 기분을 느낀다고 한다. 손상은 때로 운동과 관계가 있지만 아마도 이혼, 성적인 외상, 중독처럼 대부분 정신적인 것이다. 요가는 외상을 견디기가 지나치게 버거울 때 대처하는 한 가지 방법으로, 자신을 몸에서 벗어나게 한다. 일단 외상의 급성 단계에서 살아남으면 몸과 마음이 다시 안전하게 만날 수 있다고 느끼기 시작한다. 요가는 자신의 자아로 온전히 돌아가는 길이다. 깨진 조각들을 다시 결합해 우리가 고통보다 훨씬 위대한 기반에 뿌리내리고 있음을 보여주는 아름다운 자세를 취하면서 호흡과 마음, 심장과 영혼을 다시 하나로 통합한다. 규칙적인 수련으로 얻는 '요가 엉덩이'는 보너스일 뿐이다.

새해에 교외 현장 책임자가 사직하자 내가 그 자리로 승진할 공산이 커졌다. 하지만 응급실 부책임자에서 책임자로 역할을 바꾸면서 행정 사다리를 계속 오르는 것은 다람쥐가 한 쳇바퀴에서 다음 쳇바퀴로 옮기는 것과 같을 뿐이라는 사실을 깨달았다. 물론 승진한다면 그에 걸맞은 뛰어난 능력을 발휘하리라는 것을 확신했다. 나는 주어진 업무를 잘 처리했고, 쳇바퀴도 능숙하게 굴렸다. 하지만 영화 배우 릴리 탐린Lily Tomlin도 말하지 않았던가. "쥐가 벌이는 경주에서 문제는 설사 이기더라도 여전히 쥐라는 사실이다." 이제 레지던트로 4년 일하고, 앤드류존슨병원에서 2년, 그리고 몬테피오레에서 다시 2년을 일하면서 이 점을 아주 명확히 깨달았다.

내 소명은 사람들을 치유하는 것이고, 이것이 내가 추구하는 진리다. 의학계에서 행정 업무를 수행하다 보면 일에서 흥미와 가치를 모두 느낄 수 있지만, 치유하는 사람이 되겠다는 소망에 가까워지기는 어려웠다. 대부분의 행정 업무는 병원 수익의 극대화라는 목표를 달성하기 위해 세부 사항을 관리하는 일을 포함한다. 둘째 목표는 재정적 손실을 최소화하는 것이다. 이 두 목표를 우선순위로 하다 보면 환자 치료는 아득히 뒷전으로 밀린다. 탁월한 치료가 본분인 의료진이 심신의 건강에 쏟는 배려는 행정의 관점에서는 불필요한 수준이다. 나는 더 높은 연봉과 더 여유로운 일정을 허용하는 안락한 생활에서 멀어지더라도, 스스로 목표로 삼은 사명에서 벗어나는 일은 할 수 없었다.

아직 방법은 몰랐지만 내가 진정으로 바랐던 목표를 추구하기 위해 다시 출발선에 서야 했다. 그러려면 직장을 그만두어야 했으므로 경력 추구에는 명백히 방해가 되겠지만, 목표를 향해 헌신하지 않으면 결코 달성할 수 없는 법이다. 나를 이루는 모든 세포는 질서를 갈망했다. 모든 행동과 마찬가지로 내가 하는 일은 곧 나 자신을 반영한다. 나는 목표를 향해 계속 나아가기 위해 요가를 수련했다. 이 여정을 계속하기 위해 건강을 유지하고 건강한 음식을 먹었다. 정신을 맑게 하기 위해 명상을 시작했다. 그러면서 여성이거나 소수 유색 인종인 의대생과 레지던트에게 멘토가 되어주기 위해 노력했다. 그들 집단에 턱없이 부족한 의사 역할 모델을 제시하고 싶었기 때문이다. 다른 분야에서와 동일한 차별이 의학계에도 여전히 존재한다. 소수 유색 인종은 처음부터 의과대학 입학을 차단당하고, 여성들은 일반적으로 승진 길이 막힌다. 나는 응급실에서 소외 계층을 집중적으로 치료해야 한다고 스스로 믿었고, 이는 항상 내 심장이 원하는 일이었다. 또 내가 수행하는 치유를 전통적인 의학을 넘어서서 응급실 너머로 확장해야 한다고 생각했다.

그러려면 행정직을 떠나는 것이 최선이었다. 대학 병원 일을 당분간 그만두는 것도 최선이었다. 대학 병원 응급실에서 일하

면 행정직으로 일할 때와 비슷한 관료주의적인 절차를 지켜야
했고, 그러면 치유하는 사람이 되겠다는 목표에 집중할 수 없
기 때문이다.

　나는 몬테피오레병원을 그만두고 필라델피아에 있는 재향
군인 병원에 들어갔다. 그리고 머시병원과 몬테피오레병원에
서처럼 많은 영웅들을 만났다. 빅토리아 아너도 그 중 한 사람
이었다.

　빅토리아는 상체를 꼿꼿이 세우고 다리를 꼰 자세로 의자에
앉아 있었다. 두 팔은 의도한 양 팔걸이에 여유롭게 걸치고, 손
가락으로 팔걸이 가장자리를 부드럽게 만지작댔다. 아귀힘은
단단했고 미소는 편안했다. 머리카락은 가운데 가르마를 타서
양옆으로 느슨하게 땋아 늘어뜨렸다. 머리카락이 시작되는 이
마에는 용수철처럼 동글동글 말린 잔머리가 보였다. 아몬드 모
양의 밝은 눈에는 화장기를 찾아볼 수 없었다. 실제로 레몬 향
이 나는 립글로즈만 발랐을 뿐 화장은 전혀 하지 않았다. 나이
는 나와 비슷해 보였다. 사실 우리 둘 다 나이보다 어려 보였는
데 멜라닌 색소의 효과였다. 몸에 잘 맞지 않아 어깨와 무릎에
어설프게 걸친 짙은 파란색 일회용 환자복 사이로 드러난 피부
는 습기 많은 점토와 같은 색이었다. 일회용 환자복은 못해도
두 사이즈는 커 보였지만, 그나마 정신의학과 병동에 비치되어

있는 것 중에서 가장 작았다. 어쨌거나 환자복은 그에게 맞지
않았다.

내가 문을 두드리자 그가 고개를 들었다. 나는 맞은편 벽에
기대서서 그에게 병원을 찾은 이유를 물었다.

"안녕하세요. 치료를 받으려고 왔어요. 마음을 다잡아야 할
때가 됐거든요. 그뿐이에요. 이제는 정신을 차려야죠."

그는 희망을 내비치며 환한 미소를 지었다.

나는 그를 병원에서 만난 게 이상했다. 그에 대해 가장 기억
에 많이 남는 것도 이러한 첫인상이었다. 이미 알고 있던 사람
같았다. 마치 화요일과 목요일마다 요가 수업을 같이 들었거
나, 매년 '평화를 기원하는 5000미터 달리기'에서 자원봉사자
로 만났던 사람처럼 느껴졌다. 응급실에 있는 정신의학과 폐쇄
병실에서의 첫 만남이 부당한 것 같았다.

"빅토리아 아너 환자분, 이름이 멋지네요!"

빅토리아 씨가 웃었다.

"음, 제가 지은 이름은 아니지만요. 가족 덕택이죠. 그냥 비키
라고 부르세요."

"그럼 그럴까요? 비키, 목소리에 힘이 있네요. 좋습니다. 저
는 환자분께 의학적인 문제가 없는지 확인하려고 왔어요."

이것은 정신의학과 환자가 들어왔을 때 밟는 기본 절차였다.
우선 정신병으로 진단하고 정신의학과 병동에 입원시킬지, 아

216

니면 퇴원시키고 약물 남용 치료를 위해 외래 의료 서비스에 의뢰할지를 결정한다. 응급의학과 의사들은 환자를 응급실 정신과 의사나 비의료 전문가에게 보내기 전에 검사를 실시해서 환자에게 급성 의료 문제가 있는지 파악해야 한다.

"그럼 오늘은…."

내가 말을 꺼냈다.

"어떤 치료를 받으려 하세요?"

그는 다리를 풀었다가 다시 반대편으로 꼬더니 양손의 검지와 약지를 들어 관자놀이에 갖다댔다. 마치 한낮에 떠 있는 태양 바로 너머의 그림자를 응시하듯, 저 멀리 있어서 보기 힘든 무언가에 초점을 맞추고 있는 것 같았다.

"저는 정신을 똑바로 차려야 해요. 군대에서 정말 끔찍한 일들을 겪었거든요. 이제는 그 모든 일들을 극복해야 해요. 한동안 중간거주시설halfway house*에 들어가 생활하려는데, 그러려면 이곳을 거쳐야 하거든요."

"그렇군요."

나는 그가 하는 말의 뜻을 완전히 이해하지는 못했지만, 거의 습관적으로 그렇게 반응했다. 의사들이 응급실 정신의학과 병동에 진료하러 들어왔다가 되도록 빨리 나가고 싶을 때 나타

---

* 약물 중독 치료를 받는 환자들이 입원 치료 후에 일상생활로 돌아가기 전 과도기적 생활환경을 위한 시설.

내는 습관적인 반응이다.

폐쇄 병동에 신분증을 보이고 들어가면 바로 앞과 오른쪽에 활처럼 늘어선 병실들이 가장 먼저 시야에 들어온다. 응급실의 주요 구역과 달리 각 병실에는 등받이 있는 안락의자가 놓이고, 평평한 침대가 벽면에 붙어 있다. 환자들은 예외 없이 불을 끄고 커튼을 친 상태로 어두운 병실에 앉아 있다. 병동 입구의 바로 오른쪽 간호사실의 현황표에는 각 환자가 응급실에 방문한 사유가 적혀 있다. 대부분은 자살 사고, 살해 사고, 정신이상, 약물 의존, 알코올 남용 등이 이것저것 섞여 있다. 이따금씩 문에 달린 금속 잠금장치가 딸깍 잠기는 소리가 들려온다. 폐쇄 병동이라는 사실을 상기시키는 신호다. 나는 이 병동에 수백 번 드나들었지만 지금도 이 딸깍 잠기는 소리를 들으면 출구 밖 불이 항상 켜져 있는 구역으로 서둘러 돌아가고 싶은 충동을 느낀다.

"그렇군요."

나는 같은 말을 반복했다.

"번거롭게 해서 죄송하지만 제가 기본적인 의학 관련 질문을 드려야 해요. 우스꽝스럽게 들리는 질문도 있겠지만 어쨌거나 진단을 내리려면 한 번은 거쳐야 하는 절차거든요."

비키는 고개를 끄덕였다.

"그럼요, 물론이죠. 물어보세요. 솔직하게 대답할게요. 저는 도움을 청하려고 이곳에 온 것이니까 무엇이든 물어보세요."

"최근에 질병이나 감염 등을 앓았나요?"

"아뇨. 저는 건강합니다."

비키가 침대 옆에 있는 테이블을 똑똑 두드리며 대답했다.

"복용 중인 약이 있나요?"

"아뇨. 없습니다."

"약물에 대해 알레르기가 있나요?"

비키는 고개를 가로저었다.

"최근에 수술받은 적이 있나요?"

일회용 환자복의 무게에 눌리는 듯 비키의 어깨가 약간 내려앉았다. 잠시 후 비키는 입을 열었다.

"아뇨. 최근에는 없어요."

의자에 앉아 있는 비키는 리듬을 타듯 몸을 앞뒤로 흔들면서 자신의 가슴뼈를 만지더니 목청을 가다듬고 이렇게 덧붙였다.

"수술은 딱 한 번 받았어요. 2년 전에요."

비키는 말을 멈추고 가슴에 얹은 손을 내려다봤다. 마치 그 손이 스스로를 안정시키고, 각 단어와 진술이 언젠가 거쳐야 하는 과정의 일부라고 자신에게 상기시키는 것 같았다. 비키가 고개를 들고는 이렇게 말했다.

"한 번요. 몇 년 전에 낙태 수술을 받았어요."

"알겠습니다."

내가 대답했다. 언제 후속 질문을 해도 괜찮은지 판단하기는 힘들었다. 분명히 무언가 삐걱거렸다. 나는 비키와 정신 병동은 어울리지 않는다고, 뭔가 잘못됐다는 생각을 떨칠 수 없었다. 또 방금 대답하기를 주저하면서 활기를 잃는 것으로 보아 비키에게 뭔가 사연이 있는 듯했다.

나는 속으로 생각했다. '이 사람이 푸른색 일회용 환자복을 입고 여기 앉아 있는 것은 말이 되지 않아. 근무 시간을 불과 10분 남기고 이곳 정신의학과 응급실 병동에 오지 말았어야 하는데. 병원은 환자 열 명을 대기시키면서까지 응급실을 그토록 혼잡하게 만들지 말았어야 했고(그 환자들은 일반 병실에 입원할 수 있을 때까지 여전히 응급실에서 기다리는 중이다). 야간 근무 의사를 도울 사람은 나뿐인데 그는 혼자 응급실을 지키고 있지. 10분만 지나면 내 근무 시간도 끝나니까 응급실 환자 스무 명과 대기실에 있는 열 명을 혼자 진료해야 할 테고. 이 병원은 표준 관행을 무시하고 입원 대기 환자들을 입원 담당팀이 아닌 응급실 의사들에게 맡기고 있잖아. 그래서 나는 업무가 끝나기 직전인데도 죄책감에 환자를 한 사람 더 진료하기로 했지. 지금 이곳에 온 것은 환자에게 의학적 문제가 없다는 사실을 확인하기 위해서야. 후속 질문을 마치려면 15분 정도 걸릴 텐데, 솔직히 말해서 이것은 사회 복지사와 정신의학과 의사가 해야 할 일이잖아. 이 젊은 여성은 매우 건강해서 진료를 쉽게 끝낼 수

있기는 해.'

나는 표준 질문을 계속했다.

"자신이나 다른 사람을 해치고 싶다는 생각이 드나요?"

"오, 아뇨. 천만에요! 아닙니다, 절대 아니에요."

비키는 미소를 지으면서 목 근처까지 손을 올렸다가 목청을
한 번 더 다듬었다.

"자, 괜찮으시다면 신속하게 신체검사를 할게요. 폐와 심장
의 소리를 들어봐도 될까요?"

비키가 그러라고 말했고 나는 형식적인 검사를 마쳤다.

"제 판단으로는 상태가 좋아요. 이상이 없습니다! 정신의학
과 의사와 사회 복지사가 곧 찾아올 겁니다. 제가 가기 전에 질
문이 있으신가요?"

나는 청진기를 허리띠에 꼽고 얼굴 앞으로 쏟아진 머리 묶음
을 뒤로 넘기며 물었다. 비키는 짙은 갈색 손으로 머리카락을
뒤로 넘기는 내 모습을 지켜보았다. 또 내 기다란 머리카락을
위아래로 훑어보고, 레게머리를 단정하게 고정시키는 모습을
눈여겨보았다. 그러더니 자신과 닮은 내가 마음에 든다는 듯이
빙그레 웃었다.

"아뇨, 질문 없어요."

비키는 두 손을 무릎에 가지런히 얹었다.

"우리 같은 사람을 많이 보니 좋군요. 예전에도 재향 군인 병

원에 몇 번 왔었는데 그때는 유색 인종 의사들을 많이 만나지 못했어요. 새로 생긴 여성 병원에 가기 전에는 여성 의사도 보지 못했고요. 선생님을 뵙다니 정말 반갑네요. 감사합니다."

이것이 바로 내가 재향 군인 병원에서 일하는 이유다. 이곳은 나이든 의사들의 종착역이라는 평판을 듣는다. 시간이 흘러 의학이 진화하면서, 아니 좀 더 정확히 말하자면 시간이 지남에 따라 의학이 상업화되면서 재향 군인 병원을 자신들의 의학적 고향쯤으로 생각하는 의사들이 많아졌다. 사실 재향 군인 병원에서 일하는 의사 가운데 상대적으로 진료 능력이 떨어지는 사람도 있지만 모두 그런 것은 아니다. 나머지 의사들은 자신의 필요를 좇아서가 아니라 재향 군인, 즉 나라에 봉사하기 위해 모든 것을 바쳤지만 보상은 거의 받지 못한 사람들을 돌보기로 선택했다. 우리는 의학의 잃어버린 심장을 다시 대면하기 위해 이곳에서 일한다. 재향 군인 병원이 부패했다는 인식이 뿌리 깊지만 어쨌거나 작은 변화라도 일구어내기를 바라면서 이곳에서 일한다. 이곳에서의 근무는 내가 치유를 소명으로 여기며 걷는 여정의 종착지는 아니지만 반드시 거쳐야 하는 통과점이었다.

오늘날 의사로서 의학에 종사하기란 결코 쉽지 않다. 여전히 나는 사람들을 도울 목적으로 의학에 입문한 세대다. 그러나 지치지도 않고 밀려드는 서류 작업과 급여 삭감이나 직원 감축

222

의 핑곗거리인 만족도 조사로 뭇매를 맞는 것이 우리가 대면한 현실이다. 또 환자를 더욱 안전하고 보다 능숙하게 진료하는 것이 아니라 더 많은 환자를 빨리 진료해야 한다는 기대에 밀려 움츠러들고, 그러다가 환자들의 이야기를 듣는 데 시간을 들이지 않는다는 비난까지 받는다. 따라서 일할 병원들을 비교할 때는 비록 관료주의적 악몽은 피할 수 없더라도 그나마 불면증으로 잠 못 이루는 날을 최대한 줄일 수 있느냐에 초점을 맞춘다. 병원에서 일하는 의료진은 인내심을 잃지 않거나 의료 서비스 공급 집단이 계약을 유지하고 있는 동안에는 일자리를 보존하는 호사를 누린다. 나는 계속 성장 중이므로 기회는 다시 찾아오리라는 사실을 직감적으로 알았다. 하지만 당분간은 재향 군인 병원에서의 경험이 내 경력에 중요한 전환점이 되어주리라고 마음 깊이 느꼈다.

"고마워요. 이곳에서 일하는 것이 제게는 영광이고 즐거움이에요. 당신 말이 맞아요. 우리 같은 사람들이 이곳에서 더 많이 일해야 합니다. 시간이 지나면 조금씩 더욱 긍정적인 변화가 일어나겠죠? 역사를 보더라도 알 수 있잖아요. 오늘 우리 둘 다 여기 있는 것처럼 말이에요."

나는 비키와 친근하게 작별 인사를 나누고 몸을 돌려 커튼을 젖혔다. 그러면서 비키를 흘끗 돌아보았다. 그는 상체를 앞으로 기댄 채 의자에 앉아 있었다. 한 손은 이마에 대고 반대편 손은 옆 테이블에 놓인 얼음물 컵 가장자리를 따라가며 원을 그렸다. 나는 그를 보면서 '그 질문'을 할까 고민했다. 비키는 넋을 놓고 얼음을 쳐다보느라 내 망설임을 눈치채지 못했다. 시간이 늦었으므로 나는 그냥 집에 가고 싶었다. 하지만 그럴 수가 없었다. 질문을 해야 했다. 나는 내 여동생이 느꼈던 고통이 얼마나 깊은지 알고 있었다. 인간은 평온한 마음과 용기를 발휘한다면 언제나 서로 이해할 수 있다. 나에게도 역시 고통의 원을 빙글빙글 돌던 시절이 있었다. 해방을 갈망하면서도 스스로를 혼란에 빠뜨렸던 시절이. 오늘 그에게서 문제를 감지했음에도 못 본 척한다면, 그 침묵에 공모한 것처럼 느껴질 듯했다.

나는 커튼을 다시 쳤다. 비키가 손을 바라보던 시선을 거두고 고개를 들어 나를 올려다보았다.

"비키, 내가 질문을 해도 될까요?"

내가 물었다.

"그럼요."

"군대에서 정신적 충격을 겪었다고 말했죠? 무슨 일이 있었는지 물어봐도 될까요?"

비키는 의자에 앉아 상체를 곧게 펴고 두 발을 바닥에 댔다. 양손을 허벅지에 얹고 구겨진 환자복을 손바닥으로 문지르다가 드디어 입을 열었다. 목소리는 전보다 훨씬 낮았다.

"그럼요, 물어보셔도 돼요. 되고말고요."

밤을 건너야 새벽이 온다

응급실에는 수많은 기다림과 좌절과 기도가 산다. 환자든 보호자든 그 안에 들어앉으면 누구나 나약해진다. 사람들은 마스크에 가려진 의료진의 마른 눈을 마주할 때마다 절박한 마음으로 답을 구하고 말 한마디에 희망을 키우며 절망을 끌어안는다. 의료진이 신은 아니지만 그곳에서 믿을 수 있는 유일한 존재니까. 그 안에서 그들은 대체로 구원자로 다가오지만 운이 나쁜 누군가에게는 저승사자가 되기도 한다.

하루에도 수십 번씩 절망과 희망이 오르내리는 응급실에서 일한다면, 삶과 죽음의 최전선에 선다면 어떤 방식으로 삶을 바라보게 될까? '신은 다 죽었다'라는 무신론자나 '어차피 우리는 결국 죽는다'라는 비관주의자가 되지는 않을까?

미셸 하퍼는 그 어느 편에도 서지 않는다. 오히려 그 안에서 기어이 희망을 붙잡아 끌어안는다. 폭력적인 아버지 밑에서 신의 가호만 바라던 일곱 살 때 기억, 각종 성차별과 인종차별로 번번이 발목 잡히는 흑인 여성으로서의 삶, 세상 마지막까지 함께하리라 믿었던 남편과의 이혼까지 모두 겪어낸 그는 타인을 치료하면서 비로소 스스로의 상처를 들여다볼 용기를 얻는다.

누구나 한 번쯤은 삶의 기반이 무너지는 좌절을 겪는다. 절망을 직면할 것인가, 절망에 잡아먹힐 것인가. 분명한 점은 부서진 마음을 마주할 용기를 낼 때만이 비로소 치유가 시작된다는 사실이다.

《부서져도 살아갈 우리는》 미셸 하퍼, 안기순 옮김   디플롯

비키는 잠시 멈추었다가 다시 손을 내려다보면서 병원복을 다시 문지르기 시작했다. 그러다가 동작을 멈추고 다시 나를 올려다봤다.

"내가 수술받은 적이 있다고 했던 말 기억하세요? 낙태 말이에요. 군대에서 강간을 당했어요."

비키는 울지 않았다. 눈에는 슬픔이 가득했지만 아무렇지도 않은 척 냉정해 보였다. 그 정도의 냉정함이라면 꽁꽁 얼어붙은 호수에 빠지더라도 오래 살아남을 수 있을 것만 같았다. 신체의 신진대사를 늦춰서 적어도 구조될 때까지 물속에 몇 시간이든 버틸 수 있지 않을까. 그의 냉철함은 아직 세상을 떠날 때가 아닌 사람들이 자신을 보호하기 위한 지혜였다

나는 심장에 댄 두 손을 꽉 쥐었다. 제대로 숨이 쉬어지지 않았다. 내가 무슨 짓을 했는지 알아차릴 시간이 없었다. 내 영혼이 병원이라는 테두리 안에서 의사 하퍼라는 이름표를 목에 걸고 별다른 열의도 없이 비키를 대화에 끌어들이려 한 것만 같았다.

"오, 비키. 정말 유감이에요. 그런 일은 누구에게도 어디서도 일어나서는 안 되죠."

정확히 바로 이러한 이유 때문에 내가 질문했던 것이다. 나는 무슨 일이 일어났는지 이미 어느 정도 짐작하고 있었다. 또 잔인함의 또 다른 얼굴이 침묵이라는 사실도 알고 있었다. 범죄

가 드러날 경우에 생존자는 비난과 판단 등에 추가적으로 노출될 위험에 빠진다. 이때 생존자에게 정신적 외상을 홀로 짊어지라고 강요하는 것은 잔인한 범죄다. 가해자의 범죄 행위를 가지고 피해자를 비난하는 것은 타당하지 않을 뿐더러 불공평하다. 어린 시절 나는 워싱턴 DC에 있는 작은 집에서 이러한 교훈을 제대로 배웠다. 벽을 부수고 집 전체를 폭삭 무너뜨릴 만큼 큰 소리를 내며 사는 것보다 침묵하는 쪽이 훨씬 더 위험하다는 사실을 나는 집을 떠나고서야 비로소 깨달았다. 학대받았다고 말하고, 다른 사람의 판단에 개의치 않고, 기꺼이 상처를 치유하겠다는 용기를 내면 엄청난 해방감이 뒤따른다. 학대에 대해 말할 때만 학대에 대처할 수 있는 법이다. 그래야만 매일매일 우리의 잠재의식에서 학대의 고리를 되풀이하지 않고 끊을 수 있다.

"그렇죠. 고마워요."

비키는 말라버린 내면에서 나오는 것 같은 한숨을 깊이 뱉으며 고개를 끄덕였다.

"당신이 정신적 외상에서 치유되고 있어서 정말 다행이에요. 자기 삶과 치유 과정을 잘 관리하고 계시네요."

"예, 제법 선전하고 있습니다. 그냥 하루하루 버텨내는 거지만요. 다른 사람이나 자신을 해치고 싶은 마음이 드는지 제게 물으셨죠?"

나는 손을 허리에 얹고 벽에 기대서서 더 많은 이야기를 들을 준비를 했다. 하지만 지금 더 많은 이야기를 소화할 수 있을까? 그가 견뎌낸 고통에 대해 인내하며 들을 수 있을까? 이야기를 들으며 치밀어 오르는 분노를 억제할 수 있을까? 나는 정말 이렇게 말하고 싶었다. 하지만 입을 다물 수 있도록 자제심을 발휘할 수 있을까?

그들이 당신에게 한 짓은 끔찍했어요. 인간에게도 짐승에게도 해서는 안 되는 짓거리였어요. 그러니 이곳을 나갑시다. 당신이 잘지낼 수 있도록 도와줄 사회 복지사를 소개해줄게요. 잘 지낼 수 있도록 일자리도 찾아주겠습니다. 군대는 영원히 떠나야 해요. 이잔혹한 짓을 저지른 남자가 혼자 그렇게 했을 리가 없어요. 제도화된 여성 혐오와 유독한 남성성에 젖은 군대 문화가 이러한 범죄를 용인하기 때문이에요. 또 사회의 사법 제도가 이 같은 문화에 뿌리를 내리고 있기 때문이고, 애당초 국가가 이러한 원칙을 근간으로 세워졌기 때문입니다. 그들 모두 온전히 책임을 지고 행동에 따른 대가를 치러야 해요. 자, 일어나세요. 변화를 향해 발걸음을 뗍시다.

하지만 나는 병원 응급실의 정신의학과 병동에 있다는 사실을 기억했다. 이곳은 내 거실이 아니었다. 심지어 비키의 삶이

지 내 삶도 아니었다. 하지만 내가 이 문을 열었다. 사실 비키의 가치, 경험, 인간성을 인정하려고 애써 문을 연 것이었다. 나는 이러한 방식으로 비키를 돕겠다고 다짐했기 때문에 틀림없이 매우 험난할 길을 가로지르기로 마음먹었다.

"예, 그렇게 물었죠."

내가 대답했다.

"글쎄요, 지금은 저를 해치고 싶은 생각이 없어요. 하지만 한 동안은 정말 살고 싶지 않았어요. 아프가니스탄에서는 내내 혼자였어요. 부대에 여자도 저뿐이었고요. 공병대에 있었거든요."

비키는 잠시 말을 멈추었다가 이내 밝은 표정을 지었다. 그때 나는 사건이 일어나기 전 비키의 모습을 얼핏 보았다.

"저는 무엇이든 고칠 수 있었어요! 전기 공급 장치를 고치고, 차량을 유지하고 보수하는 일도 도왔죠. 정말 부대를 계속 돌아가게 만드는 공신이었다니까요."

그러다가 갑자기 비키는 파란색 일회용 환자복을 입고 자리에 말없이 앉아 있는 환자로 돌아갔다.

"이유는 전혀 알 수 없었지만 처음부터 하사가 저를 미워했어요. 제가 아무것도 아니고 백해무익한 존재라고 말하곤 했죠."

비키는 말을 멈추고 자신의 작고 텅 빈 껍질 속으로 심호흡하더니 속삭였다.

"하루도 빼지 않고 날마다."

비키에게 사건 이야기를 들으면서 나는 속이 메스꺼워 토하고 싶어졌다. 퀴퀴한 커피를 마시거나 개봉한 지 두 주나 지난 옥수수 칩을 먹을 때처럼 음식이 목구멍 뒤쪽에 차곡차곡 쌓였다가 위에서 요동치는 산의 물결에 밀려 올라와 구토를 일으킬 것 같았다.

비키의 눈이 내 눈과 마주치며 가늘어졌다.

"선생님도 아시다시피 제가 군대에 입대한 이유는 나라를 위해 좋은 일을 하고, 저 자신도 발전시키고 싶었기 때문이에요. 그런데 이 꼴을 당하다니요."

비키는 엉덩이에 손을 얹으며 말했다. 눈에는 분노가 가득했다.

"일병!"

비키가 하사의 말을 큰 목소리로 흉내 냈다.

"너는 아무 짝에도 쓸모가 없어!"

비키는 이내 신경질적으로 킥킥 웃었다.

"물론 제가 똑같이 흉내 낸 것은 아니에요. 하사가 소리 지를 때는 입에서 침이 튀어나왔거든요."

비키의 눈동자가 충혈되고 얼굴 전체가 어두워졌다.

"하퍼 선생, 상상하실 수 있겠어요? 집에서 멀리 떨어진 타국에서 상사한테 매일 쓸모없는 인간이라는 소리를 듣는 상황을 말이에요. 하사는 너무나도 비열했어요. 유독 저한테만 비열하게 굴었죠. 다른 군인들이 모두 잠자고 있는 동안 제게 만 새 임무를 줘서 밤새 잠을 자지 못하게 하곤 했어요. 심지어 할머니가 돌아가셨는데 장례식에 보내주지 않더군요. 당연히 보내줘야 했지만 결코 그럴 마음이 없었던 겁니다."

비키는 팔짱을 끼고 자신의 팔뚝을 어루만지면서 아까처럼 같은 박자로 몸을 흔들었다.

"비키, 정말 안됐어요. 마음이 너무 아프네요."

내 슬픔은 분노로 가득 찼고 마음이 산산이 부서지면서 고통스러웠다. 비키의 이야기에 나오는 모든 사람에게 치유가 필요했지만, 치유할 방법을 찾아 나선 사람은 지금 내 앞에 앉아 있는 비키뿐이었다. 비키는 말을 이었다.

"할머니가 저를 키웠어요. 저는 아버지를 본 적이 없어요. 어머니는 가끔 계셨고요. 어머니는 아직 살아 있고, 평생 마약 중독에서 벗어나지 못하고 계시죠. 물론 항상 그런 것은 아니지만. 2년 전에 막 마약을 끊었다고 하더군요. 돈이 필요할 때나 저를 찾아와요. 제가 기억하는 한 늘 그런 식으로 사셨죠. 제가 열 살 때였어요. 할머니가 구멍가게에서 간식을 사 먹으라고 돈을 주셨는데, 어머니가 불쑥 나타나서 그 돈을 달라는 거예요. 또 제가 자고 있는 것 같으면 제 돼지 저금통에 손을 댔어요. 어머니는 매번⋯."

비키는 말끝을 흐렸다.

"제게는 이 세상에 할머니뿐이었어요. 할머니는 제게 교육을 받으라고 그래서 큰 인물이 되라고 용기를 북돋아주셨죠. 하지만 저는 대학에 갈 돈이 없었고 그래서 입대하기로 결정했어요. 제대한 후에 할머니와 살면서 학교에 다니고 할머니를 도와드리려 했거든요. 그럴 계획이었어요."

비키의 눈에 서려 있던 냉담함이 분노로 뜨겁게 불타올랐다.

"선생님, 제게 다른 사람이나 자신을 해치고 싶은 마음이 드느냐고 물으셨죠? 할머니 장례식에 갈 수 없다는 말을 하사에게 듣고 나서는 정말 죽고 싶었어요. 저는 기독교인이에요. 자살이 죄라는 믿음 때문에 하지는 않겠지만 그냥 죽어버리고 싶었어요."

비키는 고개를 가로젓다가 이내 떨어뜨리고 말을 이었다.

"그때부터 상황이 계속 나빠졌어요. 아프가니스탄에서 하사가 저를 강간했어요. 저는 그곳에 혼자였고 속수무책으로 당할 수밖에 없었죠. 현지인 누구와도 대화를 할 수 없었어요. 어쨌거나 부대 주위에는 현지인도 많지 않았지만요. 아무도 만나지 못했어요. 그러다가 다른 일병과 친해졌죠. 다른 어느 누구도 신경 써주지 않을 때 그가 자기 음식을 가져와 저와 함께 먹어주었어요. 저는 그 일병이 너무 고마웠는데 어느 날 밤 그에게도 강간을 당했어요. 그는 그 후로 제게 말도 걸지 않더군요. 그러더니 부대에서는 가족에게 큰일이 일어났다면서 그를 집에 보내더라고요. 누가 죽은 것도 아니고 사촌이 아프다나요. 저를 강간한 인간을 집에 돌려보내다니요."

나는 커다란 플라스틱 의자에 자그마한 체구를 잔뜩 웅크리고 앉아 있는 여성을 보았다. 에너지가 모두 빠져나간 것 같았고, 처음으로 그가 불안정해 보였다. 너무나 머나먼 아프가니스탄에서 대포를 손질하며 전쟁이 하루 빨리 끝나 집으로 돌아가기를 기도하는 것 같았다.

비키는 의자에 등을 털썩 기대며 급하고 얕은 숨을 두어 번 내쉬었다. 목소리는 떨렸지만 시선은 앞을 뚫어져라 응시했다.

"선생님, 언젠가 목사님이 용서에 대해 설교를 했어요. 한 마디도 수긍할 수 없었죠. 제가 겪은 일을 목사님이 겪었다면, 혼자 낙태 수술을 받아야 했다면, 강제로 임신을 하고 몸 안에서 강간범이 자라지 않게 하려고 수술을 받아야 했다면 어땠을까요?"

비키의 목소리가 커졌다.

"그래야 그들에게서 제 몸과 제 선택을 지킬 수 있었어요. 그들이 저를 그러한 궁지에 몰아넣은 거예요!"

비키가 말을 멈추고 팔짱을 풀면서 오른손으로 입을 막았다. 그러면서 내게서 시선을 돌려 병실의 왼쪽 아래 귀퉁이를 보았다. 끓어오르는 분노가 어떤 모습으로 나타날지, 어디로 튀어나갈지 걱정하듯 불안해 보였다. 우리는 잠시 침묵을 지키며 기다렸다. 나는 비키가 정당한 분노를 편안하게 드러낼 수 있을 때까지 기다렸다. 그가 화를 드러내도 안전하다고 느낄 수 있을 때까지 기다렸다. 드디어 비키는 감정을 절제하는 말투로 말을 이어갔다.

"만약 그 목사님이 거듭 협박을 받고 구타를 당하고 강간을 당했다면… 예수님은 우리들이 서로 용서하기를 바란다는 것은 알아요. 하지만 저는 솔직히 용서할 수 없을 것 같아요. 그들이 죽었으면 좋겠어요. 제 상처가 너무 아파서 그냥 그들이 죽어버리면 좋겠어요."

"비키, 정말 마음이 아파요. 당신의 분노는 당연합니다. 그들이 저지른 짓은 정말 끔찍해요."

나는 비키에게 여유를 주려고 잠시 말을 멈췄다. 비키는 아랫입술을 깨물며 가만히 앉아 있었다.

"비키 씨에게는 행복할 자격이 있어요. 알고 있죠? 자유로울 자격도 있고요."

"어느 정도는 알고 있어요. 그래서 이곳에 온 것이기도 해요. 제 삶을 다시 찾고 싶습니다. 아프가니스탄에서 처음 돌아왔을 때 술을 마시기 시작했어요. 집에서 혼자 견딜 수 있는 유일한 방법이었거든요. 게다가 그곳에서 일어났던 일이 떠올라 일자리를 구할 수 없었어요. 일은커녕 침대 밖으로 나올 수도 없었죠. 그러니 일자리를 구한들 무슨 소용이 있었겠어요? 생각해

보면 말도 안 되는 거죠."

"그럼 더는 술을 마시지 않나요?"

"예, 끊었어요. 저는 전쟁을 치르러 떠났을 때보다 더 형편없는 지경까지 떨어졌어요. 한 번도 상상해본 적이 없는 지경까지요. 그때 할머니가 저를 본다면 어떨지 생각이 들었어요. 그래서 교회에 갔어요. 어느 날 이제 그만 정신을 차리고 건강을 되찾아야 한다고 다짐하고 술을 단번에 끊었어요."

"귀국한 후에 도움을 주는 사람을 만났나요?"

"새 분대원들이 좋아요. 이곳에 온 것도 그들 덕택입니다."

"당신이 당한 일을 새 분대원들도 알고 있나요?"

"새 하사와 몇몇 일병에게 말했어요. 그들은 모두 내 편에 서주었죠. 지금은 건강을 회복하기 위해 휴가 중이에요."

"건강이 계속 좋아질 수 있게 말이죠."

내가 비키의 말을 고쳤다.

"비키 씨는 이미 매우 많은 일을 했어요!"

내가 잠시 멈췄다가 말을 이었다.

"비키 씨를 강간한 사람들은 어떻게 됐나요? 학대했던 하사는 어떻게 됐어요?"

"아무 처벌도 받지 않았어요. 전혀요. 하지만 새 분대가 제 기록을 수정해줬습니다. 옛날 하사가 저에 대해 온갖 험악한 평가를 기록해놓아서 저는 승진도 못하고 혜택도 받지 못했는데, 새 분대가 그 모든 기록을 말끔히 삭제해주었어요. 새로운 심리 치료사도 배정해주었고요."

"정말 잘됐네요, 비키. 매우 기뻐요. 비키 씨에게 일어난 모든 일은 정말 유감이에요. 하지만 치유되고 있다니 정말 다행입니다."

사실 나는 이렇게 말하고 싶었다.

가해자들에게 책임을 지우지 않는 군대와 정부의 행위를 용납할 수 없어요. 당신이 거두는 승리가 매우 중요하지만 체제의 거대한 실패에 맞서 이뤄낸 작은 승리들이에요. 당신을 공격한 범죄로 드러난 조직적인 부패는 혐오스럽고 수치스럽고 불법적입니다. 남자들에게 자신들이 저지른 범죄에 대한 대가를 치르게 해야 해요.

하지만 그 순간 비키의 치유 과정에 해로운 영향을 끼칠 수 있기에 이 말을 하면 안 되었다. 아직은 때가 아니었다.

"감사합니다. 정말 감사해요. 학교에 가겠다고 하늘에 계신 할머니에게 말했어요. 진짜로 학교에 갈 겁니다. 그리고 건강을 회복해야 해요. 귀국하고 만난 첫 심리 치료사는 제가 주요 우울 장애를 앓고 있고 아마도 조울증 증세도 보이는 듯하다고 말했어요. 그 문제도 극복할 수 있으면 좋겠어요."

"비키, 당신은 잘하고 있어요. 비키 씨가 느끼는 감정은 정상이라는 사실을 알았으면 좋겠어요. 비키 씨는 정신적 외상을 입은 겁니다. 끔찍한 상황을 겪은 후에 당신이 보이는 인간적 반응은 정상이에요."

비키는 나를 보더니 마음이 조금 편안해졌는지 의자에 등을 기댔다. 호흡도 느려졌다.

"그러한 끔찍한 일을 당했는데 슬프지도 않고 분노하지도 않으면 그 편이 더 정상적이지 않고 건강하지 않은 거예요. 비키 씨 말이 맞아요. 행복할 수 있고 성취감을 느낄 수 있으려면 기분이 나아지기 시작해야 해요. 그뿐이에요. 비키 씨는 아프지도 않고 비정상도 아니에요. 자신을 치유하기 위해 놀라운 일들을 하고 있는 생존자죠."

비키는 잠자코 있었다. 눈으로 건너편에 초점을 맞추고 있다가 상황을 파악했는지 혼자 고개를 끄덕였다.

"맞아요."

비키가 옆에서 들릴 정도로 크게 혼자 중얼거렸다. 그는 오른손으로 왼손 주먹을 감싸고 배에 얹었다. 그러면서 나를 올려다봤다.

"선생님, 그 아이의 생부가 누구였는지조차 몰라요."

비키가 바닥으로 시선을 떨어뜨리며 호소할 때 목소리가 가늘어졌다.

"여러 사람에게 강간을 당했을 때 생기는 일이에요."

비키의 말이 우리 둘 사이에 놓인 공간에 무겁게 내려앉았다. 우리는 그 말이 그 무게와 공포에 묻혀 있도록 내버려두었다.

"그 목사님은 어떻게 제게 용서하라고 말할 수 있었을까요? 그들은 모두 지옥에 떨어져야 합니다. 용서하지 않는 제가 오히려 죄를 짓고 있다니요?"

비키의 눈에 눈물이 맺히더니 오른쪽 뺨을 타고 뚝 떨어졌다.

"어떤 심정인지 알아요. 비키 씨는 잘못이 전혀 없어요. 그런 짓을 당신에게 저지른 작자들이 잘못한 겁니다. 그 작자들은 나약하고 비참해요. 비키 씨가 알고 있듯 끔찍한 일을 저지르는 사람들은 정말 깊이 처절하게 고통을 겪고 있어요."

"그 말은 맞아요. 제 어머니는 고통을 겪고 있었기 때문에 제게서 돈을 훔쳤죠. 시간이 정말 오래 걸렸지만 결국 저는 어머니를 용서했어요. 전쟁터로 나가기 전에 이미 용서했죠. 어머니의 과거 모습과 어머니가 겪어온 일들을 그대로 받아들였기 때문에 용서할 수 있었어요."

비키가 마음을 편안하게 먹고 힘을 되찾는 것이 보였다.

"그래요. 어머니도 같은 경우죠. 어머니가 한 행동은 옳지 않았어요. 하지만 비키 씨는 어머니의 고통을 보고 이해했죠. 그러고 나서 용서했어요. 그렇다고 어머니의 행동이 사라지는 것은 아닙니다. 그렇게 행동해도 괜찮다는 뜻이 아니에요. 어머니의 고통을 인식하고 어머니가 치유받기를 바란다는 뜻이죠.

비키 씨가 그 고통을 해소해준 거예요 그렇게 했을 때 기분이
어땠나요?"

"자유로웠어요. 고통을 떠나 자유로워졌다고 느꼈어요."

깊이 생각하며 자유를 느낀 근거를 찾기 시작하자 비키의 목
소리가 사뭇 진지해졌다. 나는 이렇게 말했다.

"소름 끼치게 잔인한 짓을 저지른 사람들의 영혼을 용서할
수 있는 유일한 이유가 바로 그거예요. 그들은 끔찍한 죄를 지
었고 그만큼 고통을 겪고 있거든요."

"잘 알겠어요, 선생님. 그런데 과연 이 일을 극복할 수 있을
지는 모르겠어요. 선생님이 말씀하신 대로 저는 자신을 치유해
야만 해요. 하지만 곰곰이 생각해보면 솔직히 자신 없을 때가
있어요."

나는 무언가 진심에서 우러난 말을 찾아내려고 머리를 쥐어
짰다. 삶이 너무 힘들고 불공평하다고 느낄 때 내 자신에게 했
던 말을 기억해내려고 애썼다. 출근해서 재향 군인 병원 응급
실에 걸린 빼곡한 환자 대기표를 본 뒤, 근무 시간이 다 되어도
모습을 드러내지 않는 응급 부서 책임자들을 향해 내 마음속으
로 했던 말들을 기억해내려고 머리를 쥐어짰다. 내 어린 시절
과 이혼을 돌아보고, 자기 도시 출생이 아닌 사람들을 달갑지
않게 보기로 유명한 필라델피아에서, 그냥 짐을 싸서 떠나면
도망친다고 느낄 수밖에 없는 상황에서 여전히 독신으로 살고

238

있다는 사실을 떠올리며 내 마음속으로 했던 말들을 기억해내기 위해 안간힘을 썼다.

"넬슨 만델라를 알고 있죠?"

내가 비키에게 물었다.

"그럼요."

"그가 세상을 떠난 것은 우리 모두에게 큰 손실이죠."

내가 슬픈 표정을 지으며 말했다.

"선한 영향력을 엄청나게 발휘한 분이었어요."

"맞아요. 굉장한 분이었어요."

비키가 밝은 표정을 지으며 말했다.

"만델라가 어떤 일을 겪었는지 기억해요? 정부의 제도화한 인종 차별을 극복하기 위해 투쟁했고, 그 때문에 투옥되었어요. 그래서 거의 30년을 교도소에서 보냈죠. 그것만으로도 분명한 학대이지만, 만델라는 교도소에 수감된 동안에도 끊임없이 모진 핍박을 받았어요. 그런데도 살아남았죠. 하지만 그는 세상을 바꾸기 위해 사랑과 용서, 연민을 불러일으켜서 자신과 수많은 사람을 치유했잖아요. 만델라가 남긴 유산은 우리 인간이 무엇까지 견뎌낼 수 있는지 말해주죠. 사람들이 만델라에게 한 짓이 잘못이었듯 그들이 당신에게 저지른 짓도 잘못이었어요. 이처럼 우리에게는 옳지도 않고 괜찮지도 않은 일들이 많이 일어나요. 그럼에도 우리가 스스로를 치유하는 멋지고 강력한 방식을 선택한다면, 자신과 다른 사람들의 삶을 바로잡고, 불행한 경험을 극복하고, 살아남을 뿐 아니라 더욱 강인해질 수 있어요. 솔직히 말하면 바로 이것이 가해자를 용서해야 할 유일한 근거예요. 당신도 자신이 생각하는 제때에 스스로를 해방시키고자 어머니를 용서했어요. 자신을 치유하기 위해 용서를 택한 것이죠. 이렇듯 비키 씨가 발휘하는 힘과 용기, 자기애를 바탕으로 다른 사람이 치유를 받는 거예요. 언제나 그래요."

"옳은 말씀이에요, 하퍼 선생님. 제 마음에 쏙 들어요. 정말 그렇게 하고 싶어요. 제가 이곳에 온 이유도 바로 그 때문이에요. 그래서 학교에도 가려고요. 새 분대와 새 심리 치료사도 저를 도와주고 있으니까요."

"다른 무엇보다 가장 중요한 사실은 비키 씨가 스스로를 돕고 있다는 거예요. 스스로 이 모든 일을 하고 있잖아요."

내 말을 듣고 있던 비키의 얼굴이 자부심으로 빛났다.

"맞아요. 그러네요."

"그래요. 앞으로 나아가서 만델라 같은 사람이 되세요!"

나는 요가 인사를 하는 것처럼 습관적으로 가슴 앞에 손을 모았다. 비키는 미소를 지었다.

"맞아요! 그래서 제가 이곳에 온 거예요!"

"그래요, 당신이 너무나 잘하고 있다니까요!"

우리는 서로 통했다는 듯이 웃음을 터뜨렸다. 처음으로 병실에 밝은 기운이 감돌았다. 나는 퇴근시간이 지났다는 사실도 잊었다. 정신의학과 응급실에 있다는 것까지도 잊었다.

"자, 이제 저는 제 임무로 돌아가야 해요. 오늘 하루 일과는 끝났어요. 당신에게 행운이 함께하기를 빌어요. 언젠가 이곳을 찾아와서 행복하고 만족하게 살아가는 이야기를 들려주세요. 이미 새로운 삶을 시작한 것을 축하드리고요."

"고마워요, 선생님. 그렇게 하겠다고 약속할게요. 아무에게 도 이 정도까지 속속들이 말한 적이 없어요. 제 이야기를 이렇 게까지 털어놓은 것은 처음이에요. 무슨 영문인지 모르겠네요. 다 쏟아내고 나니까 마음이 홀가분해요. 이제 털어버려야죠!"

비키의 얼굴에서 부드러운 빛이 뿜어져 나오자, 처음 응급실 에 왔을 때보다 10년은 더 젊어 보였다.

"와!"

나는 감탄하며 말했다.

"비키 씨는 안전할 거고, 잘 살아갈 수 있어요. 마음도 더 가 벼워 보이네요. 표정도 더 밝아 보이고."

"감사합니다, 선생님. 신께서 축복하시기를 바랄게요."

"고마워요. 신이 비키 씨와 우리 모두를 축복해주기를 기도 할게요. 우리에게는 신의 축복이 필요하잖아요."

나는 비키와 마주 보고 환하게 웃으면서 몸을 돌려 커튼을 젖히고 병실을 나왔다. 그날 야간 근무자인 정신의학과 간호사

팻이 다가왔다.

"병실에서 여태 뭐하셨어요? 선생님 근무 시간은 한 시간 전에 끝나지 않았나요?"

"예, 이제 서둘러 퇴근하려고요."

"도대체 방금 무슨 일이 있었던 건가요? 선생님의 소명이 그리우셨어요?"

"예?"

나는 무슨 뜻인지 되물었다. 팻이 우리 두 사람의 대화를 듣고 있는 줄은 진작에 알았다. 병동 자체가 작은 데다가 화장실과 정신의학과 의사 사무실, 사회 복지사 사무실을 제외하고는 문이 없어서 병실과 간호사실에서 오가는 말들은 전부 들렸다.

"정신의학과 의사로서의 소명 말이에요!"

팻이 대답했다.

나는 웃었다.

"야간 근무 잘 하세요, 여러분. 이틀 후에 다시 봅시다."

나는 출구 단말기에 신분증을 대고 병동을 나왔다. 드디어 자유의 몸이 되었다.

비키와 나는 그날 둘 다 문턱을 넘었다. 우리 가족이 살던 유리 집의 벽이 산산조각 나며 주변에 흩어졌을 때 나와 다른 가족들은 몸을 웅크리고 머리를 가렸다. 우리는 새로운 자유, 삶에 대한 명쾌한 통찰력과 결의를 얻기 위해 유리 파편들을 조심조심 밟으며, 치명적인 상처만 가까스로 피해 그 장소를 탈출했다. 환자 이름이 꽉 들어찬 현황표와 의료진이 부족한 응급실을 지나다 보니 퇴근하기 전에 완성해야 하는 서류가 대여섯 개 남아 있다는 사실이 기억났다. 20분가량 퇴근이 늦어지리라는 뜻이었다. 하지만 상관없었다. 나도 기분이 더욱 가볍고 밝아졌기 때문이다. 비키가 보여준 힘은 인간의 용기를 나타내는 진정한 상징이었다.

불과 한 시간 전에 내 화를 북돋웠던 것들을 되짚어봤다. 이사를 갈지 말지 여부, 필라델피아의 음울한 사회 분위기, 지속적으로 분노를 자극하는 병원의 행정 문제에 나는 잔뜩 화가 났었다. 또 재향 군인 병원에 의료 센터를 설립해서 통증과 우울증, 불안 등 정신적 외상에서 비롯한 만성적 증상을 치료하자고 제안했지만, 이를 단칼에 무산시킨 병원의 이상한 정치 논리에 분노하기도 했다. 미국 내에 있는 다른 재향 군인 병원의 탁월한 사례를 본떠 센터를 설립할 수 있었다. 해당 병원들과 미군에서 수집한 자료를 제시하면서 보완적 치료, 즉 현장 치료에 사용되는 약물의 해로운 부작용을 줄여서 상태가 개선되었다는 사실을 입증했는데도 내 제안서는 특별한 이유 없이 번번이 거절당했다. 그저 필라델피아 재향 군인 병원에 통증 관리 책임자가 있으므로, 만약 이러한 센터를 설립한다면 그 사람이 적임자라는 모호한 설명을 들었을 뿐이다. 적임자로 지목된 사람은 10년 넘게 센터를 시작하지도 않고 있는데 말이다.

보완 대체의학 이익 단체CAM, Complementary and Alternative Medicine Interest Group(내과 의사, 사회 복지사, 정신의학과 의사가 매달 회의를 열어 재향 군인의 삶을 안전하게 향상시키는 방법을 논의한다) 회원들이 내게 경고했었다. 자신들도 보완 치료 의료 센터를 출범시키고자 노력했지만 번번이 장벽에 부딪쳤다고 말이다. 필라델피아 재향 군인 병원 행정부는 그때마다 건물을 세울 공간이 없다거나, 자금을 확보하지 못했다거나, 시기가 적절하지 않다면서 센터 설립을 차일피일 미뤘다. 변화하기 어렵다고 판단한 보완 대체의학 이익 단체 회원들은 하나둘씩 병원을 떠났다. 내가 제안한 센터는 근 10년 안에 설립될 수 있을지 알 수 없었고, 보완 대체의학 이익 단체와 달리 내게는 거절 이유조차 알려주지 않았으므로 나는 반박도 할 수 없었다. 그래서 나는 우주가 내게 이 길이 아니라고 보내는 신호로 받아들였다.

비키와 오갔던 대화를 곰곰이 생각해보고는 내 관심이 결코 희미해지지 않았다는 사실을 깨달았다. 나는 마침내 집에 도착할 것이고, 오늘은 축복받은 삶을 채우는 매우 뜻깊은 하루가 될 것이다.

그날 저녁 부엌에 선 채 캐러멜 차에서 모락모락 피어오르는

수증기를 바라보며, 오늘 비키에게 배운 교훈을 떠올렸다. 내게
는 곤경에 처해 있든 아니든 언제나 삶을 다시 시작하고 품위 있
게 엮어갈 선택권이 있었다.

수용

죽음 앞에서
의료를 거부한
두 남자

The Beauty in Breaking

이른 시간이었다. 오전 6시가 되려면 한참 남았고 밖은 여전히 어두웠다. 종일 일하고 나서 지금처럼 어두울 때 병원 문을 나서면 시간 감각을 잃곤 한다(밤인지 새벽인지조차 혼란스럽다). 나는 여유롭게 출근하는 편이 더 좋다. 공식적인 지각으로 간주하지 않는 10분을 넘기지 않기 위해 머리카락을 흩날리고 신분증을 흔들며 의사 휴게실까지 달려가는 소동을 벌이고 싶지 않았기 때문이다. 10분 정도 지각하는 것은 적당히 언짢을 뿐 전적으로 터무니없는 행동으로 비치지 않는다. 버스를 놓치거나 돌발적인 사고로 버스가 길을 돌아갈 경우를 감안해 눈감아줄 만하니까. 하지만 오늘은 그런 완충 시간이 필요하지 않았다. 주차장에 도착해 병원까지 천천히 걸었다. 응급실 직원 휴게실에 가서 아몬드와 블루베리를 넣은 그리스식 요구르트를 먹고 커피를 마시면서 잠에서 깨야지.

못다 읽은 최신 의학 학회지를 훑어보는 것도 일찍 출근했을 때 덤으로 얻는 선물이었다. 병원은 아직 조용했다. 발소리도 나지 않았고, 휠체어 구르는 소리도 없는 데다가, 길을 묻는 사람들의 목소리도 들리지 않았으며, 폭력적인 환자를 호송해오는 경찰관도 없다. 야간 근무자가 작동시킨 커피 메이커가 내는 소리만 정적을 뚫고 들어왔다. 휴게실에 은은히 퍼지는 스모키한 커피 향을 맡자 정신이 맑아졌다. 시계는 5시 45분을 가리켰다.

'오늘은 운이 좋을 거야.' 나는 마음속으로 암시했다. 언젠가는 근무를 시작하기 전 여유가 있을 때 앞으로 어떻게 살아갈지 생각해야겠지만 지금은 아니었다.

행복하고 건강한 삶은 의사가 처방하는 약으로는 도달할 수 없는 높은 차원이다. 나는 이러한 사실을 알 만큼 오랫동안 의료계에 종사해왔다. 우리가 치유에 대한 정의를 확장한다면, 실제로 훨씬 더 많은 치유가 일어날 것이다. 내가 생각해온 보완적인 의료 센터 개념은 한동안 무너지고 불에 탄 폐허와 다를 바 없었다. 센터를 설립하고 싶다는 생각에 너무 몰두한 나머지 제안을 거부당하자 재향 군인 병원 외부에서 센터를 시작하는 방법도 물색했었다. 그래서 필라델피아 중소 기업청에서 실시하는 많은 강좌를 수강하고, 이곳에서 활동하는 멘토와 많은 지역 전문가들을 몇 달 동안 만나러 다녔다. 그러나 필라델피아 시장을 고려할 때 가까운 미래에는 이 같은 사업을 벌여

생계를 유지하기가 거의 불가능하다는 결론에 도달했다. 내가 병원에서 계속 풀타임으로 일하면서 대체의학 사업을 시간과 돈이 엄청나게 많이 드는 취미로 생각한다면 모를까 현실적으로 불가능했다.

이렇게 실망스러운 과정을 겪기는 했지만 내 경력은 개인적인 삶보다 나아지고 있었다. 이혼한 지 몇 년이 지났고, 중간에 암울하고 극히 짧았던(실제로는 몇 달에 불과했지만 그마저도 너무나 길게 느껴졌다) 온라인 앱 데이트 기간을 끝내고도 몇 년이 지났다. 그리고 여전히 미혼이었다. 이보다 훨씬 우울한 사실도 있다. 이루어질 수 없는 사랑에 빠졌던 것이다. 바로 일주일 전이었다. 나는 그동안 사귀고 있던 경찰관 콜린에게 다시는 연락하지 말라고 통보했다. 콜린의 이혼은 그가 처음에 내게 말했던 정도보다 어렵고, 콜린 자신이 생각했던 정도를 크게 웃돌 만큼 난관이었다. 남편의 휴대전화를 훔치고, 온라인 계정을 해킹해서 데이터를 빼내고, 남편에 관한 거짓 정보를 온라인에 올릴 뿐 아니라, 남편을 스토킹하는 것도 모자라 실제로 공격하고, 일자리를 빼앗기 위해 직장에서 난동을 부릴 계획을 치밀하게 세우는 전처와의 관계를 끊어내려면 군사 작전에 버금가는 대처가 필요했다. 게다가 콜린의 아내는 콜린의 재산에 불을 질러버리겠다고 거듭 협박했다. 그의 전처에게는 경력 살해와 방화라는 두 가지 위협을 행동으로 옮길 여지가 충분하다

못해 넘쳐흘렀다. 과거에 콜린의 아내는 "내가 유일하게 원하는 바는 당신이 고통받는 거야"라고 단언했다. 콜린이 내게 했던 말과 내가 관찰한 내용이 정확하다면, 그 여자가 일평생 입밖으로 꺼낸 말 중 유일하게 온전한 진실인 듯했다.

알궂게도 경찰관들 중에는 이렇듯 미친 사람들과 눈이 맞는 경우가 많다. 생각해보면 응급실 의사, 정신의학과 의사, 사회복지사를 포함해 남을 돕는 직업에 종사하는 사람들이 거의 그런 것 같다. 손상을 입은 사람들을 놓지 못하는 아킬레스건을 갖고 있기 때문이리라. 물고기 잡는 법을 가르치는 것과 물고기를 잡아주는 것, 공동 의존*과 사랑을 구별하는 법을 반드시배워야 한다. 어린 시절에 겪은 상실에서 비롯한 슬픔을 끈질기게 재현하는 태도와 자기 운명을 스스로 결정하며 쾌감을 느끼는 태도를 구별하는 것도 마찬가지다.

나와 콜린의 관계를 자세히 서술하면 아무리 너그러운 독자라도 틀림없이 지루해할 것이다. 둘의 관계에 감사한 점이 많았다는 정도만 말하면 충분할 것 같다. 예를 들어 멋진 음식점에서 외식하는 것보다 둘이 함께 저녁 식사를 요리하는 편이더 좋았다. 콜린은 가스레인지에서 완벽하게 스테이크를 굽고, 오믈렛을 폭신폭신하게 요리하는 법을 내게 가르쳐줬다(사실

---

* 알코올 중독처럼 반복적인 문제를 가진 사람과 밀접한 관계를 맺는 주변인이 습득하는 특정한 성향.

252

나는 지금도 의사보다는 수셰프나 맛보기 전문가 쪽이 더 좋다). 내가 혼자 즐기면서도 결코 질리지 않는 취미는 주중에 극장을 찾아가 마티니를 마시면서 영화를 관람하는 것이지만, 집에서 팝콘과 차를 앞에 갖다 놓고 둘이 바싹 붙어 앉아 함께 영화를 보는 재미에는 견줄 수 없다. 이것이야 누구나 경험으로 알고 있을 터이므로 자세히 서술할 필요가 없으리라.

처음부터 콜린이 낯설지 않았다. 둘이 처음 만난 날 나는 어쨌든 서둘러 출근하는 중이었다. '어쨌든 서둘러'라고 쓰는 이유는 그날은 센터시티에서 드물게 교통 흐름이 원활해서 차에 타기 전에 잠깐 동안이나마 아름다운 날씨를 즐겼기 때문이다. 사복 차림의 콜린이 주차장에서 내게 무엇인가에 꽂힌 듯 보인다며 인사를 건넸다. "열심히 일하는 중인가요, 아니면 무심히 일하는 중인가요Are you working hard or hardly working?" 그 전까지는 완전히 무관심했지만 나는 이 말을 듣고 난 뒤 비로소 그를 쳐다보았다. 우스꽝스럽고 서툴기 짝이 없는 작업 멘트를 들으니 나도 모르게 웃음이 터져나왔다. 어정쩡하게 접근했지만 호의적인 반응을 받았다고 생각해서 마음이 놓였는지 콜린도 따라 웃다가 그만 뒷걸음치며 비틀댔다. 주차장 바닥에 아무것도 없었으므로 무엇에 걸린 것은 아니지만 어쨌거나 넘어지지 않아 다행이었다. 뒤로 넘어질 듯 휘청대던 콜린은 요행히 다음 발을 잘 디디며 균형을 잡았다. 둘 사이에 묘한 분위기가 감돌면서 우리는 제자리에서 서로 뚫어져라 쳐다보았다. 나는 시선을 살짝 떨구며 출근을 서둘러야 한다는 말로 그 상황에서 벗어났다. 사실은 낯선 사람과 길게 눈을 마주치는 것이 부적절하다고 생각했다. 콜린에게는 '낯선 사람'이라는 표현이 적절하지는 않지만 당시에는 어쨌든 그랬다. 우리는 처음부터 믿음의 정의에 관해 새벽 3시까지 대화할 수 있었다. 내가 미간을 찌푸릴 때, 말을 하다가 잠깐 멈출 때 콜린은 내 마음을 읽었다. 깊이 잠을 자다가 도시 반대편에 있는 콜린이 내 생각을 하고 있다고 느끼며 새벽 2시에 눈을 뜨기도 했다. 그 전까지는 침대에서 아주 편안하게 숙면을 취하고 있었는데 말이다. 방이 지나치게 덥거나 추운 것도 아니었다. 화장실에 가려했던 것도 아니었다. 악몽을 꾸지도 않았고 특별히 고민거리가 있지도 않았다. 그냥 그렇게 느끼며 잠에서 깼다. 휴대전화를 들여다보았다. 음성 메시지나 부재중 전화, 문자도 없었다. 휴대전화를 침대 옆 테이블에 다시 내려놓고 베개의 위치를 다시 잡은 뒤 몸을 뒤척이며 재차 잠을 청했다. 그때 전화벨이 울렸다. 콜린이었다.

그랬던 콜린이 변했다. 절망에 빠지거나 상처를 입은 사람들이 때때로 그렇듯 변하고 말았다. 그들의 원래 모습이 변하는 것이 아니다. 내면 깊이 숨어 있던 모습이 밖으로 드러나는 것이다. 콜린이 비열하게 싸우는 여성과 이혼 절차를 밟느라 지친 것은 맞다. 하지만 자기 내면과 더욱 치열하게 싸웠다. 애당초 자신이 그러한 사람과 얽혔다는 사실을 견디지 못해 분노했다. 그가 겪는 정신적 외상이 과거에 그의 어머니에게 자주 버림받았던 오랜 상처를 파헤쳤다. 어머니는 어린 콜린을 삼촌에게 맡긴 뒤 자주 집을 비웠고, 삼촌은 마치 어른을 때리듯 콜린을 때렸다. 당시에 어느 누구도 그를 구해주지 않았다. 그랬던 어머니가 지금까지도 콜린에게 언어폭력을 행사했다. 언어폭력은 어머니가 툭하면 휘두르는 대응 기제였다. 자기 상처를 치유하지 못했던 그는 성장한 후에도 과거를 상기시키는 유해한 관계를 형성함으로써 어린 시절에 받았던 학대를 재현했다. 이제 콜린은 이 모든 굴레에서 자신을 구하기 위해 몸부림치고 있었다. 그는 위기에 빠져 허덕였고 공감과 연민을 받아 마땅했다.

하지만 상처 입은 동물은 목숨을 걸고 싸울 때 악랄하게 변할 수 있다. 콜린은 분노하고, 사람을 피하며 혼자 있으려 했고, 말을 잃었을 뿐 아니라 냉정해졌다. 게다가 상태는 나날이 악화되었다. 나의 눈에 비친 그는 낭만적인 사랑의 상대는커녕 얼핏 보더라도 결코 좋아할 수 없는 사람이었다. 나는 콜린의 어떤 모습이 끝내 승리할지, 그 모습은 또 어떻게 바뀔지 곰곰이 고민하다가 반드시 물어야 하는 가장 합리적인 질문을 떠올렸다. 아직 치유되지 않은 내 상처에서 어떤 점이 콜린의 정신적 외상과 얽혀 있을까?

그때 깨달았다. 위기에 빠졌을 때 콜린의 무너진 모습은 내 엄마였다. 그가 내면의 두려움을 폭력으로 폭발시키는 모습은 내 아빠였다. 점점 심해져가는 부정과 지금 보이는 공동 의존 현상은 내 부모의 모습이었다. 콜린과 내 그림자 자아는 우리가 과거에 공통으로 겪었던 익숙한 패턴을 재현했다. 콜린의 변화를 지켜보면서 깨달은 점이 있다. 나는 오래전에 나를 위해 의식적으로 다른 패턴을 선택했고, 이후에는 내 선택에 따라 행동하려고 했다. 나는 콜린의 전처도, 삼촌도, 어머니도, 상처 입은 내면의 아이도 아니었지만, 콜린이 변화하는 시기에 그대로 곁에 머물렀다면 이 모든 인물이 되었을 것이다. 한창 진흙탕 싸움이 이어지는 동안 콜린은 자신이 대체 누구와 싸우고 있는지 더는 구별하지 못했기 때문이다.

앞으로 무슨 일이 펼쳐질지는 아무도 알 수 없기 때문에 타이밍은 우리에게 최고의 순간을 선사하기도 하고, 완전히 망가트리기도 한다. 나는 이혼할 때와 달리 이번 관계를 끝낼 때는 상대방과 대화를 많이 했다. 하지만 똑같은 말을 여러 차례 반복해야 했으므로 나중에는 모든 플랫폼에서 콜린을 조용히 차단했다. 콜린은 이처럼 깊이 사랑하는 관계를 다시는 맺지 못하리라고 내게 말했다. 이 말은 사실이고, 우리 둘 다 이 점을 알고 있다. 그는 자기 삶을 바로잡은 뒤 내게 돌아오겠다고 말했다. 콜린이라면 그렇게 할 것이다. 내가 머나먼 곳에 살고 있거나 다른 남자를 만나 삶을 새로 시작했다는 소식을 듣기 전이라면, 살아가다가 상황이 틀어져서 내게 돌아오는 것이 불가능해지지 않는다면, 너무 늦지 않을 수 있다면 말이다. 하지만 삶은 나아가게 마련이니 장담할 수 없다.

"이 생에서든 다음 생에서든 우리는 다시 만날 거예요."

나는 그에게 이렇게 말했다. 당시에 이 말은 내 진심이었다. 콜린은 환생 개념도 이해하지 못하고, 다음 생에 다시 만나기 위해 이번 생을 견뎌야 한다는 개념도 납득하지 못했지만 어쨌거나 내 말이 진심이라는 것은 알았다. 콜린이 이따금씩 이해하기 어려운 말을 듣더라도 내가 한 말을 항상 믿었다는 것을 생각하면 지금도 입가에 미소가 떠오른다.

나 또한 좋은 사람들이 어쩌다가 삶의 전환기에 길을 잃는지 안다. 어떤 메커니즘으로 타고난 자신과 다른 길을 선택해 자기 파괴적으로 행동하게 되는지 잘 안다. 하지만 나의 삶을 돌아보았을 때, 나는 내 천성과 다른 패턴을 선택했다. 따라서 나는 과거에 겪은 정신적 외상을 누구하고도 재현하지 않을 것이다. 적합한 시기에 적합한 사람과 만나 선하게 행동하는 것이야말로 가치 있는 일이다. 나는 응당 건강을 선택하는 사람과 더불어 건강하게 살아갈 가치가 있다.

그래서 나는 신의 가호를 빌어주며 콜린을 떠났다. 떠난 후라도 그와 영원히 연결되어 있다고 느꼈지만 때가 되면 이 또한 바뀌리라. 얼마나 시간이 지나야 신선한 허브를 보더라도 콜린이 내게 만들어주겠다던 정원을 떠올리지 않을 수 있을까? 언제쯤 그가 어디선가 자신의 휴대전화를 쳐다보며 내게 전화를 걸지 않기 위해 애쓰는 중이라고 느끼고 허둥대며 잠에서 깨지 않을 수 있을까? 그러나 느낄 수는 있지만 아직 볼 수 없는 미래에 나는 결국 그를 원하게 되지 않으리라는 사실을 알았다. 내가 어디에 살든, 다른 사람과 함께 있든, 여전히 혼자이든 이것은 중요하지 않았다. 나는 스스로를 잘 안다. 더 나은 미래와 더 바람직한 삶을 이루기 위해 떠나는 것이다. 우선 물리적으로 거리가 생기면, 시간의 흐름에 따라 감정적으로도 거리가 발생하기 마련이다.

시간이 흐를수록 살아가기가 더 쉬워져야 했는데, 하루를 넘기고 나면 곧 힘들이지 않고 한동안 견딜 수 있어야 했는데, 나는 지칠 대로 지쳐 있었다.

그러다가 좀 더 효과적이고 긍정적인 태도로 살아가야겠다고 마음먹었다. 그래서 이렇게 되뇌었다. 오늘은 좋은 날이야. (숨을 들이마셨다.) 오늘은 축복과 감사가 가득한 날이다. (그리고 숨을 내쉬었다.)

오늘 아침에는 내가 좋아하는 공정 무역 프렌치 로스트 커피콩을 새로 갈아서 직접 커피를 내리고 코코넛 설탕과 크림을 곁들여 마셨다. 오늘은 행운이 따르는 날이다. 이 순간은 축복이다.

나는 반쯤 읽은 의학 학회지를 덮고 응급실로 향했다.

모퉁이를 돌면서 환자 현황표를 슬쩍 보았다. 입원 대기 환자가 여섯 명이고, 퇴원 예정 환자가 세 명이었다. 헌신적으로 일하는 야간 담당 의사인 말리가 막 근무 시간을 마치고 마무리하고 있었다. 말리는 재향 군인 병원에서 하루 단위로 일했으므로 아주 가끔씩만 볼 수 있었다. 게다가 말리는 재향 군인 병원을 곧 그만둘 예정이라고 했다. (응급부서에서는 직원들이 수시로 이직하기 때문에 동료들의 이동에 익숙했다.)

"안녕, 말리. 밤에는 어땠어요?"

내가 물었다.

"안녕. 맨날 그렇죠 뭐!"

나는 말리가 밤에 어떻게 근무했는지 짐작할 수도 없었다. 야간 근무를 마치고 나서 나와 마주칠 때마다 말리는 막 출근하는 사람처럼 기운이 넘쳤고 눈동자는 맑고 촉촉했다. 근무하느라 지독한 혼란 상태였을 텐데도 하나로 묶은 부드러운 머리카락은 한 올도 흐트러져 있지 않았다. 피부도 여전히 탱탱하고 촉촉했다. 그는 보기만 해도 경이로웠다.

"이곳은 힘내며 일하기가 힘들어요."

말리가 덧붙였다.

"이곳에서는 진료를 제대로 마무리하기가 정말 버거워요. 진료를 받으려고 어제부터 지금까지 대기하고 있는 사람만 네 명이에요. 이것이 정상인가요? 나는 근무 시간 내내 혼자서 이미 입원한 환자들을 관리하는 동시에 새 환자를 진료하느라 발을 동동거렸죠. 누구에게도 옳은 일이 아니에요."

나는 고개를 끄덕였다.

"알아요. 바뀌는 것 없이 늘 이런 식이네요. 힘 있는 사람들에게 말은 하고 있는데⋯."

나는 '힘 있는 사람들'이라고 말할 때 양 손가락으로 인용부호를 흉내 냈다.

"하지만⋯."

"바뀌는 것이 전혀 없죠!"

말리가 끼어들었다.

"오, 말리."

나는 말리에게 미소를 지어 보이며 한숨을 쉬었다.

"아마도 곧 개선될 거예요. 알고 있겠지만 병원에 새 관리자들이 부임하기로 했잖아요. 어쩌면 그 사람들은 의료진을 혹사하지 않고 자신들도 현장을 지키지 않을까요? 혹시 모르잖아요? 관리자들이 근무 시간 기록도 위조하지 않고, 실제로 재향군인들의 치료를 향상시키기 위해 힘쓸지 말이에요. 심지어 병원에 자금이 충분해서 아마도⋯."

말리는 내게 곁눈질을 하며 말했다.

"하퍼, 당신은 계속 그렇게 믿어요! 그 멋진 생각들이 실현되리라고 곧장 줄기차게 믿어봐요!"

그러면서 우리 둘은 자신들이 유일하게 마음먹은 대로 할 수 있는 일을 했다. 즉 함께 웃음을 터뜨렸다.

말리 말은 맞다. 우리 응급의학과 의사들은 근본적인 병명을 알아내기 전에 '아파서' 병원을 찾은 환자들의 증상을 평가하는 데 전력을 기울인다. 그래서 환자들의 병이 급성인지 판단하고, 개인의 필요에 맞추어 치료 계획을 세운다. 우리는 전문의들과 달라서, 시야를 좁혀 한 가지 장기에 치료의 초점을 두지 않는다. 1차 치료 제공자와 달라서, 앞으로 두 달간 종양을 치료할 계획을 세우지 않고, 다섯 가지 다른 의료 서비스 일정을 조정하지 않으며, 몇 주 동안 환자의 검사 결과에서 작은 것이라도 비정상 소견이 나왔을 때 이를 추적하지 않는다. 그 대신 우리는 지금 당장 사람들을 돕는 일에 집중한다. 무엇이 중요한지, 즉시 어떤 조치를 취해야 하는지 결정한다. 중요한 증상들을 해결한 후에 환자들이 스스로 관리할 수 있도록 조치하고 세상으로 내보내거나, 한동안 다른 사람이 증상 관리를 도와줄 수 있는 병원으로 보낸다.

이것은 응급의학과 의사들이 환자와 병원 및 동료, 그리고 자신과 공유하는 이해이고 합의이자 계약이다. 계약을 위반하면 고통이 따르기 마련이다. 많은 환자를 진료하는 응급실에서, 병원에 접수한 환자는 모두 진료해야 한다는 정책을 적용하는 부서에서, 응급실 의사는 환자를 응급실로부터 병원 침대로 옮길 때까지 일반의는 물론이고 다른 전문의의 업무까지 도맡는다. 이러한 실상은 재향 군인 병원의 정책과 절차에 엄연히 위배될 뿐 아니라, 응급실에 들어온 환자들에게 부작용이 늘어난다는 연구 결과가 나오는데도 계약 조건은 계속 지켜지지 않았다.

그래서 나는 나 자신과 맺은 계약만 보기로 했다. 첫째, 환자에게 해를 끼치지 않는다. 둘째, 환자를 치료한다.

응급실에는 아직 새 환자가 들어오지 않았다. 환자 명단을 훑어보면서 빠진 절차는 없는지, 아직 밟아야 할 절차가 남았는지 확인하기에 완벽한 시간이었다.

크레이그 씨는 작년에 가슴 통증으로 입원한 적이 있고, 심각한 심장 질환을 앓는다는 증거로 심장 카테터술을 받은 병력이 있었다. 지금은 심장 마비의 증거를 찾을 목적으로 토로포닌 수치를 측정하기 위해 두 번째 채혈을 앞두고 있다.

혼스비 쓰는 봉와직염으로 세 번째 항생제를 세 시간 내에 맞아야 한다.

그랜트 씨는 신부전과 요로 감염으로 입원한 병력이 있고, 항생제 세프트리악손을 투여받았으므로 24시간 동안 효과를 볼 것이다. 우리는 환자가 여섯 시간 내에 잠들기를 바랐다. 그래야 입원 팀이 다음 투약을 지시할 수 있을 터였다.

칸 씨는 교대 근무자가 두 번 바뀌는 동안 혈압 강하제를 일곱 차례 투여받았고 지금은 안정 상태에 있다.

첸 씨는 소화기 내과에서 하부 위장관 출혈 검사를 받기 위해 편안하게 대기 중이다.

클레멘츠 씨는 암의 원인을 찾아내기 위한 검사와 통증을 조절하는 치료를 받기 위해 대기 중이다.

응급실 정신의학과 병동에 있는 환자 네 명은 모두 상태가 양호했고 정신의학과 의사의 최종 처리만 남았다.

환자에 관한 모든 정보를 검토하고, 지시 사항을 입력하고, 환자 명단을 업데이트하는 등 밀린 업무를 모두 처리했는데도 대기실에는 대기 환자가 한 명도 없었다.

간호사 션이 내 옆에 있는 의자에 앉았다.

"그래서 다음번 여행지는 어디예요?"

내가 물었다.

션은 몇 년 전 앤드류존슨병원에서 함께 일한 적이 있는 동료였다. 션은 나보다 스무 살 정도 나이가 많지만 우리가 걸어온 삶은 복사한 것마냥 비슷했다. 션이 결혼하고 싶은 여성과 함께 있기 위해 기존 결혼 생활을 접으려 할 때, 나는 결혼 생활을 유지하리라 생각했던 남자와 막 이혼한 상태였다. 또 우리 둘은 행정직에서 일하고 있었다. 나는 행정직 신참이었고, 션은 노련한 고참이었다. 몇 년이 지난 후에 우리 둘은 삶의 새로운 단계에서 다시 만났다. 나는 대학 병원과 행정직을 떠나 가장 관심을 두었던 임상 진료를 다시 시작했다.

아일랜드계 미국인인 션은 간호사복 상의의 브이넥 밖으로 머리카락보다 숱이 많은 노란 털이 삐죽 드러나 있었다. 아내가 서아프리카의 공화국인 시에라리온 혈통인 덕택에 필라델피아 전역에서 가장 뛰어난 아일랜드인 서아프리카 요리 전문가라는 명성을 얻었다. 공연을 다니기 위해 션은 평생 몸담았던 행정직을 포기했다. 그래야 공연 일정을 짤 때 제약이 적고, 자신이 '여왕'이라 부르는 아내와 함께 자유로이 여행할 수 있기 때문이다. 션 부부는 과장하지 않고 그야말로 몇 주마다 마르티니크, 나이아가라 폭포, 하와이, 테네시 등 어딘가로 길을 떠났다. 그들은 삶에서 전적으로 주도적이었고 의지대로 생활했으며, 나는 그런 점에서 깊은 감명을 받았다.

"다음에는 파리에 가려고요."

션이 의자에서 상체를 뒤로 젖히고 두 손은 머리 뒤로 깍지를 낀 다음 발은 의자 위에 올려놓으며 대답했다. 루브르미술관을 둘러보고, 패튼 장군의 묘지에 가려 한다는 계획을 션에게 듣고 있는 사이에 환자 다섯 명이 도착해 접수를 했다.

환자 열 명을 모두 진료했더니 어느덧 두 시간 반이 지났다.

지금쯤이면 다음 교대 근무자인 전문의들이 이미 도착했어야 한다. 현황표를 보니 내가 야간 근무를 하는 동안 진료했던 환자들은 누구도 아직 입원 전담 의사에게 배정되지 않았다. 한 환자는 내 동료에게 진료를 받기 위해 기다리는 중이었다. 내 동료가 황송스럽게도 근무 시간에 나타나기를 말이다. 외래 진료소에서 환자 세 명을 응급실에 보냈다. 응급실은 환자를 더 이상 수용할 여력이 없는 터라 다른 의료 시설에서 이송되어 오는 환자를 받을 수 없다는 뜻으로 '우회 요청on diversion'을 해놓은 상태였음에도 그랬다. 심지어 외래 환자 세 명 중 한 명은 집에 있다가 호출을 받았다고 했다. 다른 네 명은 응급실에 들어오기 위해 대기실에서 기다리는 중이고, 지금까지 모두 다섯 명이 입원을 기다리고 있었다. 아침에 퇴원할 예정이었던 정신의학과 환자는 이제 술은 깼지만 정신을 차리지 못하고 혼란스러워했다. 간호사는 그의 상태를 판단하기 위해 나를 호출했다. 그는 자기 이름만 기억할 뿐 오늘 날짜가 며칠인지, 자기가 어디에 있는지, 무슨 상황에 처했는지 전혀 알지 못했다. 환자의 기록은 건강한 중년 백인 남자에게서 볼 수 있는 수치가 아니었다. 그래서 환자의 의료 검사를 시작하고, 응급실 환자들이 언제 병실로 옮겨져 입원 팀의 관리를 받을 수 있을지 알아보려고 전화를 여러 통 돌렸다.

평소에 열심히 일하고 믿음직스러운 병실 배정 담당자 글로리아는 배정 가능한 침대가 없을 뿐 아니라 오히려 '마이너스 침대'라고 말했다.

"마이너스 침대라니요? 무슨 뜻인가요?"

내가 물었다.

"제 말은 수술 일정이 꽉 차 있고, 수술받은 환자들을 수용할 장소도 없다는 뜻이에요. 그러니 입원을 기다리는 응급실 환자들에게 배정할 침대가 있을 턱이 없죠. 퇴원할 예정인 환자도 당분간 없고요. 그야말로 침대가 마이너스예요."

"이제 겨우 오전 9시인데요?"

우리는 일제히 불만을 토로했다.

"엄청나군요."

내가 말했다.

"글로리아, 그렇다면 이후 상황을 계속 알려주세요."

"알겠습니다. 열심히 고민하고 있어요. 의사들에게 의료진을 신속하게 동원해달라고 부탁해볼게요."

나는 응급실 진료 책임자에게 음성 메시지, 문자, 이메일을 남겨, 병원 침대를 동원해달라 요청하고, 월요일 아침에 응급실이 아수라장이었던 점을 고려해서 다른 병원으로부터 환자를 이송받지 못하도록 계속 막아줄 것을 윗사람들에게 요청해달라 말했다. 이러한 상황에서 으레 그렇듯 병원 응급실 관리자들에게서는 아무런 대답도 회신 메시지도 도움도 없었다.

나는 이렇게 자문했다. 계속 밀려드는 응급실 환자들을 어느 정도까지 안전하게 치료할 수 있을까? 물론 응급실에 새로 들어오는 환자들을 진료해야 했다. 그렇다면 응급실에서 의료진의 손길이 필요한 환자들을 그대로 방치하는 것이 과연 안전할까? 설령 안전하다 하더라도 윤리적일까?

병원 밖 사람들이 듣기에는 어리석은 질문일 수 있다. 하지만 예를 들어 작업 일정이 꽉 찬 자동차 정비사가 입고 차량을 수리하는 동시에 고객에게 집으로 가는 길을 가르쳐주고, 차량 픽업과 탁아 서비스 시간을 조정해주고, 후속 예약까지 잡아줄 수 있을까? 절대적으로 불가능하다. 실제로 차량 수리를 제외한 자질구레한 일들은 "이것은 제 업무가 아닙니다"라고 말할 범주에 속한다. 하지만 의사들은 이런 일들을 자주 처리해야 하기 때문에 정작 진료할 때 탁월하기가 어렵다. 응급의학에서 정해진 범위를 벗어난 업무는 의료 서비스 자체를 위험에 빠뜨린다. 하지만 이것은 내가 자문했던 가장 중요한 다음 질문에 대한 대답은 아니다. '나는 이 현대 의료 서비스 체계의 단점들 중에서 얼마나 많은 단점을 기꺼이 감수했는가? 아니면 치유하는 사람이 되겠다는 사명을 다른 방식으로 더욱 잘 수행할 수 있을까?'

그래서 오전 9시 40분 환자는 점점 늘어나고 다음 교대 전문의들이 출근할 기미가 여전히 없는 상황에서 나는 무엇을 해야 할지 고민했다. 첫째, 환자에게 해를 끼치지 않는다. 내가 담당한 환자들의 상태는 정신 상태가 오락가락하는 환자를 제외하고는 모두 안정적이었다. 그렇다면 그 해당 환자를 먼저 평가하고, 필요하다면 추가 검사를 실시하고, 심전도, 머리 CT를 찍고 비타민을 처방해야겠다. 알코올 중독자에게 비타민이 부족하면 영구적인 뇌 손상을 입을 위험이 있기 때문이다.

둘째, 환자를 치료한다. 진료를 받으려고 기다리고 있는 새 환자들을 진료할 것이다.

그런 다음 치료 단계로 들어갈 것이다. 응급실에서 가장 오래 기다린 환자부터 진료하고, 입원팀의 예상 치료 계획을 자체적으로 세우고 실행하기 시작할 것이다. 이 일을 내 업무로 삼으면 업무의 난이도와 양이 엄청나게 증가하겠지만 환자들이 응급실에 갇혀 있는 것은 그 사람들의 잘못이 아니다.

이를 시작하는 최선의 방법은 우선 커피를 한 잔 더 마시고 곧장 일로 뛰어드는 것이었다.

나는 가슴 통증을 호소하는 환자를 치료하기 위해 순환기 내과를 호출하고, 위장관 출혈 환자를 치료하기 위해 소화기 내과를 호출했다. 두 과의 의료진은 어째서 입원팀이 아니라 응급실이 전화를 했는지 매우 의아해했다. 그러면서 환자가 자기 과 진료실에 도착했을 때 입원 전담 의사가 자신들에게 전화해 자문해줄 수 있는지 물었다. 이것이 병원에서 통상적으로 따르는 절차라는 말도 빼놓지 않았다. 나 역시 병원에서 환자 치료가 만성적으로 지연되고 있어 혼란스럽다고 설명하면서, 환자들이 방치된 상태로 무작정 기다리지 않고 신속하게 치료를 받을 수 있도록 노력하는 중이라고 덧붙였다. 두 과 의료진은 응급실에서 의뢰한 환자를 진료하겠다고 동의했다. 나는 신경학과와 심장 초음파 검사실에도 유사한 내용으로 전화를 걸었고 그곳 의료진도 비슷하게 융통성을 발휘해주었다.

다음에는 클레멘츠 씨를 어떻게 치료할지 결정해야 했다. 두 전문의가 작성한 소견서를 보면 환자는 통증 조절과 전이암 검사를 위해 입원할 예정이었다. 환자는 지난 밤 이후 진통제를 1회 투여받았고 활력 징후는 정상이었다. 나는 클레멘츠 씨가 있는 병실을 막 지나면서 옷을 말쑥하게 차려 입은 날씬한 남자가 병실을 서성이며 침착하고 편안한 모습으로 통화하는 광경을 보았다. 암만 보더라도 통증을 조절하기 위해 입원한 모습은 아니었다. 그의 복부 CT를 보면 보고서에 적힌 대로 부은 림프절이 '셀 수 없을 만큼 많이' 여기저기 흩어져 있었다.

"하퍼 선생님."

간호사 캐리사가 나를 불렀다.

"한 젊은 환자를 6번 병실로 안내했어요. 이 환자는 우울증과 불안 장애를 앓은 병력이 한 차례 있습니다. 오늘은 열이 나고, 맥박수가 분당 130회가 넘는 빈맥을 보입니다. 마약 투여

때문에 생긴 감염 같아요."

나는 전화를 걸다가 멈췄다. 클레멘츠 씨 병실에 가는 것을
잠시 미루고, 캐리사를 따라 곧장 6호실로 갔다.

"안녕하세요, 스파노 환자분."

내가 인사를 건넸다. 스파노 씨는 병상에 침착하게 앉아 있
었지만 내심 불안해 보였다. 나는 스파노 씨 옆에 서 있는 남자
를 돌아보았다. 두 사람은 판박이처럼 똑같이 생겼다.

"안녕하세요. 가족이신가요? 가족이 틀림없는 것 같네요. 정
말 닮으셨어요."

"예, 제가 형입니다."

나는 다시 스파노 씨 쪽으로 몸을 돌렸다.

"오늘 어떻게 오셨나요?"

"감염인 것 같습니다."

스파노 씨는 갈색 머리카락을 길게 기르고 피부는 올리브색
이었으며, 운동선수 출신인 양 몸이 탄탄했다. 우울증을 앓고
마약을 하기 전에는 분명 매력적인 젊은이였을 것이다. 나이는
이제 스물아홉이지만 창백한 피부 탓인지 자기 나이보다 서른
살은 더 많아 보였다.

스파노 씨는 오른쪽 다리를 구부리면서 얼굴을 찡그리고,
숯처럼 검은 피부가 군데군데 벗겨지거나 소시지처럼 부풀어
오른 종아리를 손가락으로 가리켰다. 자신의 다리를 보는 스파

노 씨의 눈에서 눈물이 떨어져 뺨을 타고 흘러내렸다. 그러더니 그는 큰 소리로 흐느끼기 시작했다.

"어쩌다가 이렇게 됐나요?"

내가 스파노 씨에게 물었다.

"선생님, 둘러대지 않고 솔직히 말씀드릴게요. 마약을 주사했어요. 그 안에 헤로인도 들어 있었나 봐요. 확실히는 몰라요."

"음…."

나는 고개를 끄덕였다. 흐느낄 때마다 스파노 씨의 어깨가 들썩였다.

"감염이 매우 심각하네요. 지금 상황에서는…."

"뭐라고요? 무슨 뜻이죠? 왜 그렇게 말씀하세요?"

스파노 씨가 소리를 질렀다.

"음, 지금 열이 있고…."

"열이요?"

그가 다시 내 말을 끊었다. 얼굴이 고통으로 일그러졌다. 그러더니 흐느껴 울면서 고개를 가로저으며 손으로 입을 막았다.

"전에는 열이 없었어요!"

나는 무의식중에 스파노 씨에게서 뒷걸음쳤다. 그의 울부짖는 소리가 너무 커서 놀라기도 했고, 눈앞에 펼쳐진 극적인 광경 때문에 움츠러든 탓도 있을 거였다.

"제가 말씀드리듯 스파노 환자분에게는 열이 있어요. 심장 박동도 매우 빠르고요. 이 두 가지 증상으로 판단할 때 감염 상태가 매우 심각해요. 통증은 있나요?"

"아프냐고요? 엄청나게 아파요. 10점 만점에 100점이요!"

"알겠어요. 우선 혈액 검사를 하고, 엑스레이를 찍고, 항생제와 수액을 투여할게요. 검사를 진행하고 문제를 파악하는 동안 해열 진통제를 투여할 예정입니다. 감염 상태가 매우 심각해 보이기 때문에 수술을 대비해 외과 의사와도 의논해야 해요. 어쨌든 병원에 입원해야 합니다. 며칠 동안 정맥으로 항생제를 계속 투여해야 하거든요."

"오, 안 돼!"

스파노 씨는 몸무게가 90킬로그램 이상으로 보이는 남성에게서 나왔다고는 상상할 수 없을 만큼 높고 날카로운 소리를 질렀다.

"제가 죽는 거예요? 죽을 수도 있는 거예요?"

나는 그의 격앙된 감정을 가라앉히고 상황을 명확하게 설명하기 위해 부드러운 목소리로 천천히 신중하게 말했다.

"뭐든 단언하기에는 너무 일러요. 감염 상태가 매우 심각한 것은 사실이에요. 이 정도의 감염은 사망 원인이 될 수 있죠. 하지만 병원에서 치료를 잘 받으면 대부분의 사람들은 괜찮아집니다. 오늘 우리도 감염을 잡으려는 거예요."

"정신 차려, 이 멍청한 자식아!"

스파노 씨의 형이 술에 취한 것 같은 목소리로 끼어들었다. 형은 목소리에 걸맞게 수염이 덥수룩했고, 부드러운 소재의 회색 운동용 반바지를 입었으며, 상체에 걸친 검은색 티셔츠는 배 위에서 건들건들 움직였다.

형의 말은 동생이 겪는 고통에 기름을 부은 격이어서 이제 스파노 씨는 달랠 길 없이 펑펑 울기 시작했다.

"세상에. 나는 어떡해!"

스파노 씨는 두 손에 얼굴을 파묻고 흐느껴 울었다. 카리사와 나는 서로 쳐다보며 눈살을 찌푸리지 않으려고 애썼다. 그의 반응은 실제에 비해 지나치게 격했다. 자동차에 치이거나 암 진단을 받은 환자들이 오히려 더 침착할 정도였다. 물론 아프겠지만 며칠간 항생제 주사를 맞은 후에 경구 항생제를 복용하기 시작하면 증세는 급격히 호전될 가능성이 있었다.

카리사가 정맥 주사선을 잡고 피를 뽑았다. 나는 신체검사를 마쳤다. 스파노 씨는 무기력 증상을 보이지 않았고 의식도 또렷했다. 심장 박동 소리는 빨랐지만 규칙적이었고 이상음은 들리지 않았다. 마약 때문에 심장이 손상을 입은 것 같지는 않았다. 발진이 없었고, 피부로 나타나는 혈액 흐름도 좋았다. 오른쪽 다리는 정강이까지 정상이었고, 무릎과 발목 사이가 부어 있었지만 부드러웠다. 다리가 눈에 띌 정도로 붉게 부어 있고 만지면 열감이 느껴졌으며, 신체검사를 했을 때 드러난 정도보다 압통이 컸다. 내가 종아리 조직을 눌렀을 때, 언론에서 "살을 갉아먹는 박테리아"라고 언급하는 괴사성 근막염의 징후인 마찰음은 나지 않았다. 하지만 종아리 안쪽에 1달러짜리 동전만 한 괴사성 종기가 보였다. 어디에도 고름 덩어리는 감지할 수 없었지만 고통의 정도와 부은 정도, 빈맥을 감안하면 다리에 더 깊은 종기나 가스 형성이 없다고 단언하기란 어려웠다.

나는 병실에서 나가자마자 모든 지시 사항을 컴퓨터에 입력한 다음 외과 의사를 호출하겠다고 그와 그의 형에게 설명했다. 먼저 스파노 씨의 눈을 똑바로 들여다보면서 지체하면 위험할 수 있으므로 치료를 빨리 시작해야 한다고 알렸다.

"내가 가기 전에 질문이 있나요?"

스파노 씨는 고개를 저었고 나는 병실 문으로 향했다. 내가 문을 열려는데 그의 형이 나를 멈춰 세우며 물었다.

"이런 일이 어떻게 일어난 것이죠?"

"동생분이 다리에 마약을 주사했고, 이때 감염이 발생한 겁니다."

내 대답을 듣자 형의 얼굴에 경멸스럽다는 표정이 떠올랐다. 내가 한밤중에 텔레마케터의 전화를 받고 깊은 잠에서 깼을 때 지을 법한 표정이었다.

스파노 씨는 아무 말도 하지 않고 있다가, 자그맣게 흐느끼며 애원했다.

"아뇨, 아뇨. 더 질문할 것은 없어요. 저를 도와주셔서 고마워요."

"천만에요. 가서 치료 절차를 시작하겠습니다."

나는 이렇게 말하고 병실을 나오려 했다. 그의 형이 다시 나를 불러 세웠다.

"동생을 좀 더 좋은 병원으로 데려갈 수 없을까요? 이러한 증상을 좀 더 잘 치료할 수 있는 의사들이 있는 더 좋은 병원이 있을 텐데요."

나는 잠시 할 말을 잊었다. 목뒤가 뻣뻣해지면서 가슴 윗부분이 조이듯 답답했다. '어떻게 감히 이런 말을!'이라는 반응이 대뜸 떠올랐지만 말해봤자 무슨 소용이 있겠는가? 그래서 이성을 차리고 대답했다.

"이 증상을 치료하는 방법은 매우 표준적입니다. 세계 어느 곳이든 치료법은 같아요. 서아프리카 팀북투에서든, 예일 뉴헤이븐병원에서든, 의료 캠프에서든 모두 같은 약으로 치료합니다."

"그래요? 그렇다면 치료를 시작하죠."

스파노 씨의 형은 마치 치료해도 좋다고 허락한다는 말투로 말했다.

"그러죠."

나는 이렇게 말하고 커튼을 친 다음 병실을 나왔다.

나 자신과 맺은 계약에 따르면 나는 어떤 상황에서도 스파노 씨를 돕고 치료해야 했다. 하지만 나는 스파노 씨는 물론 그의 형도 좋아하지 않았다. 그들의 무례한 행동과 과장된 반응이 싫었다. 지금 일어난 일에 개인적으로 책임을 지지 않는 것처럼 보이는 태도도 싫었다. 환자의 히스테리에 더해 그 형의 잘난 척하는 태도와 까다로운 요구까지 접하고 나니 진이 빠졌다. 하지만 그들을 돕는 것이 내가 할 일이었다.

나는 모니터할 사항, 수액, 투약, 심전도, 검사, 조직 배양 검사, 엑스레이, 초음파 검사 등 지시 사항을 신속하게 입력하고 일반 외과를 호출했다. 외과 의사가 이내 연락해서 하지 감염은 정형외과에서 진료할 것이라고 알렸다. 나는 정형외과 수술 팀을 호출하고 기다리고 또 기다렸다. 결국 기다리다 못해 병원 전화 교환원에게 연락해 당직인 초음파 검사 기술자가 누구인지 알아봐달라고 요청했다. 공휴일 주말이라 당직 기술자가 없다는 말만 돌아왔다. 이래서는 종기의 치수를 잴 길이 없었다. 정형외과 의사가 적절한 치료 계획을 세울 수 있으려면 조직 깊이 있는 기포를 찾는 동시에 종기의 크기와 깊이를 알아야 했다.

내가 스파노 씨를 치료하기 위해 동분서주하는 동안 응급실에는 환자들이 쌓였다. 정형외과에서는 여전히 연락이 없었으므로, 나는 당직 정형외과 전문의를 다시 호출하려고 수화기를 들었다. 우리 병원 소속 외과 전문의들이 근처 대학 병원의 교수진인 것은 축복이자 저주였다. 전문의와 레지던트를 포함해 환자를 치료하는 의료진이 더 많다는 것은 축복이었고, 호출을 받은 그들이 전화를 걸면 십중팔구 화를 내고 무례한 말을 뱉는 것은 저주였다. 일반적으로 지역 사회 개업의들은 환자 치료에 협조해달라는 요청에 기꺼이 응하지만, 학생들을 가르치는 대학병원 교수진에게는 그럴 동기가 없다. 하지만 나로서는 재정적 인센티브를 추가로 받든 받지 않든, 자신이 종사하는 분야에 대해 협조 요청을 받았을 때 대뜸 화부터 내는 것은 여전히 이상하다는 생각을 떨칠 수 없다.

내가 전화를 기다리고 있을 때 환자의 상태를 차트에 기록하던 간호사 옌이 내 옆으로 와서 클레멘츠 씨 병실에 가달라고 부탁했다.

참 그랬지, 클레멘츠 씨 병실에 가려 했었지!

"옌, 그렇게 할 게요. 어차피 다음 진료 순서였어요. 정형외과 의사와 이야기가 끝나는 대로 가겠습니다."

"고맙습니다. 환자가 진통제를 달라는데 제 눈에는 괜찮아 보여서요. 사실은 의사와 이야기하고 싶어 하는 눈치예요."

"곧 가보겠습니다. 지체해서 미안해요."

다행히 정형외과 레지던트가 전화해서, 회진을 끝내고 다른 병원에 있는 환자 한 명을 진료한 후에 응급실로 오겠다고 말했다. 초음파 검사를 할 길이 없었으므로 자신이 올 때까지 스파노 씨의 다리 CT를 찍어봐 달라고 덧붙였다.

마침내 나는 클레멘츠 씨를 보려고 18호실로 향했다. 병실에 다가가자 기다란 레게머리를 하나로 모아 허리까지 늘어뜨린 키가 크고 마른 남자가 눈에 들어왔다. 예순여덟이지만 상당히 젊어 보였다. 그는 리넨 바지 주머니에 손을 집어넣고 병실 안을 천천히 돌면서 이따금씩 걸음을 멈추고 구석에 있는 텔레비전 화면을 올려다보았다. 나는 병실로 다가가 열려 있는 문을 두드렸다. 그리고 살짝 웃음기를 띠면서 내 소개를 했다. 환자는 손을 내밀어 악수를 청하고는 내가 직접 땋아 늘어뜨린 레게머리를 보며 말했다.

"선생님 헤어스타일이 멋지시네요."

"감사합니다. 환자분의 헤어스타일도 멋지세요."

내가 미소를 머금으며 말했다.

"클레멘츠 환자분."

"조슈아라고 불러주세요."

환자가 끼어들며 황급히 말했다.

"조슈아."

나는 미소를 지으며 고개를 끄덕였다.

"진료가 늦어져서 정말 죄송해요. 여기저기 림프절이 부은 이유를 알기 위해 검사받으려고 위층 병실이 비기를 기다리고 계시죠? 또 통증이 있으시다고요. 통증은 여전한가요?"

"예. 선생님. 통증이 다시 시작했어요. 그렇게 심하지는 않습니다. 어젯밤 이곳에 올 때만큼은 아니지만 약간씩 아프기 시작하네요."

환자는 통증 부위를 가리키려고 배 앞쪽을 문지르며 말했다.

"진통제를 더 처방해드릴까요?"

내가 물었다.

"저는 약을 그다지 많이 먹는 편이 아닙니다. 약에 의존하기 싫어서요. 그런데 오늘은 좀 필요하네요."

"물론이죠. 환자분의 CT 결과에 대해서도 이야기해보죠. 암 병력이 있다고 야간 근무 의사에게 들었습니다. 오래전인가요?"

내가 물었다.

"예, 거의 20년 전에 전립선암 진단을 받았고, 간에 커다란 종양 두 개가 발견됐습니다. 의사들에게 종양을 도려내는 수술을 해달라고 말했어요. 의사들은 화학 요법과 방사선 치료도 받으라고 설득했지만 저는 거부했죠. 그렇게 할 수 없었어요. 당시에 저에게 미쳤다고 말하는 사람들이 정말 많았습니다. 하지만 치료법들이 제게는 그냥 독 같았어요. 그래서 허브 보충제를 섭취하고 건강에 좋은 음식을 골라 먹었습니다. 오래 걸으면 기분이 좋았어요. 이것이 병을 이기려는 저만의 방법이었습니다. 저는 무엇이든 자연스러운 방식을 더 좋아합니다. 제가 어떤 결정을 내렸든 도박이었다는 것을 알아요. 하지만 그동안 건강하게 살았고 제 몸을 그렇게 정화시켰어요. 운 좋게도 그때 이후로 몸 상태는 줄곧 좋았습니다. 어쨌거나 지금까지는 그랬어요. 그런데 어젯밤 배가 아프기에 검사를 해보려고 병원을 찾은 겁니다."

CT 촬영을 한 결과 악성 종양이 발견되었다.

안타까워서 어쩐다, 나는 생각했다. 의학계에서는 선한 사람들이 가장 지독한 질병에 걸린다는 소름 끼치는 설이 돌아다닌다. 마음이 너그러운 사람이 마라톤을 완주하고 나서 복부가 계속 불편해 병원에 갔다가 4기 난소암 진단을 받는다. 반면에 일요일마다 새끼 고양이들을 익사시키는 인종차별주의자이자 소아성애자는 번개에 맞아도 살아남고, 아흔 살이 넘을 때까지 줄담배를 피워서 폐암에 걸려도 살아남는다. 이러한 규칙은 하기 힘든 말을 꺼내는 의사에게 감정적 피난처가 되어줄 뿐 전혀 사실이 아니라고 나는 거의 확신했다.

나는 환자를 잠깐 만난 뒤 조직 병리 검사 같은 결정적인 결과를 손에 쥐지 않은 상태에서 단순히 CT 결과만 보며 암이라는 단어를 입 밖으로 꺼내는 응급실 의사는 결코 되고 싶지 않았다. 하지만 암이 분명했다. 환자가 진실을 알고 싶어 한다는 것도 알았다. 이 환자는 자신의 선택권을 존중받고 싶었으므로 진실을 알고자 했다.

"그렇군요. 자, 이렇게 생긴 림프절이 발견되면 암 때문에 생겨난 것은 아닐지 의심한다고 어젯밤 의사가 말했나요?"

"아뇨. 의사는 그렇게 말하지 않았어요. 그저 부종과 림프절에 대해 이런저런 말을 했을 뿐이에요. 하지만 암이라는 단어는 입 밖으로 꺼내지 않았어요. 솔직히 그 말을 굳이 할 필요도 없어요. 저는 CT 결과가 무엇을 뜻하는지 압니다. 그래서 지금 어떤 일이 벌어지고 있나요? 다음에는 어떤 일이 일어날까요? 온종일 이렇게 병실에 갇혀 있어야 하나요?"

"클레멘츠 환자분, 아니 조슈아. 좋은 질문이에요. 당장은 병원에 빈 침대가 없고, 한동안 나올 것 같지 않습니다. 아마 오늘 저녁 늦게, 심지어 내일까지도 나오지 않을 겁니다."

"오, 하퍼 선생님, 저는 여기 계속 있을 수 없어요. 비건이라 병원 음식도 먹을 수 없는걸요. 어제 오후부터 아무것도 먹지 못했어요."

조슈아의 말이 옳았다. 이 병원은 이 남자가 자연광도 들어오지 않고 식물도 없는 병실에서 표백된 침대 시트 사이에 누워 가공육과 계란으로 조리한 아침 식사를 거절하며 자기 삶을 허비할 만한 장소가 아니었다.

"진료가 늦어진 것과 음식은 정말 죄송해요."

나는 이렇게 말하고 잠시 멈췄다.

"조슈아, 솔직히 말하겠습니다. 환자분의 경우에는 병원에 입원할 필요가 없어요. 일반적으로 암 검사는 외래로 접수해서 받으실 수 있어요. 그렇게 하는 편이 더욱 편안하시리라 생각합니다. 물론 병원에 입원하실 수도 있습니다. 선택은 환자분께 달려 있어요. 제 말뜻은 이렇게 아름다운 날씨를 즐기며 집과 바깥에서 편안하게 지낼 수 있는데 병실에 갇혀 계실 필요가 없다는 거죠. 원하신다면 집에서 복용할 진통제를 처방해드리겠습니다. 또 종양 내과 의사에게 전화해서 진단을 받을 수 있도록 예약을 잡아드릴 수 있어요. 환자분이 결정하시면 됩니다."

조슈아는 갇혀 지내는 것보다 자유로운 생활을 추구하는 사람이었으므로 내가 제안한 아이디어를 흔쾌히 받아들였다.

"예, 그렇게 해주세요. 꼭 필요한 절차가 아니라면 이곳에 갇혀 지내고 싶지 않습니다."

"지금 종양 내과 의사에게 전화해서 의견을 들어보겠습니다. 환자분이 댁에 가시기 전에 의사에게 필요한 추가 정보가 있을 수 있으니까요. 조금 기다려주시겠어요?"

조슈아는 가슴 앞에 손을 모으고 나를 쳐다보며 고개를 살짝 숙여 인사했다.

"그럼요, 물론이죠. 돌아와서 상황을 알려주세요."

"그렇게 하겠습니다. 약속드리죠."

나는 웃음기를 살짝 띠며 말했다.

종양 내과 의사가 전화를 걸어왔다. 암 검사의 일환으로 암 병기를 결정하기 위한 흉부 CT와 전립선특이항원PSA 검사, 그리고 혈액 검사를 두 번 더 진행해달라고 내게 요청했다. 자신의 진료실로 조슈아의 정보를 가져가서 이번 주 안에 환자에게 전화를 걸어 예약을 잡겠다고 말했다.

조슈아는 내가 신속하게 조치를 취하는 광경을 보고 안도하면서 검사를 마칠 때까지 병실에 있겠다고 말했다. 그런 다음 가족에게 전화를 걸어 상황을 설명하고 앞으로 두 시간 정도 병원에 더 있어야 하므로 음식을 가져다달라고 부탁했다.

내가 추가 검사를 지시하고 있을 때 정형외과 의사가 스파노 씨를 진찰했고 병실에서 종기의 고름을 제거했다고 알렸다. 의사는 앞서 의논한 대로 환자를 내과 병동에 입원시켜 정맥 항생제 치료를 해야 하지만 그가 병원에서 나가고 싶어 한다고 전했다.

"뭐라고요?"

나는 황당했다.

"정말 그렇게 말했나요? 아까까지만 해도 목숨을 살려달라고 애원했는걸요."

"진짜예요."

정형외과 의사는 이렇게 대꾸하며 응급실을 나섰다.

나는 스파노 씨의 검사 결과를 훑어보았다. 이제 활력 징후는 정상으로 돌아왔고, 검사 결과는 안심할 수 있는 수준을 보였다. CT상으로 얕은 종기와 부풀어 오른 연조직이 보였지만 더 좋은 소식은 기포가 없는 점이었다.

나는 서둘러 스파노 씨의 병실로 갔다. 스파노 씨는 의자에 앉아 운동화에 발을 집어넣고 있었다. 형은 이미 병실을 떠난 것 같았고 스파노 씨 옆에는 카리사가 있었다. 카리사는 계획했던 대로 병원에 입원해서 치료를 받는 것이 정말 중요하다고 열심히 설명하는 중이었다.

"스파노 환자분, 무슨 일이에요?"

나는 스파노 씨가 마음을 바꿔서 한시바삐 병원을 나가려 한다는 소식을 전혀 모르는 듯 행동하며 물었다.

"여기서 나가야 해요."

그가 딱 잘라 말했다.

"할 일이 있어서 여기 가만히 누워 있을 수 없어요. 이제 몸은 괜찮아요. 저는 가야 해요."

"스파노 환자분, 우리가 환자분을 치료하려고 매우 강한 약을 다량 투여했기 때문에 몸 상태가 나아진 거예요. 계속해서 상태를 확실히 호전시키려면 그 약을 더 투여해야 해요."

"그렇다면 이 정맥 주사선을 건드리지 않고 놔둘게요. 그냥 약을 주시면 제가 직접 주사할 수 있어요. 아니면 가족에게 주사해달라고 할게요. 가족 중에 간호사도 있고 의사도 있거든요."

"스파노 환자분, 정맥 주사선을 달고 밖으로 나가면 안 돼요. 병원의 정책을 위반하는 행위입니다."

"그렇다면 알약만 주시죠."

스파노 씨는 이렇게 말하며 팔에서 정맥 주사선을 뽑아 바닥에 내던졌다. 피가 팔에서 바닥으로 뚝뚝 떨어졌다. 그는 옆에 있는 약 카트에서 거즈를 낚아채고는 팔에 대고 잠시 누르더니 그것마저도 바닥에 집어던졌다. 그러고는 허리를 굽혀 신발 끈을 묶었다.

"꼭 나가겠다면 집에 가서 복용할 수 있도록 항생제를 처방해드릴게요. 하지만 스파노 환자분, 불과 두 시간 전에 이곳에 왔을 때를 기억하죠? 병상에 앉은 채 울면서 목숨을 살려달라고 애원했잖아요? 그때 제가 뭐라고 말했나요? 이 감염으로 목숨을 잃을 수도 있다고 했던 말을 기억하나요?"

왼쪽 신발 끈을 묶던 손이 멈췄다. 그는 잠시 나를 올려다보고는 마지못해 내 말에 수긍하는지 고개를 끄덕였다.

"자, 감염 상태는 여전히 심각해요. 아직 약물 치료를 받아야 합니다. 적절한 치료를 받지 않고 지금 병원 문을 나서면 매우 고통스러울 수 있고 사망 위험도 있어요."

"글쎄, 제 말 좀 들어보세요. 해야 할 일들이 있다니까요."

그가 다시 허리를 굽혀 신발 끈을 마저 매면서 대꾸했다. 그러더니 몸을 일으켜 사이드 테이블에 가서 재킷과 휴대전화를 집어 들었다.

"병원에 종일 앉아 있을 수는 없어요. 취직 면접 서류를 완성해야 해요. 다음 주에 아들 양육권을 결정하는 법원 심리도 앞두고 있어요."

"치료가 순조롭게 진행되면 이틀 안에 퇴원할 수 있어요."

내가 말했다.

"그러면 다음 주에 열리는 법원 심리에도 참석할 수 있어요. 서류 작업이요? 병원에서 작성하면 되지 않을까요?"

"선생님, 저는 정말 할 일이 너무 많아요. 이제 가겠습니다."

스파노 씨가 말했다. 그가 떠나고 나서 카리사는 쓰레기를 모으고 바닥에 얼룩진 피 위에 의료용 냅킨을 던졌다.

"환자가 이렇게 나올 줄 처음부터 알았어요. 시간 낭비도 이런 낭비가 없네요."

그는 항생제 처방전도 받지 않고 병원을 나갔다. 다리 상처를 덮은 붕대도 갈지 않고, 퇴원 지시도 받지 않고, 추후 예약도 잡지 않았다.

나는 병실을 나와서 스파노 씨가 의료진의 조언을 듣지 않고 병원을 떠났다는 메모를 작성했다. 그리고 두 의사 중 누구라도 환자에게 연락해서 병세가 호전되고 있는지 확인해주기 바라는 바람을 담아서 1차 진료 담당자와 정형외과에 메모를 전달했다.

이제 한 시간 반이면 매우 인내심 강한 조슈아도 집으로 돌아갈 것이다. 방사선과에서 다시 전화를 걸어와서 환자의 흉부 CT 결과를 알려주었다. 복부 CT 결과와 상당히 비슷해서 "결절이 셀 수 없이 많다"고 했다. 전립선특이항원 수치의 정상 범위는 4 정도인데, 환자의 수치는 200이 넘었다. 나는 비뇨기과에 전화했다. 비뇨기과는 환자의 정보를 넘겨받아 예약 없이 나흘 안에 진료실을 방문해서 광범위하게 전이된 전립선 종양에 관해 의사와 의논할 수 있도록 조치해놓겠다고 했다.

나는 다시 종양 내과에 전화했다. 종양 내과 의사는 후속 조치를 취해줘서 고맙다고 말하면서 직원이 그날 오후 환자에게 전화해 예약을 잡을 것이라고 알려줬다. 나는 조슈아의 병실로 돌아갔다. 40대로 보이는 부부가 침대 옆에 서 있었는데 남편이 조슈아와 매우 비슷하게 생겼다. 방 안에는 밝은 기운이 가득 감돌았다.

"안녕하세요, 여러분. 저는 의사 하퍼입니다. 퇴원하시기 전에 가장 최근 결과를 알려드리려고 왔습니다."

"하퍼 선생님, 이쪽은 제 아들 리드이고, 이쪽은 며느리 트레이시입니다."

그가 아들 부부를 소개했다.

"안녕하세요,"

내가 각자에게 인사하며 말했다.

"자, 클레멘츠 환자분⋯."

"조슈아라고 부르시라니까요."

환자가 내게 상기시켰다.

"아, 그렇죠. 죄송합니다. 자꾸 깜빡하네요! 검사 결과가 두 개 더 나왔습니다. 전립선특이항원 수치가 상당히 높아요. 과거에 전립선암과 싸우실 때 이 수치에 대해 들어보셨을 겁니다."

"예, 들어봤습니다."

"또 흉부 CT 결과도 복부와 같아요. 여러 곳에 수많은 결절이 있답니다. 모든 정보를 조합해보면 앞서 말씀드린 대로 전립선암에서 전이된 것으로 보입니다."

"무슨 뜻인지 알겠습니다, 선생님. 그랬군요. 와!"

조슈아가 이렇게 말하며 아들 부부를 보았다.

"저는 괜찮아요!"

환자는 가슴에 손을 얹고 숨을 깊고 크게 쉬었다. 숨을 들이쉬고 뱉을 때마다 가슴이 부풀어 올랐다가 내려앉았다.

"결절이 가슴 전체에 퍼져 있는 거네요. 그런데 숨 쉬는 데는 아무 문제가 없어요."

그는 아들 부부를 보면서 공기를 마셨다. 이내 무릎으로 손을 내리며 말했다.

"선생님, 저는 두렵지 않습니다. 정말이에요. 그동안 정말 잘 살았거든요."

그는 웃었다. 기쁨과 안도감, 만족이 섞인 웃음이었다.

그의 아들은 자기 아버지에게서 내게로 시선을 돌렸다.

"선생님, 아빠 말씀이 맞아요. 이 노인네는 삶을 제대로 달려왔어요."

아들은 소리 없이 웃으며 말했다.

"이제는 제가 아빠처럼 뒤에서 뛸 차례입니다!"

"그게 세상 이치죠."

나는 이렇게 맞장구를 치면서 그들과 함께 웃었다. 조슈아는 말을 이었다.

"저는 깨끗한 음식을 먹고 간소하게 살고 있습니다. 이렇게 살아왔으므로 미래에 어떤 일이 닥치든 평화롭게 받아들일 수 있어요. 제가 20년 전 암에 걸렸을 때 사람들은 제 몸에 방사선을 쐬거나 제 몸을 화학 물질로 채우지 않으면 죽는다고 말했습니다. 하지만 저는 그렇게 하고 싶지 않았고, 그 마음은 지금도 변함이 없어요."

조슈아는 한 손을 가슴에 다른 손을 배에 얹었다.

"정말 이상하죠. 숨을 쉬는 데 전혀 문제가 없어요. 기분도 좋고요. 제가 괜찮으면 괜찮은 겁니다."

그는 다시 한번 호탕하게 웃더니 손을 얹은 몸을 내려다보며 말했다.

"제 말은 정말 기분이 괜찮다는 뜻입니다."

조슈아는 침대 가장자리에 있는 발을 내려다보며 숨을 깊게 들이마셨다가 깊게 내쉬었다. 그러고 나서 이내 시선을 내게 돌리더니 미소를 지으며 말했다.

"선생님, 저는 두렵지 않습니다. 예약 시간에 가서 의사도 만날 겁니다. 제 몸에서 정확하게 어떤 일이 벌어지고 있는지 알아야 하니까요. 하지만 화학 요법도 방사선 치료도 받지 않을 생각입니다. 일단 진단을 받아놓고 최대한 지금 상태를 유지하겠습니다."

아들 부부는 아버지의 씩씩한 모습을 사랑이 담긴 눈으로 바라보았다. 그 순간 나는 조금도 의심하지 않고 조슈아의 병실이 이 병원에서, 아니 필라델피아 전역에서 가장 평화롭다는 생각이 들었다. 이곳에서 더욱 오래 조슈아와 함께 머물고 싶었다. 삶의 불확실성에 대해 내가 느끼는 불안을 몸 밖으로 모조리 몰아내고, 조슈아가 지닌 우주에 대한 절대적 믿음, 종양과 상관없이 자기 몸에 대한 절대적인 사랑, 자기 피부로 느끼는 절대적인 위안을 몸 안으로 들이마시고 싶었다.

"조슈아, 종양 내과 팀이 오늘 중으로 예약 전화를 할 겁니다. 비뇨기과하고도 이미 이야기했고요. 비뇨기과에서는 예약한 대로 금요일 오전 9시에 보자고 했습니다. 어떠세요?"

조슈아는 알았다며 고개를 끄덕였다. 나는 계속 말했다.

"물론 필요하시다면 통증과 메스꺼움을 완화시키는 약을 처방해드리겠습니다. 다들 궁금하신 점이 더 있을까요?"

조슈아의 아들 부부는 없다며 고개를 저었다. 조슈아는 병상에서 일어나서 포옹하자는 뜻으로 두 팔을 내밀었다.

순간적으로 등이 뻣뻣해졌다. 반사 작용이었다. 응급실 의사들은 환자와 지나치게 가까워지는 것을 경계한다. 빈대나 오염된 피에 감염될까 봐 두렵기 때문일 수도 있고, 의사와 환자 사이의 경계를 온전히 지켜야 한다고 믿기 때문일 수도 있고, 어차피 다른 의사에게 넘겨야 하는 환자와 지나치게 가까워지는 것을 피하고 싶기 때문일 수도 있다. 조슈아가 두 팔을 벌리고 내 허리 근육이 긴장하는 짧은 시간 동안, 환자와 최소한 장갑 낀 손만큼의 거리를 항상 유지하라는 불문율이 떠올랐다. 조슈아가 나를 따뜻하게 포옹하고 내 뺨에 입을 맞추기 직전에 나는 이러한 경계가 다른 사람들을 가까이 오지 못하게 막는 것보다 우리를 가둬두는 것에 더욱 효과적으로 작용한다는 결론을 내렸다.

"선생님, 응급실에 있는 내내 저를 사람으로 느끼게 해주셔서 고마웠어요."

"천만에요. 여러분 모두에게, 그리고 이 여정에 행운이 함께하기를 바랍니다."

조슈아와 아들 부부가 소지품을 챙기는 동안 나는 자리로 돌아와 퇴원 서류를 작성하고 현황판을 확인했다. 아침부터 진료한 환자들과 전날 밤부터 대기하던 환자들에게 필요한 조치를 취해야 했다. 다행히 두 환자는 기적처럼 병상을 받았다. 동료가 마침내 출근해서 분명히 내게 죄책감을 느꼈는지 환자 다섯 명을 맡았다. 나는 남아 있는 환자들 중 한 명을 맡겠다고 했다. 환자는 일흔의 남성으로 가슴 통증을 호소하며 응급실을 찾았지만 지금은 통증이 사라지고 활력 징후와 심전도 수치가 정상이었다. 나는 일반적인 지시 사항을 입력하면 됐으므로 40분을 벌어서 그때까지 밀린 업무를 따라잡을 수 있었다.

짬을 이용해 커피를 사러 나가기 좋은 시간이었다. 지금쯤 카페인도 필요했지만 편의점까지 10분 동안 걸어가며 어렴풋이 모습을 드러내는 햇빛과 신선한 공기를 온몸으로 맞는 시간이 더 절실했다.

그날 저녁 늦게 집에서 코트뒤론 와인을 잔에 따르고 앉아서 온종일 수고한 자신을 위로하는 건강한 식사를 내게 선물했다. 이틀 전에는 내게 꽃을 선물하면서 기뻤다. 식사 자리의 배경으로 해바라기와 모란, 장미만 한 것이 또 있을까!

나는 스파노 씨와 조슈아를 떠올렸다. 스파노 씨는 그날 오후 자신이 죽지 않으리라는 사실을 알았다. 그러자 병원에 입원해야 할지 모른다는 불안감이 밀려왔고 벌겋게 통통 부은 다리를 절룩거리며 병원 문을 나가 며칠 후 죽을 수도 있는 위험을 감수하는 선택을 했다. 만약 마약 기운에 몽롱하게 젖어 있지 않아서 진실을 제대로 파악할 수 있었다면 어떤 선택을 했을지 궁금했다. 차라리 죽는 편이 더 낫다고 선택할 정도로 대면하기 끔찍한 일은 무엇이었을까? 내면에 어떤 생각이 똬리를 틀고 앉아 있기에 그러한 강박에 사로잡혀 자신을 소진시키기로 선택했을까?

나는 건강하지 않으며 나를 치유하는 데 전념할 수 없어. 나는 그럴 만큼 강하지 않아. 나는 두렵기 때문에 도망쳐야 해. 나는 스스로 지키기 위해 싸울 만한 가치가 없는 인간이니까. 나는 스스로 치유하려고 애쓸 가치가 없는 인간이니까. 나는 삶을 직면하는 고통을 견딜 수 없어. 나는 두렵기 때문에 중독을 끊고 맨 정신으로 살아갈 수 없다고. 구제해주겠다는 손도 잡을 수 없어. 나는 스스로를 돌볼 만큼, 타인에게 나를 치유해달라고 손을 내밀 만큼 나 자신을 사랑하지 않아. 나는 건강할 자격이 없으므로 내게 합당한 자리로 돌아가려는 거야.

나는 스파노 씨가 자신과 맺은 내면 계약에 있는 모든 조건을 그대로 지켰다는 사실을 깨닫고 충격을 받았다. (누구에게나 그렇듯 그에게도 스스로 이렇게 결정할 권리가 있다.) 우리는 언제 이렇게 할까? 내가 가치 없는 존재라고 느끼게 하는 파트너를 선택할 때, 일한 만큼보다 적은 급여를 주는 직업을 선택할 때 그렇다. 모두 마찬가지다. 계약 내용을 직접 작성하지 않았더라도 계약서에 함께 서명한 것이므로 모두 계약의 일부다.

내가 자신과 어떤 계약을 맺었는지 궁금해졌다. 어째서 스파노 씨처럼 자기혐오에 젖은 남자의 행동을 보고 아주 잠깐이라도 동요했을까? 내가 자신을 어떻게 사랑해야 스파노 씨든, 전남편이든, 아빠든, 엄마든, 콜린이든, 병원 관리자든 다른 사람들에게 내가 맺은 계약을 실행시킬 수 있을까? 스파노 환자가 자신을 도우려는 내 시도를 거부한 것은 자신과 맺은 내면 계약을 충실히 이해한 결과였다. 인간은 어떤 경우에서든 다른 사람보다 자신을 더욱 잘 대우하기 마련이다. 따라서 스파노 씨가 무례하게 말하고 행동했다면 그것은 자신과 맺은 내면 계약에 따른 것이다. 그가 맺은 계약은 내가 허락하지 않는 한 내계약과 아무 관계가 없다. 계약서 한쪽 구석에서 내가 간과할 만큼 작게 적힌 조항을 찾아내지 않는다면 그렇다. 즉 내가 만족하기 위해서는 그와 같은 사람들에게 내 필요를 입증받아야 한다고 명시해놓은 조항 말이다. 그는 친절하게도 그 조항을 다시 검토해 영구적으로 수정하라고 내게 촉구했다. 이러한 관점에서 생각하면 그는 나를 변화시킨 천사였다.

머리가 지끈거렸다. 심장이 뛸 때마다 내가 마땅히 누려야 했던 좋은 시절에 대한 확신이 흔들렸다.

그렇지만 많은 사건들이 이처럼 우리의 예상과 바람대로 펼

처지지 않는다. 콜린을 떠나는 것은 우리 둘이 공유했던 사랑을 끊어내고, 우리 사이에 태어날 운명이라고 콜린이 말했던 아이를 향한 사랑을 끊어내는 것처럼 느껴졌다. 심지어 콜린은 아이의 이름까지 지었더랬다. 내가 틀림없이 딸이 태어나리라고 말했을 때도 콜린은 웃으며 "아니, 자기. 나는 아들만 만들어"라고 받아쳤다. 그래서 콜린과 헤어진 날 나는 두 남자를 잃었다. 콜린과, 그가 우리 사이에 태어나리라 상상했던 아들을 잃었다. 전남편과의 미래에 상상했던 아이들인 넬라와 어거스트의 유령을 떠올리게 만드는 낯설지 않은 상실이지만 다시 겪으려니 더욱 고통스러웠다. 나는 무슨 일이 있어도 이 시련을 이겨낼 것이다. 앞으로 두 주 동안 다시 일에 초점을 맞추고 몰두할 것이다. 최근에 삶을 다시 구축하기 위해 애쓰면서도 여전히 일과 사생활의 균형을 잡지 못했다. 아직 균형 잡힌 삶이 뿌리를 굳게 내리지 못하고 있으므로 내가 이 폭풍을 견뎌낼 만큼 강하다고도 느끼지 못했다.

방금 구글 엑스의 최고경영자인 아스트로 텔러의 인터뷰를 들었다. 텔러는 실수하는 것은 실패가 아니고, 계속 계획을 세워 차례로 시작하는 것도 실패가 아니라고 설명했다. 텔러가 정의한 실패는 자기 계획이 통하지 않는다는 사실을 알면서도 어쨌든 실행하는 것이다. 그래서 나는 계획을 수정했으므로, 사실상 거듭 실패하고 있는 것은 아니라고 생각했다.

내가 가꾼 허브 정원을 내다보고 있자니 나도 모르게 얼굴에 미소가 번졌다. 그러자 새로운 현실과 직면했다. 정원을 없애야만 할 것이다. 진딧물 감염을 막기 위해 무당벌레를 데려왔지만 미봉책에 불과했다. 예상한 대로 무당벌레들은 배를 불리고 나서 센터시티의 다른 곳을 탐험하러 날아갔다. 희석한 붉은 고추 스프레이도 뿌려봤지만 역시 실패했다. 이제 허브 정원에는 곤충들이 들끓었다.

나는 이 문제를 해결하기로 다짐하고, 한두 주 안에 유기농 정원을 다시 가꿔보겠다는 계획까지 세워봤다.

조슈아에게서 퍼져 나오는 평화로운 에너지와 사랑을 생각했다. 두려움에서 벗어나 행복에 더욱 다가서는 삶은 어떤 기분일까? 조슈아는 자신이 정한 조건에 따라 원하는 방식대로 살았다. 쉰 살이 되기 전에 암 진단을 받았지만 화학 요법과 방사선 치료를 거부했다. 이러한 결정은 20년 전만 해도 급진적이었다. 당시 서구 의학은 지금보다 훨씬 가부장적이었고 보완의학의 기반은 훨씬 약했다. 사실 나는 건강한 영양 섭취, 체력 단련, 침술, 방향 요법, 마음 챙김, 명상이 질병 치료에 유익하다고 생각하며, 통합되고 진실한 생활이 약보다 더욱 몸에 이롭다고 믿는다. 그런데도 정작 조슈아 같은 상황에 놓인다면 나 자신이 어떤 결정을 내릴지 짐작하기 힘들었다. 사람들은 대부분 거대 제약 회사가 만들어낼 수 있는 가장 강력한 약을 사용해서 정말 버거운 전쟁을 벌여야만 한다고 느낀다. 나는 이러한 강박을 이해했다. 화학 요법과 방사선 치료를 거부하는 것이 마치 사형 선고 같으리라. 두 가지 방법의 효능을 선전하는 많은 과학 논문, 의사, 병원이 개입하는 경우에는 더더욱 그렇다. 이 목소리들을 무시하기가 힘들 수 있다. 또 개인이 내리는 의학적 결정은 매우 버거울 뿐 아니라 상당히 사적이리라.

조슈아와 포옹하면서 그가 잘 살아왔다는 사실을 감지했다. 물론 그가 어떻게 살아왔는지 자세히 알지는 못하지만 그의 몸은 강하고 사랑으로 충만했으며 이렇게 말하는 것 같았다. 나는 무슨 일이 있더라도 내 방식대로 살겠다. 내가 어떤 모습으로 살지 스스로 결정하고, 이 몸에 맞는 치료법을 선택하겠다. 그러고 나서 나는 오늘 두 번째 깨달음을 얻었다. 나 역시 이러한 방식으로 살아가겠다고 바로 지금 선택할 수 있다는 깨달음이었다. 어쨌거나 종양이 없고 폐와 심장도 여전히 활기차게 움직이기는 하지만. 나는 몸이 허락하는 한 열심히 경험해 교훈을 얻고, 마음을 열고, 다른 사람들과 이 선물을 공유하며 살아갈 수 있다. 우리 중 일부는 자신이 맺은 계약에 따라 자유롭게 사는 파트너를 선택하고, 소명으로 삼은 직업을 선택하고, 삶을 모험으로 생각하며 살아간다.

나는 선물을 받았다. 내게 가장 큰 자양분을 선택할 수 있는 힘을 받았다. 그 선택이 현 시대의 흐름에 도전하는 것이더라도 선택하는 힘은 내 것이었다. 새롭게 돋아난 푸른 싹, 즉 성장하 겠다는 선택이 조슈아와 포옹하며 피어났다.

인정

부서진 마음을
마주한다는 것

The Beauty in Breaking

퇴근하려면 아직 몇 시간이나 남았다. 나는 정신을 바짝 차리기 위해 다습한 여름 공기를 크게 들이마셨다. 구급차 주차 구역까지 걸어 나와 잠깐이나마 해 질 녘의 평온을 즐겼다. 메타돈* 클리닉의 서쪽 끝에서 주황빛 구름이 칙칙한 푸른 하늘 위로 유유히 스쳐갔다. 나는 하품을 하면서 머리 위로 팔을 쭉 뻗었다. 오늘은 잠에 취해 꾸벅꾸벅 졸면서 교차로를 지나가는 남자도 없고, 바비큐 맛 감자칩 봉지를 손에 움켜쥔 채 잠든 아기를 유모차에 태우고 담뱃재를 날리며 지나가는 여자들 무리도 보이지 않았다. 아니, 일요일 아침 웨스트 필라델피아의 유니버시티 시티에 있는 가게들이 대부분 문을 닫듯이, 메타돈 클리닉도 문을 닫았다. 나 같은 교대 근무자들을 실어 나르는 버스와 고속도로를 오가는 트럭만 시야에 들어온다. 길을 걸어

---

* 모르핀이나 헤로인 중독 치료에 쓰이는 합성 진통제.

다니는 사람들은 아직 눈에 띄지 않는다. 아마도 남의 시선이 부담스럽거나 신앙심이 있는 사람들이 아직 집 밖으로 나오지 않은 것이리라.

잠시 평온한 시간을 보내고 나서 조금 멀리 돌아갈 요량으로 구급차 진입로로 걸어 나가서 병원 정문을 통과해 응급실에 들어가기로 했다. 내가 응급실에서 불과 1미터도 떨어지지 않은 곳 근방에 있다고 간호사들에게 말해놨지만 몇 분만 지나도 이내 죄책감이 들었다. 자동문을 통과해 병원으로 들어가니 내가 좋아하는 경찰관인 찰스가 순찰을 돌고 있을 뿐 인적은 없었다. 그해 내내 찰스는 특별한 날이 아닌데도 뜬금없이 크랜베리 소스를 곁들인 칠면조 샌드위치를 응급실로 배달시켜주곤 했다. 하지만 내가 찰스를 좋아하는 이유는 따로 있었다. 찰스는 나를 볼 때마다 마치 오래 만나지 못했던 친구를 상봉한 것처럼 언제나 환하게 미소를 지었다. 찰스가 반가워하며 손을 흔들었고 나는 우리끼리 나눈 이야기를 나 역시 기억하고 있다는 뜻을 담아 미소를 지었다.

감사하게도 응급실은 여전히 조용했다. 오전 5시 반경 자리에 앉아 과거의 흔적인 이메일 계정 두 개에 들어가서 수신함에 있는 이메일들을 정리하고 한가한 시간을 만끽했다. 나는 매장에서 보내는 광고 메일, 공과금 고지서, 학자금 대출 자동 이체 알림, 이따금씩만 보고 싶은 통지 등을 받을 목적으로 이메일 계정 두 개를 열어두었다. 가끔 확인하면서 이메일을 한 번에 스무 개씩 삭제했다. 이따금씩 흥미로운 내용을 담은 이메일이 우연찮게 도착하기도 했다. 완벽한 여름용 샌드위치를 만드는 마사 스튜어트의 노하우, 오프라 사이트에서 인용한 결혼 전 자신에게 물어야 하는 질문 스무 개, 불교 관련 주제를 다룬 격월간지《샴발라 선》의 최신호 등등.

나는《샴발라 선》에 실린 여러 링크 중에서 하이디 본이 쓴 〈별일 아니다: 자비와 용서에 관하여No Big Deal: On Metta and Forgiveness〉를 클릭했다. 이 글은 자비 수행 수련회에 참석한 여성이 자신을 학대한 아버지에게 자비를 베풀 수 있는 방법을 탐구하면서 결국 용서에 도달하는 여정을 그렸다. 주인공은 수행을 하면서 복부 깊이 묻혀 있던 깊디깊은 고통을 건드렸다. 메스꺼움을 느끼면서 눈물을 쏟아내며 고통을 떠나보냈다. 이 글은 10년 이상 인연을 끊고 살다가 급기야 친부에게 전화하고, 다음과 같은 깨달음을 얻는 것으로 끝을 맺었다. "이 경험은 아주 먼 과거에 있는 누군가에게 이야기하는 것 같았다. 그 사람은 여전히 그였고, 나는 여전히 나였다. 그뿐이었다. 별일 아니었다. 그러면서도 전부였다."

삶의 동시성을 확인하는 사건이 더 일어났다. 그 주에 나는 직장 우편으로 아빠에게 편지를 받았다. 아빠의 편지는 응급 부서에 도착한 다른 우편물들에 묻혀서 방치되어 있다가 여섯 달도 더 지난 후에 내 상사의 사무실로 전달되었다. 상사는 감사 편지 두 통, 환자들이 보낸 크리스마스카드, 재향 군인 잡지, 구인 편지를 포함한 우편물 한 무더기와 함께 손수 주소를 적은 편지 한 통을 내게 건넸다. 10년 동안 전혀 연락을 주고받은 적이 없고, 둘 사이에 불신의 안개가 끼어 있었는데도 나는 아빠의 필체를 즉시 알아봤다. 나는 놀란 마음을 가까스로 진정시키며 우편물을 받아 들고 응급실로 돌아왔다. 잡지와 구인 편지를 재활용 상자에 넣고, 크리스마스카드를 보낸 재향 군인들의 얼굴을 떠올리려 애쓰면서 기분을 전환하려 했지만 마음먹은 대로 되지 않았다.

　남은 근무 시간 내내 아빠의 편지를 어떻게 할지 곰곰이 생각했다. 집중력을 잃을 우려 때문에 직장에서 읽을 수는 없었다. 내 입장을 정리해보면 여러 해 전 아빠를 용서했고, 남은 삶을 아빠 없이 살아갈 수 있었다. 별로 신경을 쓰고 있지 않을 때 나도 모르게 평온하게 아빠를 용서했던 것이다. 아빠는 내게 그 어떤 설명도 없이 내 삶에서 걸어 나가 나를 버렸으므로, 내가 아빠를 일방적으로 용서한 것에 대해 조금도 미련이 남지 않았다. 눈에 보이지 않는 아빠를 용서하기란 상대적으로 쉬웠으니까. 부정적인 존재가 가까이 있을 때보다는 멀리 떨어져 있을 때 긍정적으로 생각하기가 항상 더 쉬운 법이니까. 교통 체증 때문에 차에 갇혀 있을 때보다 요가 매트 위에 있을 때 더 쉽게 너그러워지는 것과 같은 이치리라. 아빠는 가버렸고 나는 자유로워졌다. 나는 아빠 문제를 내 마음 가는 대로 처리했다. 나는 옳은 일을 했다. 아빠를 용서했던 것이다. 그러면서 삶의 다음 단계로 넘어갔다고 여기며 만족했다.

그런데 아빠가 이제 와서 내 삶에 불쑥 끼어들다니, 나와 내가 했던 용서는 대체 무엇이 되는가? 아빠가 편지를 보냈을 법한 여러 이유들을 생각해봤다. 아빠가 완전히 개과천선해서 깨달음을 얻었다며 내게 손을 뻗는 것인지 모른다. 그럴 리 만무하다는 생각이 번개처럼 들었다. 만에 하나 그것이 사실이라면 편지를 병원에 우편으로 보내는 것보다 좀 더 적극적인 방법을 썼어야 한다. 병원 우편물의 배달 속도는 풍선 전보와 비슷하니 말이다. 아빠도 의사였으니 그쯤은 알고 있을 것이었다.

어쩌면 아빠가 서서히 죽어가고 있는 중일지도 몰랐다. 마지막 남은 생명의 불꽃마저 사그라지면서 확실히 잘못을 뉘우치고 마침내 후회한다는 말을 하려고 연락했을 수 있다.

아니다. 어림 반 푼어치도 없는 소리다. 아빠의 편지는 바람을 반쯤만 넣어 공중으로 시험 삼아 띄운 풍선일 가능성이 높았다. 그렇다, 확실히 그럴 것이다. 본인 마음이 편해지고 싶은데 내가 기꺼이 호응해줄지 알아보려는 심산일 뿐이다. (이것은 아빠가 항상 취해온 행동 방식이었고, 아빠가 이 방식을 바꾸는 것을 나는 단 한 번도 본 적이 없었다.) 하지만 내게는 지금 당장 다른 사람의 감정적, 심리적, 영적 상태를 제대로 보살필 만한 여력이 없었다. 내가 어떻게 하든 어차피 불가능한 일이라는 사실을 이미 깨달았기 때문에 더욱 그랬다.

나는 편지를 겉봉도 뜯지 않은 채로 가방 밑바닥에 쑤셔 넣고 일을 하려고 자리로 돌아왔다.

이때 간호사 빌이 응급실 의사실의 문을 두드렸다.

"손을 베인 환자가 들어왔습니다. 윌리엄스 환자래요. 근데 이 환자, 약간 맛이 갔어요. 선생님이 빨리 진료하시고 퇴원시키시면 좋겠습니다."

"무슨 일이 있었답니까?"

내가 물었다.

"모른답니다. 환자가 좀 이상해요. 외출을 했는데 어쩌다 보니 손에 상처가 나 있더랍니다. 이곳에 오기 전에 상처를 씻었다고 하네요. 상처는 별거 아닌 거 같아요. 제가 상처를 소독하고 침대 옆에 열상 카트를 갖다놨습니다. 엑스레이를 찍을까요?"

"어떻게 다쳤는지 모르니까 엑스레이를 찍어서 이물질이나 뼈 부상이 있는지 확인해야 해요. 환자가 엑스레이를 찍고 병실로 돌아오면 알려주세요."

"예, 제가 지금 환자를 검사실로 데려가겠습니다. 환자가 엑스레이를 찍고 돌아오면 로레인이 맡을 거예요."

"알겠어요. 고마워요."

《샴발라 선》을 펼쳐서 기사를 두 편 더 읽었는데 윌리엄스 환자가 방사선과에서 돌아왔다는 보고를 받았다. 병실에 다가 가니 한 젊은이가 이리저리 서성대고 있었다. 윌리엄스 씨는 계속 혼잣말을 하면서 번갈아 가며 손을 쥐어짜거나 주먹으로 이마를 탁탁 치면서 이따금씩 튀어나오려는 고함을 입 밖으로 내지 않으려 애썼다. 나는 병실을 훑어보았다. 곁에 아무도 없 었다. 간호사 로레인은 간호사실에 앉아서 일지를 작성하는 도 중에 나를 보며 말했다.

"진상 환자예요, 선생님. 얼른 내보내세요, 아셨죠? 상처는 이제 괜찮아 보여요."

나는 화면으로 엑스레이를 확인했고, 정상이어서 마음이 가 벼웠다. 뼈는 온전하게 잘 정렬해 있고, 열상이 있는 손바닥 부 위에는 자그마하고 부드러운 조직 부종이 보일 뿐 이물질도 없 었다. 나는 상처를 빨리 봉합하고 퇴원시킬 수 있겠다고 생각 하면서 환자가 있는 병실로 다가갔다.

나는 병실 문을 두드렸다.

"안녕하세요, 윌리엄스 환자분."

윌리엄스 씨는 나를 쳐다보며 엉겁결에 대답했다.

"네, 저, 안녕하세요, 선생님. 의사 선생님, 제가 하려는 말은, 저기요, 선생님, 아니 의사 선생님."

그는 먼 곳으로 응시하면서 계속 서성댔다. 나는 병실 입구에 선 채로 말했다.

"환자분, 침대에 앉아서 이야기를 좀 나눌까요?"

올리브색 피부와 적갈색 눈동자가 인상적인 그는 눈이 컸고 말끔하게 면도를 했다. 다른 특징들과 어우러져서 세계 대부분의 지역에서 볼 수 있는 원주민처럼 보였다. 갈색 생머리는 단정하게 손질했지만 이마에서 헝클어져 있었다. 바지에서 반쯤 빠져나온 옥스퍼드 셔츠에 핏자국이 있기는 해도 바탕이 짙은 파란색이어서 거의 눈에 띄지 않았다. 그는 고개를 숙였다.

"예, 그러죠."

그러더니 벽에 등을 기대고 병상에 털썩 앉아 다리를 꼬았다 풀기를 반복했다. 나는 문과 커튼을 열어놓은 채로 병상의 오른쪽으로 다가섰다. 나는 진료할 때 환자의 사생활을 최대한 보장하려고 노력한다. 하지만 윌리엄스 씨의 경우에는 응급 부서의 다른 의료진이 훤히 볼 수 있는 상태로 진료하는 것이 좀 더 신중하리라고 느꼈다. 의사들은 일하다 보면 이런 본능이 자라난다. 때로 환자의 상태를 잘못 읽기도 하지만 대부분 본능이 맞다.

그는 중얼거림을 멈췄지만 여전히 다리를 반복해서 꼬았다가 풀었다. 이따금씩 놀랐다는 듯 온몸을 움찔하고 시선을 앞뒤로 움직이며 '쉿!' 하고 비명을 질렀다. 나는 그의 혼잣말을 중단시키며 말했다.

"윌리엄스 환자분, 저는 의사 하퍼입니다. 병실에 처음 들어왔을 때 제 소개를 하지 않은 것 같네요. 손을 베었다고 들었습니다. 환자분의 엑스레이 사진을 봤는데 정상으로 보입니다. 좋은 소식이죠. 어쩌다 다쳤나요?"

윌리엄스 씨의 움직임이 잠시 멈췄다.

"조금 전에 손을 베었어요. 친구가 닦아줬어요. 그리고 나를 이리로 데려왔어요."

윌리엄스 씨는 오른손을 내 얼굴 쪽으로 내밀어 보이며 말했다.

"무슨 일이 있었는데요?"

"몰라요, 몰라요. 친구와 밖에 나갔다가 그랬어요. 휙 했는데 그랬어요. 눈 깜짝할 사이예요. 그리고 친구가 닦아줬어요."

그는 몸을 앞뒤로 흔들며 손등을 문지르기 시작했다.

"친구가 닦아줬어요. 친구가 닦아줬어요. 친구가 닦아주고 감아줬어요."

그는 껑충 뛰면서 대답했다. 그러더니 이내 "오!"라고 외치며 왼손으로 자기 입을 막았다.

"무슨 일이 있었는지 전혀 생각나지 않는 것 맞아요? 사람들은 대부분 그래도 조금은 기억하거든요."

그는 나를 쳐다봤지만 묵묵부답이었다. 눈은 공포로 가득 차 불안정해 보였다.

"음, 그러면 칼에 다쳤는지 총에 다쳤는지는 기억할 수 있어요?"

칼이나 총으로 인한 부상인 경우에는 보고해야 할 가능성이 있으므로 부상의 원인이 불분명한 경우에 나는 항상 이 질문을 던졌다.

"아니요, 아니요. 휙 눈 깜짝할 사이에 그랬어요. 몰라요, 몰라요. 우리는 밖에 나갔어요. 아니요, 친구가 말했어요. 친구가 나를 여기 데려왔어요. 친구가 닦아줬어요."

그는 갑자기 "오!"라고 소리를 지르면서 다리를 떨기 시작하다가 머리를 휙 옆으로 돌렸다. 머리 위로 왼쪽 손을 뻗었다가 목을 거쳐 가슴에 대고는 주먹을 움켜쥐었다. 그러더니 무서운 뭔가를 보았는지 주먹을 얼굴 앞까지 들어 올리며 소리를 질렀다.

"아니요, 아니요. 괜찮아, 괜찮아."

그는 숨어들어가는 소리로 웅얼댔다.

"자, 손가락에 감각이 있어요? 움직일 수 있나요?"

"예."

그는 이렇게 말하면서 손을 얼굴 앞으로 올린 뒤 손가락을 쫙 펴고는 천천히 구부렸다 다시 펴기를 반복했다. 그러다가 손등으로 테이블을 쿵 치는 바람에 우리 둘 다 깜짝 놀랐다.

"윌리엄스 환자분, 괜찮아요?"

그는 다시 내게 관심을 쏟았다.

"나는 괜찮아요. 나는 괜찮아요. 나는 괜찮아요. 나는 괜찮아요."

그는 중얼거리는 입술 가까이로 주먹을 가져가면서 움켜쥐었다 펴기를 반복했다.

"윌리엄스 환자분, 무슨 일이에요?"

내가 조심스럽게 물었다.

"그 사람들이 나를 따라와요!"

그가 다시 입을 막으며 소리쳤다. 그는 이해할 수 없을 정도로 흐느껴 울기 시작하면서 좌우를 번갈아 보다가 가슴을 내려다보았다.

"누가 당신을 미행하나요?"

"그들이 미행해요. 제 누나한테 물어보세요. 누나가 전화했어요. 나는 누나한테 전화할 수 있어요. 하지만 누나는 귀찮게 굴어요. 하지만 누나한테 전화해도 돼요. 나는 몰라요."

판단하기가 더욱 복잡해지고 있었다. 나는 더 시급한 문제를 짚고 넘길 수 있도록 열상을 신속하게 치료하는 것에 우선순위를 두었다.

"자, 윌리엄스 환자분, 손에 난 상처가 조금 깊어서 몇 바늘 꿰매는 것이 좋겠어요."

"그렇게 하세요, 선생님."

"상처를 꿰매본 적 있나요?"

그는 고개를 저었다.

나는 침대 옆 테이블에 봉합 도구들을 가지런히 늘어놓으며 절차를 설명했다. 그는 병상에 등을 대고 막대처럼 누워 있었다. 그가 내 말을 들었는지, 아니면 자기 머릿속에 들리는 목소리를 들었는지는 아무도 알 수 없었다.

"자, 윌리엄스 환자분, 봉합을 시작할게요. 마취 약이 들어가면 처음에는 타들어가는 느낌이 들 거예요. 그 뒤에는 손이 마비되는 감각이 느껴질 겁니다. 움직이면 안 돼요. 하고 싶은 말은 무엇이든 해도 되지만 움직이면 안 돼요. 아셨죠?"

"알겠어요."

"준비됐나요?"

그는 왼손을 오므려 주먹을 쥐고, 엄지손가락을 깨물며 "예"라고 대답하고는 두 눈을 질끈 감았다.

"따끔할 거예요."

내가 마취 약을 투여하기 위해 주삿바늘로 손바닥을 몇 번 찌를 때 그는 뻣뻣하게 누워 있었다.

"마취는 다 끝났어요."

윌리엄스 씨는 한숨을 쉬면서 엄지손가락 근처에 살이 많아 두툼한 부분에 갈매기 모양으로 나 있는 상처를 내려다보았다. 상처에서 피와 리도카인이 섞인 붉은 액체가 배어 나왔다.

마취가 제대로 됐는지 확인하려고 상처 부위를 검사하면서 통증은 없는지 그에게 물었다. 그는 없다고 대답했다. 내가 리도카인과 바늘을 옆에 내려놓자 그는 다시 숨을 헐떡이며 시선을 돌렸다. 나는 니들 드라이버에 봉합사를 끼우고 상처를 꿰맬 준비가 되었다고 알려주기 위해 그를 보았다. 내가 말을 꺼내기도 전에 윌리엄스 씨가 몸을 벌떡 일으켰다. 기구들이 쟁반 옆으로 미끄러졌고, 리도카인 병은 옆으로 굴러서 테이블 가장자리에 턱 하며 부딪쳤다.

그는 병실의 멀리 한쪽 구석을 노려보며 마치 귀신이라도 본 듯 "그만해!"라고 소리를 질렀다.

"윌리엄스 환자분, 내 말 들려요?"

평소의 내 목소리보다 훨씬 차분한 목소리로 물었다. 나는 떨리는 심장을 가라앉히고, 가슴에서 밀고 올라오는 뜨거운 기운을 진정시키기 위해 심호흡을 했다. 열린 문 너머로 로레인이 눈을 휘둥그레 뜨고 컴퓨터 너머로 나를 바라봤다.

윌리엄스 씨가 내 쪽으로 다시 시선을 돌렸다. 몸은 긴장해서 여전히 경직되어 있고, 팔다리는 석션컵으로 고정되어 있듯 침대 위에 뻣뻣하게 놓여 있었다. 하지만 이제 얼굴 표정은 부드러워졌고 눈에는 애원하는 표정이 담겼다.

"예, 들려요, 선생님."

"윌리엄스 환자분, 치료를 계속 받고 싶으세요?"

"예, 그럼요. 예, 그럼요."

"정말 가만히 있어야 해요. 정말 움직이면 안 돼요. 움직이면 봉합을 할 수가 없어요."

의사는 환자와 타협하지 않을 때가 있고, 치료에 협조하든지 아니면 떠나라고 환자에게 말해야 하는 경우도 생긴다. 하지만 이따금씩 좀 더 부드러운 접근법이 필요할 때도 있다. 이 환자는 지나치게 연약해 보였다. 그래서 치료하는 내내 내가 다정한 이모 같은 태도를 취해야 했다.

3분의 1 정도 봉합했을 때 윌리엄스 씨가 갑자기 다리를 들어 올리면서 내가 멈추라고 말하기도 전에 소리를 질렀다.

"괜찮아, 괜찮아. 너는 괜찮아. 그 여자는 괜찮아. 여기서 우리는 모두 안전해. 괜찮아."

내가 봉합 도구를 공중에 들고 있는 모양새가 되어 윌리엄스 씨와 나 사이에 봉합사가 매달려 있었다. 나는 세계 신기록을 세울 만큼 신속하게 봉합을 마쳐야겠다고 마음의 준비를 단단히 하면서 그의 격한 감정이 사그라지기만을 기다렸다. 순간적으로 그냥 봉합을 중단할까 하는 생각이 들었다. 심지어 단순 연속 봉합조차도 할 수 없을 것 같았다. (단순 연속 봉합은 봉합선이 분리되지 않은 봉합 유형이다. 긴 봉합사 한 가닥으로 상처를 따라가며 바늘로 조직을 한 땀 한 땀 뜨고 끝에 가서 매듭을 묶는다. 이 방법의 장점은 속도가 빠르다는 것이다. 단점은 봉합선이 중간에 끊기면 전체가 끊겨서 처음부터 다시 봉합해야 하는 것이다.) 하지만 결국 내 앞에는 환자의 손이 놓여 있고, 가장 효과적으로 상처를 치료하려면 봉합을 해야 했다. 그래야 손의 기능을 살릴 가능성이 클 터였다. 어쨌거나 봉합을 빨리 끝내는 것이 치료의 관건이었다.

윌리엄스 씨는 바늘 드라이버와 핀셋으로 시선을 돌렸다가 이내 팽팽하게 당겨져 있는 검은색 나일론실을 보았다. 그러고 내 오른쪽에 놓인 가위와 여러 날카로운 도구들을 건너다보았다. 그 지점에 윌리엄스 씨의 눈길이 꽂히는 것을 보고 나는 손을 내렸다. 그를 다치지 않게 하려고 봉합 도구를 쟁반에 내려놓고, 마지막 땀을 뜬 곳은 매듭을 묶지 않은 채로 놔뒀다. 자동적으로 손을 뻗어 날카로운 도구가 담긴 쟁반을 내 쪽으로 더 가까이 끌어당겼다. 윌리엄스 씨는 숨을 내쉬고는 자신은 괜찮다고, 의사는 괜찮다고, 자신은 안전하다고 큰 소리로 되뇌더니 다시 안정을 찾은 것 같았다. 나는 그 틈을 타서 어느 때보다 빨리 봉합을 마쳤다.

"다 끝났어요!"

나는 도구들을 거두며 말했다. 내가 윌리엄스 씨의 손을 덮었던 소독포를 벗기고, 간호사가 꿰맨 상처를 소독하고 거즈로 싸야 하니 그대로 기다리라고 환자에게 말했다.

윌리엄스 씨는 병상에 누운 채로 손을 꽉 쥐었다 풀었다 반복하면서 "안 돼!"라고 소리쳤다가 자신의 허벅지와 이마를 찰싹 때렸다. 나는 다친 손을 쓰면 절대 안 된다고 그에게 단호하게 주의를 주었다.

이 환자를 신속하게 치료해서 퇴원시킬 수는 없을 것이다. 물론 봉합을 마쳤으니까 퇴원 서류를 손에 쥐여주면서 병원에서 빨리 내보낼 수는 있었다. 병원에서 흔히 일어나는 일이다. 우리는 불편한 문제들을 무시한다. 신속하게 답에 접근할 수 없기 때문이다. 의사 입장에서 생각하면 친밀한 파트너의 폭력, 노숙, 중독, 이와 유사한 문제들은 응급실에서 한 번 진료한다고 해서 고칠 수 없다. 문제를 고치도록 도울 수는 있지만 고칠 수는 없으므로 내가 고칠 수 있는 것, 즉 내가 상처를 봉합할 수 있는 열상을 치료하는 일에 집중하는 것이 더 쉽다. 다른 질문들을 던지면 판도라의 상자가 열린다. 그럴 일은 없어야 하지만 환자가 "예, 제 남자친구가 저를 칼로 찔렀어요. 그리고 저를 허구한 날 때려요."라고 말했다 치자. 이때 나는 위로하는 말을 해야 하고, 사회 복지 서비스에 전화를 걸어야 한다. 환자의 응급실 체류도 몇 시간 늘어날 수 있다. 이때 최악의 상황은 의사가 질문했을 때 환자가 협조를 거절하는 것이다. 그렇다고 개인적으로 모욕을 느껴서는 안 되지만 순간적으로 그럴 수 있다. 물론 환자가 도움을 거절하는 것은 의사와 개인적으로 전혀 관계가 없다. 나는 분명히 내 삶으로 돌아갈 것이고 환자가 겪은 구타를 당하지도 않을 것이다. 하지만 환자가 스스로를 염려하는 정도보다 내가 환자를 더욱 깊이 염려한다고 느끼고, 내 손을 떠난 후에 환자가 불필요한 폭력을 더욱 많이 당하리라는 생각이 들어 몹시 괴롭다.

윌리엄스 씨에게 무슨 일이 일어났는지는 전혀 모르지만 이 사람이 심각하게 아프다는 사실은 알 수 있었다. 물론 부상도 입었지만 그의 정신에 직접적으로 영향을 미치는 문제도 있었다.

"윌리엄스 환자분, 매우 당황하고 불안해 보여요."

"그래요, 그래요."

"정신의학과 의사에게 진료를 받는 것이 좋겠어요. 의사가 환자분의 불안감을 줄여줄 수 있어요. 어때요?"

"그래요, 그래요. 의사가 도와줄 수 있다고요?"

"물론이죠. 마음을 진정시키는 약을 처방해드릴까요?"

윌리엄스 씨는 순순히 수긍하며 고개를 끄덕였다.

"좋아요, 그러면 환자복으로 갈아입고, 몸 상태를 확인해보기 위해 몇 가지 검사를 받아봅시다."

"예, 선생님."

윌리엄스 씨는 연약했지만 고분고분했다. 나는 그의 병실에서 안전하게 나온 것에 안도하며 로레인에게 다가갔다. 로레인이 나를 올려다보며 말했다.

"퇴원시켜도 되겠죠, 선생님?"

나는 의자를 끌어다 로레인 옆에 앉은 후에 말소리가 윌리엄스 씨에게 들리지 않도록 조심하려고 병실을 돌아보았다. 그는 다시 병실을 서성이며 자신과 말다툼을 하기 시작했는데 안타깝게도 윌리엄스 씨가 수세에 몰리고 있는 것 같았다. 나는 로레인 쪽으로 상체를 기울였다.

"이 환자를 퇴원시킬 수 없어요. 심리 상태가 매우 불안정해요. 환자에 대한 정보가 많지 않아서 정신병이 그의 기저선에 얼마나 근접했는지 알 수가 없네요. 정말 미안하지만 정신의학과에서 환자를 진찰하고 진단을 내리기 전에는 환자를 병원에서 내보낼 수 없고 제가 일대일로 관찰해야 합니다. 진단을 내리려면 검사도 몇 가지 실시해야 하고요. 우선 환자복으로 갈아입히고, 모든 정신의학과 환자와 같은 진료 절차를 진행합시다. 놀랍게도 환자가 모든 절차에 따르겠다고 동의했어요. 환자는 대화를 하면 잘 수긍하고 상당히 협조적이에요."

내가 정신의학과로 가고 있을 때 선별 구역 담당 간호사인 스티브가 나를 불러 세웠다.

"하퍼 선생님, 잠깐 이리로 와주시겠어요?"

"예, 진료받으려고 대기 중인 환자가 더 있나요?"

"그렇지는 않습니다."

스티브가 대답했다. 나는 손에 커피를 든 채로 스티브 옆에 있는 책상에 몸을 기대고는 스티브가 용무를 말할 때까지 기다리는 동안, 일요일 아침의 고요가 여전히 감도는 응급실에서 평화롭게 커피를 마시며 행복한 순간을 잠깐이나마 즐겼다.

"형사 몇 명이 선생님과 이야기를 나누겠다면서 기다리고 있어요."

"시 경찰에서요? 무엇 때문에요?"

"살인 사건 때문이라고 하던데요. 보아하니 가장 나중에 들어온⋯."

"응급실에 유일하게 남아 있는 환자 말인가요?"

"예, 그 환자가 오늘 아침 올드시티에서 발생한 살인 사건의 용의자랍니다."

"뭐라고요?"

나는 커피를 내려놓고 스티브 옆에 앉았다.

"잠깐만요. 어떻게 된 거예요?"

"자세히는 몰라요. 하지만 형사의 말에 따르면 한 할머니가 올드시티에 있는 교회 밖에서 칼에 찔렸대요. 제보를 받은 형사들이 윌리엄스 환자를 추적해 이곳까지 왔답니다."

"형사들이 여기 온 지 얼마나 됐나요?"

밖을 내다보니 제복을 입은 중년의 남자 세 명이 반원형으로 앉아 있었다. 한 사람은 메모지를 손에 들고 몸을 앞으로 숙인 상태로 다른 두 형사와 농담을 주고받았다. 두 형사는 안락의자에라도 앉은 듯 편안한 자세였다.

"글쎄요, 아마 30분쯤 된 것 같아요. 제보를 받고 이 사건에 배정됐답니다."

나는 윌리엄스 씨와 단둘이 병실에 있었던 광경이 떠올랐다. 그의 손을 치료할 때 그가 혼잣말을 중얼거리며 날카로운 도구들을 응시했던 모습도 떠올랐다. 본능적으로 그와 내가 안전하지 않고, 우리를 위험에서 빨리 구해야 한다고 생각했던 순간도 기억났다. 바로 그동안 형사들은 밖에서 우리를 기다리고 있었던 것이다.

"그렇다면 형사들이 바깥 대기실에서 서로 농담하며 앉아 있는 동안 우리는 방금 누군가를 살해했을지도 모르는 사람과 저 안에 함께 있었다는 건가요? 게다가 저는 그 용의자의 상처를 봉합하느라 병실에 단 둘이 있었고요? 그런데도 저 형사들 중 어느 누구도 의료진에게 경고하거나 심지어 응급실에 들어와서 우리가 안전한지 확인해야겠다고 생각하지 않은 건가요?"

스티브가 눈살을 찌푸리며 말했다.

"예, 그러네요. 선생님 말씀이 맞아요. 그런 생각을 하지 않은 거네요."

나는 커피 잔을 들고 대기실로 향했다. 내가 다가가자 형사 셋이 일제히 일어섰다. 전부 키가 180센티미터는 족히 넘어 보였다.

"선생님, 폴 윌리엄스 씨를 치료하고 계시죠?"

한 형사가 물었다. 나는 고개를 끄덕였다. 형사의 설명에 따르면 내 환자가 할머니를 공격하는 장면을 목격한 사람이 있고, 지금 체포 영장을 발부받는 절차가 진행 중이라고 했다.

"용의자의 몸 상태는 어떤가요? 저희가 경찰서로 데려갈 만한가요?"

"음, 윌리엄스 씨의 의학적 상태는 괜찮습니다. 상처는 봉합을 해서 지금은 괜찮아요. 하지만 환자는 바나나 넛banana nuts 이에요. 정신이 멀쩡하지 않다는 뜻이죠."

"그것은 의학 용어인가요, 선생님?"

백인 형사가 고개를 뒤로 젖히며 한바탕 웃고 나서 물었다.

"예, 저희가 새로 사용하고 있는 용어입니다. 하지만 진지하게 말하면 윌리엄스 환자에게 진정제를 방금 처방했어요. 제 생각에 환자는 정신 질환을 앓고 있어요. 정신의학과 의사에게 진찰을 의뢰하려 합니다."

"여보세요, 의사 선생님, 그 작자가 속임수를 쓰고 있다고는 생각하지 않으세요? 갑자기 정신 질환을 앓다니 정말 편리한 핑계네요."

흑인 형사가 빈정대듯 웃으며 말했다. 나는 씩 웃었다. 체포 당하거나, 날씨가 매우 화창해 출근하고 싶지 않을 때 온갖 의학적 증상이 급성으로 시작되는 것은 응급실에서 흔히 볼 수 있는 현상이기 때문이다.

"예. 저도 꾀병을 부리거나 형사님이 말씀하신 대로 속임수를 쓰는 사람들을 많이 봐왔습니다. 정신 질환을 앓는 사람들도 많이 목격했고요. 이 환자가 정말 아픈 것이 아니라면 아카데미상을 수상할 만큼 연기력이 뛰어난 배우겠죠. 하지만 배우는 아니에요. 죄송합니다."

형사들은 주변을 서성였다. 실망한 기색이 역력했다. 나는 아직 검사 결과를 기다리고 있지만, 어떤 결정을 내리든 그 전에 정신의학과 의사에게 진찰을 받을 필요가 있다고 형사들에게 말했다.

"저희는 응급실에 경찰 인력을 배치해야 한다고 생각합니다."

형사 하나가 말했다.

"그래서 재향 군인 병원 경찰과 이야기했는데 이곳에는 두 명가량을 계속 배치할 만한 여력이 없다고 하네요. 저희가 이곳에 한동안 머물러도 되겠습니까?"

"물론이죠. 저도 그 편이 더 안전하다고 생각합니다. 지금 윌리엄스 환자는 괜찮아요. 제 지시도 고분고분 잘 따르고 게다가 투약도 필요합니다. 솔직히 제가 치료했던 정신 멀쩡한 환자들 대다수보다 훨씬 협조적이에요."

나는 미소를 지으며 말했다.

"좋아요, 선생님. 그렇게 합시다."

듣기 좋은 소리였다. 이것은 내가 사우스 브롱크스에서 일하던 시절에 응급실에서 경찰관들과 형성해왔던 유형의 동료 협력 관계였다. 나는 몸을 돌려서 선별 구역 창구를 통해 스티브에게 말했다.

"형사님들을 응급실 뒤쪽으로 안내해줘요. 당분간 응급실에 머무르실 거예요. 직원들에게 소개해주시고 편안하게 지내실 수 있도록 해드려요."

당직인 정신의학과 의사는 아직 응급실에 오지 않았다. 아마도 당직실에서 잠을 자고 있을 것이다. 나는 정신의학과 간호사에게 정신의학과 의사를 응급실로 호출해달라고 요청하고 나서 응급실로 돌아와 의료진에게 현재 상황을 알렸다. 나는 로레인에게 설명했다.

"환자의 정신 상태가 지금은 안정적이에요. 하지만 그 전에 일어난 사건을 감안하면…."

나는 봉합하는 동안 윌리엄스 씨가 보인 행동을 떠올리며 말했다.

"약을 복용할 때까지 몸을 묶는 편이 안전하다고 생각해요. 그러면 환자가 정말 정신적으로 안정 상태인지, 자신이나 직원에게 해를 끼치지 않을지 확인할 시간을 벌 수 있을 거예요."

나는 윌리엄스 씨의 병실을 힐끗 건너다보았다. 그는 여전히 불안해하고 있지만 고분고분했다. 간호사가 캐리 씨를 휠체어에 태워 윌리엄스 씨 옆 병실로 데려가고 있었다.

캐리 씨는 툭하면 응급실에 왔다. 한때는 매주 직접 차를 몰고 응급실에 온다는 말이 돌 정도였다. 응급실에 도착하면 대기실에서 어슬렁어슬렁 돌아다니다가 선별 구역에 들어간다. 자신이 의료진의 시야에 들었다고 생각하는 순간 불가사의하게도 몸을 거의 절반으로 접고 걸을 수 없을 정도로 급격히 심한 통증을 호소한다. 그러고는 몸을 격렬하게 떨며 아파 죽겠다고 비명을 지른다. 심지어 총상을 입거나 신장 결석을 앓는 환자나 진통 중인 임산부라도 그렇게까지 소리를 지르지 않을 것이다. 자신의 요구를 당장 들어달라고 고집을 부리는 사람들이 내는 울부짖음이다. 예상대로 캐리 씨는 경련을 일으키는 척할 테고 그 와중에도 잠깐씩 멈추면서 지난 1년 넘게 CT, MRI, 초음파, 소변 검사, 내시경, 대장 내시경을 포함해 검사란 검사는 죄다 받았지만 이상하게 결과는 정상이었다고 옆 사람에게 들리도록 훌쩍이며 설명할 것이다. 그러다가 무엇을 해도 누그러질 기미가 없던 통증이 감사하게도 정맥으로 딜라우디드* 주사를 두어 차례 맞았더니 신기하게 사라지기 시작했다고 슬쩍 흘릴 것이다.

나는 휠체어를 타고 지나가는 캐리 씨가 나를 볼 수 있도록

* 심한 통증 완화에 사용하는 마약성 진통제의 일종.

324

복도에 서 있었다. 그는 내가 자신에게 마약성 진통제를 주지 않을 의사라는 사실을 알고 있으므로 나를 보는 즉시 응급실에서 걸어 나갈 가능성이 있기 때문이었다. 캐리 씨는 전에도 그렇게 한 적이 있었다.

"로레인, 환자의 두 발을 묶으면 되겠어요."

나는 다시 윌리엄스 씨를 언급하며 말했다.

"아니면 두 발과 한쪽 팔을 묶을까요? 그렇게 해도 음식을 먹고 소변기를 사용할 수 있을 테니까요. 로레인이 판단해서 처리하시고, 어떻게 했는지만 제게 알려주세요."

"예, 알겠습니다, 선생님."

나는 플리스를 입었지만 응급실을 감도는 건조하고 차가운 공기가 옷 사이로 스며들어서 두 팔로 상체를 감쌌다. 내가 서 있는 곳에서 캐리 씨는 왼쪽, 윌리엄스 씨는 오른쪽 병실에 있었다. 왼쪽 병실에 있는 캐리 씨는 비특이성 복통과 가벼운 역류 증상을 제외하고는 의료 기록이 깨끗했고 의학적으로 건강했다. 그가 있는 병실은 견줄 데 없이 시끌벅적했다. 오른쪽 병실에 있는 윌리엄스 씨는 정신적인 고통에 시달렸다. 간호사인 로레인과 빌이 윌리엄스 씨를 진정시키기 위해 약물을 투여하고 환자에게 억제대를 채우는 중이었다. 로레인이 환자에게 무언가를 말하고 있었다. 아마도 앞으로 어떤 상황이 진행될지 설명하는 중이리라. 환자가 왼쪽 다리를 천천히 뻗자 로레인이 억제대를 채우고 침상에 고정시켰다. 이번에는 빌이 환자의 오른쪽 다리를 침상에 고정시켰다. 그런 다음 환자는 억제대를 채울 수 있도록 왼쪽 팔을 뻗었다. 로레인은 환자의 오른팔이 닿는 거리에 소변기를 놓았다. 빌이 진정제인 아티반을 투여하고 채혈하기 위해 정맥 주사선을 잡는 동안 환자는 팔을 전혀 움직이지 않았다. 로레인이 컵에서 알약 두 알을 꺼내 환자의 입으로 가져가자 환자는 턱을 들고 입을 벌려 약을 받아먹었다. 나는 캐리 씨 병실 밖에 섰다.

"캐리 씨, 복통이 또 시작됐나요?"

그는 "예"라는 소리를 겨우 알아들을 수 있을 뿐 뜻 모를 소리를 질렀다.

"그렇다면 지난번과 같은 검사를 시행하겠습니다."

나는 이렇게 말하고 책상으로 향했다.

"잠깐만요, 선생님. 검사든 뭐든 하기 전에 진통제부터 주세요!"

"물론이죠. 위 역류 증상을 완화시키기 위해 매우 강한 제산제를 투여하는 것이 가장 안전해요. 혈액 검사와 엑스레이를 찍는 동안 통증을 완화시켜줄 겁니다."

"아뇨, 제산제는 싫어요! 진통제를 주지 않으면 검사는 절대 받지 않을 겁니다."

캐리 씨는 소리를 지르면서 다시 몸을 흔들며 발길질을 하기 시작했다. 나는 캐리 씨에게서 등을 돌렸다.

"환자분에게는 저희가 제공하는 치료와 검사를 거부할 권리가 분명히 있습니다. 다만 거부하시는 경우에는 응급실을 나가셔야 합니다."

캐리 씨는 병상에 누워서 계속 몸부림쳤다. "나는 안 나가!"라며 비명을 질렀다.

"쓸데없는 검사는 받지 않겠어. 여기서도 안 나갈 테야!"

나는 책상으로 돌아가 직원에게 큰 소리로 말했다.

"캐리 환자분이 응급실에서 나가셔야 하니까 병원 경찰을 불러주세요."

로레인이 나를 불렀다.

"하퍼 선생님, 정신의학과에서 전화가 왔어요."

나는 수화기를 들었다.

"야간 근무 의사인 켄입니다. 무슨 일이시죠?"

"예, 살인 사건이 발생했습니다."

나는 윌리엄스 씨에 대한 정보를 전달하고, 형사들이 환자의 정신 감정을 받기 위해 대기실에서 기다리고 있다고 설명했다.

"제가 바로 내려가겠습니다. 법적인 문제가 얽혀 있는 사례군요. 환자를 만나보고 나서 전화를 몇 통 해야 합니다. 곧 뵙죠."

켄은 항상 격식을 차리며 말했다. 그는 몸에 딱 붙지 않으면서 얼마간 여유 있는 흰색 면 셔츠를 입고, 튀지 않는 정장 구두를 신었으며, 단정한 복장에 어울리는 언어를 구사했다. 말투는 기계음 같았지만 상당히 철저한 구석이 있었고 환자를 공정하게 대하려고 신경을 썼다.

재향 군인 병원 소속 경찰이 도착하면서 캐리 씨의 고함이 거세졌다. 가방 속에 던져두었던 아빠의 편지에 불이라도 붙은 것만 같았다. 캐리 씨의 고함이든 아빠의 편지든 무시하는 것이 상책이었다. 그래야 일을 마무리하고 켄이 다시 전화했을 때 윌리엄스 씨에 대한 정신 감정 결과를 들을 마음의 준비를 할 수 있었다. 로레인이 다시 나를 불렀다.

"선생님, 전화 왔어요. 선생님 자리로 돌려드릴게요. 이번에도 정신과 의사예요."

"윌리엄스 환자를 진찰했습니다."

켄이 말했다.

"선생님 의견에 동의합니다. 환자에게 정신병이 있고, 정신의학과 병동에 입원시켜 안정을 시켜야 합니다. 그런데 병원에 입원하는 동시에 체포될 수 있어요. 이런 일은 비일비재하게 일어나죠. 게다가 체포된 사람을 입원시키는 것은 이곳 병원의 정책에 위배됩니다."

그가 땅이 꺼져라 한숨을 쉬며 말했다.

"이제 제 평가 결과를 작성해야 하는데, 그러면 환자는 경찰에 넘겨져 교도소 시스템하에서 치료를 받아야 합니다. 교도소

안에서 이루어지는 정신의학과 진료가 열악한 것은 사실이에요. 안타깝기는 하지만 우리가 손을 쓸 수 없는 영역이죠. 경찰이 영장을 발부받을 때까지 환자를 보호하고 있겠습니다. 경찰에는 이미 그렇게 말했어요. 모두 같은 생각을 하고 있고요."

"예, 우리 병원 시스템이 환자를 제대로 보호해 치료할 수 없다니 유감이네요."

"우리가 더는 할 수 있는 일이 없어요."

"고맙습니다, 켄 선생님."

나는 시간을 확인했다. 주간 근무 의사가 출근하려면 15분이 남았다. 나는 17호실 쪽을 돌아보았다. 윌리엄스 씨는 눈꺼풀이 풀린 상태로 병상에 얌전히 누워 있었다. 손의 상처는 봉합됐고, 옷은 정신의학과의 환자복으로 갈아입었고, 격앙된 감정은 아티반과 지오돈을 투여받으면서 누그러졌다. 환자는 이제야 쉴 수 있었다.

내가 싸우려 드는 캐리 씨를 통제하기 위해 호출한 재향 군인 병원 소속 경찰은 여전히 캐리 씨 옆에 서 있었다. 환자와 시도한 타협이 불발되면서 경찰들은 장갑을 끼고 병상을 둘러쌌다. 보아하니 캐리 씨는 병상에서 일어나 이곳까지 손수 몰고 온 차로 돌아가기를 여전히 거부하고 있는 듯했다. 간호사가 병실 유리문을 옆으로 밀자 경찰들이 캐리 씨가 누워 있는 병상을 밀고 응급실 뒤쪽 출입구로 향했다.

직원이 응급실 밖에서 벌어지는 광경을 담은 영상을 보며 웃음을 터뜨렸다.

"와, 캐리 씨가 벌떡 일어나서 경찰에게 가운뎃손가락을 들어 보여요. 이제 걷기 시작해서 응급실에서 점점 멀어지네요. 정말 진상이에요!"

직원이 킥킥 웃으며 말을 이었다.

"보세요. 정말 잘 걸어요. 통증이 씻은 듯이 가셨나 봅니다!"

나는 퇴근하기 위해 짐을 챙기면서 며칠 뒤 뉴스에서는 윌리엄스 씨에 대해 어떤 기사를 내보낼지, 몇 주 뒤 법원에서는 어떤 이야기가 나올지 궁금했다. 검사가 야만적이고 냉혹한 살인자 이야기를 이끌어낼까? '피가 흐르는 곳에 특종이 있다' 식의 사고방식은 현실을 왜곡시킨다. 윌리엄스 씨는 인스타그램에서 센 척하며 떠드는 아이들이나, 그가 경험하지 못한 동네에서 영위하는 힘든 삶을 랩으로 노래하는 교외 지역 출신 상업적 가수들보다도 사납지 않고 얌전한 사람이었다. 하지만 선정주의에 젖은 이러한 사고방식은 진실과 동떨어져 있으면서도 매우 현실적인 결과를 초래할 수 있는 이미지를 퍼뜨린다.

나는 이러한 선정주의적 묘사가 어떻게 우리를 공감능력과 용서하는 마음에서 멀어지게 만드는지 생각했다. 어떤 측면에서 보더라도 발생한 사건은 끔찍했지만, 이러한 경우에 뉴스 보도는 근본적인 문제를 가릴 때가 많다. 대개는 문제를 피상적으로 다루어서 공포와 적대감을 부추긴다. 윌리엄스 씨가 피해 여성을 공격한 것은 비극이다. 피해자의 폐가 망가지면서 심장이 멈춘 것도 안타까운 일이다. 교회에 가고 싶었을 뿐인데 낯선 사람에게 살해당한 것은 슬픈 일이다. 이 고통받는 남자가 이러한 현실과 자신의 정신세계 사이에 끼여 있는 것 역시 슬픈 일이다. 나는 무엇이 그를 그 지경까지 몰아갔는지 알 수 없었다. 다만 대부분의 정신 질환자들이 폭력적이지 않다는 사실은 알고 있다. 사실 정신이 멀쩡한 사람들이 타인에게 신체적 위협을 가하고 폭력을 행사하는 경우가 훨씬 더 많다. 윌리엄스 씨는 한때 군대에 입대할 만큼 몸과 마음이 멀쩡했다. 그러다가 뭔가가 일어났던 것이다. 유전적 소인으로 후발성 조현병이 발병했을 수 있다. 하지만 이러한 경우는 드물다. 대개는 트라우마가 발생해 정신적 분리를 촉발한다. 그리고 트라우마가 예전에 해결되지 않은 트라우마와 겹치면서 정신적 균형을 깨뜨려 정신 상태를 변질시킨다. 정신은 자신을 보호하려고 몸부림치다가 얼어붙고, 분열되고, 산산조각 나고, 치유 방법을 알지 못해 덜덜 떨게 된다.

나는 피해자가 살해당하면서 더 큰 공동체는 물론 피해자의 가족이 앞으로 겪을 트라우마가 얼마나 클지 상상만 할 수 있을 뿐이다. 피해자가 살해당한 것은 부당하고 가슴 아픈 일이다. 윌리엄스 씨가 엄청난 고통에 시달린 나머지 정신이 무너진 것 또한 사실이다. 물론 성인이므로 윌리엄스 씨는 자신의 트라우마를 스스로 극복해야 한다. 자신의 행동에 대해 스스로 책임져야 한다. 하지만 모든 재향 군인, 더욱 폭을 넓혀서 모든 사람이 겪는 트라우마는 결국 우리 모두가 감당해야 하는 몫이기도 하다. 확실하게 말할 수는 없지만, 뉴스에서 보도하는 피의자이거나 남의 눈에 띄지 않게 다리 밑에서 잠을 청하는 많은 재향 군인과 마찬가지로 윌리엄스 씨의 정신은 우리를 대신해 전투에 참전했다가 부서졌을 수 있다. 따라서 윌리엄스 씨가 겪은 트라우마는 우리의 트라우마이고, 우리의 고통이며, 우리의 책임이다. 이것은 모든 인간이 서로 연결되어 있다는 또 하나의 증거이기도 하다.

주간 근무 팀의 출근은 내 근무 시간이 끝났다는 신호였다. 주차장으로 가는 길에 휴대전화로 〈장미 덤불 안Rosebush Inside〉이라는 노래를 검색했다. 집으로 가면서 듣기에 안성맞춤인 곡이었다. 병원 주차장을 빠져나올 즈음 기타 소리가 요란하게 울리기 시작했다. 어제는 미국 공영 방송 NPR를 틀어 모리스 비캄Moreese Bickham 사건을 해설하는 팟캐스트를 들었다. 1958년 KKK*의 일원으로 전해진 루이지애나 소속 지역 경찰 두 명이 술집에서 말다툼을 하고 나서 복수를 하겠다며 총

---

* 백인우월주의를 내세우는 극우 비밀 결사 단체.

으로 무장한 뒤 한밤중에 비캄 씨의 집을 찾아갔다. 한 경찰이 총으로 비캄 씨의 복부를 쐈다. 비캄 씨는 자신을 방어하려고 총을 쐈다가 경찰 두 명을 사살했다. 전원 백인으로 구성된 루이지애나주 배심원단은 비캄 씨에게 사형을 선고했다. 비캄 씨는 복역한 지 37년 반 만인 1996년에 주지사의 감형 조치를 받고 일흔여덟에 풀려났다. 복역하는 동안 비캄 씨는 남을 섬기는 일을 사명으로 삼아서 목사 안수를 받고 다른 수감자들의 멘토가 되었다. 또 장미 정원을 가꾸는 데서 안식을 찾았다. 그는 석방되기 전에 교도소를 방문한 인터뷰 진행자에게 자신이 소중하게 키우는 장미들을 가리키며 말했다.

"제가 키운 아름다운 장미 덤불을 소개해드리고 싶습니다. (…) 저는 이 아름다운 분홍색 장미 덤불을 아내의 이름을 따서 어니스틴이라고 부릅니다. 그리고 덤불이 정돈되고 깔끔해 보이도록 정성껏 손질한 다음 제 애인이라 불러요. 우습게 들리겠지만 이 장미들은 제 친구이고 동료입니다. 저는 이 장미 덤불들을 맘껏 즐기고 있어요. 이 녀석들이 없었다면 저는 할 일이 전혀 없었을 겁니다. 그래서 장미와 더더욱 가까워질 수 있었어요."

석방되고 나서 비캄 씨는 누구에게도 분노를 품지 않았다고 말했다. 오히려 자신이 받은 많은 축복에 감사하며 이를 행동으로 표현했다. 나는 이 사회가 비캄 씨에게서 신체적 자율성을 강탈했을지 몰라도 마음의 평화까지 빼앗을 수는 없었다고 생각한다. 비캄 씨는 여생을 바쳐서 사형 제도 반대 활동을 하면서 사회 체제에 책임이 있다고 지속적으로 주장했다. 내가 생각하기에 비캄 씨는 반감을 품지 않고 살아가는 법을 배웠고, 자유가 발산하는 모든 빛을 제대로 누렸다. 이러한 방식으로 그는 이루어내기가 그토록 어렵다는 무조건적인 사랑을 마음에 품었다.

나는 주차장에 차를 세우고 길을 건너 아파트까지 걷기 시작했다. 야간 근무를 할 때 찾아오는 한가한 시간에 그렇듯 집에 있는 조용한 시간에는 깊이 생각할 거리가 많았다. 비캄 씨는 몸이 속박당할 때도 용서를 통해 자유를 얻었다. 윌리엄스 씨의 이상한 행동은 자칫하면 위험한 상황을 초래할 수 있었지만 내가 그의 행동을 용서하면서 결국 내 생명도 구했을 것이다. 물론 윌리엄스 씨도 나를 해치지 않음으로써 결국 자기 생명을 구했다.

우리 의료진이 응급실에서 흥분한 환자의 신체를 구속할 때도 같은 계산법을 사용한다. 모든 행동에는 위험성도 이익도 따르므로, 어느 하나를 선택하기 전에 정말 행동하는 게 맞을지 물어야 한다. 남자든 여자든 군인들을 위험에 노출시키는 시기와 방식을 결정할 때도 이러한 계산법을 사용해야 한다. 우리는 군인들의 건강을 지나치게 멋대로 좌지우지해왔다. 그러다

보니 군인들이 애초에 절대 일어나지 말았어야 하는 상황에 놓이는 경우가 무척이나 많다. 위험을 피할 수 없는 경우라면 군인들은 트라우마를 경험하는 동안은 물론 그 이후에도 마땅히 제대로 지원을 받아야 한다. 우리는 비키를 저버린 방식으로 윌리엄스 씨를 저버렸다. 가해자를 용서함으로써 치유를 찾았던 비키에게서 국가도 배워야 한다. 자기 실수를 공공연하게 인정하고, 실패에 대해 용서를 구하고, 가장 중요하게는 사랑과 너그러움에서 우러나 더욱 나은 행동을 해야 한다.

용서한다는 것이 무엇이든 묵과하라는 의미는 아니다. 우리는 용서함으로써 성장을 질식시키는 분노나 판단, 원망과 부정, 고통의 사슬까지 끊어낼 수 있다. 즉 용서는 삶과 자유를 허용한다. 그래서 용서할 때 비로소 우리에게는 자유가 찾아온다. 이렇게 자유를 얻으면 기분이 더욱 가벼워지고, 더 나은 사람이 되고, 다음번에 더 나은 선택을 할 수 있다.

이제 그동안 알고 있던 모든 것이 떨어져 나갔으므로, 나는 이 전환의 공간에 머물러야 할 것이다. 남편과 파트너와 유지했던 관계가 끝나고, 내가 의료 행위로 생각했던 길이 끝났고 또 끝나겠지만 당분간 필라델피아에 그대로 머물기로 결정했었다. 나는 필라델피아에 뿌리를 내렸었다. 의사가 되겠다는 목표를 달성했다. 결혼을 했고 내가 성장했기 때문에 이혼했다. 센터시티에 아파트를 장만했고, 영감을 얻기 위해 현대 화가들의 그림으로 벽을 가득 꾸몄고, 삶의 균형을 맞추려고 향과 촛불, 노래, 장식으로 집을 채웠다. 순수한 사랑도 경험했다. 나는 한 번도 콜린을 필요로 한 적이 없었다. 진정한 사랑에는 궁핍이 끼어들 여지가 없다. 순수하게 사랑하면 언제 머물지, 언제 물러설지, 언제 무릎을 꿇을지 알 수 있다. 그리고 한 시간 후든 10년 후든 이 짧은 삶이 계속되는 동안이든 언제 떠날지 알아차릴 수 있다.

내 삶은 새로운 단계에 접어들었다. 경력과 사생활에서 주류 세계가 중요하다고 여기는 목표들을 꾸준히 달성한다고 해도 결코 만족될 수 없음을 깨달았다. 하나를 달성한다 해도 만족할 수 없고 점점 더 많은 것을 차지하고 싶어진다. 여기에도 용서가 필요할 것이다.

아파트에 들어서자 여전히 가방 밑바닥에 박혀 있는 아빠의 편지가 생각났다. 이제 마음이 평온해졌다. 난생처음 가책을 느끼지 않으면서 나를 도닥일 수 있을 것 같았다. 온전히 나 자신을 사랑했으므로 다른 사람에게서 발견한 진실성도 자연스럽게 조건 없이 사랑할 수 있었다. 다른 사람이 걷는 여정이 내가 걷는 여정과 거의 상관없다는 사실도 깨달았다. 용서는 자연스럽게 우러나는 정말 중요한 반응이었다. 이것은 아빠가 내게 이기적으로 손을 내밀더라도, 그것이 아빠가 할 수 있거나 선택한 최선이더라도, 나는 아무렇지 않으리라는 뜻이었다. 또 내가 대답을 미루더라도 아무렇지 않았다.

나는 가방에서 편지를 꺼냈다. 진정성을 느낄 수 있는 설명이 담겨 있을지도 모르겠다는 생각이 들었다. 아빠가 나와 대화하고 싶은 경우를 대비해 새 봉투를 꺼내 우표를 붙이고 겉봉에 내 주소를 적었다. 그런 다음에 봉투를 옆으로 밀어놓고 편지 봉투를 뜯었다.

안에는 크리스마스카드가 들어 있었다. 카드를 꺼내 펼치자 두 번 접은 흰 종이가 나왔다. 나는 종이를 조심스럽게 펴서 자기 삶을 한탄하는 내용의 자필 편지를 읽었다. 자신이 저지른 모든 일에 대해 마침내 책임을 통감한다고 했다. 나와 모든 연락이 끊기긴 했지만 주기적으로 온라인 검색을 해서 내가 어떤 일을 하고 있는지, 어디에 살고 있는지, 어떤 사람이 되었는지 내 삶에 대해 알아보고자 노력했다고 쓰여 있었다. 또 내가 환자를 치료하고 인정 많은 의료 활동을 한 공로로 수상한 것을 축하한다고도 적혀 있었다.

편지 끝에는 언젠가 내가 마음을 열어서 자신과 대화하고 싶을 때 연락하라며 자신의 전화번호를 적어 넣었다. 나는 어느 결에 가방을 뒤져 휴대전화를 찾았다. 몇 초 후 통화음이 울렸다. 통화음이 세 번 울렸을 때야 비로소 나는 무슨 말을 할지 전혀 생각해놓지 않았다는 사실을 떠올렸다.

"여보세요?"

반대편에서 소리가 들렸다.

"안녕하세요, 미셸 하퍼입니다."

내가 대답했다. 잠시 침묵이 흐르더니 아빠가 곧 입을 열었다.

"미셸이구나, 네 목소리를 들으니 정말 기쁘다. 어떻게 지내니?"

수화기 너머로 들려오는 아빠의 목소리가 갈라졌다. 우리는 서로 어색해하며 정중한 말투로 대화했다. 나는 그동안 어찌 지냈는지 아빠에게 알렸다. 필라델피아에 있는 재향 군인 병원의 응급실에서 일한다는 것과 미래 계획을 설명했다. 아빠는 대부분 편지에 적힌 내용을 반복한 후에 지금도 펜실베이니아 주 교외에서 살고 있으며, 여전히 의사로 일하며 주로 교도소에서 활동한다고 전했다.

그러고 나서 내가 생각지도 못했던 말을 했다.

"미셸, 우리가 언젠가 마지막으로 대화했을 무렵에 네가 했던 말을 늘 기억하고 있단다. '아빠는 어떤 잘못도 인정하지 않아요'라고 말했지. 네 말이 맞았다. 여러 해 동안 나는 그 말을 수없이 떠올렸다. 매우 고통스러웠지만 나는 모든 실수를 인정하고 나서 비로소 바뀌기 시작할 수 있었어. 나는 좀 더 나은 사람이 되기 위해 지난 20년 동안 온 힘을 기울여 노력하고 있단다."

나는 너무 놀라서 입이 떡 벌어졌다. 오래전에 내가 한 말을 아빠가 여전히 기억하고 있다는 말을 들으니 얼어붙었던 마음이 녹았다.

"정말 잘됐네요."

내가 말했다.

"정말 놀라운 변화예요!"

아빠가 얼마나 깨달았는지를 가늠하기는 아직 일렀지만, 뉘우치고 있다는 뜻밖의 말을 들으리라고는 조금도 예상하지 못했다. 엄밀히 말해서 사과는 아니었지만 중요한 고백이었다. 내 판단과 상관없이 기적적인 변화가 이미 일어났던 것이다.

아빠는 다음 달에 만날 수 있겠느냐고 물었고 나는 그러겠다고 대답했다. 아빠는 필라델피아에 와서 호텔에 머물겠다고 말했다. 우리는 몇 분 더 이야기하다가 작별 인사를 주고받은 후에 통화를 끝냈다.

안도감이 밀려왔다. 요가와 명상을 할 때 경험하는 익숙한 온기에 젖었다. 수십 년 동안 밀어놓았던 설명들이 이 한 번의 대화 안에 담겨 있었다.

나는 하이디 본이 자비와 용서를 주제로 쓴 글을 떠올렸다. 그렇다, 나는 여전히 나였지만 여러 해에 걸쳐 진화했다. 아빠도 여전히 아빠였지만 아마도 달라졌을 것이다. 나는 그 순간 깨달았다. 아빠가 변했는지 안 변했는지보다 내가 아빠를 진심으로 용서했다는 사실이 훨씬 중요했다. 나는 아빠가 살아온 방식을 결코 용서하지 않았다. 우리가 나눈 대화에 내가 느낀 감사의 마음은 아빠가 완전히 심지어 부분적으로 바뀌었으리라는 환상과는 무관했다. 또 우리가 대화했다고 해서 아빠가 내 삶에 돌아오는 것을 환영한다는 뜻도 아니었다. 하지만 내가 어린 시절에 누리지 못한 것을 용서하고, 내가 가지고 싶었거나 가져야 마땅했던 아빠를 결코 갖지 못했던 것을 용서하고, 아빠의 부서짐을 용서한 것은 진심이었으므로 스스로 자랑스러웠다. 이렇게 용서함으로써 나는 두 사람 모두 치유될 자리를 마련한 것이다. 따라서 본의 그 말은 옳았다. "별일 아니었습니다. 하지만 그럼에도 전부였습니다."

회
복

치유라는 기적을
맞이하고 싶다면

The Beauty in Breaking

나는 고요해지기를 갈망하며 앉아 있었다. 그저 갈망이 지나가게 내버려두는 것 말고는 달리 방법이 없는 줄 알면서도 그랬다. 저명한 영적 지도자이자 평화 운동가인 틱낫한이 남긴 말이 생각났다. "놓아주면 자유를 얻습니다. 자유는 행복하기 위한 유일한 조건입니다. 만약 마음속으로 분노, 불안, 소유욕을 포함해 무언가에 여전히 매달리면 자유로울 수 없습니다." 그래서 나는 지나치게 움켜쥐지 않으려고 애쓰며 앉아서 기다렸다. 노래의 마지막 소절이 끝나자 '옴 나마 시바야om namah shivaya'* 에서 울려 퍼지는 진동이 명상 센터를 감쌌다. 명상 센터는 내 아파트에서 걸어서 15분 거리에 있었으므로 일주일에 한두 번 수업에 출석할 수 있었다. 내게는 걷는 것 자체가 의식의 일부였다.

• 시바 신의 기운을 부르는 진언으로, 시바 신에게 경의를 표하는 의미가 담겨 있다.

수도승의 조수가 발을 끌며 걷는 소리가 들렸다. 이내 음악이 꺼졌다. 침묵하며 묵상하는 시간을 알리는 신호였다. 기도의 마지막 메아리가 내 마음속 깊은 곳에서 출발해 손가락 끝과 발가락 끝을 통과하면서 세포 하나하나로 공명하며 퍼져 나가 긴장과 저항을 없애고 느슨하게 만들었다. 그 결과 내 안에 여백이 생겼다. 정수리가 위로 둥둥 떠오르는 듯했다. 허벅지 위에 놓인 내 손이 깃털처럼 가벼워졌다.

그래, 바로 이거야. 이것이 간절히 원하던 내려놓음이다.

이와 동시에 생각이 흘러나와 넘쳤다. 현재 직장에서 무엇을 할 것인가? 내 경력을 발전시키기 위해 어떤 중요한 스텝을 밟아야 하나? 아니, 내 삶을 위해 어떤 행보를 걸을까? 콜린이 돌아온다면 나는 어떻게 할까? 콜린의 말을 끝까지 들어주어야 할까? 무엇보다 우리 둘에게 엄청난 고통을 안긴 것에 대해 콜린을 어떻게 용서할 수 있을까?

이런! 내가 이 짓을 또 했다. 명상할 때 생각을 멈추지 않으면 더 많은 판단과 평가로 생각이 계속 뻗어나가 더 혼란스러워진다는 사실을 다시금 깨달았다. 요가를 할 때를 떠올려보면, 우리는 특정 자세, 특정 형태, 특정 태도가 일반적이라며 스스로를 밀어붙이다가 쉽게 부상당하곤 한다. 이와 마찬가지로 무의식적으로 스스로를 습관적으로 밀어붙일 때 쉽게 감정에 상처를 입는다.

가슴이 조여들면서 생각이 유사流砂*처럼 몸에 차곡차곡 쌓이는 광경을 보았다. 손바닥이 뜨거워지고 피부에 압박을 느꼈다. 스웨터 깃에 닿은 피부가 갑자기 가렵고, 허리가 몹시 불편해지면서 자세를 바꾸기 어려워졌다. 멈추라는 신호였다. 스웨터에 신경 쓰는 것을 멈춰라. 오른쪽 발목의 통증 부위에 신경 쓰지 마라. 아니 잠깐만, 방금 모기에 물렸나?

아니, 그냥 멈춰.

'직업'이라는 이름이 붙은 생각 거품이 의식 표면으로 떠올랐다. 생각 거품이 둥둥 떠다니는 동안 가부좌를 틀고 앉아 있는 내 모습을 보았다. 팔도 마음만큼 움직이지 않았다. 생각 거품이 흩어지면서 호흡할 때마다 갈비뼈가 팽창했다가 수축했다. 내 몸이 벨벳에 싸인 것 같은 온기에 녹아들었다. 모든 것이 산산이 부서졌다. 낱장 같은 검고 부드러운 공간이 켜켜로 나를 감쌌다. 물기 머금은 흑단이 진홍색, 적갈색, 노란색, 금색의 물결 속으로 번져 나갔다. 나는 그곳 한가운데서 흔들리지 않고 안전하게 중심을 잡으며 어디에도 매이지 않은 채 표류했다. 그곳에서 나는 내 목구멍으로부터 사방으로 팽창하며 퍼져 나가는 푸른빛 구체가 되어 선명하게 떠돌아다녔다. 등 위로 한 줄기 한기가 흘렀다. 콜린의 환상이 나타났다. 콜린의 얼굴

* 바람이나 물의 영향을 받아 아래로 흘러내리는 모래. 유사에 빠지면 늪에 빠진 것처럼 헤어나오지 못한다.

에는 진실이 어리고, 눈동자에는 사랑이 깃들어 있었다. 나는 온기로 가득 찼지만 무엇에도 연결되어 있지 않았다. 심장이 내 호흡의 리듬에 맞춰 팽창하고 수축할 때마다 푸른빛이 함께 진동했다. 내 마음 깊은 곳에서 생각이 뿜어져 나왔다. 그것은 목소리라기보다 속삭임에 가까웠다. 단어가 아니라 기도문 같은 메시지가 들렸다.

나는 당신을 사랑합니다. 숨을 들이쉬세요. 미안합니다. 숨을 내쉬세요. 나를 용서하세요. 숨을 들이쉬세요. 고맙습니다. 숨을 내쉬세요. 나는 당신을 사랑합니다. 숨을 들이쉬세요. 미안합니다. 숨을 내쉬세요. 나를 용서하세요. 숨을 들이쉬세요. 고맙습니다. 숨을 내쉬세요. 나는 당신을 놓아줍니다. 나는 당신을 사랑합니다. 나는 당신을 놓아주었습니다. 나는 당신을 놓아줍니다. 나는 당신을 놓아줍니다.

나를 바로 서게 하고, 뿌리 내리게 하고, 흔들리지 않게 하고, 굳건하게 하고, 편안하게 해주는 빛으로 목소리와 형상이 스며들었다. 내가 고요하게 표류할 때 명상이 끝났음을 알리는 종소리가 울렸다. 바닥을 디딘 맨발에 가을 오후의 싸늘함이 와닿았다. 나는 울 스웨터를 좀 더 포근하게 감싸 입고 목에서 가려운 부위를 긁었다. 힘을 빼서 어깨는 툭 늘어지고 목구멍은 열렸다.

나는 짐을 챙기고 떠날 준비를 했다. 휴대전화 전원은 계속 꺼두기로 했다. 일어났던 일들을 평온하게 처리해야 할 시간이었다. 명상은 한동안 혼자 했지만, 지속적으로 해오진 못했다. 이 과도기에 나는 삶을 다시 구축하려면 규칙이 필요했고, 이 목요일 저녁 수업은 유용한 도구였다.

센터를 나오자 상큼한 공기가 얼굴을 스쳤다. 파인가에 늘어선 상점들에서 퍼져 나온 불빛이 오늘따라 유난히 반짝거렸다. 도시 풍경은 싱싱한 초록색, 차분한 갈색, 반짝이는 노란색 등 다양한 색상이 어우러진 콜라주였다. 나는 오랜만에 처음으로 자유에 흠뻑 젖었다. 처음으로, 아마도 난생처음으로 정말 편안했다. 나는 깨달았다. 놓아주고 나니 용서가 따르고, 용서하니 믿음이 따랐다. 이제 내게 중요한 것은 진실과 온전히 하나가 되는 것, 즉 다른 모든 것을 놓아주고 사랑에 기댈 때야말로 삶의 길이 올바른 방향으로 펼쳐진다는 근원적인 믿음을 온전히 받아들이는 것이었다. 나는 집까지 걸어갔다. 생애 주기를 잘 마친 나뭇잎이 공중을 날아서 땅으로 평온하게 내려앉았다.

아파트 문을 열자 달콤하고 향기로운 공기가 폐로 가득 들어왔다. 그렇지. 이것이 내가 언제나 향을 피워두었던 이유였지. 집에 돌아오는 순간을 기억하기 위해서.

다음 날 아침 휴대전화 알람이 요란하게 울리는 통에 잠을 깼다. 눈을 뜨자마자 알람을 좀 덜 시끄러운 소리로 바꿔야겠다는 생각이 퍼뜩 들었다. 눈을 번쩍 떴다. 오른쪽 눈은 떠졌는데 왼쪽 눈은 베개에 푹 파묻혀 보이지 않았다. 두 눈을 뜨자마자 가슴이 빠르게 조여왔다. 익숙한 불안감이었다. 긴장을 풀고 몸을 감싼 이불이 주는 온기와 어제 명상하며 받은 평온에 나를 맡겼다. 하나의 삶의 패턴이 다음 패턴에 길을 터주자 습관적으로 사로잡혔던 두려움이 녹아내렸다. 새로운 패턴을 받아들인 덕택에 내가 지지받고 있다고 느낄 수 있었다. 그럴 때 삶은 더욱 나아지기 때문이다. 오늘 아침 하늘에서부터 내 얼굴로 쏟아져 내리는 푸른빛이 마치 한줌의 민들레 씨처럼 느껴졌다. 어제 저녁 명상을 하고 내려놓음의 요가를 수행한 덕택에 평온한 마음으로 가볍게 침대에서 몸을 일으켰다.

24분이 지났다. 막히지 않으면 아파트 현관을 나와 정확히 24분이면 병원 정문에 도착할 수 있다. 병원 입구를 들어가며 병원 경찰에게 손을 흔들었다. 아마도 바깥이 어두워서 나를 알아보지 못했을 것이다. 나는 커피를 손에 들고 전날 밤 퇴원 기록들을 확인했다. 모두 간단명료하게 잘 정리되어 있었다.

시계가 돌아가듯 어김없이 새 환자들이 속속 응급실 문턱을 넘기 시작했다. 긴급하지 않은 환자 세 명의 이름이 현황판에 깜빡였고, 네 명은 곧장 응급실로 보내졌다. 12호실에 배정된 환자의 차트에는 '고혈압, 두통', 7호실에 배정된 환자의 차트에는 '알코올 해독 중, 우울증'이라고 적혀 있었다. 고혈압 환자를 먼저 진료해야 했으므로 우선 알코올 해독 환자의 선별 기록과 활력 징후를 확인했다. 마흔인 이 환자는 가벼운 빈맥 증상을 보일 뿐 나머지 징후는 정상이었고, 의학적으로 건강해 보였다. 선별 구역 담당 간호사인 앤절라가 나를 부르러 왔다.

"안녕하세요, 하퍼 선생님. 본격적으로 일이 시작됐네요! 급성인 것 같아서 환자 두 명을 막 병실로 안내했어요. 두통을 호소하는 고혈압 여성이에요. 여기 환자의 활력 징후와 심전도 수치가 있습니다."

앤절라가 이렇게 말하며 내게 차트를 넘겨주었다.

"제가 이미 검사실로 안내했어요. 흉부 엑스레이를 찍고 싶어 하실 것 같아서 신청해놨어요. 맞죠?"

"예, 그렇게 진행해주세요. 두통의 원인을 찾아야 하니까 논콘트래스트 머리 CT*도 추가해주시겠어요? 제가 환자를 먼저 만나볼게요. CT 촬영하기 위한 줄이 길 테니까 먼저 대기자 명단에 올려주세요. 제 판단이 바뀌면 취소할게요."

"그렇게 하겠습니다. 그리고 우울증 환자가 들어왔어요. 웨이드 환자인데 알코올 해독을 위해 내원했습니다. 여기 심전도 결과입니다."

• 급성 뇌졸중 발병 여부를 판별하기 위해 실시하는 표준 방사선 검사.

앤절라는 이렇게 말하며 환자의 심전도 수치를 적은 차트를 건넸다.

"여기 오기 전에 내내 술을 마셨다고 합니다. 심박수가 분당 119회로 약간 빠르기는 한데 상태는 멀쩡합니다."

나는 고혈압 환자에게 가기 전에 웨이드 씨를 위해 바나나 백(일반 식염수에 비타민을 섞은 링거 용액이다. 액체가 노란색이라 이런 별명이 붙었다)을 포함해 정신의학과 치료와 알코올 해독을 위해 일반적으로 내리는 지시 사항을 신속하게 전달했다.

응급실로 곧장 배정된 추가 환자 두 명은 선별 구역에서 기다리고 있었다. 오전 8시 55분 오늘 함께 근무할 전문의인 데일이 우레처럼 쩌렁쩌렁한 목소리로 인사를 하며 들어왔다. 데일은 출근 시간을 언제나 칼같이 지켰다. 그는 일찍 출근하고 천천히 일했다. 그도 커피를 좋아했고, 나는 데일의 정치 논평과 그날의 음악 선곡을 늘 마음에 들어 했다. 바쁜 날이라 하더라도 데일과 함께 일하면 즐거웠다.

"잘 지냈나? 친구."

데일이 큰 소리로 내게 인사했다.

"반갑습니다, 선생님. 정말 평화로운 아침이네요. 출근하자마자 환자를 보셔야겠어요."

"그런가? 뭐 새삼스러운 일도 아니지 않나? 여기는 늘 바쁘니 말이야. 오늘 자네가 근무할 줄 알고 코코넛 오일을 살짝 가미한 다크 로스트 커피를 끓여왔지. 커피 잔 속에서 벌어지는 마법을 마셔볼까! 콜레스테롤을 둘러싸고 의심스러운 정보가 나돌아서 코코넛 오일이 슈퍼 푸드라는 명성을 잃었다고 우리가 했던 말 기억하지? 그런데 생각해보니까 적당히 먹는다면 별로 문제가 되지 않겠더라고."

나는 데일이 끓여오는 커피를 정말 좋아했다. 코코넛 과즙을 넣은 특별한 레시피였다. 바쁘게 돌아가는 근무 시간 틈틈이 함께 즐길 수 있도록 커피 선물을 가져오는 데일의 친절한 마음씨 덕택에 우리의 아침 의식은 훨씬 더 감칠맛이 났다.

"삶의 묘약을 위하여!"

데일은 내 몫의 커피를 담은 보온병을 건네면서 건배하듯 외치고는 죽 들이켜라고 손짓하며 자기 손에 들려 있는 보온병을 치켜들었다.

"감사드려요, 데일. 고혈압을 앓는 급성 환자가 있어서 진료하고 돌아오겠습니다."

나는 컴퓨터 화면상으로 환자의 의료 기록을 다시 확인했다. 이름은 올리비아 헤르난데즈. 고혈압, 빈맥, 역류, 과체중 병력이 있는 쉰일곱 여성이었다. 복용약은 혈압 조절을 위한 티아지드계 이뇨혈압강하제뿐이고, 약물에 대한 알레르기는 없었다. 의료 기록에 따르면 환자는 정기적으로 의료 추적 검사를 받았고 꽤 건강했으며 별다른 특이 사항도 없었다.

나는 병실로 다가가서 안에 앉아 있는 여성을 보았다. 얼굴에 피로가 무겁게 내려앉아 있지 않았다면 실제 나이보다 훨씬 젊어 보였을 것이다. 복장은 말쑥했다. 다림질한 흰색 셔츠와 말쑥한 푸른색 바지를 입고, 검은색 발레 플랫 슈즈를 신었다. 숱이 많은 검은색 머리카락은 하나로 묶어 어깨까지 늘어뜨렸다. 과체중이라는 기록은 있지만 아무리 봐도 7킬로그램 이상 초과하는 것 같지 않았다. 내가 병실에 다가갔을 때 헤르난데즈 씨는 검은색 가방을 옆에 내려놓은 뒤, 무릎 위에 얹은 휴대전화에 손을 대지 않은 채 화면을 들여다보고 있었다.

"안녕하세요, 헤르난데즈 환자분. 저는 의사 하퍼입니다. 오늘 기분은 어떠세요?"

"안녕하세요, 선생님. 기분은 좋아요. 아침에 몸 상태가 좋지 않아서 진찰을 받으려고 의사를 찾아갔어요. 혈압이 올라가면 몸으로 느낄 수 있거든요."

헤르난데즈 씨는 잠시 말을 멈췄다.

"음, 좀 더 구체적으로 말씀드려야겠네요."

이때 휴대전화가 울렸다. 헤르난데즈 씨는 벨소리를 무음으로 바꾸고 휴대전화를 옆으로 치웠다.

"죄송해요, 선생님."

그는 길게 숨을 내쉬고는 이마를 문지르며 말했다.

"어디까지 말씀드렸죠? 아, 이따금씩 두통이 있어서 의사를 찾아갔죠. 간호사가 혈압을 재보더니 180/110으로 너무 높으니까 응급실에 가라고 말했습니다."

"그랬군요. 적절한 조치였어요."

내가 미소를 지어 보이며 말했다.

"지금은 몸 상태가 어떠세요?"

"사실 지금은 상태가 좋아요. 병원에 도착했을 때는 두통이 끔찍하게 심했거든요. 이곳 전체가 꽉 조여드는 것 같았어요."

헤르난데즈 씨가 이마 전체와 양쪽 관자놀이를 가리키며 말했다. 그러면서 어리둥절한 표정을 지었다.

"허, 그런데 두통은 여전히 있지만 나아졌어요. 죄송해요. 제가 너무 바보짓을 한 것 같아요. 지금은 괜찮습니다."

헤르난데즈 씨는 등을 돌려 뒤에 있는 모니터를 보고는 당황한 것 같았다.

"지금 제 혈압은 어떤가요? 선생님 시간을 빼앗다니 너무 죄송해요. 이제 가봐야겠어요."

그는 이렇게 말하고는 소지품을 주섬주섬 챙기기 시작했다.

"한번 확인해보죠."

내가 모니터 쪽으로 걸어가며 말했다.

"확인하는 동안 몇 가지 질문을 할 거예요."

나는 혈압을 다시 재기 위해 버튼을 눌렀다.

"지금 몸 상태는 괜찮다고 말씀하셨잖아요. 가슴이 아프거나,

심장이 뛰거나, 숨 쉬기가 힘들지는 않았나요?"

헤르난데즈 씨는 고개를 가로저으며 그런 적이 없다고 대답했다.

"시력에 변화가 있거나, 감각이 없거나, 힘이 빠지거나, 다리가 붓지는 않았나요?"

역시 그런 적이 없다고 했다.

"소변을 잘 보지 못하거나 소변에 피가 섞여 나오지는 않았나요?"

"네."

"그러면 지금은 두통이 가벼운가요?"

"네. 여기 있으니까 괜찮네요. 세상에, 무슨 일이람. 여러 사람의 시간을 빼앗다니 정말 죄송해요!"

"그렇지 않아요."

나는 새로운 수치를 보려고 모니터를 올려다보았다.

"이곳에 오신 후에 혈압은 약간 내려가고 있어요. 지금은 169/98입니다."

"여전히 높지만 나아졌네요. 정말 다행이에요!"

"그렇죠. 우리가 환자분에게 아무것도 해드린 게 없는데도요."

우리는 둘 다 껄껄 웃었다.

"최근에 복용약을 바꾸셨나요?"

"아뇨, 선생님. 어쨌거나 약은 하나만 먹어요. 히드로 뭐라고

하던데요."

"예, 히드로클로로티아지드요."

"바로 그거요. 매일 시간을 칼같이 맞춰서 복용합니다."

"음, 담배를 피우시나요, 술이나 마약은 어떠세요?"

"천만에요. 손에도 대지 않습니다. 아주 드물게 와인 한 잔 정도는 마시지만 그조차도 거의 없어요. 정말이에요. 술이 필요한 것은 확실한데 요즘은 마실 수가 없어요."

헤르난데즈 씨가 잠시 여유를 보이며 웃었다.

"스트레스는 어떠세요?"

그는 한숨을 쉬었다.

"어휴!"

헤르난데즈 씨는 하나로 늘어뜨린 머리카락을 매만지며 말했다.

"스트레스를 엄청 받죠!"

나는 잠시 말을 멈추고 그를 봤다.

"힘든 일이 있으신가 봐요. 어째서 스트레스에 시달리시나요?"

"음, 선생님. 제 남편이 병원에 입원해 있어요. 죄송해요. 그래서 아까 휴대전화를 자꾸 확인했던 거였어요. 최근에 남편이 암 진단을 받았거든요. 불행하게도 암세포가 이미 퍼졌다더군요. 남편이 입원과 퇴원을 반복하고, 의사에게 진료를 받아야 해서 병원을 자주 오가야 하죠. 게다가 지금은 손녀도 돌보고 있어요. 네 살인데 자폐를 앓고 있죠. 아이의 부모는…."

환자는 말을 멈추고 고개를 저었다.

"어쨌거나 손녀의 양육권이 우리 부부에게 있어요. 그러다 보니 다른 일은 할 시간이 없죠."

"그러시겠어요. 어떤 상황인지 알겠습니다."

"먹는 것에 예전만큼 신경을 쓰지 못해요."

헤르난데즈 씨는 배 부위에서 벌어진 블라우스를 가까스로 잡고 있는 단추를 가리켰다.

"선생님, 지난달부터 배가 이 모양이 됐네요."

헤르난데즈 씨는 자신의 과거 모습을 잠시 생각하듯 위쪽으로 눈동자를 굴렸다.

"음, 헤르난데즈 환자분께서는 지금 여러 문제로 씨름하고 있군요. 고혈압을 유발하는 요인은 많지만 환자분의 혈압이 치솟은 것은 확실히 스트레스와 관계가 많아요."

"제 생각도 그래요."

"환자분 신변에 많은 일이 일어나고 있겠지만, 어떻게 하면 지금 겪는 스트레스에 유익하고 긍정적으로 대처할 수 있을까요?"

헤르난데즈 씨는 이 질문을 듣고 웃었다.

"사실 좋은 일도 있어요. 오늘 남동생이 제게 그러더라고요. 남편이 의사에게 진료받으러 갈 때 자기가 도와주고 심부름도

해주겠다고 말이죠. 그렇게 해주면 제가 힘을 덜 수 있죠."

"손녀 문제는 어떤가요?"

"그 아이의 부모에게 정말 크게 실망했어요. 부모들이 아이를 위해 아무것도 하지 않아서 저희 부부가 열심히 따라잡는 중이에요. 아이를 위한 정부 지원 서비스가 몇 가지 있는 것으로 알고는 있는데 정확히 알아봐야 해요. 법적인 문제가 얽혀 있나 보더라고요. 제 혈압이 내려가기를 원하시면 이 이야기는 이쯤에서 그만둡시다!"

"그렇게 하죠."

나는 미소를 지으며 말했다.

"헤르난데즈 환자분께 자신을 돌볼 시간과 공간을 확보할 여지가 있다니 그나마 다행이에요."

"나를 돌본다!"

환자는 꿈을 꾸는 것 같은 말투로 되뇌었다.

"그때로 돌아가고 싶어요. 정말 그래야 하는데."

"좋아하시는 활동이 있나요? 적당한 신체 활동은 혈압이나 마음 챙김을 비롯해 전반적인 건강에 이로울 수 있거든요."

"믿기 힘드시겠지만 저는 몇 년 동안 무술을 했어요. 정말 좋아했죠. 마음을 차분하게 가라앉히는 장점도 있었어요. 제 스승은 수련하는 동안에도 명상을 강조했죠. 스승 덕택에 혼자서 하루에 5~10분씩 명상을 시작했어요. 정말 도움이 많이 됐습니다. 그때로 돌아가고 싶은 마음이 굴뚝같아요."

"명상이 지금 환자분께 도움이 될 수 있겠네요. 하루에 조금 씩이라도 짬을 내면 다시 시작할 수 있지 않을까요?"

"그건 그래요."

"자, 그럼 정리를 해볼까요? 헤르난데즈 환자분께서 겪는 혈압 상승과 두통은 스트레스와 관련이 있어요. 제가 이렇게 말한다고 해서 환자분의 혈압이 높은 것을 가볍게 여긴다고 생각하지는 마세요. 하지만 몸과 마음은 서로 긴밀하게 연결되어 있습니다. 그래서 스트레스가 심장 마비는 물론이고 뇌졸중과 감염까지도 일으킬 수 있어요. 무슨 말인지 이해하시겠죠? 그래서 환자분의 증상이 스트레스에서 비롯한다고 판단하더라도 심전도를 찍어서 심장을 살펴봐야 해요. 혈액을 검사해서 신장 기능을 살펴보고, 흉부 엑스레이를 찍어서 심장과 폐를 살펴볼 필요가 있습니다. 머리 CT도 찍어봐야 하고요. 혈압이 상승할 때 두통이 발생했으므로 다른 이상이나 출혈은 없는지 확인해야 하거든요. 이러한 조치가 과잉 반응이라고 생각하실 수도 있어요. 저는 모든 결과가 정상이리라 믿지만 만약을 대비하기 위해 확인해야 한다고 생각합니다. 이해하시겠죠?"

"예. 제 느낌에도 검사 결과는 정상일 거예요. 그냥 스트레스 때문이리라 생각하거든요. 선생님의 시간을 더는 허비시키고 싶지 않지만 이왕 병원에 온 김에 검사를 받아보면 좋겠네요.

제가 언제 다시 병원에 올 수 있을지 장담할 수 없으니까요. 선생님 말씀이 옳아요. 저는 지금 아플 여유가 없어요. 그러니까 안전한 길을 선택하면 좋겠습니다."

나는 고개를 끄덕였다.

"검사 결과를 기다리는 동안 명상을 해보시면 어때요?"

헤르난데즈 씨는 병상에서 편안한 자세를 취했고 얼굴 표정이 부드러워지면서 미소가 번졌다.

"좋은 생각이에요."

"좋아요. 그냥 긴장을 풀고 계세요. 전등은 켠 채로 놔둘까요? 아니면 꺼드릴까요?"

"꺼주세요. 고맙습니다."

내가 전등 스위치를 끄고 병실을 나오려는데 이송 팀이 환자를 방사선과로 데려가겠다고 왔다. 타이밍이 절묘했다. 컴퓨터 화면을 새로 고침해서 보니 환자의 검사 결과는 예상대로 모두 정상이었다.

다음으로 에이브러햄 웨이드 씨가 있는 병실로 갔다. 키가 크고 근육질인 백인 환자는 알코올 해독과 우울증으로 응급실을 찾았다. 활력 징후는 여러 번 측정해도 정상이었다. 나는 병실 문을 두드리고 들어가 내 소개를 마쳤다. 웨이드 씨의 머리카락은 최근에 이발한 듯 단정했고, 옷깃과 마찬가지로 땀에 젖어 색이 짙고 반들반들했다. 간호사인 앤절라에게 방금 술을 마셨다고 말했다지만 술기운은 없어 보였다. 또 급성의 의학적인 문제도 없는 것 같았다. 웨이드 씨는 군대에 복무한 이후에 처방 약을 남용한 적이 있다고 말했다. 해외에 파병되었을 때 생긴 만성적인 요통을 가라앉히기 위해 옥시코돈을 처방받았다고 했다. 정신 건강 기록을 살펴보면 주치의와 통증 관리 전문가가 협의해 비마약성 통증 요법을 시도했다. 내가 이 점에 대해 묻자 웨이드 씨는 부분적으로는 사실이지만, 마약성 진통제에 더는 중독되고 싶지 않아서 거절했다는 표현이 더 정확하다고 덧붙였다. 이렇게 마약성 진통제를 끊고 운동량을 늘리기 시작하면서 통증이 완화되었다고 한다.

나는 병원에서 요구하는 병력을 조사하고, 필요한 검사를 실시한 후에 코코넛 커피를 마시기 위해 자리로 돌아갈 준비를 마쳤다.

"웨이드 환자분, 이제 제가 할 일은 다했습니다. 제 역할은 간단한 조사와 선별 작업을 하는 거예요. 검사 결과는 분석 중인데, 제 판단대로라면 별문제가 없을 겁니다. 우울증과 알코올 의존은 정신의학과 의사와 상담하시기 바라요."

나는 이렇게 말한 후에 병실을 나서려고 발걸음을 돌렸다.

"선생님, 저를 담당할 정신의학과 의사가 누구인지 아세요? 저를 집에 보내줄까요? 저는 자살 충동을 느끼지 않아요. 그냥 너무 절망적일 뿐이에요. 저는 살고 싶고, 상태도 개선하고 싶어요. 저는 좋은 사람입니다."

웨이드 씨가 자기 가슴을 가리키며 말했다.

"저는 정말 좋은 사람이에요. 선생님은 제가 저지른 형편없는 짓거리를 근거로 달리 생각하실 수도 있겠지만 저는 좋은 사람이에요."

"웨이드 환자분의 말씀을 믿어요. 누구든 이따금씩 형편없는 짓거리를 하잖아요."

나는 서로 공감하지 않느냐는 뜻에서 나도 모르게 웃으며 말했다.

"맞습니다. 그건 그렇죠."

웨이드 씨는 수긍한다며 고개를 끄덕였다.

"잠깐만요, 담당 정신의학과 의사가 누구더라. 아, 마세티 선생님이네요. 제가 구구절절 설명할 필요가 없이 정말 선하고 사려가 깊은 분이에요. 진짜 인자하시죠. 환자분을 위해 최선을 다하시리라 확신해요. 제가 가기 전에 또 궁금하신 점이 있나요?"

"선생님, 이제는 정말 정신을 차리고 싶어요."

웨이드 씨가 말을 이었다.

"이제 더는 미룰 수 없어요. 전에 여기 왔을 때도 음주에 관해서는 한마디도 하지 않았습니다."

그는 두 손을 맞잡고 주무르며 애원했다. 나는 웨이드 씨의 말을 듣고 있음을 보여주려고 그가 있는 방향으로 두어 걸음 걸어가 세면대에 몸을 기대어 섰다.

"제대한 후로 줄곧 술을 마셨어요. 생각해보니 군대에 입대하기 전에도 술을 마셨네요. 어렸을 때도 아빠가 없으면 술을 마시곤 했던 기억이 납니다. 폭군이었던 아빠는 허구한 날 집을 비웠죠. 그래서 오히려 다행이었지만요. 저는 찬장을 뒤져 술을 꺼내서는 친구들과 함께 마셨습니다. 입대한 후에도 술을 끊지 않았어요. 부대에 배치되는 사이의 공백기에만 마셨지만요. 그러면서도 대외적으로는 저녁 식사를 하는 자리나 사람들과 함께 어울리는 자리에서만 마신다고 말했어요."

웨이드 씨는 얼굴을 찡그리고 손을 비틀었다.

"하지만 제가 무척 사교적이어서 문제였습니다."

그는 허탈하게 껄껄 웃었다.

"생각해보세요, 선생님, 저는 언제나 엉망진창이었어요. 꼬마일 때부터 어른들의 고함을 들으면 바싹 긴장했죠. 그런 제가 많고 많은 장소 중에 하필 군대에 들어간 겁니다."

웨이드 씨는 맞잡은 손을 뗐다.

"제대해서 집에 돌아왔을 때도 긴장을 풀지 못했어요. 시장이든 쇼핑몰이든 사람이 많은 곳에 가면 땀을 흘리기 시작했습니다. 그나마 이 지경에서 멈춘 것도 신이 도왔다고 생각해요. 여하튼 이것이 비정상이라는 사실을 최근까지도 깨닫지 못했어요."

그러더니 잠시 말을 멈췄다.

"그냥 집에 가면 술을 마셨습니다. 선생님, 저는 좋은 직업에 종사했어요. 대형 건설 회사에서 현장 책임자로 일했고, 바닥을 설치하거나 페인트칠을 하는 등 개인적으로 부업도 했죠. 일을 아주 잘했습니다. 그런데 술을 마시는 양이 점점 늘어나기 시작했어요. 그때도 저 자신에게 무슨 일이 일어나고 있는지 몰랐죠. 그야말로 의식을 잃었기 때문에 몰랐던 거예요. 가장 먼저 사업이 흔들리기 시작했어요. 그다음에는, 바로 지난달이었네요, 아내가 아들을 데리고 떠났습니다. 아내가 잘한거죠. 그만큼 제가 개망나니였으니까요."

웨이드 씨는 잠시 말을 멈추고 다시 얼굴을 찡그렸다.

"죄송해요. 제 넋두리를 들을 시간이 없으실 텐데요. 다른 환자들도 보셔야 하니까."

나는 그의 이야기에 수긍하면서 열심히 귀를 기울였다.

"괜찮습니다. 잠깐은 시간을 낼 수 있어요."

"감사합니다. 선생님 시간을 너무 뺏는 것이 아닐까 걱정스러워서요."

웨이드 씨가 목소리를 가다듬으며 말했다.

"여하튼 죄송합니다. 그런데 제가 어떤 계기로 응급실에 오게 되었는지 아세요? 두 주 전에 아내, 아니 전처에게 전화를 했어요. 전처가 지금 어떻게 살고 있는지조차 모르지만 어쨌거나 전화를 걸었죠. 그 후에는 무슨 일이 있었는지 모르겠어요. 술에 취해 있었거든요. 예전에 전처는 저를 떠나 부모님 댁에 갔고 그 전주에는 제 전화를 더는 받지 않았어요. 아침까지도 제 음성 메시지조차 확인하지 않더라고요. 하지만 결국 제 음성 메시지를 확인하고 제가 뱉어낸 미친 소리들을 들었던 거죠. 걱정이 돼서 집으로 전화를 걸었지만 제가 받지 않더랍니다. 제 직장으로 전화했더니 출근하지 않았다는 말을 들었대요. 전처는 너무 겁이 나서 집에 올 수 없었답니다. 그럴 만도 하죠.

저는 특수 기동대가 문을 부수는 소리를 듣고 정신을 차렸어요. 그때까지 총들을 주위에 널브러뜨려놓고 태아처럼 바닥에 몸을 잔뜩 웅크린 채 쓰러져 있었죠. 무장한 경찰들이 방으로 뛰어들어 왔어요. 전처에게 전화를 받았다고 했죠. 전군인인 남편이 우울증을 앓는 알코올 중독자여서 지난달 집에서 도망쳐 나왔고, 자살하겠다며 소리를 지르는 메시지를 막 들었다고 말했대요. 정말 황당하지만 솔직히 말하자면 경찰들이 집 문을 부순 것 때문에 더 부아가 치밀었어요. 경찰이 저를 집에서 가장 가까운 응급실로 데려갔지만 저는 치료를 거부했습니다. 대신 망할 놈의 문짝들을 고치려고 집에 갔죠."

웨이드 씨는 격한 감정을 그대로 드러냈다는 사실을 깨닫고 이렇게 말했다.

"오, 죄송해요, 선생님. 거친 말을 양해해주세요."

364

그는 이어서 말했다.

"어제 의식을 잃었다가 오늘 오후에 깨어났어요. 침실 문짝이 바닥에 널브러져 있더라고요. 제대로 고치지도 못한 거죠. 어디서 났는지도 모를 보드카 두 병도 텅 빈 채 바닥에 뒹굴고 있었고요. 회사에서는 출근을 독촉하는 음성 메시지를 보냈고, 3주 동안 얼굴을 보지 못한 다섯 살 아들도 음성 메시지를 남겼어요. 이렇게는 안 되겠다 싶어 오늘 이곳을 찾은 겁니다. 이제 제게는 잃을 것이 거의 없어요. 어떻게든 문제를 해결해야 합니다. 선생님께서 결정하실 사항이 아니겠지만 저는 지금 도움이 필요해요. 개망나니 짓을 했지만 저는 나쁜 사람이 아니에요. 오, 번거롭게 해드려 다시 한번 죄송해요."

나는 웨이드 씨의 불그레한 얼굴을 자세히 들여다봤다. 목소리에서 결의를 느낄 수 있었다.

"걱정하지 마세요, 무슨 말씀인지 이해했어요."

내가 말했다.

"웨이드 씨는 좋은 사람이에요. 그리고 이 과정을 헤쳐 나가실 겁니다. 틀림없이 그러실 거예요. 제게 말씀하신 이야기를 정신의학과 의사에게도 전해드릴게요."

웨이드 씨에게 언질은 주지 않았지만, 내 말의 속뜻은 그를 입원시키라고 마세티 선생에게 제안하겠다는 것이었다. 하지만 내 권한 밖인데도 입원을 하리라는 암시를 줄까 봐 말을 아졌다.

"선생님을 붙잡아놔서 다시 한번 죄송해요. 긴 과정을 시작하기 전에 묻고 싶은 것이 있습니다. 알코올 해독 과정을 겪어내기가 얼마나 힘든가요?"

그의 말투는 전보다 훨씬 더 진지해졌다. 웨이드 씨는 강하고 현명하지만 지금 절망에 빠져 있었다. 하지만 치료를 받겠다며 마음을 열었다. 이 순간 자기 문제를 극복하기 위해 모든 세포를 끌어모으고 싶어 했다. 내 모든 세포도 환자가 문제를 극복할 수 있기를 바랐다.

"아주 좋은 질문이에요. 사실대로 말씀드리겠습니다. 환자분께서 진실을 알고 싶어 하고, 알아야 할 자격이 있으며, 아는 것이 치료 과정을 헤쳐 나가는 데 유용하리라 생각하기 때문이에요. 그래야 환자분이 원하고 마땅히 누려야 할 삶을 살 수 있으니까요."

그는 조용히 고개를 끄덕이며 골똘히 귀를 기울였다.

"우선 신체에 나타나는 문제부터 말씀드리겠습니다. 몸이 알코올에 의존하게 됩니다. 사람에 따라서는 신체적인 의존성이 더 심하기도 하죠. 해독 과정에서 불안을 느끼거나 땀을 흘릴 수 있습니다. 심장이 빨리 뛴다고 느낄 수 있고요. 심한 경우에는 환각을 경험하기도 하고 다른 부작용들을 겪을 수도 있어요. 하지만 이 모든 증상을 완화시키는 약이 있습니다. 그런 일이 일어나지 않기를 바라지만 솔직히 발작을 하더라도 병원에 입원해 있는 동안에는 의료진이 신체적인 문제들을 관리할 수 있으므로 괜찮습니다. 이 약은 진정 효과가 있는 동시에 위험한 합병증을 예방할 수 있죠.

하지만 이러한 증상들은 다른 증상들에 비하면 견디기 쉽습니다. 예외 없이 뒤따르는 증상에 비하면 약과라고 말할 수 있어요. 다음 단계는 괴롭고 깁니다. 집에 돌아갔을 때 도저히 견딜 수 없다고 느낄 정도로 불쾌할 수 있어요. 바로 정신적, 감정적, 영적인 문제예요."

나는 계속 설명했다.

"혼자서 반드시 견뎌내야 하는 과정이므로 더욱 힘듭니다. 이곳에 있는 동안 이 치유 과정을 시작해야 하고, 술이라는 오랜 목발에 의지하지 않고 견뎌야 하죠. 물론 술은 장기적으로 환자분의 삶을 파괴할 수 있지만, 매우 오랫동안 상당히 강력한 대응 기제로 작용해온 것도 사실입니다. 환자분께서 살아남을 수 있도록 도와준 도구였던 셈이에요. 하지만 이제 술을 치워버리고 맑은 정신으로 삶에 대처해야 합니다. 어렸을 때, 전장에 가기 전에, 전장에 갔을 때, 전장에서 돌아왔을 때 술독에 빠져 마주했던 모든 대상들을 이제 술 없이 마주해야 해요. 저희가 웨이드 환자분을 도울 것입니다. 심리 치료사, 사회 복지사, 집단 치료나 약물 치료를 동원하더라도 견디기 힘들겠지만 견딜 만한 가치가 있어요. 환자분께서는 강한 사람이지만 해독 과정을 뛰어넘는다면 그 어느 때보다 강해질 것이고, 대부분의 사람들이 평생 이루어낸 것보다 훨씬 더 강한 사람이 되실 거 예요. 그래서 이 과정을 겪고 나면 행복해지고, 만족스러운 직 업에 종사하고, 아들에게 바람직한 아빠가 되고, 스스로 살아 남아 승리한 이야기를 다른 사람에게 들려줄 수 있을 거예요. 이렇게 승리한 이야기가 웨이드 환자분과 다른 많은 사람들의 생명을 구할 거고요. 따라서 정말 노력할 만한 가치가 있어요. 그리고 환자분께서 살아오며 겪은 모든 일들 중에서 가장 힘들 수 있을 테니 매일 매순간 이 같은 최종 목표를 기억해야 하죠. 환자분은 할 수 있어요."

웨이드 씨는 숨을 깊이 쉬고는 고개를 끄덕이며 앞으로 모은 손을 꽉 움켜쥐었다. 그는 자세를 바로잡더니 힘겹더라도 반드 시 이겨내겠다고 마음을 다잡았다.

"다시 말씀드리지만 여기 있는 좋은 사람들이 환자분을 도 와드릴 거예요."

나는 말을 이었다.

"하지만 가장 중요한 점은 스스로 변화를 갈망하고, 승리하 기 위해 기꺼이 노력해야 하는 거죠. 그것이 목표를 달성할 유 일한 방법이거든요. 매 순간 주체적으로 살겠다고 결정하면 초 가 모여 분이 되고, 분이 모여 시간이 되고, 시간이 모여 하루가 되는 거잖아요. 이렇게 한번에 하루씩 노력하다 보면 결국 이러한 습성이 두 번째 천성이 될 거예요. 그러다 보면 언젠가는 더는 힘들지 않게 되죠. 숨을 쉬는 것처럼 그냥 매일 그렇게 살 수 있게 돼요."

나는 웨이드 씨의 눈과 움직임에서 건강을 되찾겠다는 결의를 읽을 수 있었다.

"선생님, 고맙습니다. 정말 고맙습니다."

나는 손을 내밀었다.

"웨이드 환자분, 언젠가 돌아와서 승리한 이야기를 들려주세요. 얼마나 잘 싸웠는지 말이죠. 그리고 꼭 기억하셔야 해요. 처음에는 견디기 벅차겠지만 그 고비를 넘기고 나면 자유로워질 겁니다."

우리는 악수를 했다. 내 손아귀에서 환자의 심장 박동을 느낄 수 있었다. 웨이드 씨는 다시 고개를 끄덕이며 다짐했다.

"감사합니다. 꼭 그렇게 하겠습니다."

헤르난데즈 씨의 검사 결과가 모두 나왔다. 내가 병실로 갔을 때 그는 머리를 뒤로 젖히고 눈을 감은 채 병상에 누워 있었다. 내가 문을 두드리자 헤르난데즈 씨는 눈을 뜨고 미소를 지어 보였다.

"모두 좋은 소식이에요. 검사 결과를 알려드리는 동안 혈압을 한 번 더 재겠습니다."

나는 버튼을 눌러 혈압계를 가동했다.

"혈액 검사 수치는 신장도 전해질도 예상대로 모두 정상이에요. 흉부 엑스레이 결과도 머리 CT 결과도 정상이고요."

혈압계가 멈추자 나는 수치를 읽었다.

"그리고⋯."

나는 흥미진진한 게임 쇼의 진행자가 관객의 흥분을 부채질하듯 뜸을 들였다가 "혈압도 150/87로 내려갔어요!"라고 말했다.

헤르난데스 씨는 안도하는 한숨을 내쉬고는 두 손을 들어 기분 좋은 듯 살짝 흔들었다.

"예수님을 찬양합니다, 할렐루야. 선생님 보시기에는 제가 여기 가만히 앉아 숨만 쉬고 있는 것 같았죠? 사실 예전에 무술 수련을 할 때처럼 명상을 했어요. 근데 효과가 있네요!"

정말 그랬다. 명상은 의료진이 처방한 약보다, 헤르난데스 씨의 혈관에 밀어넣을 수 있었던 약물보다 효과가 좋았다. 물론 효과를 따져볼 때 신체의 질병을 약으로 침묵시키는 방법이 당장 그 순간에는 항상 더 빠른 법이다. 의료진의 주요 목표가 환자의 진료를 가능한 빨리 마치는 것이라면 이 방법이 제격이긴 하다. 하지만 환자의 자율성을 북돋우는 것이 주요 목표라면, 그래서 스스로 장기적으로 건강할 수 있도록 환자를 지원하는 것이라면, 환자를 건강하게 만드는 근본적인 요인에 관심을 기울이는 편이 더 바람직하다.

"그러네요. 이제 혈압을 관리할 수 있도록 주치의를 찾아가 후속 조치를 취하세요. 주치의가 오늘 환자분을 응급실에 보냈으니, 오늘 안에 그분께 전화해 약속을 잡는 게 좋을 것 같네요. 아직은 혈압이 약간 높으니까 약을 조정할 수도 있어요. 헤르난데즈 환자분께서 엄청나게 바쁘고 가족을 위해 할 일이 매우 많겠지만, 환자분의 몸과 정신이 자신을 돌보라고 아우성치고 있는 겁니다. 건강하고, 강하고, 다른 사람을 돌보는 인자한 사람으로 계속 남아 있을 수 있도록 말이죠. 제 말이 무슨 뜻인지 이해하셨죠?"

"그럼요, 이해하다마다요."

그는 미소를 지으며 말했다.

"오늘 저희가 해드릴 수 있는 치료는 여기까지입니다. 우주가 건강의 중요성을 환기시키기 위해 헤르난데즈 환자분을 오늘 이곳까지 불러들인 것 같네요. 이것이 우주가 환자분에게 전달하려는 메시지인 셈이죠."

헤르난데즈 씨는 소지품을 챙겨 떠날 준비를 하면서 활력을 되찾고 건강을 열심히 돌보겠다고 대답했다.

"저는 이제 환자분께서 밖에 나가 힘차게 생활하실 수 있도록 퇴원 서류를 작성하겠습니다. 더 질문이 있나요?"

"아뇨, 없습니다. 감사합니다, 선생님."

나는 웨이드 씨를 위해 작성한 메모에 서명하고, 헤르난데즈 씨의 퇴원 서류를 완성했다. 데일은 두 명의 환자를 새로 받았다. 막 접수를 마친 뒤 대기 중인 환자 세 명은 응급의학과 전문의 두 명과 정신의학과 의사 한 명이 근무하는 주요 응급실로 곧 넘어올 것이었다. 타이밍이 완벽했다. 데일과 내가 그동안 밀려 있던 환자들을 그전에 진료할 수 있겠다.

새 환자들이 선별 과정을 거치는 동안 나는 웨이드 씨와 헤르난데즈 씨가 걸어온 여정에 대해 생각했다. 웨이드 씨가 치유받을 수 있는 문은 요란스럽고 극적인 방식으로 열렸다. 무장한 경찰들이 문을 두드리며(문을 부수기 전에) 들어왔다. 그는 바닥에 온몸이 축 늘어진 채 기절해 있다가 소동에 몸이 흔들리며 깜짝 놀라 의식을 찾았다. 헤르난데즈 씨가 치유받을 수 있는 기회는 조용히 찾아왔다. 관자놀이가 천천히 뛰고, 피로에서 비롯된 둔탁한 통증을 느끼며 '만약의 경우'에 대비해 검사를 받아야겠다는 생각이 들었다. 그러면서 검사 결과를 기다리는 동안 마음의 평정을 불러일으킬 수 있었다. 몸과 마음을 가다듬어서 자신을 치유하는 평화에 도달할 수 있었다.

두 환자 모두 건강한 삶을 향해 나아가기 위해 지금껏 유지한 생활 방식을 내려놓았다. 치유는 대부분 이런 방식으로 발현된다! 사람들은 평범하게 살아가면서 매일 매 순간 자신에게 가장 이로운 것을 향해 마음을 연다.

전통적인 의학 처방만으로는 만성 질환을 치유하기에 부족하다. 내 말을 오해하지 말기 바란다. 그런 일은 없어야 하지만 만약 내가 차에 치이거나 세균성 뇌수막염에 걸리면 응급 구조대에 전화해서 가장 가까운 응급실에 들어가 전통적인 의학이 제공할 수 있는 최선의 치료를 받아야 한다. 예방 접종을 받는 것도 좋은 방법이다. 하지만 일단 전통적인 의학의 도움을 받아서 급성 단계를 벗어난 후에 건강을 유지하고 싶다면 이때 건강의 뿌리와 핵심은 보충적인 수단에서만 나온다. 예를 들어 나는 면역력을 높여 계절성 알레르기를 완화시켰고, 알레르기 주사, 코 스프레이, 안약, 두 가지 종류의 항히스타민제 등 소모적인 처방을 중단할 수 있었다. 또 요가, 유산소 운동, 필라테스로 몸을 유연하고 강하게 다듬을 수 있었다. 건강에 좋은 식단을 유지하는 것은 건강한 삶의 근간이다. 이뿐 아니라 제대로 쉴 수 없는 시기에는 명상 수련으로 삶의 자양분을 얻었다. 이러한 여러 다른 방법들을 사용하면 일상생활에 따라다니는 만성적인 증상을 완화시켜 우울증, 불안, 고혈압, 높은 콜레스테롤, 당뇨병, 비만, 심장질환, 뇌졸중, 암을 예방할 수 있다. 그래서 복용하는 약의 종류를 늘릴 때보다 삶의 질을 더욱 높일 수 있다.

나는 헤르난데스 씨와 웨이드 씨를 포함한 환자들에게서 영감을 받는다. 내 삶을 지키기 위한 싸움을 중단하고 삶을 받아들이기 시작해야 한다는 것을 본능적으로 느낀다. 콜린과 내가 각자의 자리에서 최고가 되려면 콜린을 향한 애착을 떠나 보내야 했다. 콜린은 현재 삶에서 전사가 될지 말지를 결정하기 위한 시간과 공간이 필요했다. 나는 결정을 내렸고, 이미 전사였다. 자신에게 맞는 속도로 살아갈 자격이 내게 있듯, 내 아빠가 그랬듯이 콜린에게도 앞으로 몇십 년이 걸리든 자기 속도로 살아갈 자격이 있다. 이러한 사실을 깨닫고 나는 흔쾌히 조용하면서도 단호하게 콜린을 떠났다. 어쨌든 내려놓고, 받아들이고, 믿으려고 노력하기만 하면 가슴이 요구하는 소망이 찾아올 것이다. 건강상 부조화가 사라질 것이다. 내 사랑이 어떻게 찾아올지, 내 가족이 어떤 모습을 띨지, 내 직업의 여정이 도달하는 최종 목적지가 어디일지는 자세히 알지 못하지만, 지금은 마치 괜찮아지라고 심지어 행복해지라고 초대를 받은 것 같았다. 나는 앞으로 일하는 과정에서 어떤 대담한 행보를 취할지 생각하면서도 환자를 섬기는 일을 멈추지 않을 것이다. 이제 사랑을 실천하며 살아갈 것이다. 그렇게 하기에 이보다 더 좋은 때는 없다.

죽음

몸에는 전하고픈
메시지가 있다

여행에서 돌아온 첫날이었다. 기내 잡지를 넘기다가 우연히 읽은 번데기 이야기가 자꾸 떠올랐다.

생각해보면 비행기를 탔을 때 나처럼 좌석 주머니에 꽂혀 있는 기내 잡지를 꺼내 읽는 사람은 거의 없을 것이다. 아마도 마음 한편으로는 기내 잡지 안에 중요한 정보가 담겨 있을지도 모른다고 믿기 때문일 것이다. 아니면 내가 여전히 순진한지는 몰라도 항공사가 좌석 주머니에 기내 잡지를 넣어두었다면 승객의 생존에 필요한 최신 안전 정보를 실었거나, 적어도 오후 간식에 대한 깜짝 정보라도 실었을 것이 틀림없다고 생각한다. 그것도 아니면 내슈빌에서 일요일 밤에 재즈를 듣기에 완벽한 장소에 대한 요긴한 팁을 실었을 것이다. 이러한 온갖 이유로 나는 비행기를 탈 때마다 제일 먼저 기내 잡지를 들춘다. 그리고 몇 년 동안 앞만 보며 열심히 일하다가 최근에 여행을 다녀왔다.

그동안 직장을 옮겼고, 보완적 의료 센터를 설립하자고 제안했다가 거절당했고, 콜린과 헤어졌고, '대관절 어째서 이렇게 살고 있는 거지?'라고 스스로에게 자문하며 정신없이 지냈다. 그러다 보니 여성 건강을 주제로 열리는 재향 군인 병원 회의에 참석하겠다고 자원했던 것을 까마득히 잊었더랬다. 물론 논란의 여지는 있겠지만 참석자들에게 포괄적인 최신 의료 정보를 제공한다는 측면에서 생각하면 매우 안타깝게도 이번 회의는 내가 의료 서비스 분야에서 여태껏 참석한 회의 중 가장 형편없었다. 물론 그 와중에도 신체검사 기술을 최적화하는 방법을 제시하는 환자 모델들이 훌륭했고, 한 여성 퇴역 군인에게 군대에서 어떻게 살아남았는지에 대한 진솔한 이야기를 들을 수 있었다. 나는 여성 퇴역 군인들에게 일반적인 의료 서비스를 제공하고, 성폭행과 괴롭힘이 초래한 상처를 주로 치료해왔다. 하지만 군대에서 겪은 경험을 이 여성의 입을 통해 듣고 나서야 비로소 내가 지금껏 한 번도 생각해보지 못한 형태의 부당한 침해를 여자 군인들이 당하고 있다는 사실을 알았다. 예를 들어 여성 군인은 남성의 신체 조건을 고려해 고안한 장비를 사용할 수밖에 없기 때문에 다양한 종류의 만성 통증에 시달린다. 여성도 군대를 갈 수는 있지만 대부분의 경우에는 남성과 동등하게 군대 생활을 할 수 없었다.

또 재향 군인 병원 회의에서는 비임상적 요소 세 가지가 눈에 띄었다. 우선 동료 회의 참석자들이 유쾌했다. 캐롤라이나부터 콜로라도까지 아우르는 지역의 병원에서 자원 부족을 보완하기 위해 사용한 창의적인 전략에 대해 공감할 수 있는 이야기들을 나누었다. 수영장에서 술을 마시고 케사디야를 먹으며 대화하면서 동지애를 더욱 돈독하게 다졌다. 미국의 다른 지역에서 일하는 동료들의 헌신적인 활동에 대해 들으면서 환자를 결코 포기하지 않으려는 의사들과 간호사들이 여전히 존재한다는 사실을 다시 한번 알 수 있어서 좋았다.

호텔 헬스장 사우나를 이용한 것도 크나큰 즐거움이었다. 내게 사우나는 언제나 피난처다. 사우나 증기를 쐬면 내게서 유독한 생각이 증발하고 긍정적인 영감이 들어설 공간만 남는다. 극단적인 증기를 참을 수 있는 유일한 방법은 푹푹 찌는 공기를 들이마시며 편안하게 받아들이는 것이다. 안에 들어간 지 얼마 지나지 않아서부터 사우나는 내게 삶을 정렬하라고 강하게 압박한다. 그러면 내게는 어떤 보상이 따를까? 무한함에 신속하게 닿을 수 있는 궁극의 길을 깨닫는 것이다.

마치 증기로 세례를 받듯 이제 여행의 백미를 맞이할 준비가 됐다. 필라델피아로 돌아오는 비행기에 올라 창가 좌석에 피곤한 몸을 기댄 후에 기내 잡지를 집어 들었다. 시계와 여행 가방 광고를 대충 훑어보고 나서, 세계적으로 인기 많은 새 음식점 목록을 살펴보다가 우연히 나비의 일생에 관한 기사를 읽었다.

어렸을 때 《아주아주 배고픈 애벌레The Very Hungry Caterpillar》를 읽으며 배웠듯 나비는 애벌레에서 시작해 먹이를 먹고 또 먹다가 종국에는 장엄하게 날갯짓을 시작한다. 하지만 성장하는 애벌레가 번데기 단계에서 고치로 들어간 후에 액체로 변한다는 것은 처음 알았다. 과학자들은 애벌레가 나비로 성장하려 거치는 변태 시기 동안 어떤 방식으로 분해되고 그 이유는 무엇인지에 대해 여전히 파악하지 못하고 있는 듯하다.

잡지를 좌석 주머니에 다시 넣으면서 이런 생각이 들었다. 실로 우리와 마찬가지이지 않은가? 우리가 기꺼이 앞으로 나아가고, 몸과 정신에 자양분을 공급하고, 자신에게 백해무익한 삶의 패턴에 대한 애착을 내려놓으면, 다음 조각들이 어떻게 제자리를 찾아가는지는 정확히 이해하지 못하더라도 아름다운 결과가 펼쳐진다는 사실만은 분명한 것처럼 말이다.

직장으로 돌아와서도 줄곧 변태 과정에 대해 곰곰이 생각했다. 이렇게 나비에 대한 생각으로 백일몽에 잠겨 있을 때 스피커에서 응급 상황이 발생했으므로 사내 응급 구조 팀은 주차장 C로 신속히 출동하라는 안내 방송이 나왔다. "사내 응급 구조 팀 주차장 C로 출동바랍니다. 응급 상황입니다." 몇 분 지나지 않아서, 병원에서 의료 응급 상황에 대처하는 임무를 맡은 무리가 몸집이 작고 다리를 저는 어린아이가 실린 들것을 밀며 응급실에 들어섰다. 사내 응급 구조 팀이 4호실에 아이를 둘러싸고 모였다. 나는 침대 발치에 서서 레지던트인 자야가 환자를 진료하는 과정을 감독했다.

"무슨 일인가요?"

자야가 팀장에게 물었다.

"22개월 아이로 열성 경련을 일으켰습니다. 이름은 제니라고 해요. 오늘 아버지와 함께 저희 병원에 입원 중인 환자를 방문했다고 합니다. 과거 병력은 없습니다. 아이 아버지의 말에 따르면 지난 이틀 동안 감기를 앓았고 오늘 아침에는 열이 있었다고 하네요. 주차장에서 몸에 경련을 일으키기 시작하자 지나가던 사람이 이 광경을 보고 도움을 요청했습니다. 아이는 저희와 함께 있는 동안은 내내 발작 후 단계에 있었습니다. 아이 아버지는 발작 지속 기간이 1분 미만이었고, 그 후 줄곧 지금 같은 상태였다고 말했고요. 저희와 있을 때는 발작이 일어나지 않았습니다."

제니는 유니콘이 새겨진 황금색 원피스를 입고 있는 작고 예쁜 아이였다. 들것 위에 축 늘어진 채 조금씩 몸이 움직일 때마다 부드러운 갈색 곱슬머리가 좌우로 흔들렸다. 병원 들것으로 옮겨질 때 검고 짙은 속눈썹이 파르르 떨렸다. 눈꺼풀은 계속 감겨 있었지만 악몽을 꾸기라도 한 듯 잠깐씩 긴장했다가 이완 상태로 돌아왔다. 간호사들이 아이의 활력 징후를 측정하려고 소아용 의료 용품을 급히 가져왔다. 모니터를 연결하자 심박수는 120여 회였고, 산소 포화도는 97퍼센트, 체온은 섭씨 38도, 혈당은 안전수치인 89였다.

"자야, 대기실에 가서 아이 아버지에게 추가 정보를 수집해 와요. 특종을 가지고 돌아오도록."

나는 자야에게 지시했다.

"그런 다음에 함께 진료해봅시다."

나는 의료 기사 리자에게로 시선을 돌렸다.

"리자, 제니의 옷을 벗겨주세요. 몸 전체를 노출시켜야 합니다."

4호실에 배정된 간호사 테드에게는 이렇게 말했다.

"테드, 기본적인 검사와 흉부 엑스레이, 소변 검사가 필요합니다. 또 생리 식염수를 10cc/kg 투여해주세요."

자야가 돌아오고 나서 우리는 이 작은 인형 같은 아이를 함께 검사했다. 우리의 부드러운 손길이 닿자 아이의 팔다리가 자동적으로 움직였다. 정맥 주사를 투여하자 제니는 몸을 움찔했다가 서서히 울음을 터뜨리듯 입을 오므렸다. 그러더니 오른쪽 눈에서 눈물 두 방울을 뚝 떨어뜨리고는 다시 정신을 잃었다. 아직 의식은 돌아오지 않았지만 간간히 반응을 보였다. 피부는 정수리부터 아주 자그마한 발가락까지 상처 하나 없이 깨끗했다. 기저귀에 배출한 소변도 옅은 노란색을 띠며 맑았다. 자야가 제니의 눈꺼풀을 들어 올리자 커다란 초록색 동공이 드러나며 빛에 반응했다. 고막과 구강 인두는 정상이었다. 폐 소리는 깨끗했고 심장 소리는 정상으로 들렸다. 복부는 부드럽고 압통은 없는 것 같았다.

"자야, 지시할 사항을 내가 대신 입력해줄까요?"

내가 자야에게 물었다.

"예, 하퍼 선생님, 그렇게 해주세요."

나는 컴퓨터 앞에 앉아서 검사해야 할 항목마다 클릭했다. 생화학 검사, 기본 혈액 검사, 소변 검사, 흉부 엑스레이, 간 기능 검사 등등. 나는 속으로 중얼댔다. '잠깐만, 굳이 간 기능 검사까지 필요할까?' 솔직히 열성 발작을 일으킨 건강한 환자에게 간 기능 검사를 시행할 이유는 없었다. 하지만 제니가 아직 의식을 찾지 못하고 있으므로 좀 더 심각한 의학적 상태에 빠질 수 있었다. 나는 간 기능 검사 항목을 지우려고 커서를 움직였다가 결국 그대로 놔두기로 했다. 삭제 버튼을 누를 수 없었다.

뭔가 잘못됐다는 느낌이 들었다. 그렇다고 심각한 상태라고 의심할 만한 합당한 이유가 있는 것은 아니었다. 결국 제니가 아직 의식을 찾지 못한 상태에서 일반적인 검사를 실시했다.

우리가 초기 진단을 마친 후에 아이 곁을 지키고 있던 제니의 아버지는 의료 처치 행위 사이사이에 걱정스러운 표정으로 아이를 사랑스럽게 어루만졌다. 그가 신속 응급 대응 팀과 자야에게 말한 내용은 일치했지만 어쨌거나 나는 간 기능 검사를 실시하기로 결정했다. 소아과 환자의 경우에는 더 큰 사건이 숨어 있을 가능성을 배제할 수 없으므로, 증거가 없더라도 검사를 하나 추가하는 것쯤은 눈감아줄 만하다고 생각했다. 적절한 조치가 아니라는 점은 충분히 인식했지만 간 기능 검사가 대사 장애의 원인을 밝히는 데 유용하리라 판단했다. 나는 검사 지시를 내리고 기다렸다.

"하퍼 선생님, 제니를 다른 병원으로 이송시킬 준비를 하는 것이 좋겠어요. 단순 발작으로 밝혀지더라도 여전히 의식이 돌아오고 있지 않으니 소아과 병원으로 옮겨서 추가 검사와 관찰을 해야 하니까요."

자야가 말했다.

"자야 선생 의견에 전적으로 동의해요. 내가 선생을 괜히 좋아하는 게 아니라니까요."

내가 미소를 지어 보이며 말했다.

"지금까지 제니의 검사 결과, 활력 징후, 혈당, 소변 검사 결과는 음성이에요. 생화학 검사 결과도 괜찮고요. 엑스레이 결과는 아직 나오지 않았습니다. 지금 어린이 병원에 전화하고 환자를 이송할 준비를 하겠습니다."

자야가 말했다. 자야가 이송 준비를 하기 위해 자리로 돌아가자 응급실 급행 구역에서 일하던 전문의인 베리 선생이 자야에게 다가가서 제니의 진료가 끝나면 급성 어깨 탈구 환자의 진료를 도와줄 수 있는지 물었다. 나는 자야에게 어린이 병원에 전화하는 것과 서류 작업 마무리는 내가 할 테니 베리 선생을 도와 급성 어깨 탈구 환자를 치료하라고 말했다.

몇 분 있다가 제니의 엑스레이 결과가 나왔다. 소아의 뼈는 아직 다 자라지 않았기 때문에 영상을 판독하기가 어려울 수 있다. 하지만 급성 요인은 없어 보였다. 폐는 깨끗하고 폐렴, 체액, 기흉 없이 잘 팽창했다. 기본 혈액 검사와 생화학 검사에서도 이상 현상은 나오지 않았다. 우리는 제니를 1.5킬로미터 이내에 있는 가장 가까운 어린이 병원에 입원시키기로 했다. 어린이 병원에서 환자를 데리러 가려고 구급차를 보냈다. 응급구조대가 제니를 담요로 감싸고 들것에 옮겼다. 제니의 차트에 간 기능 검사 결과가 도착해 있었다. 정상 한계치보다 대여섯 배나 높았다. 내가 우려 사항을 기록하고 있을 때 마침 방사선과에서 연락이 왔다.

"안녕하세요, 방사선과 의사 웩슬러입니다. 열성 경련으로 방금 엑스레이를 찍은 소아 환자가 있죠?"

"예, 제니요."

"감염원은 없고, 심장과 폐는 좋아 보이지만 골절이 있네요. 게다가 회복 단계가 각각 달라 보여요. 대부분 오래되었고 잘 붙었습니다. 좀 더 최근에 발생한 골절이 한두 개 있어 보이고 제가 단언할 수는 없지만 좋지 않은 징후입니다."

뒤를 돌아보니 제니를 실은 들것이 응급실을 빠져나가고 있었다. 들것 뒤에 바싹 붙어 따라가는 제니의 아버지는 겁에 질려 일그러진 표정을 짓고 있었다. 그는 떨리는 입술 근처로 털모자를 움켜쥔 손을 가져가며 구급대원에게 아이가 괜찮을지 물었다. 아이의 어머니도 이미 도착했고, 아이의 친할머니이거나 외할머니로 보이는 사람이 곁에 서서 어머니를 위로하고 있었다. 가족 전원 혹은 적어도 가족 중 한 사람의 손에 망가진 아이를 실은 들것 뒤로 그 가족들이 뒤따라갔다.

"감사합니다, 웩슬러 선생님. 결과가 좋지 않네요. 매우 나빠요. 환자가 도착하기 전에 어린이 병원에 전화해서 검사 결과를 알려야겠습니다."

나는 조금 전에 전원을 신청하느라 통화했던 어린이 병원 의사에게 다시 전화를 걸었다.

"피에르 선생님, 아까 통화했던 의사 하퍼입니다. 끔찍한 소식을 전해야 해서 전화드렸어요. 환자는 지금 선생님이 계신 병원으로 이송 중입니다. 그런데 응급 구조대가 환자를 싣고 저희 병원 응급실을 나갈 때 마지막 결과 두 개가 도착했어요. 환자의 간 기능 수치가 상당히 높고, 엑스레이상으로 다발성 갈비뼈 골절이 보입니다. 아이의 의식 상태로 보아 둔기 외상이 아닐지 우려스럽습니다. 간 손상도 둔기 외상이 원인으로 의심되고요. 그러면 간 기능 수치가 치솟은 것도 말이 되죠.

따라서 아이에게 외상 검사를 실시해야 합니다. 죄송합니다."

제니가 심각한 대사 질환을 앓아서 간부전과 반복적 발작을 일으켰을 가능성도 있다. 발작을 하는 바람에 골절이 발생했지만 진단을 받지 않고 지나쳤을 가능성도 존재했다. 그렇다. 이 모든 상황이 일어났을 가능성은 충분했고 이 같은 현상을 설명하는 발표 사례들도 많았다. 하지만 직감이 그렇지 않다고 말할 때가 있다. 다른 사람의 몸 앞에 섰을 때 그 몸에서 퍼져 나오는 에너지와 침묵에 묻힌 이야기의 속삭임을 들을 때가 있다. 의식을 차리지 못하고 몸이 축 늘어져 있는 이 아이는 구타를 당했다. 경련을 일으키고, 골절을 당하고, 간에서 출혈을 할 정도로 맞았다.

"예, 잘 들었습니다."

피에르 선생은 간단하게 대답했다. 이송되어 오는 환자를 맡을 의사는 말을 아낀다. 환자가 도착하기 전까지는 자신의 환자가 아니기 때문이다. 또 전달받은 정보는 검증되기 전까지 사실이 아니다. 내 전화 때문에 당장 업무가 늘어났을 그 의사의 입장에서 "예, 잘 들었습니다"는 합리적인 반응이었다. 게다가 우리 응급실 의사들은 인간이 겪는 고통을 너무나 자주 목격한다. 이것은 에너지를 고갈시키고 우울한 일이어서, 우리에게 남는 것은 이 두 감정을 가까스로 견뎌낼 정도의 희망뿐이다.

그래서 며칠 뒤 제니의 아버지가 망막 출혈, 뇌좌상, 다발 골절, 간 열상 등을 초래한 학대 혐의로 기소되었다는 소식을 들었을 때도 우리는 놀라지 않았다. 어떤 의미로든 아빠가 '학대자 유형에 맞아 떨어졌기' 때문이 아니었다. 결국 그것이 우리가 하는 일이기 때문에 놀라지 않았다. 모든 법의학 검시관들도 같은 반응을 보이지 않을까! 폭력은 끔찍하고 분명히 소름 끼치고 슬픈 일이다. 하지만 이것은 인간에 대한 불미스러운 사실이며 더는 놀랍다고 말할 수 없다. 지난 22개월 동안 딸의 학대를 방관했던 어머니도 기소될지는 아직 알려지지 않았다. '방관자'가 어느 정도까지 학대에 연루됐는지 따지는 일은 예외 없이 복잡하고 고통스럽다.

내가 피에르 선생과 통화를 마쳤을 때 간호사 카렌자가 다가왔다.

"응급 구조대가 방금 호흡 정지 환자를 이송해 왔습니다. 현장인 요양원에서 기관 삽관을 했다고 합니다. 지금 회진 중인 치과 레지던트뿐이어서 선생님이 가주셔야겠습니다."

"물론이에요. 가시죠."

나는 카렌자를 앞세우고 20호실로 향했다.

내가 병실에 들어섰을 때 한 구급대원이 앰부백으로 환자의 폐에 공기를 주입하고, 한 의료 기사가 가슴을 압박하고 있었다. 한 간호사는 환자에게 모니터를 연결하고, 다른 간호사는 다른 정맥 주사선을 잡고 있었다. 정맥 주사선 하나는 응급 구조대가 이미 확보했다.

"안녕하세요, 저는 의사 하퍼입니다. 어떻게 된 건가요?"

"안녕하세요, 선생님. 환자 이름은 메리 지아네타이고, 나이는 일흔여덟입니다. 당뇨병과 심장 질환을 앓고 있습니다."

한 구급대원이 설명했다.

"환자는 양로원에서 스트레스를 받았다고 합니다. 환자를 가족이 발견하고 직원에게 알렸어요. 양로원이 경과를 묻는 전화를 했나요?"

우리는 모두 고개를 저었다.

"맙소사, 그랬을 리가 없죠."

그 구급대원이 한숨을 쉬었다.

"저희가 도착했을 때 환자는 거의 숨을 쉬지 않았고, 실낱같은 맥박도 사라졌습니다. 모니터에 PEA*가 떴고, 그 상황이 얼마나 지속됐는지는 몰라요. 저희가 도착한 지 약 15분 되었고 그동안 에피네프린을 세 차례 투여했습니다. 약 1분 전에 마지막 주사를 놨어요. 당시 혈당은 250이었습니다. 환자 오른쪽 팔에 20게이지짜리 주사 바늘을 꽂았고, 현장에서 삽관을 실시했습니다."

●   무맥성전기활동, 심전도상에는 파형이 보이지만 맥박이 잡히지 않는 상태.

"감사합니다. 지금까지 필요한 모든 조치를 취해주셨네요."

나는 지아네타 씨의 오른편으로 자리를 옮겼다.

"이제 지아네타 환자에게 저희 병원 모니터를 연결하겠습니다. 심폐 소생술을 잠시 중단하고 맥박을 잰 후에 응급 구조대가 자리를 뜰 수 있도록 역할을 바꿀까요? 제가 흉부 소리를 들어야 하니 앰부백으로 공기를 주입하는 것도 잠시 멈춰주세요. 호흡도 없고 숨소리도 들리지 않네요."

나는 모니터를 보면서 두 번째와 세 번째 손가락을 지아네타 씨의 경동맥에 댔다.

"맥박이 잡히지 않습니다."

느린 선 하나가 경미한 떨림을 보이며 화면을 지나갔다.

"PEA입니다. 가슴을 압박하고 심폐 소생술을 다시 시작합시다. 앰부백을 다시 짜주세요. 에피네프린을 투여합시다."

나는 심폐 소생술 과정을 기록하고 있는 간호사 크리스털을 건너다보면서 2분 간격으로 시간을 알려달라고 말했다. 그래야 약물을 투여해야 할 시간과 맥박과 리듬을 추적할 수 있기 때문이다. 그동안 나는 신체검사를 마쳤다. 양쪽 폐로 공기가 잘 들어가고, 호흡기 치료사가 앰부백으로 공기를 계속 주입하고 있는 상태에서 산소 포화도는 90대 후반이었다. 두 가지 현상 모두 기관 내 튜브가 좋은 위치에 삽입되었다는 신호였다. 의료진이 가슴을 압박할 때마다 지아네타 씨의 반백 머리카락이 출렁였다. 그의 통통한 올리브색 얼굴 피부에는 웃음선이 깊게 패어 있어 현명하고 정직한 사람이라는 인상을 주었다. 무겁게 내려앉은 눈꺼풀에는 펄이 들어간 복숭아색 아이섀도를 칠하고 짙은 회색 아이라이너로 마무리했다. 내가 지아네타 씨의 눈꺼풀을 들어 올려 확인한 동공은 움직임이 없고 열려 있었다. 몸에는 심폐 소생술을 실시하느라 생긴 것을 제외하고는 외상을 입은 흔적도 움직임도 전혀 없었다. 복부는 부드러웠다.

"4분 지났습니다. 에피네프린을 투여할 시간이에요."

크리스털이 알렸다. 목에 맥박이 잡히지 않았다. 사타구니도 마찬가지였다. 모니터 화면에 아까 같은 가느다란 선이 지나갔지만 이번에는 거의 평평했다.

"에피네프린을 한 번 더 투여해주세요. 다시 시작합시다. 검사를 또 해야 하니까 초음파 기계를 가져다주세요. 쓰러져서 혈액이 돌지 않고 맥박의 리듬을 상실한 지 최소한 19분 지났습니다. 반대하는 사람이 없다면 한 번 더 시도해보고 효과가 없을 시 사망 선고를 해야 한다고 봅니다."

"예, 그렇게 하시죠."

크리스털이 이렇게 말하자 모두 고개를 끄덕였다.

"여기 환자와 함께 오신 분이 있나요?"

내가 물었다.

의료 기사인 티나가 대답했다.

"아뇨, 응급 구조대에 따르면 가족들은 전화를 돌린 다음 뒤따라오겠다고 했답니다. 곧 도착할 거예요."

"알았어요."

내가 말했다. 이때 쨍그랑 소리가 들렸다.

"갈비뼈가 부러졌어요!"

흉부를 압박하던 간호사 재레드가 말했다.

"예, 그런데 쨍그랑 소리는 어디서 난 거죠?"

크리스털이 물었다. 우리는 사방을 둘러봤다. 침대에는 사이드 레일이 올라와 있고, 도구가 떨어진 것도 아니었다. 이때 침대 왼쪽에 있던 의료 기사 티나가 환자의 왼손을 들어 올렸다. 환자의 손톱에 우윳빛 도는 진주색 매니큐어가 칠해져 있었다. 약지에 낀 결혼반지는 골드와 화이트 골드가 어우러지고 작은 앤티크 다이아몬드 세 개 주위로 안개꽃 봉우리 같은 작은 다이아몬드들이 촘촘히 박혀 있었다. 환자의 손가락이 티나의 손바닥 위에 힘없이 축 늘어졌다. 티나가 우리를 올려다봤다.

"환자의 반지 때문이었어요. 반지가 침대 난간에 부딪혀서 나는 소리였어요."

그러고 티나는 지아네타 씨의 팔을 몸 가까이 살포시 내려놨다. 더는 쨍그랑 소리는 들리지 않았다.

"시간 됐어요!"

크리스털이 다시 말했다. 맥박이 뛰지 않았다. 심장 소리도 숨소리도 들리지 않았다. 점점 더 가늘고 느린 선이 화면을 지나가다가 지금은 모든 측정치에서 거의 평행을 이루었다.

"아무것도 잡히지 않습니다."

나는 이렇게 말하면서 초음파 기계를 끌어왔다.

"혹시 심장 박동이 있는지 확인해보겠습니다."

나는 지아네타 씨의 가슴 한가운데 재빨리 젤리를 짜놓고 프로브(탐촉자)를 그의 심장 위 흉벽에 댔다. 초음파 기계의 화면을 들여다보니 혈액이 고여 있는 검은 구멍들이 보이고, 심장이 평평하게 들어차 있는 두꺼운 회색 공간들이 보였다. 초음파 탐촉자를 잡은 내 손만 이리저리 바삐 움직일 뿐 장기는 소리도 미동도 없었다.

나는 탐촉자를 거둬 케이스에 넣고 시계를 올려다보며 선고했다.

"사망 시각 오후 4시 29분."

그러고 나서 말을 이었다.

"그럼, 저는 서류 작업을 한 후에 검시관과 장기 기증 센터에 전화하겠습니다. 가족들이 도착하면 알려주세요."

"예, 그렇게 하겠습니다."

크리스털이 대답했다. 나는 책상에 앉아서 검시관에게 전화해달라고 직원에게 부탁하고, 심폐 소생술 기록을 남기기 위해 차트를 펼쳤다.

"저기, 선생님?"

머뭇거리는 목소리가 들렸다. 나는 고개를 들었다. 크리스털이 한 발은 지아네타 씨 병실에 들여놓고 한 발은 내 쪽을 향하며 말했다.

"왜 그러시죠?"

내가 물었다. 크리스털은 입을 벌리고 당황한 표정을 지으며 말 대신 한숨을 내쉬었다.

"음⋯."

크리스털은 눈을 가늘게 뜨고 입술을 오므렸다.

"선생님, 아무래도 여기 오셔서 직접 보셔야겠습니다."

순간적으로 두려움이 밀려왔다. "다시 한번 보셔야겠습니다"라는 동료의 말은 누구라도 결코 듣고 싶지 않을 것이다. 초음파 기계를 보면서 말초 정맥 주사를 20분 동안 네 차례 시도하느라 붉은 피로 얼룩진 현장 바닥을 다시 내려다보고 싶지 않을 것이다.

나는 심호흡을 두 번 하고 나서 크리스털을 따라 병실로 들어갔다. 크리스털이 내 뒤로 커튼을 치자 티나가 눈을 휘둥그레 뜨고 나를 올려다보며 말했다.

"선생님, 환자가 숨을 쉬고 있어요!"

"대체 무슨 소리예요?"

내가 물었다. 티나가 손가락으로 가리켰다.

"선생님, 보세요."

기관 내 튜브로 공기가 느리게 휙 소리를 내며 지나갔다. 지아네타 씨의 가슴에 귀를 대고 확인했다. 모니터 화면에 나타난 선은 여전히 평평했다. 경동맥에도 대퇴부에도 맥박은 없었다.

"크리스털, 이리 와서 확인해줄래요?"

내가 물었다. 크리스털은 침대 왼쪽으로 걸어와 검지와 중지를 지아네타 씨의 목에 댔다.

"맥박이 없어요."

크리스털이 말했다. 그러고 나서 손가락을 왼쪽 사타구니로 옮겼다.

"여기도 맥박이 잡히지 않아요."

크리스털은 믿을 수 없다는 듯 고개를 저었다. 우리는 서로 바라보았다. 나는 인상을 쓰며 팔짱을 꼈다.

"이런 광경은 처음 봐요."

"선생님보다 훨씬 나이가 많은 저도 지금껏 이런 광경은 본적이 없어요. 대체 무슨 일이죠?"

"재키!"

나는 직원을 불렀다.

"검시관에게 오실 필요 없다고 전해줘요."

나는 크리스털을 돌아보았다.

"사망 시각 선고를 취소하고 심폐 소생술을 계속해야겠어요. 전문 심장 소생술 알고리즘에 이러한 사례가 명시되어 있지 않다면, 아직 숨을 쉬고 있는 사람에게 사망 선고를 할 수 없거든요. 심장 활동이 전혀 없는데 어떻게 갑자기 숨을 쉴 수 있는지 전혀 모르겠어요."

크리스털은 자리로 돌아가서 이 반전 상황을 기록하고 의료진에게 다시 연락했다.

"재키, 델로렌티스 선생님에게 연락해주세요. 오늘 중환자실 담당이거든요. 다행히 환자의 심장 전문의이기도 하네요. 만전을 기하기 위해 그분의 의견을 들어야 합니다. 호흡기 치료사에게 연락해서 환자에게 인공호흡기를 부착해달라고 요청하고, 기관 내 튜브의 자리를 확인해야 하니까 휴대용 흉부 엑스레이를 가져와달라고 호출해주세요. 크리스털, 환자에게 말초 정맥 주사선이 두 개 꽂혀 있으니까 하나에 도파민을 투여합시다. 혈압이 없으니까요. 지금으로서는 말초 정맥 주사선이면 될 것 같습니다."

"예. 음, 어쨌거나 시도를 해봐야겠죠?"

크리스털이 말했다. 내가 여태껏 받은 의학 교육으로는 지아네타 씨에게 나타난 현상을 설명할 길이 없었다. 이러한 현상은 의학의 영역에 속하지 않을 뿐더러, 이를 설명하지 못하는 것이야말로 의학의 한계를 드러내는 사례였다.

"하퍼 선생님, 델로렌티스 선생님한테 전화가 왔어요."

재키가 나를 불렀다.

나는 수화기를 들고 이 엄청난 소식을 전했다. 델로렌티스 선생은 친절하고 온화한 의사였다. 원론적으로는 사망한 환자의 진료를 요청하는 전화를 난데없이 받았음에도, 그 상황을 나보다 훨씬 잘 받아들이는 것만 보더라도 알 수 있었다.

나는 전화를 끊고 팀에게 말했다.

"델로렌티스 선생님이 곧 내려오신답니다. 가족들에게도 전화를 하시겠대요. 가족들을 잘 아신답니다."

잠시 후 델로렌티스 선생이 응급실에 나타났다. 델로렌티스 선생을 만난 사람들은 무슨 대화를 했는지 자세히 기억하지 못할 정도로 그의 매력에 넋을 잃는다. 이 선생은 말쑥한 이탈리아 정장을 입고 클래식한 정장 구두와 벨트를 매치했는데, 검은색 반곱슬 머리카락은 뒤로 빗어 넘기고 진솔한 미소를 머금으며 등장해, 응급실 전체를 환하게 만든다. 그래서 사람들은 대화 내용도 잘 떠올리지 못하고, 그저 그를 만났다는 사실만으로 흡족해한다. 델로렌티스 선생이 두 팔을 벌리며 내게 다가왔다.

"무슨 말을 해야 할지 모르겠네요. 선생이 전화했을 때 물론 그 말을 믿었죠. 그런데 사실 믿기 힘든 말이잖아요. 지금 방금 환자를 진찰했습니다. 그런데 대체 무슨 영문이죠?"

"그러게요!"

"자, 제가 가족들과 대화를 해보겠습니다. 제가 가족들을 잘 알고 있고, 환자를 진료해왔으니까요. 지금부터 이 환자를 제가 맡고, 진행 상황을 선생께 알려드리겠습니다."

"필요하신 일이 있으면 말씀하세요."

멋있고 당당한 델로렌티스 선생 주위에 있으면 늘 유쾌했다. 조금 뒤 지아네타 씨의 가족들이 도착해서 델로렌티스 선생에게 자초지종을 들었다. 내가 6호실에서 다리 열상 환자를 치료하고 나오자 델로렌티스 선생은 기다렸다는 듯 의자를 끌어와서 내 옆에 앉았다.

"가족들과 오래 이야기를 나눴어요. 솔직하게 사실을 털어놨죠. 환자가 심장이 뛰지 않은 채로 쓰러져 있었던 시간을 감안하면 생존 가능성은 희박하고, 설사 생존하더라도 뇌가 정상적으로 기능할 가능성은 전무하다고 말이에요. 가족들은 그런 삶을 환자가 원하지 않았으리라고 말했어요. 환자는 때가 되면 평온하고 위엄 있게 죽고 싶다고 말했답니다. 그래서 우리는 인공호흡기를 떼고 도파민 투여를 중지했습니다. 가족들은 지금 환자 옆에 모여서 며느리들 중 한 명이 도착하기를 기다리고 있어요. 그러니 응급실의 병실을 조금 더 사용해도 되겠죠? 어렵다면 가족들을 위층으로 옮기겠습니다."

"괜찮아요. 소식을 계속 알려주세요."

"예, 그렇게 하죠."

델로렌티스 선생은 이렇게 대답하고 지아네타 씨 가족이 있는 병실로 들어갔다.

곧 선별 구역 담당 간호사가 눈물을 흘리고 있는 여성을 병실로 안내했다. 델로렌티스 선생은 가족들 몇 걸음 뒤에 서 있었다. 가족들이 기다리고 있던 며느리가 분명했다. 델로렌티스 선생은 방금 도착한 여성이 들어올 수 있도록 커튼을 젖혀주었다. 잠시 후 모니터 소리가 멈췄다. 델로렌티스 선생이 돌아왔다.

"환자가 운명했습니다. 호흡을 멈췄어요."

"그냥 바로요?"

내가 물었다.

"네. 병실을 사용하게 해줘서 고마워요. 가족들이 소지품을 챙기고 있으니까 곧 나올 거예요. 장례를 준비하기 위해 장례식장에 전화를 하고 있어요. 시신을 영안실로 옮겨달라고 간호사들에게 말해주세요. 제 환자니까 검시관과 장기 기증 센터에는 제가 연락하겠습니다. 사망 진단서도 제가 작성하죠."

델로렌티스 선생은 내 어깨를 툭툭 치더니 미소를 지어 보이고는 중환자실로 돌아갔다.

나는 카운터로 돌아가서 펜을 집어 들고 선 채로 지아네타 씨의 진료 기록을 작성했다. 사실 지아네타 씨의 병실을 슬쩍 들여다보고 싶었다. 얼핏 보니 세 세대, 아니 아마도 네 세대가 환자를 빙 둘러서 있는 것 같았다. 얼마 지나서 부모와 고모의 품에 안겨 있는 어린 아이들, 중년 부부들, 형제자매로 보이는 노인들이 무리지어 병실에서 나왔다. 티나와 크리스털은 모니터를 떼고, 지아네타 씨의 팔 주위로 시트를 조심스럽게 감았다. 나는 가족이 모두 도착할 때까지 지아네타 씨가 이 세상을 떠나지 않은 것이 경이롭다고 생각했다. 그는 가족에게 마지막 작별 인사를 하려고 죽음의 문턱에서 돌아왔다가 모든 가족들과 만난 뒤에야 비로소 영원한 휴식으로 들어갔다.

누군가가 내 어깨를 툭툭 치는 바람에 나는 소스라치게 놀랐다.

"오, 죄송해요, 선생님. 저예요."

관리 직원인 알이었다. 알은 자주 자신의 건강 목표를 말해주면서 내게 점검을 받곤 했다. 최근에 알은 체중을 줄이면서 고혈압 약과 당뇨병 약을 대부분 끊을 수 있었다. 나는 가까이에서 알을 응원해줄 수 있는 것을 늘 기쁘게 생각했다.

알은 두 팔을 벌리고 미소를 지으며 나를 반갑게 맞았다.

"무슨 일 있어요?"

알이 말했다.

"유령이라도 본 표정인걸요. 오늘 하루는 어땠어요?"

"어디서부터 말해야 할까요? 대체 무엇부터?"

내가 허탈하게 웃었다.

아빠에게 맞아서 의식을 잃은 어린 여자아이 이야기부터 해야 할까? 말 못 하는 몸이 자기 말을 들어달라고, 돌봐달라고, 구해달라고 외쳤다는 것을 어떻게 표현할까? 겉으로 쉽게 드러나지 않는 백만 가지 진실이 몸에 어떻게 담길 수 있는지, 얼마나 많은 지혜가 피부 밑으로 흐르는지 자세히 설명해야 할까? 아니면 가족들에게 마지막 작별 인사를 하려고 죽음의 문턱에서 돌아온 할머니의 이야기부터 꺼내야 할까? 할머니의 몸은 죽음을 맞이할 준비가 되어 있었고 평온했지만, 죽기 전에 그 영혼이 완수해야 하는 마지막 과제가 있었다는 것을 어떻게 표현할까? 내가 읽은 의학 서적도, '과학'도 환자가 죽었다가 사랑하는 사람들이 자기 곁에 모일 때까지 기다리기 위해 살아 돌아온 현상을 설명할 수 없다는 사실을 말해야 할까?

아니면 올해가 매우 고통스러웠다고, 아니면 몇 년 동안 줄곧 고통스러웠다는 말부터 꺼내야 할까? 내가 직면한 도전이 나를 절망의 낭떠러지로 내몰았기 때문에 새로운 자유를 찾을 수 있었다고 말해야 할까? 내 몸이 심장과 영혼에 줄곧 메시지를 전달하고 있다고, 교대 근무를 하고 심장과 씨름하면서 메시지를 거듭 실천하는 법을 배웠다고 말해야 할까? 그 메시지를 해석하려고 노력했지만 아직 완전히 이해하지 못했다고 말해야 할까? 내가 느끼기에 그 메시지는 어떤 상황에서도 더 많이 사랑하고 행복해지라는 뜻이라고 덧붙여야 할까?

아니면 아픈 몸에는 전달하고 싶은 메시지가 있다는 사실을 마침내 깨달았다는 말부터 꺼내야 할까? 내가 귀를 기울여 들을 수 있을 만큼 차분하다면, 내 삶의 잠재력을 믿을 만큼 대담하다면, 연약할 수 있을 만큼 용감하다면 내가 이미 치유되었다는 사실을 깨달을 것이다.

제니는 의식을 찾은 후에 새로 태어날 것이다. 지아네타 씨도 다시 태어났었다. 나 또한 이 삶에서 변화를 겪으며 살았다가 죽었다가 다시 태어난 것처럼 느꼈다.

하지만 짧은 한마디만 내 입에서 튀어나왔다.

"알, 오늘은 정신 나간 미친 10년 중에서도 미친 하루였어요."

"괜찮아요?"

알은 진심으로 걱정하는 표정을 지으며 말했다.

"괜찮을 거예요, 하퍼 선생. 그리고 점점 더 나아질 거예요. 혹시 병원을 그만두려는 건 아니죠?"

나는 알에게 미소를 지어 보였다. 알을 실망시키고 싶지 않았지만 그렇다고 거짓말을 하고 싶지도 않았다.

"아뇨, 지금 당장은 아니에요. 단지 봉사하고 치유하는 사람이 되는 다른 방식들을 생각해내고 싶기는 해요. 하지만 환자 치료도 그러한 목표의 하나예요."

"선생님, 이곳에서 일하는 사람들은 자주 바뀌어요. 좋은 사람들은 밀려나거나 쫓겨나고 나쁜 사람들은 승진을 하죠. 저는 선생님이 병원에 계속 남아주시면 좋겠어요. 선생님이 치유에 대해 했던 말들을 생각해보세요. 그래서 선생님이 이곳에 필요한 겁니다. 치유에 진심이시잖아요."

알의 말을 들으며 나는 오늘 하루 중에서 가장 깊고 따뜻한 숨을 들이마셨다가 완전히 상쾌한 기분으로 숨을 내쉬었다.

"고마워요, 알. 정말 많은 힘이 됐어요."

나는 알의 팔을 꽉 잡으며 이렇게 말한 후에 커피 컵, 물병, 가방을 챙기며 퇴근할 준비를 했다. 나는 알아낼 것이다. 들을 필요가 있는 말에 귀를 기울이면서 오늘 밤, 이번 주, 이번 달, 이번 해를 굳건하게 살아낼 것이다. 예전에 읽었던 문구, 즉 "진실은 결코 변하지 않는 것이다"가 대부분의 허망한 것들을 없앤다는 생각이 들었다. 나는 진실한 것들을 몹시 사랑하면서 다른 모든 것들을 각각의 시간에 각각의 방식으로 사라지게 흘려보냈다. 내일 어떤 경험을 하든 나는 내일 아침 이 진솔한 공간에서 잠을 깨고 요가를 수련할 계획을 세웠다.

"잘 가요, 알!"

"선생님도요!"

치유는 치유를 부른다

부서짐은 놀라운 선물이 될 수 있다. 스스로 이를 받아들인다면 부서짐은 자신이 탈바꿈할 수 있는 공간, 즉 사소하고 수수하고 젠체하지 않을 수 있는 공간을 확장시킬 수 있다. 부서짐이 이롭다고 하면 직관에 어긋나는 것처럼 들릴지 모른다. 하지만 자신이 안다고 생각하는 기반암에 균열이 생겼을 때에야 우리는 부서져 나간 조각의 중요성을 절실히 깨닫는다. 질병, 죽음, 이별, 어떤 종류의 붕괴 때문에 기반암이 깨질 때, 잔해 더미 너머로 완전히 새로운 생활 방식을 볼 기회가 생긴다. 우리가 확실히 안다고 생각한 것들로 탑을 쌓느라 감추었던 풍경이 갑자기 모습을 드러내면서 과거 생활 방식의 한계를 깨닫게 해준다.

물론 많은 사람이 그 잔해에서 살다가 죽기를 선택한다. 스파노 씨와 마찬가지로 나 또한 꺾일 것 같지 않은 슬픔이 너무나 지긋지긋한 나머지, 그저 잔해를 헤치고, 어깨에 짊어진 슬품의 무게에 짓눌려, 몸을 구부정하게 구부린 채로 질질 끌었다. 하지만 이러한 황폐함은 잔해 속에 남아 있든지, 아니면 짐을 벗어버리고 앞으로 꾸준히 나아가든지 둘 중 하나를 선택해야 하는 갈림길이다. 여기에는 과거를 벗어버리고, 잔해를 기어 넘어 다른 삶을 향해 나아가는 회복 탄력성을 발휘할 기회가 놓여 있다.

새무얼스 씨가 창자를 비틀리는 통증을 느끼며 진실에 다가섰듯이 예레미야 씨는 내 손에 피를 흘렸다. 제니가 친부의 잔인한 학대로 인해 천진난만함을 잃기 바로 며칠 전, 비키는 학대의 악순환에서 벗어나겠노라 선택해 새롭고 건강한 세상에서 다시 태어남으로써 자유를 되찾았다. 나는 내가 맺은 관계, 사적인 삶, 경력에 관한 이야기들을 꺼내놓음으로써 마침내 진실에 도달했다. 진정한 행복은 언제나 오로지 내면에서 나온다. 이러한 방식으로든 다른 무수한 방식으로든 손실 없이 얻는 것은 존재하지 않는다. 하지만 보라! 처음에는 내리막길, 그다음에는 영혼의 어두운 밤을 통과하고 나면 진정한 통합이 기다리고 있다. 다른 사람을 진정으로 보살피고 진솔한 삶을 위해서는 먼저 스스로를 위해 사랑과 평화를 품어야 한다. 이 태도가 삶의 모든 순간을 결정한다는 사실을 이해해야만 진솔한 삶을 누릴 수 있다. 이런 삶은 흔들림 없이 무조건적인 사랑을 나누는 데서 비롯되는 법이다.

내가 그 문턱에 지아네타 씨와 도미닉 씨와 함께 서겠다고 선택한 것도 이 때문이다. 지구상에 존재하는 모든 것이 그렇듯 의료는 날마다 펼쳐진다. 우리가 받아들이기로 선택한다면 의료는 우리의 몸과 마음을 치유해줄 것이다. 우리는 자신을 치유함으로써 서로를 치유한다. 또 서로를 치유함으로써 자신을 치유한다.

이 책은 내게 주어진 일과 나에 관한 이야기다.

따라서 이 책은 로맨스도, 상실의 연대기도 아니다. 더욱 바람직하게 다시 쌓아올린 사랑의 이야기이자, 번데기에서 탄생한 나비의 이야기다. 무조건적인 사랑이 있는 곳에서 솟구쳐 오르기 위해 더욱 빨리 휘젓는 갓 자란 날개의 이야기다. 부서짐의 자리에 치유가 일어나고 치유하는 사람들이 머문다. 내 안에 있는 가장 진솔한 부분은 이 사실을 언제나 알고 있었고 지금도 알고 있다.

감사의 말

자의로 또는 우연히 인연을 맺은 가족들, 엄마, 에일린, 존 일라이(버턴), 잭스, 킴에게 사랑하는 마음을 담아 감사하다고 말하고 싶습니다. 제가 경력을 쌓아가며 발전할 수 있도록 이 책의 원고를 쓰는 과정에서 실명이나 익명으로 도와준 사람들에게 감사합니다. 불을 지피도록 도와준 첫 편집자 어거스트에게 감사합니다. 또 제 편집자이자 컨설턴트이자 문학적 공모자이며 친구인 앤에게 감사합니다. 저를 믿고 제게 기회를 준 저작권 대리인 엘리자베스에게 감사합니다. 리버헤드출판사의 편집자인 제이크에게 감사합니다. 제이크는 안전지대를 벗어나 계속 성장할 수 있도록 나를 떠밀어주고, 심지어 아빠 같은 조언을 해주었습니다. 최종적으로 원고를 다듬어준 교정, 교열 편집자들에게도 감사합니다. 결국 닌자도 이러한 과정을 거쳐 탄생하지 않았을까요? 제 소원을 이루어준 리버헤드출판사에 감사합니다. 도저히 제 정신으로 살 수 없는 상황에서 정신을 붙잡게 도와준 모든 영적 스승들에게 감사합니다. 또 우리가 다음 단계를 밟으려는 의지가 있는 한 기회가 끈질기게 주어지는 것에 감사합니다.

참고문헌

* CDC, "The Tuskegee Timeline", U.S. Public Health Service Syphilis Study at Tuskegee, Centers for Disease Control and Prevention, Atlanta, GA, December 30, 2013.

* Eckhart Tolle, *A New Earth. Awakening to Your Life's Purpose*, New York: Dutton/Penguin, 2005.

* H. Bourne, "No Big Deal: On Metta and Forgiveness", *Lion's Roar*, July 6, 2015, https://www.lionsroar.com/no-big-deal-metta-forgiveness/.

* H. Washington, *Medical Apartheid: The Dark History of Medical Experimentation on Black Americans from Colonial Times to the Present*, New York: Anchor Books, 2006.

* J. Gacki-Smith, et al, "Violence Against Nurses Working in US Emergency Departments", *Journal of Nursing Administration 39*, no. 7~8 (2009), 340~349.

* J. Janocha, R. Smith, "Workplace Safety and Health in the Health Care and Social Assistance Industry 2003~2007", Bureau of Labor Statistics, U.S. Department of Labor, Washington, DC, August 30, 2010, https://www.bls.gov/opub/mlr/cwc/workplace-safety-and-health-in-the-health-care-andsocial-assistance-industry-2003-07.pdf.

* K. Sack, "After 37 Years in Prison, Inmate Tastes Freedom", *New York Times*, January 11, 1996.

* Keramet Reiter, "Experimentation on Prisoners: Persistent Dilemmas in Rights and Regulations", California Law Review 97, no. 2 (2009), 501~566.

* M. Smith, "The Murder of Emmett Till", *American Experience*, PBS, 2003.

* Malcolm Gladwell, *David and Goliath: Underdogs, Misfits, and the Art of Battling Giants*, New York: Little, Brown and Company, 2013.

* National Public Radio, "Rosebush Inside", Snap Judgment, NPR, December 1, 2014.

* R. Gindi et al, "Emergency Room Use Among Adults Aged 18~64: Early Release of Estimates from the National Health Interview Survey, January~June 2011", National Center for Health Statistics, Centers for Disease Control, May 2012, https://www.cdc.gov/nchs/data/nhis/earlyrelease/emergency_room_use_january~june_2011.pdf.

* S. Goodell et al. "Emergency Department Utilization and Capacity", The Synthesis Project, Robert Wood Johnson Foundation, July 1, 2009, https://www.rwjf.org/en/library/research/2009/07/emergency-department-utilization-andcapacity0.html.

The
Beauty
in Breaking

옮긴이 안기순

이화여자대학교 영어영문학과를 졸업하고, 같은 대학교 교육대학원에서 영어
교육을 전공했다. 미국 워싱턴대학교에서 사회사업학 석사학위를 취득하고,
시애틀 소재 아시안카운슬링앤리퍼럴서비스The Asian Counseling & Referral
Services에서 카운슬러로 근무했다. 현재 바른번역에서 전문 번역가로 활동하고
있다. 주요 번역서로《연어의 시간》《그라운드 업》《돈으로 살 수 없는 것들》
《일론 머스크, 미래의 설계자》《마크 트웨인 자서전》등이 있다.

부서져도 살아갈 우리는

1판 1쇄 찍음	2023년 9월 22일
1판 1쇄 펴냄	2023년 9월 29일

지은이	미셸 하퍼
옮긴이	안기순
펴낸이	김정호

주간	김진형
책임편집	이지은
디자인	어나더페이퍼, 박애영

펴낸곳	디플롯
출판등록	2021년 2월 19일(제2021-000020호)
주소	10881 경기도 파주시 회동길 445-3 2층
전화	031-955-9512(편집) · 031-955-9514(주문)
팩스	031-955-9519
이메일	dplot@acanet.co.kr
페이스북	facebook.com/dplotpress
인스타그램	instagram.com/dplotpress

ISBN	979-11-982782-8-9 03840